dtv

Ex Libris

Die Epoche der englischen Romantik strahlt bis heute eine Faszination aus, die in der Literaturgeschichte ihresgleichen sucht. Innerhalb weniger Jahre brachte sie eine Fülle an Dichtungen von weltliterarischem Rang hervor. Drei ihrer schillerndsten Vertreter, die sogenannte zweite Generation der Romantiker, werden in diesem Band vorgestellt. Der aristokratische Exzentriker Lord Byron (1788 – 1824) starb nach einem skandalumwitterten Leben als Freiheitskämpfer in Griechenland. Percy Bysshe Shelley (1792 – 1822), Idealist und radikaler Reformer, trat als politischer Dichter hervor. John Keats (1795 – 1821) schließlich, dem von den drei Jungverstorbenen das kürzeste Leben beschieden war, wurde durch seine sinnlich-zarte Lyrik unsterblich.
Mit vielen literarischen Kostproben sowie zeitgenössischen und jüngeren Dokumenten stellt dieses biographische Lesebuch Leben und Nachleben der drei großen Dichter vor.

Dr. Susanne Schmid, geboren 1964, war nach ihrem Studium der Anglistik, Germanistik und Geschichte einige Jahre Lektorin an der University of Salford/Manchester. Seit 1994 arbeitet sie als Wissenschaftliche Mitarbeiterin am Institut für Englische Philologie an der Freien Universität Berlin.

Byron · Shelley · Keats

Ein biographisches Lesebuch
von
Susanne Schmid

Deutscher Taschenbuch Verlag

Originalausgabe
April 1999
Deutscher Taschenbuch Verlag GmbH & Co. KG,
München

Umschlagkonzept: Balk & Brumshagen
Umschlagbild: ›Vesuvius in Eruption, with a view
over the Islands in the Bay of Naples‹ (ca. 1776–1780)
von Joseph Wright of Derby
(© Tate Gallery, London 1998)
Satz: Fotosatz Reinhard Amann, Aichstetten
Gesetzt aus der Aldus 9,5/11' (QuarkXPress)
Druck und Bindung: C. H. Beck'sche Buchdruckerei,
Nördlingen
Gedruckt auf säurefreiem, chlorfrei gebleichtem Papier
Printed in Germany · ISBN 3-423-12627-2

Inhalt

1. Rebellen und Visionäre

Anläßlich Byrons zweihundertstem Geburtstag merkte die englische Romantikexpertin Marilyn Butler an, daß die Würdigungen dieses Dichters eigentlich immer den Charakter von Klatschkolumnen annehmen. War Byron schwul? Hatte er ein Verhältnis mit seiner Halbschwester Augusta? Warum genau zerbrach seine Ehe mit Annabella Milbanke? Warum verließ er 1816 England für immer? Was erlebte er auf seinen Reisen in den Orient? Und vor allem: Was stand in seinen Memoiren, die wohlmeinende Freunde kurz nach seinem Tod vernichtet hatten? Byron, einem berühmten Diktum zufolge »mad, bad, and dangerous to know« – »verrückt, schlecht und gefährlich« –, hat wie nur wenige Autoren die Gemüter des neunzehnten Jahrhunderts bewegt. Leserinnen sollen über seinen unglaublich populären Gedichten geweint haben. Fürst Metternich ließ *Childe Harold* auf die Zensurliste des habsburgischen Reichs setzen, konnte aber auswendig daraus zitieren.

Auch Shelleys Œuvre, wenngleich nie so populär, erfuhr eine ähnlich divergierende Aufnahme. Keats, dessen Werk zunächst nicht die gleiche Breitenwirkung entfaltete wie das von Byron, erlebte ebenfalls massive Ablehnung, aber auch Zustimmung. Während Byron schon zu seinen Lebzeiten berühmt war, begann man Shelley und Keats erst nach ihrem Tode zu würdigen. Auch ihre Biographien und Dichtungen wurden schließlich so weitläufig bekannt, daß kaum eine Anthologie der englischen Literatur ohne ihre Gedichte auskam oder -kommt. Je nach Leserschaft wurde Shelley entweder als politischer Hitzkopf oder als sentimentaler Liebes- und Naturdichter gehandelt, als Engel, Revoluzzer oder Monster. Keats schließlich galt als so zart, daß er von einer aggressiven Rezension hinweggerafft worden war – so jedenfalls der Mythos, an dem Shelley eifrig mitgearbeitet hatte. Das neunzehnte Jahrhundert war eine Ära des beginnenden Starkults. Leser und Leserinnen suchten in Biographien von Dichtern, Musikern und Politikern Identifikationspunkte. Byron, Shelley und Keats waren gleichzeitig außergewöhnliche und typische Vertreter ihrer Zeit. Ihre Texte und Lebensgeschichten boten die Möglichkeit, dem Alltag zu entfliehen. Vor allem Byrons, aber auch Shelleys und Keats' Wirkung ging weit über die englischen Grenzen hinaus. In Deutschland befaßten sich unter anderem Goethe, Heine, George und Brecht mit dem Übersetzen und Nachdichten dieser englischen Romantiker. Zahlreiche Romane und Dramen hatten ihre Biographien zum Thema. Mythen wurden erfunden und fortgesponnen. Die unterschiedlichen Übersetzungsbeispiele, die dieser Band enthält, spiegeln das breite Spektrum der deutschen Rezeption wider.

Byron erregte die romantische und postromantische Vorstellungskraft, weil er jung Außergewöhnliches erreicht hatte, weil er unglaublich intensiv lebte und, ebenso wie Shelley und Keats, nicht zuletzt deshalb, weil er jung starb. Byron wurde immerhin 36, Shelley ertrank mit 29. Keats starb im Alter von 25 Jahren an Schwindsucht. Keiner der drei hatte Zeit, Viktorianer zu werden und sich eine gesetztere Sicht der Dinge zuzulegen. Alle drei bleiben für immer junge Männer, je nach Temperament rebellisch oder aus der Gesellschaft zurückgezogen. Während sich Literaturwissenschaftler traditionell auf Textstrukturen stürzen, begeben sich Romantikforscher mitten ins Leben, und zwar in das ihrer Autoren. Der Kanon der englischen Literatur hat nur wenige Protagonisten mit ähnlich spannendem Lebenswandel aufzuweisen. Darüber hinaus sind die Texte von Byron, Shelley und Keats stark an ihren tatsächlichen Erlebnissen, an ihren Stimmungen und inneren Spannungen orientiert, beziehen sich auf Zeitgenossen und auch aufeinander.

Trotz aller Unterschiede waren die drei doch durch einige ähnliche poetische Anliegen verbunden. Im Zeitalter unmittelbar nach der Französischen Revolution hatten ersehnte und verratene Visionen, Illusionen und Desillusionierungen als literarische Themen Hochkonjunktur. Vor allem Shelley und Keats, die beiden Idealisten des Trios, befaßten sich mit humanitären (Shelley) und individuellen (Keats) Visionen. Shelley, der revolutionärste der drei, hing den Idealen der Französischen Revolution nach, die er mehrfach im Bild des ausbrechenden Vulkans faßte. Byron hingegen schwankte zwischen sentimentalem Weltschmerz und Zynismus und neigte dazu, solche Entwürfe als Utopien zu ironisieren. Seine Protagonisten ersehnten die Vereinigung mit der Geliebten, die meist scheiterte – ebenfalls eine verratene, verlorene individuelle Vision. Allen dreien war das Kultivieren von Stimmungen wie der sehr modischen Melancholie Ausdruck ihrer Lebenshaltung. Der Sentimentalismus des achtzehnten Jahrhunderts bot (etwa mit *Werther* oder Rousseau) ausreichend Vorbilder an, auf die z. B. Byron bei der Darstellung seiner düsteren Helden zurückgriff. Auch der Topos der romantischen Liebe, die sich über alle Grenzen hinwegsetzt, fand bei allen dreien Widerhall, sowohl in den literarischen Texten wie auch im persönlichen Leben.

Dieses intensive Fühlen war bei der ersten Generation der Romantiker, vor allem bei Wordsworth, auf die Natur gerichtet gewesen. Auch Shelley und Keats, und phasenweise sogar Byron, glaubten an die reinigende Kraft dieser Naturerlebnisse, die häufig im Zentrum ihrer Reisen standen. Angesichts der beginnenden Industrialisierung und der Verstädterung funktionierte die Naturidylle ebenso wie die modischen orientalischen Szenarios als Fluchtpunkt. Neben diesen imaginären Räumen wurde der Süden, vor allem Italien, »das Paradies der Exilierten« (Shelley), zu einer alternativen Lebenswelt, die mehr Freiheiten bot als die heimischen Verhältnisse. Das England der nachrevolutionären Epoche, von 1797 bis 1815 im Krieg mit Frankreich, war ein repressiver Staat, den vor allem Shelley, der politischste der drei, als unerträglich empfand. Byron verließ nach seiner gescheiterten Ehe und dem Verlust seines Ansehens England und ging in das mit der »fatalen Gabe der Schönheit« bedachte Italien. Keats schließlich kam als Sterbender, der vergeblich auf Genesung hoffte, dorthin. Alle drei huldigten einem heidnischen Neoklassizismus und schwelgten im Kult des Südens, so wie auch andere Autoren ihrer Generation. Die Begeisterung für klassische antike Stoffe und mediterrane Landschaften bei Shelley und Keats rührt daher.

Wegen ihres Außenseiterstatus entwickelten Shelley und Keats detaillierte Vorstellungen von der Rolle des Poeten. Während der erfolgreiche Byron wenig von derlei Reflexionen hielt, stilisierte Shelley den Dichter zum »nicht anerkannten Gesetzgeber der

Welt«. Auch Keats' Schaffen ist von einem Ringen um das Wesen der Kunst, um das Verhältnis von Illusion und Wirklichkeit bestimmt. Ganz im Kontrast zu diesen Höhenflügen standen die Realitäten des Literaturbetriebs im neunzehnten Jahrhundert. Byron war der einzige der drei, der sich dort schon zu Lebzeiten Ruhm erwarb.

Faszinierend waren vor allem seine Heldengestalten. Als typisch galt der aufgrund eines ominösen Unglücks vor sich hinbrütende, geheimnisvolle junge Mann, so wie Childe Harold, eine seiner erfolgreichsten Kreationen. Harold, vom Leser sofort als Spiegelbild Byrons gedeutet, durchwandert verschiedene europäische Länder. Am Anfang des ersten Cantos steht sein Aufbruch:

5.
For he through Sin's long labyrinth had run,
Nor made atonement when he did amiss,
Had sigh'd to many though he loved but one,
And that loved one, alas! could ne'er be his.
A, happy she! to 'scape from him whose kiss
Had been pollution unto aught so chaste;
Who soon had left her charms for vulgar bliss.
And spoil'd her goodly lands to gild his waste,
Nor calm domestic peace had ever deign'd to taste.

6.
And now Childe Harold was sore sick at heart,
And from his fellow bacchanals would flee;
'Tis said, at times the sullen tear would start,
But Pride congeal'd the drop within his ee:
Apart he stalk'd in joyless reverie,
And from his native land resolved to go,
And visit scorching climes beyond the sea;
With pleasure drugg'd, he almost long'd for woe,
And e'en for change of scene would seek the shades below.

[…]

9.
And none did love him: though to hall and bower
He gather'd revellers from far and near,
He knew them flatt'rers of the festal hour;
The heartless parasites of present cheer.
Yea! none did love him – not his lemans dear –
But pomp and power alone are woman's care,
And where these are light Eros finds a feere;
Maidens, like moths, are ever caught by glare,
And Mammon wins his way where Seraphs might despair.

***

5.
Denn durch der Sünde langes Labyrinth
War er gewandert aller Sühne bar;
Geseufzt um Viele hatt' er, doch geminnt
Die Eine nur, die ihm verloren war.
Wohl ihr, daß sie entronnen der Gefahr!
Sein Kuß hätt' ihren keuschen Reiz entweiht;
Geopfert hätt' er sie der feilen Schar,
Ihr Gut verpraßt, und nie hätt ihn die Zeit
Gewöhnt an den Genuß der stillen Häuslichkeit.

6.
Und nun war Harolds Seele Grames voll;
Die Zecher mied er und die Buhlerinnen;
Man sagt, daß manchmal seine Träne quoll,
Stolz aber ließ den Tau zu Eis gerinnen.
Er schlich abseits in freudlos düstrem Sinnen,
Und endlich war zu flüchten seine Wahl,
Aufs Meer, zu glüh'nden Zonen, – nur von hinnen!
Von Lust vergiftet, lechzt' er fast nach Qual;
Verändrung sucht' er, wär' es auch im Schattental.

[...]

9.
Und Niemand liebt' ihn! – lust'ge Tafelrunden
Von nah und fern lud er in Hall' und Saal,
Doch kannt' er sie, die Schmeichler froher Stunden,
Herzlose Parasiten beim Pokal.
Wer liebt' ihn? – nicht der Buhlen lockre Zahl;
Es fragt das Weib nach Pomp und Macht allein:
Wo die sind, hat Gott Amor reiche Wahl;
Die Mädchen, wie die Motten, fängt der Schein,
Und wo ein Seraph seufzt, zieht Mammon siegend ein.

Wie Harold lernten die Romantiker auf ihren Reisen sich selbst, aber auch einander kennen. Hatte Byron 1809 zu seiner *Grand Tour* England zum ersten Mal verlassen, floh Shelley 1814 – damals noch verheiratet – skandalöserweise mit Mary Godwin und deren Stiefschwester Claire auf den Kontinent. Auch auf späteren Reisen bewegte er sich mit Familie und Anhang, einer Art mobilem literarischen Salon, in dem Meisterwerke wie *Der entfesselte Prometheus* und *Frankenstein* entstanden. Shelleys *Julian und Maddalo* beschreibt seine Freundschaft mit Byron, die sich vor allem in Italien, dem Schauplatz des Gedichts, entwickelte. Im Vorwort skizzierte er die beiden Charaktere: Der leidenschaftliche und stolze Maddalo steht für Byron, während der philosophische Atheist Julian Shelley darstellt.

Graf Maddalo ist ein venezianischer Edelmann von alter Familie und großem Reichtum, welcher, ohne viel mit seinen Landsleuten zu verkehren, für gewöhnlich in seinem prächtigen Palast in Venedig sich aufhält. Sein Geist ist mit der reichsten Genialität begabt, und wenn er dessen Kräfte diesem Zweck widmen wollte, wäre er befähigt, der Befreier seines unterjochten Vaterlandes zu werden. Aber er hat die Schwäche, stolz zu sein; die Vergleichung seines eignen großen Geistes mit den nüchternen und kleinbürgerlichen Begriffen seiner Umgebung hat ihm eine innige Überzeugung von der Nichtigkeit des menschlichen Lebens eingeflößt. Seine Leidenschaften sind um vieles glühender, seine geistigen Kräfte um vieles größer als die andrer Menschen; aber anstatt mit diesen jenen den Zügel anzulegen, haben sich beide gegenseitig genährt und gekräftigt. Sein Ehrgeiz verzehrt aus Mangel an einem seiner würdigen Gegenstand sich selbst. Ich sagte, daß Maddalo stolz sei, weil ich kein anderes Wort finde, um die durch Unterdrückung noch glühender gewordenen Gefühle auszudrücken, welche ihn verzehren; aber er verwundet nur seine eignen Hoffnungen und Gefühle, denn im geselligen Leben kann niemand leutseliger, liebenswürdiger und weniger anmaßend sein. Er ist heiter, offen und witzig. Seine ernsteren Gespräche bringen fast einen Rausch der Begeisterung hervor; sie wirken wie ein Zauber auf seine Zuhörer. Er ist viel gereist und erzählt seine Abenteuer in verschiedenen Ländern mit unaussprechlicher Anmut.

Julian ist ein Engländer von guter Familie, den philosophischen Doktrinen zugetan, welche die Herrschaft des Menschen über seinen Geist und die Möglichkeit ungeheurer Fortschritte der Menschheit nach Ausrottung manches noch bestehenden Aberglaubens behaupten. Ohne das Böse in der Welt wegzuleugnen, ist er stets bemüht, dem Guten die Oberherrschaft zu verschaffen. Er ist durch und durch ein Ungläubiger und ein Spötter über alles, was die Menschen heilig nennen, und Maddalo fühlt ein boshaftes Vergnügen, wenn er ihn zu Tiraden gegen die Religion verleiten kann. Aber doch behaupten Julians Freunde, daß er trotz seiner ketzerischen Meinungen einige gute Eigenschaften besitze.

Shelley präsentierte sich hier (voller ironischer Untertöne) als Idealist, der nach dem Guten strebt. Zu Beginn des Gedichts reiten die beiden Freunde, Maddalo und Julian, am Meer entlang Richtung Venedig, wo sich Byron und Shelley 1818 trafen. Während des Ritts entspinnt sich ein philosophisches Gespräch über den freien Willen und das Schicksal. Die hier gewählte Übersetzung von Seybt aus dem Jahre 1844 geht mit der Vorlage, vor allem mit der Zeileneinteilung, relativ frei um.

So, as we rode, we talked; and the swift thought,
Winging itself with laughter, lingered not,
But flew from brain to brain, – such glee was ours,
Charged with light memories of remembered hours,
None slow enough for sadness: till we came
Homeward, which always makes the spirit tame.
This day had been cheerful but cold, and now
The sun was sinking, and the wind also.
Our talk grew somewhat serious, as may be
Talk interrupted with such raillery [...]
Concerning God, freewill and destiny:
Of all that earth has been or yet may be,
All that vain men imagine or believe,
Or hope can paint or suffering may achieve,
We descanted, and I (for ever still
Is it not wise to make the best of ill?)
Argued against despondency, but pride
Made my companion take the darker side.
The sense that he was greater than his kind
Had struck, methinks, his eagle spirit blind
By gazing on its own exceeding light.
Meanwhile the sun paused ere it should alight,
Over the horizon of the mountains; – Oh,
How beautiful is sunset, when the glow
Of Heaven descends upon a land like thee,
Thou Paradise of exiles, Italy!

***

Wir sprachen während unserm Ritt. Beflügelt
Mit heiterm Lachen eilte ungezügelt
Von Hirn zu Hirne der Gedanken Schwung, –
So freuten wir uns der Erinnerung
Vergangener Stunden, deren keine träge
Genug entschwand, daß Trauer sie errege;
Bis heimwärts wir uns wandten, was stets zähmt
Den Geist und seine kühnen Flüge lähmt.

Der Tag war kalt gewesen, aber schön,
Und wie die Sonne sank, schwieg auch das Wehn
Des Windes. Ernster wurde jetzt der Ton
Der Rede, wie wenn man mit leisem Hohn
Sich selbst verspottet [...]
Gott, Schicksal, freien Willen, und die Erde,
Was sie gewesen einst, was aus ihr werde.
Was Alles Menschen glauben oder wähnen,
Was Dulden schaffen kann, Hoffnung ersehnen,
War unsrer Rede Gegenstand; und ich
(Denn ist's nicht weise, aus dem Bösen sich
Stets Gutes noch zu suchen?) kämpfe gegen
Die Seelen, welche Kleinmut in sich hegen.
Aus Stolz jedoch bestritt dies mein Gefährt;
Denn das Gefühl, daß er von höhrem Wert
Als andre Menschen wäre, hatte ganz
Verblendet, glaub' ich, mit dem eignen Glanz
Den Adlergeist. Indessen zögerte
Die Sonne noch am Rand des Himmels, eh'
Sie niedersank hinter der Berge Höhn.-
Wie herrlich ist der Sonne Niedergehn,
Wenn purpurrot des Himmels Abendglut
Auf einem Lande, gleich Dir, Italien ruht!
Du, der Verbannten Eden!

Im Lauf der Erzählung entwickeln sie ihre unterschiedlichen Positionen. Die Geduld, für die Julian eintritt, führt nach Meinung von Maddalo einzig in den Wahnsinn – typisch für die unterschiedlichen Lebenseinstellungen der beiden. Trotz ihrer Freundschaft waren sich Byron und Shelley auch ihrer divergierenden Ansichten bewußt und verbrachten viel Zeit damit, sich auszutauschen. Während die beiden miteinander um Positionen rangen, zog John Keats im großen und ganzen die Weltflucht vor – Flucht in arkadische Glückslandschaften und mythische Beziehungen. Daher konnte Keats seinen Zeitgenossen Byron auch nicht als Energiebündel und Lebenskünstler sehen, sondern eher als zart-welkendes, melancholisches Geschöpf – eben so, wie er sich selbst sah:

To Lord Byron

Byron, how sweetly sad thy melody,
Attuning still the soul to tenderness,
As if soft Pity, with unusual stress,
Had touched her plaintive lute, and thou, being by,
Hadst caugth the tones, nor suffered them to die.
O'ershading sorrow doth not make thee less
Delightful; thou thy griefs dost dress
With a bright halo, shining beamily;
As when a cloud a golden moon doth veil,
Its sides are tinged with a resplendent glow,
Through the dark robe oft amber rays prevail,
And like fair veins in sable marble flow.
Still warble, dying swan, still tell the tale,
The enchanting tale, the tale of pleasing woe.

***

An Byron

Byron, wie selig-trüb ist Dein Gesang!
Die Seele abgestimmt auf Lindheit sacht,
Als hätte Mitgefühl mit Übermacht
Berührt den klagevollen Lautenstrang.
Und du ergriffst die Töne dann, im Drang
Sie festzuhalten. Schattend Leid, es macht
Nicht minder schön Dich. Eines Lichthofs Pracht
Um Deinen Schmerz auf Deinem Leidensgang
Ziehst Du. – So ist um goldnen Mond im Ring
Der Wolkenrand gefärbt von Glutenschein,
Drin bernsteinfarbnes Strahlenmeer sich fing,
Wie Adern hell in düsterm Marmorstein.
Sterbender Schwan, sing fort! Die Märe sing,
Die Zaubermär beseligender Pein!

Keats, offensichtlich von Byrons melancholischen Posen beeindruckt, verherrlichte hier auf sehr abstrakte Weise seinen Dichterhelden. Der »selig-trübe Gesang«, die »beseligende Pein« sind aber eher typisch für sein eigenes Verständnis von Dichtung und vom Dasein. Der Kontrast und das Zusammenspiel von Freude und Melancholie, von Glück und Schmerz, war grundlegend für Keats' Lebensgefühl. Typisch für ihn sind auch die leuchtenden Farben, mit denen er den Himmel beschreibt und ihm so eine traumartige Qualität verleiht. Byron hingegen konnte mit Keats wenig anfangen und kommentierte seine vermeintliche Todesursache gegenüber Shelley recht bissig:

Ravenna, 26. April 1821

An Shelley.
Ich bin sehr traurig über Ihre Mitteilung von dem Tode des jungen Keats, – ist es wirklich wahr? Ich habe nie geglaubt, daß eine Kritik solche tödliche Wirkung haben könnte. Wenn ich auch in meiner Beurteilung seiner literarischen Leistungen durchaus von Ihnen abweiche, so ist mir doch jede unnötige Grausamkeit so sehr zuwider, daß ich wünschte, er säße eher auf dem höchsten Gipfel des Parnassus, denn daß er auf solche Art zugrunde gehen mußte. – Armer Junge! Aber mit einer so maßlosen Selbstliebe, wie er sie besaß, wäre er wahrscheinlich doch niemals glücklich geworden. Ich las die Kritik der Quarterly-Review über seinen Endymion. Sie ist sehr streng, aber sicher nicht so streng wie manche Kritiken desselben Blattes und anderer über noch ganz andere Dichter.

Ich erinnere mich der Wirkung, die die Kritik der Edinburgh-Review über meine ersten Gedichte auf mich übte; ich fühlte Wut, Erbitterung und auch Widerstandskraft, aber keine Verzagtheit und Verzweiflung. Ich gebe zu, jenes sind auch keine sehr angenehmen Gefühle; aber in dieser Welt voll Kampf und Wirren und besonders in der Laufbahn eines Schriftstellers sollte man erst überlegen, wie weit die eigene Widerstandskraft reicht, ehe man sich in die Arena hineinwagt!

Bei allen Unterschieden im Temperament und in der Wahl der literarischen Stoffe waren die drei Dichter doch durch viele Gemeinsamkeiten miteinander verbunden: ihre Abneigung gegen zeitgenössische Politik – von Keats' stillschweigender Abkehr bis hin zu Shelleys offener Rebellion, ihre Faszination für das Märchenhafte, das Irreale, den Wahnsinn, ihr Außenseitertum. Ihre Lieblingsthemen waren existentiell suchende, oft menschenferne Helden (Byrons Corsair und Manfred, Keats' Endymion, Shelleys Prometheus), allmächtige, bedrohliche und bezaubernde Frauen (Keats' Lamia, Byrons Haidée), zarte Naturbeschreibungen und orientalische Gegenwelten, Prophezeiungen der Freiheit und Spekulationen über die Wirkungsmacht von Dichtung. Sie lebten das Bedürfnis, sich mit Sprache einen eigenen Raum zu schaffen. Das Spektrum ihrer Einstellungen ging von Melancholie über Zynismus bis hin zur Verherrlichung des Schönen: »Ein Ding von Schönheit schafft für immer Freude«, so Keats. Gemeinsam war den dreien auch, daß sie nicht nur als Dichter, sondern auch als Menschen wahrgenommen und noch zu ihren Lebzeiten den unterschiedlichsten und widersprüchlichsten Stilisierungen ausgesetzt wurden.

2. Byron – maskuline Helden

Er liegt tot auf seinem Bett ausgestreckt, ganz bedeckt, bis auf die Brust, die viele perückentragende Ärzte aufschneiden, um zu sehen, an welcher außerordentlichen Krankheit dieser große Mann gestorben ist. Als sein Herz offenliegt, finden sie ein immens großes »I«, das auf seiner Oberfläche gewachsen ist und begonnen hat, die Brust zu durchstoßen. Sie sind alle sehr erstaunt. Einer sagt: Eine neue Krankheit. Eine anderer: So einen Fall habe ich noch nie gehabt. Ein dritter: Welche Medikamente wären da wohl angemessen gewesen? Der vierte hebt den Finger.

So beginnt eine Rachephantasie über Byron, die Claire Clairmont, eine Stiefschwester von Mary Shelley, im Jahr 1820 verfaßte. Als eine der vielen »abgelegten« Geliebten des großen Dichters schaffte sie ihrer Wut und Verletzung im Tagebuch Raum. Das Wortspiel mit dem englischen »I«/ich zeigt pointiert, woran ihr ehemaliger Liebhaber ihrer Meinung nach litt: an Egomanie, und zwar so sehr, daß er ihrem Wunsch zufolge daran hätte umkommen sollen. An Selbstbewußtsein mangelte es Byron sicher nicht, der 1812 schrieb: »Eines Morgens erwachte ich und stellte fest, daß ich berühmt war«, der von Zeitgenossen geliebt und gehaßt wurde und dessen Gedichte noch lange nach seinem Tod Bestseller waren. Anders als Keats und Shelley war Byron schon zu seinen Lebzeiten legendär, sowohl wegen seiner Dichtungen als auch wegen seiner Selbststilisierungen.

George Gordon Noël Byron wurde am 22. Januar 1788 in London geboren, als Sohn von Captain Byron (oder »Mad Jack« Byron) und Catherine Gordon, einer Erbin, deren Vermögen sein Vater innerhalb kürzester Zeit verschleuderte. Catherine Gordon ging mit ihrem Sohn nach Schottland, wo er die ersten zehn Jahre seines Lebens verbrachte. Der Vater starb 1791 in Frankreich. 1798, nach dem Tod eines Großonkels, erbte der Zehnjährige den Titel eines Lord Byron zusammen mit der halbverfallenen Abtei Newstead. Das Vermögen, das er benötigt hätte, um den Besitz instandsetzen zu lassen, war allerdings von Seiten des alten Lords, der für sein ausschweifendes Leben bekannt gewesen war, nicht mitvererbt worden. Der neuerworbene Status bedeutete, daß Byron nun Zugang zu den mächtigen aristokratischen Kreisen der Politiker und Landbesitzer haben würde. Eine angemessene Schule mußte gefunden werden, und so wurde er 1801 nach Harrow geschickt. Byron war alles andere als ein »normaler« Dreizehnjähriger. Von Geburt an durch einen Klumpfuß behindert, hatte er schon in Aberdeen lernen müssen, sich mit dem Spott anderer Kinder auseinanderzusetzen. Eine Internatsatmosphäre kann für ihn nicht einfach gewesen sein, zumal diese Schulen damals noch von keinerlei Reformgeist durchzogen waren. Die Schüler waren außerhalb der Unterrichtsstunden weitgehend sich selbst überlassen. Wie schrecklich sich derartige Schulen auf sensible Kinder auswirken konnten, zeigten die Verletzungen, die der sensible Shelley in Eton erfuhr. Anders als viele Gleichaltrige hatte Byron bereits sexuelle Erfahrungen gesammelt, und zwar mit seinem Kindermädchen May Gray, die ihn offensichtlich ziemlich traumatisiert hatten. In einem Jahre später verfaßten Brief macht er dunkle Andeutungen, die das Ausmaß der Ereignisse nur ahnen lassen. Auch hatte er sich vor seinem fünfzehnten Geburtstag bereits mehrere Male unglücklich verliebt. Biographen, vom oszillierenden Liebesleben des Lords angezogen, haben häufig versucht, die nicht gerade glücklichen Urgründe von Byrons Sexualität zu erforschen.

Im Alter von siebzehn Jahren ging Byron nach Cambridge, wo sich junge Aristokraten nicht so sehr zu Studienzwecken aufhielten, als vielmehr um mit ihresgleichen Kontakte zu knüpfen und Freundschaften fürs Leben zu schließen. Spätestens zu dieser Zeit muß Byron klargeworden sein, daß ihn Männer ebenso anzogen wie Frauen. Homosexualität war im England des frühen neunzehnten Jahrhunderts ein Verbrechen, das mit dem Tod oder zumindest mit dem Pranger bestraft werden konnte, wobei letzteres keineswegs das Überleben der »Schuldigen« garantierte. Mit seinen Freunden Hobhouse und Matthews bildete Byron eine Clique, in der die jungen Männer vermutlich eine wie auch immer geartete homosexuelle Identität entwickelten. Während seiner Zeit in Cambridge war Byron in leidenschaftlicher Freundschaft dem Chorknaben John Edleston zugetan, dem gegenüber er in der Rolle des aristokratischen Patrons auftrat. Wie tief seine Gefühle gingen, zeigen die Gedichte, die er 1811 nach Edlestons Tod verfaßte. Das bekannteste ist »To Thyrza«, das – vermutlich wegen der vorherrschenden Homophobie – an eine Frau adressiert war:

To Thyrza

Without a stone to mark the spot,
And say, what Truth might well have said,
By all, save one, perchance forgot,
Ah! wherefore art thou lowly laid?

By many a shore and many a sea
Divided, yet beloved in vain;
The past, the future fled to thee,
To bid us meet – no – ne'er again!

Could this have been – a word, a look,
That softly said, »We part in peace,«
Had taught my bosom how to brook,
With fainter sighs, thy soul's release.

And didst thou not, since Death for thee
Prepared a light and pangless dart,
Once long for him thou ne'er shalt see,
Who held, and holds thee in his heart?

Oh! who like him had watch'd thee here?
Or sadly mark'd thy glazing eye,
In that dread hour ere death appear,
When silent sorrow fears to sigh,

Till all was past? But when no more
'Twas thine to reck of human woe,
Affection's heart-drops, gushing o'er,
Had flow'd as fast – as now they flow.

Shall they not flow, when many a day
In these, to me, deserted towers,
Ere call'd but for a time away,
Affection's mingling tears were ours?

Ours too the glance none saw beside;
The smile none else might understand;
The whisper'd thought of hearts allied,
The pressure of the thrilling hand;

The kiss, so guiltless and refined,
That Love each warmer wish forbore;
Those eyes proclaim'd so pure a mind,
Even Passion blush'd to plead for more.

The tone, that taught me to rejoice,
When prone, unlike thee, to repine;
The song, celestial from thy voice,
But sweet to me from none but thine;

The pledge we wore – I wear it still,
But where is thine? – Ah! where art thou?
Oft have I borne the weight of ill,
But never bent beneath till now!

Well hast thou left in life's best bloom
The cup of woe for me to drain.
If rest alone be in the tomb,
I would not wish thee here again.

But if in worlds more blest than this
Thy virtues seek a fitter sphere,

Impart some portion of thy bliss,
To wean me from mine anguish here.

Teach me – too early taught by thee!
To bear, forgiving and forgiven:
On earth thy love was such to me;
It fain would form my hope in heaven!

***

An Thyrza

Kein Stein bezeichnet mir die Stätte,
Kein Denkspruch – stolz und wahr zugleich;
Vergessen fast im tiefen Bette
Der Erde liegst du kalt und bleich.

Getrennt von mir durch Land' und Wogen,
Getrennt und doch mir immer nah, –
Vergangenheit und Zukunft flogen
Zum Wiedersehn, – das ich nicht sah!

O wäre das mir noch beschieden,
Ein einzig Wort, ein letzter Blick,
Der leise spräch': »Ich scheid' in Frieden,«
Ich trüge leichter dies Geschick.

Und als der Tod auf seinen Bogen
Den leichten, sanften Pfeil gelegt,
Frugst du nach ihm, der fortgezogen,
Der dich im Herzen trug und trägt?

Wie hätt' er deinem Aug' und Munde
Die letzten Wünsche abgefragt,
In jener dunklen letzten Stunde,
Wo Trauer kaum zu seufzen wagt,

Bis Alles aus ist? – Dann erst wäre,
Indeß du aller Not entfliehst,
Der Herzenstau, des Grames Zähre
Geflossen, wie sie heute fließt.

Soll sie nicht fließen, wo so lange,
In diesem nun so öden Schloß,
Eh' fort ich zog zum Pilgergange,
Die Freudenträn' uns beiden floß?

Wo wir verstohlen Blicke tauschten,
Das Lächeln, das nur ich verstand,
Das Flüstern, dem die Herzen lauschten,
Den Druck, den bebenden, der Hand:

Den Kuß, so schuldlos, so voll Feinheit,
Daß Lieb' ihr Feuer selbst bezwang;
Vor deines Auges Seelenreinheit
Errötend schwieg der Sehnsucht Drang.

Der Ton, der mich ans Glück gewöhnte,
Wenn ich versank in Grübelein;
Das Lied, das himmlisch mir ertönte,
Doch lieblich mir von dir allein;

Das Freundschaftspfand, – noch trag' ich meines,
Doch wo ist deins? – ach, wo bist du?
Oft hat mich Leid gebeugt, doch keines
Zerstörte so des Herzens Ruh'.

Du ließest klug im Lenz der Jahre
Die Neig' im Leidenskelche mir;
Wär' nirgend Ruh' als auf der Bahre,
Dann wünscht' ich dich nicht wieder hier;

Wenn aber hoch auf Sternenbahnen
Zu schönrem Dasein du enflohst,
Dann sei von deinem Glück ein Ahnen
Hienieden meines Jammers Trost.

Lehr' mich wie du geduldig werden,
Verzeihung suchen und verzeihn;
So war mir deine Lieb' auf Erden,
So soll mein Hoffen droben sein.

Dieses und zwei weitere Gedichte an Thyrza/Edleston befinden sich am Ende des Bestsellers *Childe Harold*. Byron posierte hier als zärtlicher Liebhaber, der sein Liebstes verloren hatte. Sein Gefühlsüberschwang und das Geheimnis, das sich um Thyrzas Identität rankte, erhöhten die Attraktivität von Gedicht und Autor. Vor allem Frauen waren fasziniert vom Mythos des unglücklich Liebenden.

Ehe er »To Thyrza« publizierte, veröffentlichte Byron zwei Sammlungen von Juvenilia und zog die aggressive Kritik des »Edinburgh Review« auf sich, auf die er wiederum mit einer Satire auf das literarische Leben, *English Bards and Scotch Reviewers* (1809), reagierte. Zu dieser Zeit fing Byron damit an, sich in London zu etablieren, perfektionierte seine dandyhaften Posen und machte (auch ganz standesgemäß) eine Menge Schulden. Im Sommer 1809 aber verließ er England geradezu fluchtartig. »Wenn die Konsequenzen der Tatsache, daß ich England verlasse, noch zehn Mal so desaströs wären wie Sie sie beschreiben – ich habe keine Alternative. Es gibt Umstände, die es unerläßlich machen. Ohne Verzug muß ich das Land verlassen«, schrieb er am 16. April in einem Brief. Über die Hintergründe dieser Aussage kann man nur spekulieren. Waren seine beträchtlichen Schulden die Ursache? Hatte er Angst, wegen seiner Homosexualität angeklagt zu werden? Am zweiten Juli begann er mit Hobhouse seine *Grand Tour*, Bestandteil der Erziehung eines jeden Aristokraten. Da er wegen des Kriegs Italien und Frankreich, die klassischen Ziele dieser Bildungsreise, nicht betreten konnte, erkundete er Südeuropa und Teile des vorderen Orients. Die Reise dauerte mehr als zwei Jahre und führte ihn nach Portugal, Spanien, Gibraltar, Malta, Albanien und Griechenland und damit in Länder, die vergleichsweise wenige englische Adelige bereisten. Das literarische Ergebnis war die Verserzählung *Childe Harold*, die Byron auf einen Schlag zur gefeierten Berühmtheit und zum gesuchtesten Gast der Londoner Saison machte. Gleichzeitig bereitete er sich auf sein Debüt als Politiker vor – unter anderem setzte er sich für die aufständischen Ludditen ein, Maschinenstürmer, deren Aktionszentrum in der Nähe der Abtei Newstead lag. Von der Politikerkarriere ließ er jedoch, kaum begonnen, nach der dritten Rede im Oberhaus wieder ab, vielleicht weil er merkte, daß sein radikaler Standpunkt in sozialpolitischen Fragen nicht durchsetzbar war. Dichtkunst und Geselligkeit hingegen waren vielversprechender. Seit dem Erfolg von *Childe Harold* war Byron plötzlich – zum ersten Mal in seinem Leben – von Frauen aus seiner eigenen sozialen Schicht umgeben und umschwärmt. Liebschaften blieben nicht aus. Eine der leidenschaftlichsten und verhängnisvollsten Affären war die mit Lady Caroline Lamb, einer alles andere als konventionellen Frau:

An Lady Caroline Lamb.

Dein Herz, meine liebe Caro, ist ein kleiner Vulkan, der Lava durch Deine Adern treibt; und doch wünsche ich es mir nicht im geringsten kälter, etwa wie ein Stück Marmor von der Art, wie man sie zu Vasen, Tischen usw. verarbeitet, wenn die Lava nach einem Ausbruch des Vesuvs verhärtet ist. Aber weg mit meinen schauderhaften Gleichnissen und Bildern; Du weißt, ich habe Dich stets für das klügste, angenehmste, unsinnigste, liebenswürdigste, verblüffendste, gefährlichste, bezauberndste kleine Ding gehalten, das jetzt lebt oder vor zweitausend Jahren hätte leben sollen. Von Deiner Schönheit will ich nicht sprechen, denn ich bin kein Richter. Aber all unsere schönen Weiber sehen neben Dir häßlich aus, folglich bist Du entweder schön oder noch etwas besseres. Und nun, Caro, dieser Unsinn ist das erste und letzte Kompliment (wenn es eins ist), das ich Dir je gemacht habe. Du hast mir oft vorgeworfen, ich verstände mich nicht darauf, nun, andere werden den Mangel gutmachen.

Nach etwa drei Monaten trennte sich Byron von ihr, wohl aus Angst davor, zu sehr dominiert zu werden. Die darauffolgenden Jahre sahen viele Versuche von ihrer Seite, den Lord zurückzuerobern. Caroline Lamb verfolgte ihn öffentlich wie privat. Wie besessen sie von ihm war, zeigt die Tatsache, daß sie im Dezember 1812 zusammen mit seinem Bild Kopien seiner Briefe verbrannte. Mit diesem Akt der Wut versuchte sie, sich selbst innere Distanz zu demonstrieren, unterlief aber ihre eigenen Absichten, eben weil sie sich nicht von den Originalbriefen trennen konnte. Einige Wochen darauf schlich sie unbeobachtet in Byrons Haus und schrieb in ein Exemplar von Beckfords *Vathek* die Worte »Remember me!«, »Denk an mich!«, die in Shakespeares *Hamlet* vom Rache suchenden Geist gesprochen werden. Vielleicht handelte es sich um einen Erpressungsversuch, denn der Autor des *Vathek* hatte England wegen seiner Homosexualität verlassen müssen. Byron jedenfalls griff nun zur Feder und schrieb ein haßerfülltes Gedicht, das aber erst nach seinem Tod veröffentlicht wurde:

Remember Thee! Remember Thee!

Remember thee! remember thee!
Till Lethe quench life's burning stream
Remorse and shame shall cling to thee,
And haunt thee like a feverish dream!

Remember thee! Ay, doubt it not.
Thy husband too shall think of thee!
By neither shalt thou be forgot,
Thou false *to him, thou* fiend *to me!*

***

Ich denk' an Dich!

Ich denk' an Dich! Ich denk' an Dich,
Bis daß verlöscht mein Lebensstrom.
Reue und Scham bedrängen Dich,
Verfolgen Dich wie ein Phantom.

Ich denk' an Dich! Kein Zweifel, nein!
Und auch dein Mann, er denkt an Dich.
Keiner von uns vergißt die Pein,
Falsch *warst Du ihm,* teuflisch *für mich!*

Caroline Lamb blieb besessen von der Idee, sich an Byron zu rächen und verfaßte einen Schlüsselroman, *Glenarvon*, in dem sie die Hauptfigur, die natürlich Byron stark ähnelte, zum Schurken machte. Sein ganzes Leben hindurch hatte Byron immer wieder mit Frauen zu tun, von denen er sich nach meist relativ kurzen Affären trennte und die diese Trennung nicht akzeptieren wollten. Vielleicht waren für den bisexuellen Byron Frauen einfach Wesen, die er tief im Grunde seines Herzens haßte, weil er wegen gesellschaftlicher Zwänge an sie gebunden war. Diese Situation mag ein Grund dafür sein, daß es ihm so schwer fiel, sie ernstzunehmen. Auffallend an Byrons frühen Dichtungen ist, daß Frauengestalten entweder sehr negativ oder, wie im folgenden Gedicht, sehr stark idealisierend dargestellt sind:

She Walks in Beauty

She walks in beauty, like the night
Of cloudless climes and starry skies;
And all that's best of dark and bright
Meet in her aspect and her eyes:
Thus mellow'd to that tender light
Which heaven to gaudy day denies.

One shade the more, one ray the less,
Had half impair'd the nameless grace
Which waves in every raven tress,
Or softly lightens o'er her face;
Where thoughts serenely sweet express
How pure, how dear their dwelling-place.

And on that cheek, and o'er that brow,
So soft, so calm, yet eloquent,
The smiles that win, the tints that glow,
But tell of days in goodness spent,
A mind at peace with all below,
A heart whose love is innocent!

***

She Walks in Beauty

In ihrer Schönheit wandelt sie
Wie wolkenlose Sternennacht;
Vermählt auf ihrem Antlitz sieh'
Des Dunkels Reiz, des Lichtes Pracht:
Der Dämmrung zarte Harmonie,
Die hinstirbt, wann der Tag erwacht.

Ein Schatten mehr, Licht minder klar,
So wär' die tiefe Anmut nicht,
Die niederwallt im Rabenhaar
Und sanft verklärt ihr Angesicht,
Aus welchem hold und wunderbar
Die reine liebe Seele spricht.

O diese Wang', o diese Brau'n,
Wie sanft, wie still, und doch beredt,
Was wir in ihrem Lächeln schaun!
Ein frommes Wirken früh und spät,
Ein Herz voll Frieden und Vertraun,
Und Lieb', unschuldig wie Gebet.

Im Sommer 1814 sah Byron bei einer Abendgesellschaft seine Cousine, Anne Wilmot, die Trauerkleidung trug. Angeregt durch das Zusammenspiel des dunklen Stoffes und des ebenfalls dunklen Glitzerschmucks, schrieb er am nächsten Tag dieses Gedicht. Der in Anthologien äußerst beliebte Text beschreibt keine reale Frau mit menschlichen Eigenschaften, sondern spiegelt die Wünsche des Autors, der das Objekt der Beschreibung mit seiner Bildlichkeit vereinnahmt. Weil aber Byrons Sehnsucht nach totalem Besitz, nach absoluter Einheit mit dem Objekt, nicht verwirklicht werden konnte, ließen ihn derlei Erfahrungen frustriert und melancholisch zurück. Daher drängte es ihn, solche Erlebnisse ständig emotional zu wiederholen und schriftlich zu fixieren, ohne je ans Ziel zu gelangen.

Byron war ein unglaublich produktiver Poet, der jeden Anlaß wahrnahm, zur Feder zu greifen. Nach dem Erfolg von *Childe Ha-*

rold verfaßte er weitere Verserzählungen: *The Giaour, The Bride of Abydos* (1813), *Lara* (1814), *The Siege of Corinth, Parisina, The Prisoner of Chillon* (1816), *The Lament of Tasso* (1817) und andere, vielfach in ähnlichem Stil gehalten. Immer wieder taucht ein bestimmter Heldentypus auf, der wie Harold von Melancholie und Menschenhaß bestimmt ist, oft geheimnisumwittert und aus der Gesellschaft ausgestoßen. Die Erzählungen sind außerhalb Englands angesiedelt, häufig im Orient, damals ein modischer Schauplatz. Er stand für luxuriöses Leben und große Leidenschaften. Typisch ist etwa die Einleitung von Byrons *The Bride of Abydos*, die dem Leser eine Vielzahl sinnlicher Genüsse anbietet:

Know ye the land where the cypress and myrtle
Are emblems of deeds that are done in their clime?
Where the rage of the vulture, the love of the turtle,
Now melt into sorrow, now madden to crime!
Know ye the land of the cedar and vine,
Where the flowers ever blossom, the beams ever shine;
Where the light wings of Zephyr, oppress'd with perfume,
Wax faint o'er the gardens of Gúl in her bloom;
Where the citron and olive are fairest of fruit,
And the voice of the nightingale never is mute:
Where the tints of the earth, and the hues of the sky,
In colour though varied, in beauty may vie,
And the purple of ocean is deepest in dye;
Where the virgins are soft as the roses they twine,
And all, save the spirit of man, is divine?
'Tis the clime of the East; 'tis the land of the Sun –
Can he smile on such deeds as his children have done?
Oh! wild as the accents of lovers' farewell
Are the hearts which they bear, and the tales which they tell.

***

Kennt ihr das Land, das Cypressen und Myrten,
Sinnbilder des Glücks und des Todes, umgürten?
Wo die Liebe der Taub' und des Geiers Mut
Bald schmilzt in Trauer, bald schwelgt in Blut?
Kennt ihr das Land der Cedern und Reben,

Wo die Blume nie welkt und das Licht nie erbleicht,
Wo von Düften erdrückt und von Rosen umgeben,
Leiser der Flügel der Zephyre streicht?
Wo Citron' und Olive die Hügel bekränzen,
Wo die Nachtigall nimmer verstummt in der Nacht,
Wo die Tinten der Erd' und des Himmels Erglänzen,
An Farben verschieden, wetteifern an Pracht,
Und der Purpur des Oceans dunkeler lacht?
Wo die Jungfraun blühn wie Blumen der Wonne,
Wo nur eins nicht göttlich, – das menschliche Herz?
Kennt ihr den Osten, die Heimat der Sonne?
Sie lächelt zu Freveln und blutigem Schmerz!
O, wild wie das Schluchzen geschiedener Liebe
Sind die Sagen im Land und im Herzen die Triebe!

Zumeist beschreibt die Verserzählung das Leiden an der Liebe und an den Menschen. Eine der bekanntesten ist der 1814 in zehn Tagen geschriebene *Corsair,* von dem innerhalb eines Monats 25 000 Exemplare verkauft wurden. Der düstere Pirat Conrad, der aus der menschlichen Gemeinschaft verbannt ist, ohne daß der Leser den Grund erfährt, kehrt mit seinen Mannen zurück, um sofort wieder auf einen Beutezug aufzubrechen. Nach dem Abschied von seiner Geliebten Medora segelt er mit den Piraten los. Nachdem die Männer die Boote des Pascha Seyd angezündet haben, werden sie gefangengenommen. Allerdings hat Conrad eine Helferin, die er zuvor im Kampf errettet hat: Gulnare, die Lieblingssklavin des Paschas, die sich in ihn verliebt. Der auf seine Hinrichtung wartende Conrad lehnt jedoch Gulnares Vorschlag ab, Seyd im Schlaf zu töten, weil ihm das – trotz der Lebensgefahr, in der er sich befindet – feige und unwürdig erscheint. Als Gulnare die Tat selbst unternimmt, wendet sich der nun befreite Conrad von der Mörderin ab. Schließlich hat sie dann aber doch einen Kuß verdient, ehe sie kommentarlos aus der Erzählung verschwindet. Nun kehrt Conrad zu Medora zurück, die inzwischen von seiner Gefangennahme erfahren hat. Als er sich seiner Insel nähert, ist ihr Wohngebäude dunkel. Den ganzen Text hindurch tritt Conrad als finsterer Menschenhasser aber auch bis an den Rand der Verzweiflung Liebender auf. Die ambivalente Spannung ist schon zu Beginn des Gedichts deutlich.

Canto I

[...]
Sun-burnt his cheek, his forehead high and pale
The sable curls in wild profusion veil;
And oft perforce his rising lip reveals
The haughtier thought it curbs, but scarce conceals.
Though smooth his voice, and calm his general mien,
Still seems there something he would not have seen:
His features' deepening lines and varying hue
At times attracted, yet perplex'd the view,
As if within that murkiness of mind
Work'd feelings fearful, and yet undefined;
Such might it be – that none could truly tell –
Too close inquiry his stern glance would quell.
There breathe but few whose aspect might defy
The full encounter of his searching eye;
He had the skill, when Cunning's gaze would seek
To probe his heart and watch his changing cheek,
At once the observer's purpose to espy,
And on himself roll back his scrutiny,
Lest he to Conrad rather should betray
Some secret thought, than drag that chief's to day.
There was a laughing Devil in his sneer,
That raised emotions both of rage and fear;
And where his frown of hatred darkly fell,
Hope withering fled, and Mercy sigh'd farewell!
[...]
Yet was not Conrad thus by Nature sent
To lead the guilty – guilt's worse instrument –
His soul was changed, before his deeds had driven
Him forth to war with man and forfeit heaven.
Warp'd by the world in Disappointment's school,
In words too wise, in conduct there *a fool;*
Too firm to yield, and far too proud to stoop,
Doom'd by his very virtues for a dupe,
He cursed those virtues as the cause of ill,
And not the traitors who betray'd him still;

Canto I

[…]
Die Wangen braun, die Stirne, hoch und bleich,
Beschatten Locken, rabenschwarz und reich,
Und seine schwell'nde Lippe, sie verrät
Trotz, den er zähmt, doch zu verhüll'n verschmäht.
So weich sein Ton ist und sein Antlitz still,
Etwas ist drin, was er nicht zeigen will;
Der Züge Gram, der Farben Wechselhauch
Zieht oft den Blick an, doch verwirrt ihn auch,
Als wühlten in der Seele schwarzer Nacht
Gefühle, furchtbar, doch nur halb erwacht.
So mag es wirklich sein; man weiß es kaum;
Die Neugier hält sein ernster Blick in Zaum,
Und Wen'ge atmen, deren Stirne dann
Dem Glanz des bohr'nden Auges trotzen kann.
Wenn aber gar die Schlauheit heimlich still
Sein Herz im Spiel der Mienen lesen will,
So rät er gleich des Spähers Zweck und macht,
Daß sich erschreckt der Gegner selbst bewacht,
Um nur, statt Conrads Innres zu ergründen,
Den eignen stummen Wunsch nicht zu verkünden.
In seinem Hohn ein Teufel spöttisch lacht,
Der Furcht einflößt und doch auch Wut entfacht.
Und wann sein Haß die Stirne finster zieht,
Seufzt Gnade Lebewohl und Hoffnung flieht.
[…]
Nicht schuf ihn die Natur, wie er dort stand,
Der Frevler Haupt, des Frevels schlimmste Hand;
Verwandelt ward sein Inneres, bevor
Er mit der Welt zerfiel und Gott verschwor.
In der Enttäuschung Schule früh vergällt,
Zu weis' in Worten, töricht in der Welt,
Zu fest zum Weichen und zum Knien zu starr,
Durch seine Tugenden der Andren Narr,
Flucht' er der Tugend, die ihm dies beschied,
Nicht dem Verrat, der immer ihn verriet;

Nor deem'd that gifts bestow'd on better men
Had left him joy, and means to give again.
Fear'd, shunn'd, belied, ere youth had lost her force,
He hated man too much to feel remorse
[...]
Thus with himself communion held he, till
He reach'd the summit of his tower-crown'd hill:
There at the portal paused – for wild and soft
He heard those accents never heard too oft;
Through the high lattice far yet sweet they rung,
And these the notes his bird of beauty sung:

»Deep in my soul that tender secret dwells,
Lonely and lost to light for evermore,
Save when to thine my heart responsive swells,
Then trembles into silence as before.

There, in its centre, a sepulchral lamp
Burns the slow flame, eternal, but unseen;
Which not the darkness of despair can damp,
Though vain its ray as it had never been.

Remember me – Oh! pass not thou my grave
Without one thought whose relics there recline:
The only pang my bosom dare not brave
Must be to find forgetfulness in thine.

My fondest, faintest, latest accents hear –
Grief for the dead not virtue can reprove;
Then give me all I ever ask'd – a tear,
The first – last – sole reward of so much love!«

He pass'd the portal, cross'd the corridor,
And reach'd the chamber as the strain gave o'er:
»My own Medora! sure thy song is sad –«

»In Conrad's absence wouldst thou have it glad?
Without thine ear to listen to my lay,

Vergaß, daß Gabe, die er Guten brachte,
Ihn froh und fähig mehr zu geben machte.
Getäuscht, geflohn, gefürchtet, haßt' er so
Die Menschen, daß sein Mitleid ganz entfloh;
[...]
So hielt er Zwiesprach mit sich selbst, und dann
Stieg er sein turmgekröntes Riff hinan;
Am Torweg stand er still; denn sanft und bang
Hört' er den nie zu oft gehörten Klang;
Fern, aber süß vom Erker tönt' ihr Schall,
Und also sang des Turmes Nachtigall:

»Tief in der Brust mein süß Geheimnis lebt,
Einsam, und nie zum Licht schwillt es empor;
Nur wann mein Herz von deinem Echo bebt
Und leis' in Schweigen hinstirbt, wie zuvor.

Dort in der Tiefe brennt ein Grabeslicht,
Die langsam-ew'ge Flamm' und unsichtbar;
Das Dunkel der Verzweiflung dämpft' sie nicht,
Obwohl sie trüb' ist, wie sie niemals war.

Gedenke mein! – nicht ohne Seufzer geh
Der Gruft vorbei, wo meine Ruhstatt ist;
Mein Herz erschrickt vor keinem andren Weh,
Nur vor dem Tag, wo deines mich vergißt.

O hör' mein letztes, leisestes Gebet!
Gram um den Tod erlaubt ja die Natur:
So gib mir alles, was ich je erfleht,
Für so viel Liebe eine Träne nur!«

Er tritt ins Tor, er schreitet durch den Gang,
Und steht im Erker, als das Lied erklang.
»Medora! Herz! wie traurig ist dein Lied!«

Und soll es froh sein, wenn mich Conrad flieht?
Wann ihm dein Ohr nicht lauscht, muß mein Gesang

Still must my song my thoughts, my soul betray:
Still must each action to my bosom suit,
My heart unhush'd, although my lips were mute!
Oh! many a night on this lone couch reclined,
My dreaming fear with storms hath wing'd the wind,
And deem'd the breath that faintly fann'd thy sail
The murmuring prelude of the ruder gale;
Though soft, it seem'd the low prophetic dirge,
That mourn'd thee floating on the savage surge.«
[...]
She rose – she sprung – she clung to his embrace,
Till his heart heaved beneath her hidden face:
He dared not raise to his that deep-blue eye,
Which downcast droop'd in tearless agony.
Her long fair hair lay floating o'er his arms,
In all the wildness of dishevell'd charms;
Scarce beat that bosom where his image dwelt
So full – that *feeling seem'd almost unfelt!*
Hark – peals the thunder of the signal-gun!
It told 'twas sunset, and he cursed that sun.
Again – again – that form he madly press'd,
Which mutely clasp'd, imploringly caress'd!
And tottering to the couch his bride he bore,
One moment gazed, as if to gaze no more;
Felt that for him earth held but her alone,
Kiss'd her cold forehead – turn'd – is Conrad gone?
[...]
Then to his boat with haughty gesture sprung.
Flash'd the dipt oars, and sparkling with the stroke,
Around the waves' phosphoric brightness broke;
They gain the vessel – on the deck he stands, –
Shrieks the shrill whistle, ply the busy hands –
He marks how well the ship her helm obeys,
How gallant all her crew, and deigns to praise.
His eyes of pride to young Gonsalvo turn –
Why doth he start, and inly seem to mourn?
Alas! those eyes beheld his rocky tower
And live a moment o'er the parting hour;

Den Schmerz verraten, der mein Herz bezwang;
Dann fügt der Ton sich, wie die Brust ihn will,
Dann seufzt mein Herz, schwieg' auch die Lippe still.
O, manche Nacht, einsam in diesem Turm,
Beschwingt mein banger Traum die Luft mit Sturm
Und flieht im Hauch, der sanft dein Segel neckt,
Ein flüsternd Vorspiel, das die Windsbraut weckt,
So leis' und ernst, als ob's ein Grablied wär'.
Und klagt' um deine Leich' im wilden Meer.«
[...]
Sie fliegt, sie springt, sie drängt ihr Antlitz wild
An seinen Busen, der von Jammer schwillt.
Dies dunkelblaue Aug', er meidet's fast,
Wie es erliegt der tränenlosen Last.
Wild über seine Arme niederrollt
Ihr langes blondes Haar, – zerzaustes Gold!
Kaum pocht ihr Herz, von Angst um ihn durchwühlt,
So voll, – dies Fühlen schien fast ungefühlt.
Horch! der Signalkanone Donner kracht,
Die Nacht verkündend, – und er flucht der Nacht!
Wieder und wieder hält er sie gepreßt;
Liebkosend fleht sie, hält ihn lautlos fest.
Auf's Lager trägt er wankend seine Braut;
Ein Blick, als hätt' er sie zuletzt geschaut!
Er fühlt, sie ist sein einz'ger Erdenhort;
Er küßt die kalte Stirn – –. Ist Conrad fort?
[...]
Dann springt er in das Boot mit stolzem Fuß.
Die Ruder schlagen ein, und funkelnd blitzt
Die Welle, die ihr Takt phosphorisch ritzt.
Sie sind an Bord; er steht am Steuerrand;
Schrill gellt der Pfiff; flink rührt sich jede Hand;
Er sieht, das Schiff tut wacker seine Pflicht,
Ihr Volk ist brav, – und er verschweigt es nicht.
Sein stolzer Blick schaut nach Gonsalvo um, ...
Da zuckt er, wie von innrem Gram, – warum?
Ach, seinen Felsturm sieht er, und die Qual
Der Abschiedsstund' erlebt er noch einmal.

She – his Medora – did she mark the prow?
Ah! never loved he half so much as now!
But much must yet be done ere dawn of day –
Again he mans himself and turns away;
Down to the cabin with Gonsalvo bends,
And there unfolds his plan, his means, and ends;
Before them burn the lamp, and spreads the chart,
And all that speaks and aids the naval art;
They to the midnight watch protract debate;
To anxious eyes what hour is ever late?
Meantime, the steady breeze serenely blew,
And fast and falcon-like the vessel flew;
Pass'd the high headlands of each clustering isle,
To gain their port – long – long ere morning smile:
And soon the night-glass through the narrow bay
Discovers where the Pacha's galleys lay.
Count they each sail, and mark how there supine
The lights in vain o'er heedless Moslem shine.
Secure, unnoted, Conrad's prow pass'd by,
And anchor'd where his ambush meant to lie;
Screen'd from espial by the jutting cape,
That rears on high its rude fantastic shape.
Then rose his band to duty – not from sleep –
Equipp'd for deeds alike on land or deep;
While lean'd their leader o'er the fretting flood,
And calmly talk'd – and yet he talk'd of blood!

Canto II

[...]
In the high chamber of his highest tower
Sate Conrad, fetter'd in the Pacha's power.
His palace perish'd in the flame – this fort
Contain'd at once his captive and his court.
Not much could Conrad of his sentence blame,
His foe, if vanquish'd, had but shared the same: –
Alone he sate – in solitude had scann'd

Medora! – Sieht sie seinen Kiel im Meer?
Ach, niemals, niemals liebt' er halb so sehr!
Doch viel zu tun ist, eh' der Morgen graut:
Ermanne dich und nicht zurückgeschaut!
Rasch mit Gonsalvo steigt er vom Verdeck,
Enthüllt ihm seinen Anschlag, Plan und Zweck;
Die Lampe brennt, die Karte liegt zur Hand,
Und was noch sonst die Seemannskunst erfand.
Bis Mitternacht dies ernste Paar berät;
Besorgtem Aug' ist keine Zeit zu spät.
Inzwischen weht die Briese steif und hell,
Hinfliegt die Barke, wie ein Falke schnell,
An manchen Inseln hin und Felsenwacht;
Sie muß am Ziel sein, eh' der Morgen lacht.
Und bald erspäht das Nachtrohr, wo geschmiegt
In enger Bucht des Pascha's Flotte liegt,
Zählt jedes Segel, merkt, wie für den Feind
Nutzlos die Flamme der Laternen scheint.
Die Barke gleitet unbemerkt und still
Zum Hinterhalt, wo Conrad ankern will,
Vor Spähern durch das mächt'ge Cap gedeckt,
Das wild phantastisch sich gen Himmel reckt.
Jetzt steht sein Volk zum Dienst auf, – nicht vom Schlaf, –
Für Land und See gerüstet, wie sich's traf;
Der Hauptmann, lehnend über krauser Flut,
Plaudert gelassen, – und er spricht von Blut.

Canto II

[...]
Hoch in dem höchsten Turme sitzt und wacht
Conrad, gefesselt in des Pascha's Macht.
Verbrannt war Seids Schloß; im Turm vereint
Lag nun sein Hof und sein gefangner Feind.
Nicht klagen durfte Conrad: hätt' er nun
Gesiegt, würd' er dem Feind ein Gleiches tun.
Er saß allein und hatt' in stiller Nacht

His guilty bosom, but that breast he mann'd:
One thought alone he could not – dared not meet –
»Oh, how these tidings will Medora greet?«
Then – only then – his clanking hands he raised,
And strain'd with rage the chain on which he gazed;
But soon he found, or feign'd, or dream'd relief,
And smiled in self-derision of his grief,
»And now come torture when it will – or may,
More need of rest to nerve me for the day!«
This said, with languor to his mat he crept,
And, whatsoe'er his visions, quickly slept.

Twas hardly midnight when that fray begun,
For Conrad's plans matured, at once were done:
And Havoc loathes so much the waste of time,
She scarce had left an uncommitted crime.
One hour beheld him since the tide he stemm'd –
Disguised, discover'd, conquering, ta'en, condemn'd –
A chief on land, an outlaw on the deep –
Destroying, saving, prison'd, and asleep!

He slept in calmest seeming, for his breath
Was hush'd so deep – Ah! happy if in death!
He slept – Who o'er his placid slumber bends?
His foes are gone, and here he hath no friends;
Is it some seraph sent to grant him grace?
No, 'tis an earthly form with heavenly face!
Its white arm raised a lamp – yet gently hid,
Lest the ray flash abruptly on the lid
Of that closed eye, which opens but to pain,
And once unclosed – but once may close again.
That form, with eye so dark, and cheek so fair,
And auburn waves of gemm'd and braided hair;
With shape of fairy lightness – naked foot,
That shines like snow, and falls on earth as mute –
Through guards and dunnest night how came it there?
Ah! rather ask what will not woman dare?
Whom youth and pity lead like thee, Gulnare!

Sein schuldig Herz durchforscht – und stark gemacht.
Vor einer *Frage nur senkt er den Blick:*
»Wie wird Medora tragen dies Geschick?«
Da, da zuerst hob er die klirr'nde Hand
Und zerrte wild die Kette, die ihn band;
Bald aber fand er oder träumte Trost,
Des Grames spottend, der in ihm getost:
»Die Folter komme, wann sie will und mag,
Jetzt muß ich ruhn, mich stärken für den Tag.«
Er kroch zur Streu, wie er die Worte rief,
Und, was er auch geträumt, genug, er schlief.

Als jener Kampf begann, war's Mitternacht, –
Was Conrad unternahm, war rasch vollbracht;
Jedoch die Furie haßt das Müßiggehn
Und ließ kaum einen Frevel ungeschehn.
Die eine kurze Stunde sah ihn landen,
Vermummt, entlarvt, siegreich, besiegt, in Banden,
Am Lande herrschend, auf den Fluten strafend,
Zerstörend, rettend, eingekerkert, schlafend!

Sein Schlummer schien so tief! still und gemach
Sein Atem ging, – o, würd' er nimmer wach!
Er schlief, – wer beugt sich lauschend über ihn?
Die Feinde schlafen doch, die Freunde fliehn.
Ist es ein Seraph? – nein, ein Engel nicht,
Ein irdisch Weib mit himmlischem Gesicht!
Die weiße Hand die Lamp' im Schatten hält,
Damit der Strahl nicht auf dies Auge fällt,
Das nur sich öffnen wird zu langer Qual
Und nur sich wieder schließt – zum letzten Mal.
O holde Wangen, dunkles Augenpaar!
O braune Flut, juweldurchflochtnes Haar!
O Fee mit nacktem Fuße, der so weiß
Die Flur berührt wie Schnee, und auch so leis!
Wie kam sie her durch Nacht und Wächterschar?
Fragt lieber, welches Weib scheut wohl Gefahr
Das Jugend, Mitleid führt, wie dich, Gulnar?

She could not sleep – and while the Pacha's rest
In muttering dreams yet saw his pirate-guest,
She left his side – his signet-ring she bore,
Which oft in sport adorn'd her hand before –
And with it, scarcely question'd, won her way
Through drowsy guards that must that sign obey.
Worn out with toil, and tired with changing blows,
Their eyes had envied Conrad his repose;
And chill and nodding at the turret door,
They stretch their listless limbs, and watch no more;
Just raised their heads to hail the signet-ring,
Nor ask or what or who the sign may bring.
[...]
»Corsair! thy doom is named – but I have power
To soothe the Pacha in his weaker hour.
Thee would I spare – nay more – would save thee now,
But this – time – hope – nor even thy strength allow;
But all I can, I will: at least, delay
The sentence that remits thee scarce a day.
More now were ruin – even thyself were loth
The vain attempt should bring but doom to both.
[...]
My love stern Seyd's! Oh – No – No – not my love –
Yet much this heart, that strives no more, once strove
To meet his passion – but it would not be.
I felt – I feel – love dwells with – with the free.
I am a slave, a favour'd slave at best,
To share his splendour, and seem very blest!
Oft must my soul the question undergo,
Of – »Dost thou love?« and burn to answer, »No!«
[...]

Canto III

[...]
She turn'd, and vanish'd ere he could reply,
But his glance follow'd far with eager eye;

Sie floh der Schlaf; der Pascha pflog der Rast,
Murmelnd im Traum von seinem Räubergast;
Da schlich sie fort; sie trug den Siegelring,
Der oft zum Scherz an ihrem Finger hing,
Und, kaum befragt, mit diesem Talisman
Fand sie durch müde Wachen ihre Bahn.
Erschöpft von Müh', vom Tausch der Hiebe matt,
Beneideten sie Conrads Lagerstatt,
Und fröstelnd, nickend, streckten sie sich schwer
Im Gange hin und wachten bald nicht mehr;
Kaum regten sie sich grüßend vor dem Ringe
Und fragten nicht, wer ihn noch was er bringe.
[...]
»Corsar, du kennst dein Los; doch hab' ich Macht,
Die Seïd sanft in schwacher Stunde macht.
Gern schont' ich dich, gern bräch' ich deine Haft,
Doch Zeit und Hoffnung fehlt und dir die Kraft.
Eins aber kann mein Einfluß: er verschiebt
Den Spruch, der dir nur diesen Tag noch gibt.
Mehr tun wär' Tod. Du nähmst es selbst nicht an,
Was dir nicht hilft, mich nur verderben kann.
[...]
Mein Herz dem Pascha? Nimmer, nimmermehr!
Ja, ihn zu lieben, rang es heiß und schwer, –
Umsonst! ich sucht' ein Glück, das es nicht gibt;
Ich fühlt' und fühl' es: nur wer frei ist, liebt!
Und ich bin Sklavin, Liebling auch, mag sein,
Reichtum und Pracht und alles Glück ist mein;
Doch o, wie brennt mein Herz, wenn es sich fragt:
Liebst du? – und dann nicht Ja zu sagen wagt!
[...]

Canto III

[...]
Sie ist verschwunden, eh' er sprechen kann,
Doch späht sein gierig Aug' ihr nach, und dann,

And gathering, as he could, the links that bound
His form, to curl their length, and curb their sound,
Since bar and bolt no more his steps preclude,
He, fast as fetter'd limbs allow, pursued.
'Twas dark and winding, and he knew not where
That passage led; nor lamp nor guard was there:
He sees a dusky glimmering – shall he seek
Or shun that ray so indistinct and weak?
Chance guides his steps – a freshness seems to bear
Full on his brow, as if from morning air;
He reach'd an open gallery – on his eye
Gleam'd the last star of night, the clearing sky:
Yet scarcely heeded these – another light
From a lone chamber struck upon his sight.
Towards it he moved; a scarcely closing door
Reveal'd the ray within, but nothing more.
With hasty step a figure outward pass'd,
Then paused, and turn'd – and paused – 'tis she at last!
No poniard in that hand, nor sign of ill –
»Thanks to that softening heart – she could not kill!«
Again he look'd, the wildness of her eye
Starts from the day abrupt and fearfully.
She stopp'd – threw back her dark far-floating hair,
That nearly veil'd her face and bosom fair,
As if she late had bent her leaning head
Above some object of her doubt or dread.
They meet – upon her brow – – unknown, forgot –
Her hurrying hand had left – 'twas but a spot –
Its hue was all he saw, and scarce withstood –
Oh! slight but certain pledge of crime – 'tis blood!
[...]
Embark'd, the sail unfurl'd, the light breeze blew –
How much had Conrad's memory to review!
Sunk he in contemplation, till the cape
Where last he anchor'd rear'd its giant shape.
Ah! since that fatal night, though brief the time,
Had swept an age of terror, grief, and crime.
As its far shadow frown'd above the mast,

Aufraffend seine Kette, daß nicht wirr
Sie nachschleift mit verderblichem Geklirr,
(Da ihm nicht Schloß noch Tür die Freiheit raubt,)
Folgt er, so rasch die Fessel ihm erlaubt.
Gewunden war der Gang; er wußte nicht,
Wohin er führe, - nirgend Wach' und Licht.
Er sieht entfernten Schimmer; soll er ihn,
Den schwachen Lichtstrahl, suchen oder fliehn?
Der Zufall führt: ihm ist, als fühl' er lind
Um seine Stirn ein Wehn wie Morgenwind;
Ein offner Gang liegt vor ihm; droben schaut
Der letzte Stern herab: der Morgen graut.
Kaum achtet er's; ihn lockt kein andrer Strahl,
Ein einsam Licht in einem stillen Saal.
Er folgt dem Schein; nur einen Streifen Lichts
Verrät die angelehnte Tür, – sonst nichts.
Da – aus dem Saal – was huscht und schimmert da
Es steht, es kommt, hält an, – sie ist es, ja!
Kein Dolch in ihrer Hand, kein Fleckchen Blut?
»Ihr Herz ist weich; zum Mord gebrach der Mut.«
Er schaut sie an; ihr wildes Aug' erschrickt
Seltsam und jäh, wie sie den Tag erblickt.
Sie stutzt; sie wirft zurück ihr wallend Haar,
Das über Stirn und Brust geflossen war,
Als hätten eben noch sich ihre Brauen
Geneigt auf einen Gegenstand voll Grauen,
Und sieh, auf ihrer Stirn, in Eil' und Schreck
Ließ ihre Hand – – es war ein kleiner Fleck;
Er sah die Farb', – er kannt' es allzu gut,
Das dünne, sichre Pfand des Mordes, – Blut!
[...]
Leicht wehn die Winde, hoch das Segel schwillt;
Wie wogt durch Conrads Seele Bild um Bild!
Er saß in sich vertieft, bis hoch und scharf
Vorsprang das Cap, wo jüngst er Anker warf.
Seit jener Blutnacht schwand in kurzer Zeit
Ein voll Jahrzehnt an Schrecken, Schuld und Leid.
Wie überm Mast aufstieg dies finstre Riff,

He veil'd his face, and sorrow'd as he pass'd;
He thought of all – Gonsalvo and his band,
His fleeting triumph and his failing hand;
He thought on her afar, his lonely bride:
He turn'd and saw – Gulnare, the homicide!
[...]
The lights are high on beacon and from bower,
And 'midst them Conrad seeks Medora's tower:
He looks in vain – 'tis strange – and all remark,
Amid so many, hers alone is dark.
'Tis strange – of yore its welcome never fail'd,
Nor now, perchance, extinguish'd, only veil'd.
With the first boat descends he for the shore,
And looks impatient on the lingering oar.
Oh! for a wing beyond the falcon's flight,
To bear him like an arrow to that height!
With the first pause the resting rowers gave,
He waits not, looks not – leaps into the wave,
Strives through the surge, bestrides the beach, and high
Ascends the path familiar to his eye.
He reach'd his turret door – he paused – no sound
Broke from within; and all was night around.
He knock'd, and loudly – footstep nor reply
Announced that any heard or deem'd him nigh;
He knock'd, but faintly – for his trembling hand
Refused to aid his heavy heart's demand.
The portal opens – 'tis a well-known face,
But not the form he panted to embrace.
Its lips are silent – twice his own essay'd,
And fail'd to frame the question they delay'd;
He snatch'd the lamp – its light will answer all –
It quits his grasp, expiring in the fall.
He would not wait for that reviving ray –
As soon could he have linger'd there for day;
But, glimmering through the dusky corridor,
Another chequers o'er the shadow'd floor;
His steps the chamber gain – his eyes behold
All that his heart believed not – yet foretold!

Barg er sein Aug' und saß voll Gram im Schiff;
Er dacht' an All', Golsalvo, seine Schar,
Den flücht'gen Sieg, die folgende Gefahr,
Und dann zu ihr, der fernen, Teuren, hin, –
Er blickt' empor und sah – die Mörderin!
[...]
Von Lichtern schimmern Fenster und Fanal,
Und Conrad sucht Medora's Lampenstrahl;
Er sucht umsonst; – seltsam, so manches Licht
Glänzt heute durch die Nacht, nur ihres nicht;
Seltsam, sein Gruß, der sonst ihn stets empfängt, ...
Vielleicht ist's nicht erloschen, nur verhängt!
Er springt ins erste Boot, das landen mag;
Er knirscht, – wie langsam ist der Ruderschlag!
O, daß er doch mit Falkenflügeln flöhe
Und eilte wie ein Pfeil zu jener Höhe!
Kaum ruhn die Rudrer aus, hält nichts ihn mehr;
Er wartet nicht, sieht nicht, er springt ins Meer,
Ringt durch die Brandung, klimmt an Land, und dann
Eilt er den wohlbekannten Pfad hinan.
Nun steht er vor dem Turm. Er lauscht, – doch stumm
Ist alles drinnen, tiefe Nacht ringsum.
Er pocht, und heftig, – weder Schritt noch Laut
Bezeugt, daß man ihn hört und nach ihm schaut.
Er pocht, doch leise, – seine Hand versagt
Den Dienst dem Herzen, das so stürmisch fragt.
Das Tor geht auf, ein wohlbekannt Gesicht,
Doch sie, nach der er lechzt, sie ist es nicht.
Ihr Mund ist stumm; zweimal zur Frage schickt.
Sein Mund sich an, zweimal das Wort erstickt.
Er packt die Lampe, – die gibt rasch Bericht, –
Sie fällt zur Erd', im Fall erlischt ihr Licht.
Er kann nicht warten, bis sie neu erglühe,
So wenig wie auf den Beginn der Frühe;
Doch, durch den Torgang schimmernd, streift die Spur
Von andrem Lichte quer die dunkle Flur;
Er wankt zur Tür, und seine Augen schauen
Das nie geglaubte, oft geahnte Grauen!

[...]
His heart was form'd for softness – warp'd to wrong;
Betray'd too early, and beguiled too long;
Each feeling pure – as falls the dropping dew
Within the grot – like that had harden'd too;
Less clear, perchance, its earthly trials pass'd,
But sunk, and chill'd, and petrified at last.
Yet tempests wear, and lightning cleaves the rock;
If such his heart, so shatter'd it the shock.
There grew one flower beneath its rugged brow,
Though dark the shade – it shelter'd – save till now.
The thunder came – that bolt hath blasted both,
The Granite's firmness, and the Lily' growth:
The gentle plant hath left no leaf to tell
Its tale, but shrunk and wither'd where it fell;
And of its cold protector, blacken round
But shiver'd fragments on the barren ground!

'Tis morn – to venture on his lonely hour
Few dare; though now Anselmo sought his tower.
He was not there, nor seen along the shore;
Ere night, alarm'd, their isle is traversed o'er:
Another morn – another bids them seek,
And shout his name till echo waxeth weak;
Mount, grotto, cavern, valley search'd in vain,
They find on shore a sea-boat's broken chain:
Their hope revives – they follow o'er the main.
'Tis idle all – moons roll on moons away,
And Conrad comes not, came not since that day:
Nor trace, nor tidings of his doom declare
Where lives his grief, or perish'd his despair!
Long mourn'd his band whom none could mourn beside;
And fair the monument they gave his bride:
For him they raise not the recording stone –
His death yet dubious, deeds too widely known;
He left a Corsair's name to other times,
Link'd with one virtue, and a thousand crimes.

[...]
Sein Herz war sanftgeschaffen, – früh verstockt
Durch fremden Trug und durch Verrat verlockt;
Sein reines Fühlen ward allmählich hart,
Wie in der Grott' ein Tropfen Tau erstarrt;
Durch Erdenprüfung so, doch minder rein,
Sank es zu Boden, wurde kalt und Stein.
Sturm löst den Felsen und der Blitz zerreißt;
So traf dies Schicksal seinen Felsengeist.
Nur eine Blum' an seiner Brust gedieh;
Die Brust war rauh, doch schirmt' und deckte sie.
Das Wetter kam: e i n Strahl die zwei verglühte,
Des Felsens Härte wie der Lilie Blüte.
Kein überlebend Blatt der Blume sprach
Von ihrem Los; sie welkte, wo sie brach.
Von ihrem kalten Schützer blieben nur
Geschwärzte Trümmer rings auf öder Flur.

Es tagt. Nur Wen'ge wagen ihn im Turm
Zu stören, doch Anselmo trotzt dem Sturm.
Er ist nicht dort, sie sehn ihn nicht am Strand;
Erschreckt durchstöbern sie das Inselland.
Zwei Tage, drei vergehn, – noch keine Spur;
Ihr Ruf ermüdet, ach, das Echo nur;
Durchsucht ist Tal und Kluft; im sand'gen Bette
Am Meer liegt eines Boots zerbrochne Kette:
Ein Hoffnungsstrahl! – sie segeln um die Wette.
Umsonst ist alles; Mond' um Monde gehn,
Und Conrad wird nicht, ward nie mehr gesehn.
Nicht Spur noch Botschaft meldet, wo sein Gram
Lebt oder ein verzweifelt Ende nahm.
Nur seine Bande klagt' um ihn und gab
Der Braut des Hauptmanns ein geschmücktes Grab.
Ihm setzten sie kein Mal; sein Tod erschien
Zu zweifelhaft, zu viele haßten ihn;
Doch blieb verknüpft der Name des Piraten
Mit e i n e r Tugend, tausend Missetaten.

Conrad ist der typische byronische Held: düster, stolz, verzweifelt, einzigartig, leidend am Leben und an der Gesellschaft. Byron sprach damit seine Leser auf einer persönlichen Ebene an. Diese reagierten mit steigendem Interesse am Mann Byron, der mit seinen Heldenfiguren gleichgesetzt wurde. In vielen Gedichten und Erzählungen thematisierte Byron nicht nur das romantische Verlangen nach der totalen Vereinigung mit der oder dem Geliebten, sondern auch das Scheitern dieses Wunsches an menschlichen Unzulänglichkeiten oder grausamen Zufällen.

Die Frauen im *Corsair* müssen für die Leserinnen als Identifikationsfiguren gedient haben, da sie die Aufmerksamkeit des maskulinen Helden auf sich zogen. Medora ist die orientalische Version der hingebungsvollen Gattin und Hausfrau. Sie ist so fragil, daß sie das Bewußtsein verliert, als Conrad abfährt. Ihr Tod aus Liebesleid ist nur die letzte Konsequenz dieser emotionalen Hingabe. Ganz anders die aktive Heldin Gulnare, Medoras Gegenstück: Sie ist eine Rebellin, die Conrad gerade deswegen liebt, weil er für sie die Freiheit verkörpert. Sie rettet ihren Geliebten und nimmt so die traditionelle männliche Rolle für sich in Anspruch. Aber Gulnares Aktivität erregt nur die Abscheu des Helden, der sie nicht lieben kann. Ein Ersatz für die passive, gehorsame Medora ist sie nicht, und so ist es logisch, daß sie gemeinsam mit ersterer aus der Erzählung und aus Conrads Leben verschwinden muß. Bei aller exotischen Verfremdung reflektieren und dramatisieren die Verserzählungen doch traditionell männliche und weibliche Verhaltensnormen der heimischen *Regency*-Gesellschaft, was sicher einen Teil ihres Erfolgs erklärt. Auch findet sich im *Corsair* eine politische Aussage, die für zeitgenössische Leser offensichtlich gewesen sein muß: Byron machte auf die Unterdrückung der orientalischen Völker und auf ihr Befreiungs- und Revolutionspotential aufmerksam. Diese politische Dimension steigerte die Popularität des Textes, der 1817 sogar bei einer Gerichtsverhandlung ins Spiel gebracht wurde. Im Kontext einer Anklage wegen Hochverrats argumentierte der Verteidiger, daß der Angeklagte, ein einfacher Arbeiter, nur der Faszination des Anführers erlegen sei, die der von Byrons Conrad entspreche und daher unwiderstehlich sei. Allerdings akzeptierte das Gericht dieses Argument nicht, und der Mann wurde für schuldig befunden.

Mittlerweile hatte sich Byron, nach wie vor umringt von Frauen, zur Eheschließung durchgerungen. Seine Auserwählte war Annabella Milbanke, eine Cousine von Caroline Lamb, die Byron vielleicht auch deshalb so interessant fand, weil sie sich offensichtlich nicht für ihn interessierte. Die beiden lernten sich im Rahmen ihrer Korrespondenz genauer kennen – im Fall Byrons ein unüblicher Beginn für den Kontakt mit einer Frau. Annabella Milbankes Prinzipien waren in jeder Hinsicht das Gegenteil von Caroline Lambs. Sie erwartete von einem zukünftigen Gatten Pflichterfüllung, Vernunft, gleichmäßige Gefühle, keine Anfälle schlechter Laune und ebensowenig leidenschaftliche Liebe – sicher eine solide Basis für die damals weit verbreiteten Vernunftehen. Byron hatte zumindest vor der Eheschließung die ernsthafte Absicht, sich von der Lebenseinstellung seiner künftigen Frau beeinflussen zu lassen. Er heiratete Annabella Milbanke nicht aus Liebe und war für diese Art von vernunftbestimmter Beziehung völlig ungeeignet, ebenso wie seine Frau nicht in der Lage war, sich auf sein sprunghaftes Temperament und seine stark schwankenden Stimmungen einzustellen. Dazu kam, daß Byron in diesen Jahren eine seiner ernsthaftesten Affären mit einer anderen Frau, seiner Halbschwester Augusta, hatte. Sie ermutigte ihn schließlich zur Ehe mit Annabella.

Schon die Briefe der beiden Verlobten dokumentieren die unterschiedliche Lebenshaltung. Byron schrieb an seinen Freund Thomas Moore:

Newstead Abbey, 20. September 1814

An Thomas Moore.

Laß ein Hoch dem Weib erschallen,
Das schon lange ich geliebt,
Und das nun für meine Lieder,
Nicht für Gold sich mir ergibt!
(Aus einem Trinkliede Moores).

Mein lieber Moore, ich werde mich verheiraten, d. h. meine Werbung ist angenommen, und gewöhnlich hofft man dann doch, das Übrige komme nach. Die Mutter meiner zukünftigen Gracchen ist, wie man sagt, zu tugendhaft für mich, aber sie ist eben das Muster aller einzigen Kinder, und alle Welt hält große Stücke auf sie; zudem ist sie wie Desdemona »goldener Hoffnungen voll«. Fräulein Milbanke heißt die Dame, und der Herr Papa hat mich in meiner Eigenschaft als Auserkornen zum Besuch geladen: ich kann aber der Einladung erst folgen, wenn ich einige Geschäfte in London geordnet und mir – einen blauen Frack gekauft habe.

Man spricht davon, daß sie später viel erben wird; davon weiß ich aber wahrhaftig nichts und werde mich auch nicht darum kümmern. Ich weiß aber, daß sie manche Gaben und ausgezeichnete Eigenschaften besitzt, und man kann ihr Verstand nicht absprechen, da sie sechs Bewerber ausgeschlagen und schließlich mich genommen hat.

Wenn Sie nun irgend etwas gegen meine Wahl einzuwenden haben, so tun Sie es immerhin. Ich bin jetzt so fest entschlossen, daß ich Ihren Vernunftgründen ruhig Gehör schenken kann, freilich ohne sie zu befolgen. Es ist nicht unmöglich, daß irgend ein Zufall die Partie scheitern läßt, aber ich will das Gegenteil hoffen. [...]

Ich muß mich jetzt natürlich gründlich bessern, – und allen Ernstes, wenn ich irgendwie dazu beitragen kann, sie glücklich zu machen, so soll es geschehen, da das ja auch mich glücklich machen heißt. Sie ist ein so gutes Mädchen, daß – daß – kurz daß ich wünschte, ich wäre ein besserer Kerl.

Immer der Ihrige

Byron.

Fast zur gleichen Zeit schrieb seine Braut an eine Freundin:

23. September 1814

Ich habe dir ein Ereignis mitzuteilen, das Dich sicher sehr interessieren wird, das mir die beste Aussicht auf Glück eröffnet und meinen Eltern die höchste Befriedigung gewährt. Ich bin mit Lord Byron verlobt. Durch genaue Kenntnis und eingehende Erwägung überzeugt, daß er meine höchste Achtung verdient, während er zugleich meine stärkste Neigung besitzt, fühle ich mich durch seine Wahl geehrt, und ich erwarte von Deiner Aufrichtigkeit und Liebe, daß Du mehr auf die Meinung, die wir mit gutem Grunde uns von ihm haben bilden können, als auf die leeren Vorurteile der Welt Dich verläßt. Auch hast Du, wie ich hoffe, genügendes Vertrauen zu meinen Grundsätzen, um zu glauben, daß ich keinen Mann heiraten würde, den ich nicht ebenso sehr ehren wie lieben könnte. Es ist bei mir kein übereilter Schritt; die Zuneigung ist nun schon seit zwei Jahren im Wachsen, und ich gestehe das jetzt ein mit Glücksgefühlen, die mir versprechen, ebenso dauerhaft wie tief zu sein.

Die Ehe war ein Desaster. Schon die formlose Hochzeit am 2. Januar 1815 und die Hochzeitsnacht waren alles andere als romantisch. Byron begann schnell, seiner Frau aus dem Weg zu gehen. Er verhielt sich ihr gegenüber so lieblos und aggressiv, daß sie davon überzeugt war, es mit einem Wahnsinnigen zu tun zu haben.

Kirkby, 13. Februar 1816

Lady Byron an Lord Byron.
Es kann voll und klar bewiesen werden, daß ich Ihr Haus in der Überzeugung verlassen habe, Sie hätten ein so gefährliches Leiden, daß jede Aufregung ein verhängnisvolles Ereignis hätte herbeiführen können. – Meine Abwesenheit, wäre sie nicht durch noch andere Ursachen nötig geworden, war mir von den Ärzten empfohlen worden, um Ihnen einen Gegenstand Ihrer Reizbarkeit aus den Augen zu rücken. Ich würde im Widerspruch mit meiner unveränderten Neigung für Sie oder gar mit den einfachsten Grundsätzen der Menschlichkeit gehandelt haben, hätte ich in jenem Augenblick das mir widerfahrene Unrecht betonen wollen. – Bis Klarheit über Ihren Zustand verschafft wäre, war es meine Absicht, Sie zu bitten, hierher zu uns zu kommen, wo ich mich auf jede Gefahr hin der Linderung Ihrer Leiden gewidmet haben würde. – Wenn ich aus diesen Gründen zu der Zeit, als ich Ihr Haus verließ, keinen Einspruch gegen Ihr Verhalten erhoben habe, so können Sie doch nicht vergessen, daß ich Sie zuvor ernstlich und zärtlich gewarnt hatte vor den unglücklichen und unheilbaren Folgen, die für Sie wie für mich aus Ihrem Betragen hervorgehen müßten. – Was hatte ich also zu erwarten? Ich kann Ihren geistigen Zustand keiner andern

Ursache als dem gänzlichen Mangel an Grundsätzen zuschreiben, den Sie seit unserer Verheiratung offen bekannt haben. – Ich habe meine Pflicht als Ihre Gattin beharrlich erfüllt, sie war mir zu teuer, um auf sie zu verzichten, bis es hoffnungslos wurde. Nunmehr kann mein Entschluß nicht geändert werden.

A. I. Byron

Finanzielle Probleme verschlechterten die Atmosphäre, und als die Tochter Augusta Ada im Dezember 1815 geboren wurde, war die Ehe schon nicht mehr zu retten. Kurz darauf verließ Lady Byron ihren Mann für immer.

April 1816

An Lady Byron.
Noch einige letzte Worte, nicht viele, und solche die Du beachten wirst. Antwort erwarte ich keine, auch liegt nichts an ihr; aber Du wirst mich wenigstens hören. – Ich habe eben von Augusta Abschied genommen, fast dem einzigen Wesen, das Du mir zum Abschiednehmen übrig gelassen.

Wohin ich auch gehe, und ich gehe weit von hier, – Du und ich können uns in dieser Welt nicht wieder begegnen, auch in keiner andern. Laß dies Befriedigung oder Sühne sein. – Sollte mir irgend etwas widerfahren, sei freundlich zu Augusta [...] denn sie hat in Taten und Worten sich nie anders denn als Deine Freundin erwiesen. Und bedenke, daß, magst Du es auch für einen Vorteil halten, Deinen Gatten verloren zu haben, es doch für sie ein Kummer ist, zwischen sich und ihrem Bruder jetzt den Ozean, später das Grab zu wissen. Dein Gedächtnis mag Dir sagen, daß Du mir früher solch Versprechen gegeben hast. Ich wiederhole es, weil starker Zorn nur halbe Erinnerungen bewahrt. Betrachte Dein Versprechen nicht für erledigt, denn es war ja kein – Ehegelübde.

Durch Augusta wünsche ich von Zeit zu Zeit Berichte über mein Kind. Meine Adresse wird in ihren Händen bleiben. – Der Ring hat keinen Wert durch den Edelstein, aber er birgt die Locke eines Königs und eines Vorfahren, und ich wünsche ihn für meine Tochter aufbewahrt zu sehen.

In den Auseinandersetzungen nach der Trennung wurden Details aus Byrons Sexualleben als Argumente gegen ihn verwendet. An diesem Punkt begann sich Caroline Lamb wieder einzumischen. Innerhalb kürzester Zeit schwirrte London von Gerüchten um Byron, der sich plötzlich in der Rolle eines Außenseiters wiederfand und von nicht wenigen Angehörigen seiner Kreise geschnitten wurde. Ehe er im April 1816 England für immer verließ, schickte er Lady Byron ein Gedicht, »Fare Thee Well«, in dem er seine verletzten Gefühle bloßlegte:

Fare Thee Well

Fare thee well! and if for ever,
Still for ever, fare thee well:
Even though unforgiving, never
'Gainst thee shall my heart rebel.

Would that breast were bared before thee
Where thy head so oft hath lain.
While that placid sleep came o'er thee
Which thou ne'er canst know again:

Would that breast, by thee glanced over,
Every inmost thought could show!
Then thou wouldst at last discover
'Twas not well to spurn it so.

Though the world for this commend thee –
Though it smile upon the blow,
Even its praises must offend thee,
Founded on another's woe:

Though my many faults defaced me,
Could no other arm be found,
Than the one which once embraced me,
To inflict a cureless wound?
[...]

Lebe wohl!

Lebe wohl, und seis auf immer!
Seis auf immer, lebe wohl!
Doch, Versöhnungslose, nimmer
Dir mein Herze zürnen soll.

Könnt ich öffnen dir dies Herze,
Wo dein Haupt oft angeschmiegt
Jene süße Ruh gefunden,
Die dich nie in Schlaf mehr wiegt!

Könntest du durchschaun dies Herze
Und sein innerstes Gefühl!
Dann erst sähst du: es so grausam
Fortzustoßen war zu viel.

Mag sein, daß die Welt dich preise
Und die Tat mit Freuden seh, –
Muß nicht selbst ein Lob dich kränken,
Das erkauft mit fremdem Weh?

Mag sein, daß viel Schuld ich trage,
War kein andrer Arm im Land,
Mir die Todeswund zu schlagen,
Als der einst mich lieb umwand?
[...]

Das Gedicht, das in Heines Übertragung sehr viel glatter klingt als im Original, kann sowohl als sentimentales Dokument eines an der Liebe Leidenden gelesen werden wie auch als kalkulierter Versuch, die Öffentlichkeit auf die Seite des Verfassers zu ziehen. Auf jeden Fall markierte es das Ende dieser Beziehung, denn Byron sah seine Frau nie wieder.

Im Mai 1816 gelangte er an den Genfer See, wo er Shelley kennenlernte, der sich dort mit Mary Godwin (später Mary Shelley) und Claire Clairmont aufhielt – letztere hatte mit Byron in London eine

Affäre gehabt und war schwanger. Die in der Schweiz begonnene Freundschaft zwischen den beiden Männern dauerte an bis zu Shelleys Tod und war für beide Autoren sehr inspirierend. Mary Shelley schrieb ein Jahr später anläßlich ihrer Lektüre von *Childe Harold* im Rückblick über diese Zeit:

Lieber See! Ich werde Dich immer lieben. Wie kraftvolles Denken vergangene Szenen und Erinnerungen doch heiligen kann! Sein [Byrons] *Denken ist kraftvoll; und das erfüllt mich mit Melancholie, vermischt mit Vergnügen, wie immer, wenn intellektuelle Energie aufblitzt. Ich denke an unsere Ausflüge auf dem See. Wie wir ihn sahen, wenn er zu uns herabkam oder uns mit einem gut gelaunten Lächeln willkommen hieß. Wie lebhaft ruft jeder Vers seines Gedichts irgendeine solche Szene in mein Gedächtnis!*

Offensichtlich konnte sich auch Mary der Anziehungskraft Byrons nicht entziehen. Ihr Roman *Frankenstein* wurde in der Villa Diodati, Byrons dortigem Wohnsitz, angeregt, ebenso Shelleys *Mont Blanc* sowie das dritte Canto von *Childe Harold*. Sie alle reflektieren die großartige Landschaft, wie auch Byrons Versdrama *Manfred*, das in den Alpen angesiedelt ist. Manfred ist ein faustischer Charakter, ein an seiner Schuld Verzweifelnder, der auf Untaten zurückblickt, von deren Auswirkungen er besessen ist. Der Leser erfährt nur wenig über die Vorgeschichte, Manfreds bisheriges Leben, das offensichtlich voller unheilvoller Taten war. Ihre Auswirkungen haben ihn, ähnlich wie Conrad, dazu bewogen, die Gesellschaft der Menschen zu meiden. Manfred ist mit einer Vergangenheit befaßt, die er nicht kontrollieren kann. Auch wenn er genug Macht über die Geister hat, um sie herbeizurufen – er kann sie nicht dazu bringen, ihm Erleichterung zu verschaffen. Byron verarbeitete in *Manfred* seine persönlichen Schuldgefühle und die Frustration, die seine Ehe, seine Beziehung zu Augusta und der Verlust seines Ansehens verursacht hatten.

Manfred

My pang shall find a voice. From my youth upwards
My spirit walk'd not with the souls of men,
Nor look'd upon the earth with human eyes;
The thirst of their ambition was not mine,
The aim of their existence was not mine;
My joys, my griefs, my passions, and my powers,
Made me a stranger; though I wore the form,
I had no sympathy with breathing flesh,
Nor midst the creatures of clay that girded me
Was there but one who – but of her anon.
I said with men, and with the thoughts of men,
I held but slight communion; but instead,
My joy was in the wilderness, – to breathe
The difficult air of the iced mountain's top,
Where the birds dare not build, nor insect's wing
Flit o'er the herbless granite; or to plunge
Into the torrent, and to roll along
On the swift whirl of the new breaking wave
Of river-stream, or ocean, in their flow.
In these my early strength exulted; or
To follow through the night the moving moon,
The stars and their development; or catch
The dazzling lightnings till my eyes grew dim;
Or to look, list'ning, on the scatter'd leaves,
While Autumn winds were at their evening song. [...]
I have not named to thee
Father or mother, mistress, friend, or being,
With whom I wore the chain of human ties;
If I had such, they seem'd not such to me;
Yet there was one –

Witch

Spare not thyself – proceed.

Manfred

She was like me in lineaments; her eyes,
Her hair, her features, all, to the very tone
Even of her voice, they said were like to mine,;

Manfred

Mein Schmerz soll Worte finden. – Seit der Jugend
Ging mir mein Geist nicht mit der Menschen Seelen,
Noch schaut' er auf die Erd' mit Menschenaugen,
Der Durst nach ihrer Ehre, war nicht mein,
Ihr aufgestecktes Lebensziel nicht meines,
Mein Schmerz, mein Freuen, Leiden und mein Können
Macht ihnen fremd mich. Schöpft' ich Atem auch,
War keine Harmonie mir mit dem Fleisch, –
Und mit den Sterblichen, die mich umgaben,
War eine nur, die – doch hievon hernach.
Ich sagte, mit den Menschen, ihrem Geist
Hielt selten ich Gemeinschaft. In der Wildnis
Zu schweifen, drängt's mich, und die freie Luft
Der eisbedeckten Firnen einzusaugen,
Wo keine Vögel nisten, keine Würmer
Mehr über kräuterlosen Steinen fliegen,
Zu tauchen in die Fluten, fort zu rollen
Auf schnellem Strudel frisch gebrochner Welle
Des Stroms, des Meers; d i e Dinge freuten nur
Den jugendlichen Geist; dann folgt' ich auch
Durch stille Nacht dem Mond, dem wandelnden,
Den Sternen, ihrem Aufgang, oder schaute
Zu Blitzes Leuchten, bis mein Blick verblödet;
Dann schaut' ich lauschend auf zerstreute Blätter,
In denen Herbsteswinde leise klagten. [...]
Ich nannte dir
Nicht Vater, Mutter, Freundin, Freund, noch Wesen,
An das der Menschen Bande mich gefesselt.
Trug' ich die Ketten, achtet' ich sie nicht.
Doch da war eine –

Fee

Schone nicht, nur weiter.

Manfred

Ihr Antlitz war mir gleich. Die klaren Augen,
Ihr Haar, ihr Wesen, Alles, ja der Ton
Gemildert nur, gesänftiget in Schöne.

But soften'd all, and temper'd into beauty:
She had the same lone thoughts and wanderings,
The quest of hidden knowledge, and a mind
To comprehend the universe: nor these
Alone, but with them gentler powers than mine,
Pity, and smiles, and tears – which I had not;
And tenderness – but that I had for her;
Humility – and that I never had.
Her faults were mine – her virtues were her own –
I loved her, and destroy'd her!

Witch

With thy hand?

Manfred

Not with my hand, but heart, which broke her heart;
It gazed on mine, and wither'd. I have shed
Blood, but not hers – and yet her blood was shed;
I saw – and could not stanch it. [...]
Daughter of Air! I tell thee, since that hour –
But words are breath – look on me in my sleep,
Or watch my watchings – Come and sit by me!
My solitude is solitude no more,
But peopled with the Furies; – I have gnash'd
My teeth in darkness till returning morn,
Then cursed myself till sunset; – I have pray'd
For madness as a blessing – 'tis denied me.
I have affronted death – but in the war
Of elements the waters shrunk from me,
And fatal things pass'd harmless; the cold hand
Of an all-pitiless demon held me back,
Back by a single hair, which would not break.
In fantasy, imagination, all
The affluence of my soul – which one day was
A Crœsus in creation – I plunged deep,
But, like an ebbing wave, it dash'd me back
Into the gulf of my unfathom'd thought.
I plunged amidst mankind – Forgetfulness
I sought in all, save where 'tis to be found.

Der Stimme selbst, man sagt es, waren mein,
Auch sie verlor sich im Gedankenreich,
In Fragen tiefen Wissens, und ihr Geist
Umfloß die ganze Welt. Nicht dies allein,
Denn edler war sie wohl in mancher Kraft,
An Mitleid, Lächeln, Tränen – die ich nie,
Und Zärtlichkeit – die ich für sie nur hatte,
Und Demut, die ich niemals je gehabt.
Was sie gefehlt, war mein, – die Tugend ihr; –
Ich liebte, – tötete.

Fee
Mit deiner Hand?

Manfred
Nicht meine Hand, – dies Herz, das brach ihr Herz. –
Es schlug an meinem und verwelkt. Vergossen
War Blut, nicht ihres, – dennoch war's ihr Blut; –
Ich sah es. Hemmen konnt' ich's nicht. [...]
Tochter der Luft, hör' mich! Seit jenen Stunden –,
Doch Worte sind nur Hauch – schau' mich im Schlaf,
Und wache bei dem Wachen, sitze bei mir!
Die Einsamkeit ist Einsamkeit nicht mehr,
Bevölkert mit den Göttinnen der Rache.
Die Zähne knirschten Nachts bis früh am Morgen,
Dann flucht' ich selbst mir, bis die Sonne sank,
Erbat des Wahnsinns Gnade; man versagt's.
Dem Tod hab' ich getrotzt, doch in dem Kampf
Der Elemente floh mich gar das Wasser,
Verderben übergeht mich, und zurück
Hält mich die kalte Hand des Allerbarmers,
Zurück bei einem Haar, das nie zerreißt.
In Phantasie, in Einbildung, in alle
Einflüsse meiner Seele, Crösus reich
An glüh'ndem Schaffen, taucht' ich mich hinein,
Doch, wie die Ebbe, trug es mich zurück
Zum Strom der unergründeten Gedanken.
Da stürzt' ich in die Menschheit mich, ich suchte
Vergessen überall, – ich fand es nie.

Manfred, der unter anderem auf Byrons *Faust*-Lektüre zurückgeht, war auch für deutsche Leser von besonderem Interesse, wie obige, bereits 1835 entstandene Übersetzung zeigt.

Nach dem Aufenthalt in der Schweiz reiste Byron weiter nach Italien, zunächst Venedig, einem seiner Lieblingsorte:

Venedig, 17. November 1816

An Thomas Moore.
Ich beabsichtige, den Winter über hierzubleiben, da abgesehen vom Orient Venedig stets die grünste Insel meiner Phantasie gewesen. Ich habe mich darin nicht enttäuscht gefunden, mag auch sein jetziger Verfall auf manchen andern die entgegengesetzte Wirkung geübt haben. Ich habe wahrlich schon Ruinen genug gesehen, um zu wissen, was Zerstörung bedeutet.

Außerdem hab ich mich hier verliebt, was die beste von allen Schlechtigkeiten ist, die ich begehen könnte, denn in den Kanal zu fallen nützt mir nichts, da ich schwimmen kann. Ich habe eine ganz ausgezeichnete Wohnung im Hause eines Kaufmanns von Venedig gefunden, den seine Geschäfte sehr in Anspruch nehmen und der eine Frau von 22 Jahren hat! Marianna, so heißt sie, ist in ihrer ganzen Erscheinung einer Antilope nicht unähnlich. Sie hat ganz die großen, schwarzen, orientalischen Augen mit dem eigentümlichen Ausdruck, den man selten bei den Frauen des übrigen Europas findet. Ich kann den Einfluß, den diese Augen auf mich üben, gar nicht beschreiben. Ihre Züge sind regelmäßig, etwas scharfgeschnitten, kleiner Mund, zierliches Kinn, etwas bläßliche Farbe, eine herrliche Stirn. Ihr Haar ähnelt mit seiner dunkelschwarzen Lockenpracht dem der Lady Jersey.

Nach Marianna kamen Margarita und noch viele andere. Obwohl Byron seine homosexuelle Neigung in Italien gefahrloser hätte ausleben können als in England, war die Zeit nach 1816 vor allem von Kontakten mit Frauen geprägt. In diesen Jahren erlebte Byron eine seiner längsten Beziehungen mit der neunzehnjährigen Teresa Guiccioli, die gerade erst mit dem 58-jährigen Grafen Alessandro Guiccioli verheiratet worden war. Byron und die Guiccioli waren mehr als vier Jahre lang miteinander verbunden.

In den »Stanzas to the Po« beschrieb Byron, schon ganz von der italienischen Landschaft gefangengenommen, seine leidenschaftlichen Gefühle, die von Teresa erwidert wurden. Aber ganz byronisch endet das Gedicht in einer Atmosphäre des unerfüllten Sehnens:

Stanzas to the Po

River, that rollest by the ancient walls,
Where dwells the lady of my love, when she
Walks by thy brink, and there perchance recalls
A faint and fleeting memory of me;

What if thy deep and ample stream should be
A mirror of my heart, where she may read
The thousand thoughts I now betray to thee,
Wild as thy wave, and headlong as thy speed!

What do I say – a mirror of my heart?
Are not thy waters sweeping, dark, and strong?
Such as my feelings were and are, thou art;
And such as thou art were my passions long.

[...]

But that which keepeth us apart is not
Distance, nor depth of wave, nor space of earth,
But the distraction of a various lot,
As various as the climates of our birth.

A stranger loves the lady of the land,
Born far beyond the mountains, but his blood
Is all meridian, as if never fann'd
By the black wind that chills the polar flood.

My blood is all meridian; were it not,
I had not left my clime, nor should I be,

In spite of tortures ne'er to be forgot,
A slave again of love, – at least of thee.

'Tis vain to struggle – let me perish young –
Live as I lived, and love as I have loved;
To dust if I return, from dust I sprung,
And then, at least, my heart can ne'er be moved.

***

An den Po

Strom, der du um die alten Mauern rollst
Der Stadt, in der jetzt meine Liebe weilt, –
Vielleicht lustwandelt sie an dir entlang
Und denkt an mich, indem sie weiter eilt.

Wärst du, o Strom, mit deinen Wellen all
Ein Spiegel meines Herzens, drin sie liest
Unzählige Gedanken, dir vertraut, –
So wild und stürmisch, wie dein Wasser fließt!

Ein Spiegel meines Herzens? – Töricht Wort!
Ist nicht dein Wasser reißend, dunkel, wild?
Und gleicht's nicht dem, was auch mein Herz bewegt,
Daß es von Leidenschaft fast überquillt?

[...]

Doch nicht die Ferne ist es, die uns trennt,
Und nicht des Stromes Lauf, der Meilen Zahl,
Nur unsres Lebens Lose trennen uns,
Die so geschieden sind wie Berg und Tal.

Der Fremdling liebt ein Weib aus diesem Land,
Jenseits der Alpen er geboren ward,
Und doch kocht heiß sein Blut, als hätte nie
Der eisige Hauch des Nordens es erstarrt.

Mein Blut ist Feuersglut, sonst hätt ich nicht
Mein Heimatland verlassen, hätte mich
Trotz Schmerz und Folterqualen, die ich litt,
Nicht fesseln lassen – einzig nur durch Dich!

Umsonst der Kampf, – laß mir den frühen Tod,
Laß mir des kurzen Lebens Lust und Schmerz,
Und werd ich Staub, so kam ich ja vom Staub, –
Und endlich ruht für immer dann mein Herz!

Zeitweise lebte Byron sogar im Haus des Grafen, der zunächst über die Affäre geflissentlich hinwegsah. Byron machte sich schnell die Institution des *cavalier servente* zunutze, nach der eine verheiratete Frau neben ihrem Ehemann auch noch einen solchen »Kavalier« an ihrer Seite haben durfte, der sie überall hinbegleitete und ihr Dienste wie etwa das Tragen des Fächers leistete.

In seiner Verserzählung *Beppo* (1818), die in einem ironischen, für Byron neuen Stil gehalten ist, machte sich der Dichter über diesen Brauch lustig:

But »Cavalier Servente« is the phrase
Used in politest circles to express
This supernumerary slave, who stays
Close to the lady as a part of dress,
Her word the only law which he obeys.
His is no sinecure, as you may guess;
Coach, servants, gondola, he goes to call,
And carries fan and tippet, gloves and shawl.

***

Nun, Cavalier Servente ist der Name
Für jenen Supernumerarius,
Der immer in der Nähe seiner Dame,
Als wär' er ein Stück Putz, sich halten muß.

Und daß nur ja sein Eifer nicht erlahme!
Ihr Wunsch ist ihm ein bindender Beschluß;
Er holt für sie Bediente, Gondel, Wagen
Und trägt ihr Handschuh', Fächer, Shawl und Kragen.

Der eifersüchtige Graf war jedoch zunehmend weniger bereit, diese Angelegenheit zu dulden. Erzwungene Trennungen und Wiedervereinigungen des Liebespaares folgten. Schließlich erreichte Teresa Guiccioli mit der Unterstützung ihrer Familie, daß ihr eine vom Papst sanktionierte Trennung gewährt wurde. Um in ihrer Nähe zu sein, begab sich Byron nach Ravenna, wo er im August 1821 Besuch von seinem Freund Shelley erhielt. In einem Brief an seine Frau Mary beschrieb dieser Byrons höchst unkonventionellen Haushalt:

Abends unternehmen wir Ausritte durch die Pinienwälder, die die Stadt vom Meer trennen. So verläuft unser Leben, an das ich mich ohne große Schwierigkeiten angepaßt habe. L.B. steht um zwei auf, frühstückt, und wir reden, lesen etc. bis sechs. Dann reiten wir aus, essen um acht und sitzen und reden bis vier oder fünf Uhr morgens. [...]

L.B. bekommt das alles sehr gut, in jeder Hinsicht – was seine Schöpfungskraft, seine Laune, seine Ansichten über die Moral, seine Gesundheit und seine Heiterkeit angeht. Seine Verbindung mit der Guiccioli tut ihm ungemein gut. Er lebt in ziemlicher Pracht, aber innerhalb seines Einkommens, das jetzt etwa 4000 pro Jahr beträgt. Davon gibt er 1000 für wohltätige Zwecke aus. [...] Es gibt hier zwei Affen, fünf Katzen, acht Hunde und zehn Pferde, die (abgesehen von den Pferden) alle durchs Haus spazieren, als ob sie die Herren wären.

Shelley war zu Byron gekommen, um Allegra, Claires Tochter, zu besuchen, die Byron, vom Katholizismus fasziniert in einem Konvent untergebracht hatte. Byron selbst, der Claires zahlreichen Versuchen, das Kind zurückzuerhalten, widerstand, kam nicht mit.

Sein ganzes Verhalten gegenüber dem Kind war alles andere als akzeptabel, lag aber im Normbereich dessen, was ein adeliger Herr zur damaligen Zeit üblicherweise für eine uneheliche Tochter zu leisten bereit war. Bei ihrem Tod im Alter von fünf Jahren war er allerdings untröstlich, vielleicht auch wegen seiner Versäumnisse zu ihren Lebzeiten.

Mittlerweile hatte Byron eine weitere Verserzählung veröffentlicht. Sein *Don Juan,* von dem nach und nach insgesamt siebzehn Cantos erschienen, setzt den in *Beppo* begonnenen ironischen Ton fort und ironisiert Pathos und Sentimentalismus, die in den vorhergehenden Verserzählungen dominante Grundstimmung. Obwohl die Handlung um diese schon zu Byrons Lebzeiten sehr bekannte literarische Figur zum Großteil nicht in England angesiedelt ist, persiflierte Byron hier gesellschaftliche Normen des *Regency*-England, aus dem er sich vertrieben fühlte. Geschlechterspezifische Verhaltensweisen, Heuchelei, Frömmelei und die Eitelkeiten der guten Gesellschaft wurden von ihm aufs Korn genommen.

Anders als etwa im *Corsair* legte er sich nicht mehr auf die dominante Perspektive einer einzigen Hauptfigur fest, sondern wechselte zwischen den unterschiedlichen Sichtweisen und nahm niemanden mehr ernst, am wenigsten sich selbst als Erzähler. Das erste Canto von *Don Juan,* 1819 erschienen, beschreibt die Familiengeschichte und die erste Liebe des Protagonisten. Don Juans äußerst gelehrte Mutter (ein Seitenhieb auf Annabella Milbanke), die eine schlechte Ehe führt und schließlich zur Witwe wird, ist sehr bedacht darauf, ihren Sohn zu einem gebildeten und tugendhaften Menschen heranzuziehen. Der jedoch unterläuft ihre Absichten, indem er sich, gerade sechzehnjährig, in die verheiratete und auch um einige Jahre ältere Donna Julia verliebt. Eines Nachts besucht Don Alfonso, Julias wesentlich älterer und extrem eifersüchtiger Ehemann, seine junge Frau überraschend und läßt ihre Gemächer von seinen Männern durchsuchen.

139.
I can't tell how, or why, or what suspicion
Could enter into Don Alfonso's head;
But for a cavalier of his condition
It surely was exceedingly ill-bred,
Without a word of previous admonition,
To hold a levee round his lady's bed,
And summon lackeys, arm'd with fire and sword,
To prove himself the thing he most abhorr'd.

140.
Poor Donna Julia! starting as from sleep
(Mind – that I do not say – she had not slept),
Began at once to scream, and yawn, and weep;
Her maid, Antonia, who was an adept,
Contrived to fling the bed-clothes in a heap,
As if she had just now from out them crept:
I can't tell why she should take all this trouble
To prove her mistress had been sleeping double.

141.
But Julia mistress, and Antonia maid,
Appear'd like two poor harmless women, who
Of goblins, but still more of men afraid,
Had thought one man might be deterr'd by two,
And therefore side by side were gently laid,
Until the hours of absence should run through,
And truant husband should return, and say,
»My dear, I was the first who came away.«

142.
Now Julia found at length a voice, and cried,
»In heaven's name, Don Alfonso, what d'ye mean?
Has madness seized you? would that I had died
Ere such a monster's victim I had been!
What may this midnight violence betide,
A sudden fit of drunkenness or spleen?
Dare you suspect me, whom the thought would kill?
Search, then, the room!« – Alfonso said, »I will.«

139.
Ich weiß nicht wie, warum und was für ein
Verdacht Alfonso antrieb, so zu schalten;
Auf jeden Fall war es durchaus nicht fein
Von einem Herrn, zumal von einem alten,
(Und ohn' ein Wort der Warnung obendrein,)
Am Bette seiner Frau Lever's zu halten,
Lakaien aufzubieten, Feu'r und Schwert,
Um zu beweisen, daß man ihn entehrt!

140.
Die arme Julia fuhr wie aus dem Schlaf,
(Merkt, Niemand sagt, daß sie geschlafen hätte,)
Und gähnte, kreischt' und weinte wirklich brav.
Antonia, ihre kundige Soubrette,
Warf Deck' und Pfühl' in Haufen, wie sich's traf,
Als kröche sie erst eben aus dem Bette;
Ich weiß nicht recht, zu welchem Zweck die Gute
Hervorhob, daß Madam zweischläfrig ruhte.

141.
Wie zwei harmlose Weiblein lagen nun
Herrin und Zof', als ob sie bange seien,
Geist oder Mann könn' ihnen etwas tun,
Und, weil ein einz'ger Mann sich graut vor Zweien,
Vorzögen, Seit' an Seite fromm zu ruhn,
Bis an den Morgen, bis die Hähne schreien
Und der Gemahl heimkommt und sagt: »Mein Lieb,
Ich war der Erste, der zum Aufbruch trieb.«

142.
Zuletzt fand Julia Wort' in ihrer Not:
»Um Gottes willen, Mensch, was fällt dir ein?
Bist du verrückt? Ich wollt', ich wäre tot,
Statt Opfer eines Wüterichs zu sein!
Woher dies mitternächt'ge Aufgebot?
Von Fiebergrillen oder süßem Wein?
Hast du Verdacht? – das Wort schon macht mich bleich!
Durchsuch' das Haus!« – Alfonso sprach: »Sogleich!«

143.
He *search'd,* they *search'd, and rummaged everywhere,*
Closet and clothes-press, chest and window-seat,
And found much linen, lace, and several pair
Of stockings, slippers, brushes, combs, complete,
With other articles of ladies fair,
To keep them beautiful, or leave them neat:
Arras they prick'd and curtains with their swords,
And wounded several shutters, and some boards.

144.
Under the bed they search'd, and there they found–
No matter what – it was not that they sought;
They open'd windows, gazing if the ground
Had signs or footmarks, but the earth said nought;
And then they stared each others's faces round:
'Tis odd, not one of all these seekers thought,
And seems to me almost a sort of blunder,
Of looking in *the bed as well as under.*

145.
During this inquisition Julia's tongue
Was not asleep – »Yes, search and search«, she cried,
»Insult on insult heap, and wrong on wrong!
It was for this that I became a bride!
For this in silence I have suffer'd long
A husband like Alfonso at my side;
But now I'll bear no more, nor here remain,
If there be law or lawyers in all Spain.«
[...]

161.
But Don Alfonso stood with downcast looks,
And, truth to say, he made a foolish figure;
When, after searching in five hundred nooks,
And treating a young wife with so much rigour,
He gain'd no point, except some self-rebukes,
Added to those his lady with such vigour

143.
Er sucht, – sie suchen mit, in allen Ritzen,
In Kleiderschränken, Kisten und Closet,
Und finden viele Wäsche, Strümpfe, Spitzen,
Pantoffeln, Bürsten, Kämme, sehr complet,
Den ganzen Krimskrams, welchen Frau'n besitzen,
Um hübsch zu bleiben oder rein und nett:
Durchbohrt sind die Tapeten von Rapieren,
Die auch Lambris und Jalousien blessieren.

144.
Sie suchten unterm Bett und finden dort –
Na, was sie suchten, schien es nicht zu sein;
Sie öffnen Fenster und durchspähn den Ort
Nach Fußesspuren, doch der Ort sagt Nein;
Nun stehn sie da, und keiner sagt ein Wort, –
Merkwürd'ger Weise fiel es niemand ein,
(Wahrscheinlich waren sie nicht völlig munter,)
Im Bette nachzusehen statt darunter.

145.
Die Zunge Juliens blieb inzwischen wach:
»Ja, suchet nur und suchet,« rief sie laut;
»Unbill auf Unbill häufet, Schmach auf Schmach!
Deswegen also ward ich Frau und Braut!
Deshalb ertrug ich stumm mein Ungemach,
Ertrug den Mann, dem sie mich angetraut!
Doch länger trag' ich nicht die Sünd' und Schande,
Wenn es noch Recht und Richter gibt im Lande.«
[...]

161.
Alfons dagegen senkte seinen Blick
Und spielte jetzt die albernste Figur:
Erst dreht' er seiner Gattin einen Strick,
Sucht' alle Winkel durch, die kleinste Spur,
Und fand nun was? – bloß ein'ge Selbstkritik,
Nebst der, die Julia mit so viel Natur

Had pour'd upon him for the last half hour,
Quick, thick, and heavy – as a thunder-shower.

162.
At first he tried to hammer an excuse,
To which the sole reply were tears and sobs,
And indications of hysterics, whose
Prologue is always certain throes, and throbs,
Gasps, and whatever else the owners choose:
Alfonso saw his wife, and thought of Job's;
He saw too, in perspective, her relations,
And then he tried to muster all his patience.

163.
He stood in act to speak, or rather stammer,
But sage Antonia cut him short before
The anvil of his speech received the hammer,
With »Pray, sir, leave the room, and say no more,
Or madam dies.« – Alfonso mutter'd, »D – n her,«
But nothing else, the time of words was o'er;
He cast a rueful look or two, and did,
He knew not wherefore, that which he was bid.
[...]

180.
Alfonso closed his speech, and begg'd her pardon,
Which Julia half withheld, and then half granted,
And laid conditions, he thought very hard, on,
Denying several little things he wanted:
He stood like Adam lingering near his garden,
With useless penitence perplex'd and haunted,
Beseeching she no further would refuse,
When, lo! he stumbled o'er a pair of shoes.

181.
A pair of shoes! – what then? not much, if they
Are such as fit with ladies' feet, but these
(No one can tell how much I grieve to say)

Auf ihn ergoß, seit fast halbstünd'ger Dauer,
Schnell, schwer und dicht, wie ein Gewitterschauer.

162.
Erst sucht' er stotternd Gnade zu gewinnen,
Sie aber schluchzt', als ob ihr Herz vergehe,
Und drohte Krämpfe, – Krämpfe, die beginnen
Mit einer Zuckung oder einer Wehe,
Auch Röcheln, – ganz nach Wahl der Dulderinnen.
Er sah sein Weib und dacht' an Hiobs Ehe,
Er sah im Geist auch Julia's Verwandte, –
Worauf er sich zur größten Mild' ermannte.

163.
Er wollte reden, oder besser stottern,
Da schnitt Antonia ihm das Wort entzwei:
»Jetzt fort, mein Herr! statt hier herumzulottern,
Verlassen Sie das Zimmer! kein Geschrei!
Sonst stirbt Madam!« – Alfonso knurrte »Ottern!«
Sonst nichts; – die Zeit der Worte war vorbei;
Er sah sich kläglich um zum letzten Mal
Und tat mechanisch, was man ihm befahl.
[...]

180.
Alfonso bat um Frieden nach den Fehden,
Den sie ihm halb versagte, halb gewährte,
Doch weigerte, nach allem Überreden,
Sie manche Kleinigkeit, die er begehrte;
Er stand, wie Adam zögernd stand vor Eden
Und sich in unfruchtbarer Reu' verzehrte,
Und bat, daß sie nicht länger spröde tue,
Da, siehe! stieß sein Fuß an ein Paar Schuhe.

181.
Zwei Schuh'! – was denn? – das sagt nicht viel, wenn sie
Für Damen passen, aber dieses Paar.
(Es tut mir leid, ich kann nicht sagen wie,)

Were masculine; to see them, and to seize,
Was but a moment's act. – Ah! well-a-day!
My teeth begin to chatter, my veins freeze –
Alfonso first examined well their fashion,
And then flew out into another passion.

182.
He left the room for his relinquish'd sword,
And Julia instant to the closet flew.
»Fly, Juan, fly! for heaven's sake – not a word –
The door is open – you may yet slip through
The passage you so often have explored –
Here is the garden-key – Fly –fly – Adieu!
Haste – haste! I hear Alfonso's hurrying feet –
Day has not broke – there's no one in the street.«

183.
None can say that this was not good advice,
The only mischief was, it came too late;
Of all experience 'tis the usual price,
A sort of income-tax laid on by fate:
Juan had reach'd the room-door in a trice,
And might have done so by the garden-gate,
But met Alfonso in his dressing-gown,
Who threaten'd death – so Juan knock'd him down.

184.
Dire was the scuffle, and out went the light;
Antonia cried out »Rape!« and Julia »Fire!«
But not a servant stirr'd to aid the fight.
Alfonso, pommell'd to his heart's desire,
Swore lustily he'd be revenged this night;
And Juan, too, blasphemed an octave higher;
His blood was up: though young, he was a Tartar,
And not at all disposed to prove a martyr.

185.
Alfonso's sword had dropp'd ere he could draw it,
And they continued battling hand to hand,

War masculinum. *Sehn und packen war*
Ein Augenblick. – Nun, Glück und Liebe, flieh!
Mein Blut erstarrt, es sträubt sich jedes Haar –
Alfonso prüfte sorgsam das Format
Und wurde dann von neuem desperat.

182.
Er lief hinaus, um sein Rapier zu holen,
Und Julia flog a tempo *zum Closet:*
»Flieh! flieh! Juan! – kein Wort mehr! – Gott befohlen!
Das Haus ist offen – lauf' durchs Cabinet –
Du kennst den Weg – o Gott, ich steh' auf Kohlen, –
Lebwohl – hier ist der Schlüssel zum Stakett, –
Schnell, schnell! ich hör' Alfonso's Wiederkehr –
Noch ist es dunkel und die Straße leer.«

183.
Man muß gestehn, der Rat war gar kein schlimmer,
Der einz'ge Fehler war, er kam zu spät;
Wie die Erfahrung denn dem Schicksal immer
Einkommensteuer zahlt, eh' sie gerät.
Juan entwischt' im Umsehn aus dem Zimmer
Und wär' entschlüpft bei der Rapidität,
Da leider kam Alfons im Schlafrock wieder,
Tod drohend, folglich – schlug Juan ihn nieder.

184.
Der Kampf war grimmig, und das Licht ging aus;
Antonia schrie »Gewalt!« und Julia »Feuer!«
Doch nicht ein Diener kam und half beim Strauß.
Alfonso, weich gebläut, schwor hoch und teuer,
Er wolle Rache, heute noch, durchaus!
Und auch Juan, das kleine Ungeheuer,
Stieß Flüche aus, in höherer Octave;
Er war jetzt warm und Feind der Todesstrafe.

185.
Alfonso ließ vorher den Degen fallen
Und beide fochten bloß Faust wider Faust;

For Juan very luckily ne'er saw it;
His temper not being under great command,
If at that moment he had chanced to claw it,
Alfonso's days had not been in the land
Much longer. – Think of husbands', lovers' live!
And how ye may be doubly widows – wives!

186.
Alfonso grappled to detain the foe,
And Juan throttled him to get away,
And blood ('twas from the nose) began to flow;
At last, as they more faintly wrestling lay,
Juan contrived to give an awkward blow,
And then his only garment quite gave way;
He fled, like Joseph, leaving it; but there,
I doubt, all likeness ends between the pair.

187.
Lights came at length, and men, and maids, who found
An awkward spectacle their eyes before;
Antonia in hysterics, Julia swoon'd,
Alfonso leaning, breathless, by the door;
Some half-torn drapery scatter'd on the ground,
Some blood, and several footsteps, but no more:
Juan the gate gain'd, turn'd the key about,
And liking not the inside, lock'd the out.

188.
Here ends this canto. – Need I sing, or say,
How Juan, naked, favour'd by the night,
Who favours what she should not, found his way,
And reach'd his home in an unseemly plight?
The pleasant scandal which arose next day,
The nine days' wonder which was brought to light,
And how Alfonso sued for a divorce,
Were in the English newspapers, of course.

Juan bemerkt' es nicht, zum Glück, – im Wallen
Der Leidenschaft war die Vernunft verbraust,
Und hätt' er jetzt den Degen in den Krallen,
So hätt' Alfons die letzte Zeit gehaust
Im Land. – Bedenkt, wenn Gatt' und Freund sich hauen,
So könnt ihr zwiefach Witwen werden, Frauen!

186.
Alfonso würgt', um seinen Feind zu halten,
Der Andre drosselt' ihn, um wegzulaufen,
Und Ströme Blutes (aus der Nase) wallten.
Am Ende mußt' Alfonso sich verschnaufen,
Da kriegt' er einen Hieb zum Schädelspalten;
Das einz'ge Kleid Juans zerriß beim Raufen;
Er ließ es flugs im Stich, wie Joseph, – leider
Fürcht' ich, hier endet die Vergleichung beider.

187.
Jetzt kamen Lichter, Knechte, Dienerinnen;
Das Schauspiel, das sie fanden, war pikant, –
Die Zof' in Krämpfen und Madam von Sinnen,
Alfonso matt und keuchend an der Wand,
Am Boden halbzerfetztes Tuch und Linnen,
Blutspuren, Staub, – das war es, was man fand.
Juan gewann das Tor, schloß auf im Nu,
Und dann, im Eifer, schloß er draußen zu.

188.
Hier endigt der Gesang. – Soll ich noch sagen,
Wie nun Juan sich, nackt, im Schutz der Nacht,
(Die schützt, was sie nicht sollte,) durchgeschlagen
Und kam nach Haus in unanständ'ger Tracht?
Der liebe Stadtklatsch in den nächsten Tagen,
Das Neuntagswunder, das sie draus gemacht,
Die Scheidungsklag' Alfonso's stand ausführlich
In allen Londoner Zeitungen, natürlich.

Infolge dieser Eskapade wird Don Juan, der zumindest kurzfristig an gebrochenem Herzen leidet, auf Reisen geschickt. Nach einem Schiffbruch findet er sich auf einer griechischen Insel wieder, wird dann als Sklave ins ottomanische Reich verkauft, avanciert in Rußland zum Günstling der Zarin und gelangt schließlich nach England, wo die Verserzählung abbricht. *Don Juan* ist kein Versroman, der zielstrebig auf einen Höhepunkt zustrebt, sondern eine Aneinanderreihung von Episoden. Der Text ist voller Abschweifungen, für den Handlungsfortgang irrelevanter Bemerkungen und ironischer Thematisierungen des Erzählvorgangs. An seinen Verleger John Murray schrieb Byron: »Sie fragen mich nach meinem Plan für Donny Johnny – ich *habe* keinen Plan, ich *hatte* auch nie einen, aber ich hatte oder habe Material ...« Darin liegt das Prinzip dieses komischen Epos – planvolle Planlosigkeit. So wie die traditionellen ernsthaften Epen (z. B. Milton) dem Leser die Welt erklären, offeriert auch Byron ein Deutungsschema, aber ohne einheitliches Weltbild. *Don Juan* ist deswegen so modern, weil es eine Pluralität an Stimmen zuläßt, ohne einer von ihnen eine besondere Berechtigung zuzusprechen.

So wie der lebensfrohe Don Juan wegen seines fehlenden Pathos einen neuen Männertyp bei Byron darstellt, ist auch Julia Vertreterin einer neuen Art von Frauenfigur. Sie ist nicht mehr hingebungsvoll-passiv, sondern sehr viel aktiver als etwa Medora und fordert sowohl ihr Vergnügen als auch ihre Rechte ein. Zwar sind die Liebesszenen an das Repertoire des Sentimentalismus angelehnt, sind aber so ironisch übersteigert, daß sie den Leser nicht zur Identifizierung einladen. Ins Auge fällt auch Byrons Einfallsreichtum auf der Suche nach Absurditäten, die er genüßlich ausmalt – sowohl auf der Ebene der Handlung als auch bei der Beschreibung von Details wie Juans Schuhen. Die Sprache ist spielerisch und will unterhalten.

In England stieß *Don Juan* allerdings nicht auf allzuviel Gegenliebe. Vielleicht war Byron wegen der räumlichen und gedanklichen Distanz entgangen, daß der ironische Umgang mit Liebe und Sexualität, überhaupt ein Thematisieren dieser Bereiche, zunehmend weniger *en vogue* war. *Don Juan* wurde als frivol empfunden und kritisiert, wurde aber andererseits so oft in Raubdrucken kopiert, daß man von einem starken Leserinteresse ausgehen kann. Allerdings waren diese Leser nicht die gleichen, die den melodramatischen *Corsair* bewundert hatten. Byrons offensichtliches Vergnügen an der Schilderung etwa des Kannibalismus nach dem Schiffbruch in Canto II war schlimm genug für das sentimentale Gemüt – noch provokanter aber war die Tatsache, daß ausgerechnet der fromme Tutor, ein Geistlicher, das erste Opfer war und daß seine Verspeisung bei den Teilnehmern des Mahls Wahnsinnsanfälle hervorrief. Byron wählte exotische Figuren, um die von ihm als rigide empfundenen englischen Verhaltensnormen zu kritisieren. An Murray schrieb er: »Nach und nach wird man erkennen, was der Don Juan wirklich ist: eine Satire auf die Auswüchse der jetzigen gesellschaftlichen Verhältnisse, keineswegs aber eine Verherrlichung des Lasters.« Aber gerade weil die Satire die Ehe und die von der Kirche vermittelten Werte, also die Eckpfeiler der Gesellschaft hinterfragte, rief sie so starke Reaktionen hervor. Byron griff mit seiner sexuell expliziten Darstellungsweise gerade auch die bürgerlichen Frauen, seine bisherige Leserschicht, an. Autorinnen der romantischen Epoche forderten, ganz im Gegensatz zu den Männern, einen rationalen Umgang mit Gefühlen und Sexualität, den auch Lady Byron gepflegt hatte. Während Frauen in ihren Schriften die vernunftorientierte Vorbereitung auf die Ehe zum Thema machten, stellte Byron eben diese Institution provokant als Gefängnis dar.

Einer seiner Freunde war in diesen Jahren der ebenfalls höchst unkonventionelle Shelley, mit dem Byron unter anderem wegen Allegra immer wieder Kontakt hatte. Während des Winters 1821/22, den beide in Pisa verbrachten, fand ein lebhafter Austausch statt. Auch Thomas Medwin, Shelleys Cousin und der spätere Verfasser der *Conversations of Lord Byron* war mit von der Partie, ebenso Leigh Hunt, der Herausgeber des liberalen *Examiner*, Teresa Guiccioli, Mary Shelley, der Abenteurer Edward Trelawny und andere. »Ich habe noch nie einen Menschen kennengelernt, der im Gespräch so glänzt. Er tut es um so mehr, vielleicht, weil er gar nicht versucht zu glänzen«, schrieb Medwin über Byron. Viele der Unterhaltungen drehten sich um Literatur. Shelley bewunderte den großen Dichter Byron und erhielt gleichfalls einen, wenn auch etwas herablassenden Ausdruck der Anerkennung von ihm: »Shelley hat mehr Poesie in sich als irgendein lebender Mensch. Und wenn er nicht so mystisch wäre, keine Utopien verfaßte und sich als Reformer hinstellen würde, müßte sein Recht auf einen Rang als Dichter, und zwar auf einen sehr hohen, anerkannt werden.«

Im Frühjahr 1822 ging die Gruppe wieder auseinander. Kurz darauf, im Juli, ertrank Shelley bei einer Segelpartie im Golf von Spezia. Trotz der Spannungen, die in der letzten Zeit zwischen ihnen geherrscht hatten, war Byron zutiefst erschüttert. Die Verbrennung von Shelleys Leiche am Strand, bei der er auch anwesend war, ist eine der makabersten und meistbeachteten Episoden der englischen Romantik.

Italien hatte begonnen, Byron zu langweilen. Als ein Vertreter des *Greek Committee* aus London bei ihm eintraf und um seine Unterstützung für den griechischen Freiheitskampf bat, war Byron schnell gewonnen, erklärte sich zu umfangreichen Spenden bereit und schiffte sich nach Griechenland ein, zunächst nach Kephalonia, später nach Missolonghi. Diese Reise sollte auch einen Neuanfang in seinem Leben sein, das er nun stärker in den Dienst der Menschheit stellen wollte. Byrons Ziele waren hochgesteckt, jedoch wurde sein Idealismus schnell gedämpft. Vor Ort mußte er feststellen, daß die Griechen untereinander zerstritten waren. Finanzielle und organisatorische Probleme verlangsamten die Pläne. Dennoch ist Byrons Briefen aus dieser Zeit auch ein neuer Enthusiasmus anzumerken:

Scrofes (oder so ähnlich), an Bord eines kephaloniotischen Mistiko, 31. Dez. 1823

Mein lieber Stanhope,
wir sind gerade hier angekommen, d.h. ein Teil meiner Leute und ich mit einigen Dingen usw., die ich lieber nicht in einem Brief spezifiziere (der vielleicht abgefangen wird) – aber Gamba, meine Pferde, mein schwarzer Diener, der Steward, die Presse und all die Sachen des Committees sowie etwa 8000 meiner Dollar (macht nichts, wir haben noch mehr, verstehst Du?) sind von den türkischen Frigatten in Besitz genommen worden. Ich und meine Leute sind letzte Nacht gerade noch entkommen (wir waren direkt unter ihrem Heck, und man rief uns zu, aber wir antworteten nicht und machten uns davon), und ebenso heute morgen. Hier sind wir – die Sonne scheint, und das Wetter bessert sich – innerhalb eines hüb-

schen kleinen Hafens. Aber ob unsere türkischen Freunde nicht ihre Boote hereinschicken und uns herausholen (denn außer zwei Karabinern und einigen Pistolen haben wir keine Waffen, und auch nicht mehr als vier Kämpfer an Bord) ist eine andere Frage, vor allem wenn wir hier lange bleiben, da wir nicht direkt nach Missolonghi gelangen können. [...]

Ich fühle mich hier unwohl, nicht so sehr meinetwegen als wegen eines griechischen Jungen, den ich bei mir habe, denn Du weißt, was sein Schicksal wäre, und ich würde ihn lieber selbst in Stücke schneiden, als daß ihn diese Barbaren herausholten. Uns allen geht es sehr gut.

N. B.

Der Junge war der fünfzehnjährige Loukas, Byrons ständiger Begleiter zu dieser Zeit, der den Lord jedoch einzig als Geldquelle sah.

Ehe Byron, der immer mehr am Verlust seiner Jugend litt, seine militärischen und politischen Pläne umsetzen konnte, erkrankte er an einem Fieber, das, zusammen mit falscher ärztlicher Behandlung, seinen durch ungesunde Lebensweise ohnehin geschwächten Körper so auszehrte, daß er schließlich am 19. April 1824 daran starb. Während Keats' Tod kaum bemerkt wurde und der von Shelley keinen allzu großen Nachhall fand, verbreitete sich die Nachricht von Byrons Ende wie ein Lauffeuer durch ganz Europa.

3. Shelley – Anarchie und Freiheit

Song to the Men of England

Men of England, wherefore plough
For the lords who lay ye low?
Wherefore weave with toil and care
The rich robes your tyrants wear?

Wherefore feed, and clothe, and save,
From the cradle to the grave,
Those ungrateful drones who would
Drain your sweat – nay, drink your blood?

Wherefore, Bees of England, forge
Many a weapon, chain, and scourge,
That these stingless drones may spoil
The forced produce of your toil?
[...]

***

An Englands Männer

Männer Englands! was bestellt
Euren Zwingherrn ihr das Feld?
Warum webet eure Hand
Der Tyrannen Prachtgewand?

Warum gebt der Drohnenbrut,
Die von eurem Schweiß und Blut

Frech sich nährt, ihr immer noch
Speis' und Trank, und frohnt im Joch?

Bienen Englands! warum schafft
Ihr zur eignen Schmach und Haft
Waffen, Ketten immerdar
Für die feige Drohnenschaar?
[...]

Während sich Byrons politisches Engagement vor allem auf andere Länder bezog, war für Shelley die Situation der englischen Arbeiter ein zentrales Anliegen. Selten war es den Angehörigen der unteren Schichten wirtschaftlich schlechter ergangen. Die kriegsbedingten höheren Steuern, niedrige Löhne, durch Industrialisierung verursachte Arbeitslosigkeit und steigende Lebensmittelpreise führten zu einer unerträglichen Lage. Zeitungen berichteten sogar von Hungertoten, und die Regierung hatte Mühe, Aufruhr zu unterdrücken. 1792, drei Jahre nach Beginn der Französischen Revolution, wurde Percy Bysshe Shelley als ältester Sohn in eine aristokratische Whig-Familie hineingeboren. Während seiner Lebenszeit hatte England eine seiner repressivsten Regierungen. Aus Angst vor einem Übergreifen der Ideen aus Frankreich, die englische Intellektuelle, aber auch Arbeiter willkommen geheißen hatten, wurde politischer Protest unterbunden. Aufrührerische Schriften waren verboten, politische Assoziationen wurden aufgelöst, und zeitweise war es sogar untersagt, nicht angemeldete Versammlungen mit mehr als fünfzig Leuten abzuhalten. Verleger oder Zeitschriftenherausgeber, die unliebsame Texte druckten, konnten, so wie Leigh Hunt, ins Gefängnis wandern. Ob es um Forderungen nach einer Reform des Wahlrechts oder das Propagieren von Atheismus ging – Anhänger jeder Art von politischer Opposition mußten vor einer Verhaftung Angst haben.

Zu Shelleys früher Sensibilität für Unterdrückungsstrukturen haben sicher die ziemlich unangenehmen Erfahrungen beigetragen, die er in den Internaten Syon House Academy und Eton machte. Shelley fügte sich nur schwer in Gruppen ein und erwarb sich schnell den Ruf eines Exzentrikers, den er unter anderem seiner Begeisterung für Naturwissenschaften verdankte. Seine Schwester Hellen etwa überredete er, sich als Versuchsobjekt für seine Demonstrationen von Elektrizität bereitzustellen. Wegen seiner trotzigen Ablehnung von Autoritäten, seiner Hektik und der Leidenschaft, mit der er seine unkonventionellen Ansichten vortrug, erschien Shelley sein Leben lang vielen Zeitgenossen als Fanatiker oder sogar Verrückter. Andere wiederum beschrieben ihn als sanften, von allem Irdischen losgelösten Engel.

Nach der Schulzeit, deren letzte Jahre er allerdings genoß, ging er 1810 zum Studium nach Oxford. Zu diesem Zeitpunkt hatte er bereits sein erstes literarisches Werk, den Schauerroman *Zastrozzi*, sowie einen Lyrikband veröffentlicht, was ihm aber nicht zum ersehnten Ruhm verhalf. Shelley unterschied sich von vielen Alters- und Standesgenossen durch seine Begeisterung für Philosophie, Literatur und Naturwissenschaften. Sein Zimmer in Oxford quoll so sehr von Büchern, Behältern für Chemikalien und technischen Geräten über, daß es kaum betretbar war. Wegen des Pamphlets *The Necessity of Atheism* (*Die Notwendigkeit des Atheismus*), das er zusammen mit seinem Freund Hogg verfaßte, wurde er bereits nach wenigen Monaten der Universität verwiesen. Die nur wenige Seiten lange Schrift erklärt alle Gottesbeweise für inadäquat und kommt zur Schlußfolgerung, daß es keinen Beweis für die Existenz Gottes gebe. Zwanzig Minuten nachdem das Pamphlet beim Buchhändler ausgelegt worden war, ordnete ein Geistlicher die Verbrennung an. Da Shelley auch bei einer offiziellen Vorladung durch die Universität darauf bestand, seinen Atheismus provokant herauszukehren (anstatt zu argumentieren, er habe lediglich eine akademische Auseinandersetzung gesucht), wurde er relegiert. Seinem Vater erklärte er die Ereignisse folgendermaßen:

29. März 1811. Graham's, London

Mein lieber Vater,
zweifellos haben Sie von meinem Mißgeschick und dem meines Freundes Hogg gehört. Ich bedauere es sehr, der Vorteile beraubt zu sein, die mir Oxford geboten hat. Ich empfinde noch größeres Bedauern, wenn ich das lebhafte Mitgefühl bedenke, das Sie immer für meine Irrtümer und Sorgen aufbrachten und das nun, so fürchte ich,

sehr erschüttert sein muß. Der Fall liegt so: Sie wissen wohl, daß mich ein vernünftiger Gedankengang und nicht irgendeine Lasterhaftigkeit dazu geführt hat, der Schrift nicht zu glauben. Diesen Gedankengang haben ich und mein Freund verfolgt. Zu unserer Überraschung haben wir herausgefunden (obwohl es merkwürdig erscheinen mag), daß die Beweise für die Existenz Gottes, soweit wir sie untersucht hatten, fehlerhaft waren. Daher gaben wir unseren Zweifeln zu diesem Thema Ausdruck, ordneten sie methodisch in Form von Die Notwendigkeit des Atheismus *und dachten, daß wir dadurch eine befriedigende – oder unbefriedigende – Antwort von den Männern erhalten würden, die die Religion zum Studieninhalt ihres Lebens gemacht haben. – Und wie wurden wir behandelt? Nicht so, wie unser faires, offenes Benehmen erwarten lassen würde. Kein Argument wurde öffentlich vorgetragen, um unsere Beweisführung zu widerlegen. Die Schwäche ihres Standpunktes und ihre Unversöhnlichkeit, als sie diese selbst erkannten, wurde dadurch demonstriert, daß sie mich und meinen Freund öffentlich der Universität verwiesen. Vielleicht sollte ich erwähnen, daß zuerst nur ich verdächtigt wurde. Man rief mich vor eine öffentliche Versammlung und, als ich mich weigerte, die Schrift abzuleugnen, wurde ich verwiesen. Mein Freund Mr. Hogg bestand darauf, mein Geschick zu teilen. Das Ergebnis ihres Vorgehens ist also, daß wir beide relegiert sind. Ich weiß nur zu gut, daß Ihr fühlendes Gemüt an meinem Pech tiefen Anteil nimmt. Ich hoffe, es wird Ihren Kummer mindern, wenn Sie wissen, daß mir selbst die jüngsten tyrannischen Vorgehensweisen Oxfords völlig gleichgültig sind. [...]*

Das schlechte Gewissen und der Versuch, den strengen Vater milde zu stimmen, hielten sich die Waage mit Shelleys trotzigem Aufbegehren. Er legte dem Brief eine Kopie seiner Schrift bei. »Frevelhaft!« war der Kommentar, den sein Vater, Timothy Shelley, auf das Deckblatt kritzelte. Für einen Aristokraten des frühen neunzehnten Jahrhunderts war es ohne weiteres möglich, sich stillschweigend über die Kirche, den Eckpfeiler des Staates, hinwegzusetzen. Sie aber öffentlich zu attackieren war völlig unakzeptabel. Das Praktizieren von »Lasterhaftigkeit«, von der sich Shelley in seinem Brief distanzierte, hätte ihm vermutlich sehr viel weniger geschadet. War schon vorher das Verhältnis zu seinem Vater schlecht gewesen, so hatte dieser nun das Verständnis für seinen Sohn völlig verloren. Die Auseinandersetzungen führten in der Folgezeit immer wieder dazu, daß Percy Shelleys finanzieller Unterhalt gekürzt oder gestrichen wurde, so daß etliche, meist sehr unerfreuliche Verhandlungen erfolgen mußten.

Sehr zum Entsetzen seiner Familie beließ es Shelley nicht bei einer Relegierung aus Oxford, sondern fügte der Familienehre weiteren Schaden zu, indem er mit der damals gerade sechzehnjährigen Harriet Westbrook, der unstandesgemäßen Tochter eines wohlhabenden Kaffeehausbesitzers, durchbrannte und sie ehelichte. Die sanfte Harriet, die Shelley in keiner Weise intellektuell gewachsen war (im Gegensatz zu seiner zweiten Frau Mary), erweckte seine Beschützerinstinkte. Gleichzeitig bewunderte sie ihn grenzenlos wegen seines Wissens und seiner argumentativen Fähigkeiten. 1812 gingen die beiden nach Irland, von wo aus Shelley eine politische Kampagne starten wollte und daher 1500 Exemplare des Pamphlets *Address to the Irish People* verteilte. Sein Versuch, die Not in Irland zu thematisieren und die Armen zu mobilisieren, lief jedoch ins Leere. Shelley ging nach England zurück, wo er den Philosophen und Schriftsteller William Godwin, den Verfasser von *Political Justice*, kennenlernte. Shelley war enorm beeinflußt von dessen Ideen – der Perfektionierbarkeit des Menschen, der Kritik an den Herrschenden, an der Institution Ehe, der Ablehnung religiöser Organisationen. Mit Godwins Lehren im Kopf setzte er sich an sein nächstes, ebenfalls skandalträchtiges Werk: das Gedicht *Queen Mab* (1813). Mab, eine Feenkönigin, nimmt die schlafende Ianthe in ihrem Wagen mit und zeigt ihr das Elend der Welt. Am Ende des Gedichts steht die Vision einer besseren Zukunft. *Queen Mab* attackiert Monarchie, Tyrannei, Krieg, Ausbeutung, Kirche und Religion in einem höchst polemischen Stil. In *Queen Mab* ging es Shelley nicht um Poesie, sondern um Politik und Philosophie. Es verwundert kaum, daß er in diesen Jahren von Regierungsspionen observiert wurde.

Fairy.

»There is no God! […]
Let heaven and earth, let man's revolving race,
His ceaseless generations tell their tale;
Let every part depending on the chain
That links it to the whole, point to the hand
That grasps its term! let every seed that falls
In silent eloquence unfold its store
Of argument; infinity within,
Infinity without, belie creation;
The exterminable spirit it contains
Is nature's only God; but human pride
Is skilful to invent most serious names
To hide its ignorance.
The name of God
Has fenced about all crime with holiness,
Himself the creature of His worshippers,
Whose names and attributes and passions change,
Seeva, Buddh, Foh, Jehovah, God, or Lord,
Even with the human dupes who build His shrines,
Still serving o'er the war-polluted world
For desolation's watchword; whether hosts
Stain His death-blushing chariot-wheels, as on
Triumphantly they roll, whilst Brahmins raise
A sacred hymn to mingle with the groans;
Or countless partners of His power divide
His tyranny to weakness; or the smoke
Of burning towns, the cries of female helplessness,
Unarmed old age, and youth, and infancy,
Horribly massacred, ascend to Heaven
In honour of His name; or, last and worst,
Earth groans beneath religion's iron age,
And priests dare babble of a God of peace,
Even whilst their hands are red with guiltless blood,
Murdering the while, uprooting every germ
Of truth, exterminating, spoiling all,
Making the earth a slaughter-house!

Fee.

Es ist kein Gott! [...]
Mag Erd' und Himmel, mag das wechselnde
Geschlecht der Menschen ihren Spruch verkünden;
Mag jeder Ring, der an der Kette hängt
Und ihn ans Ganze fesselt, auf die Hand
Hindeuten, die ihr Ende hält und trägt!
Mag jedes Saatkorn, das zur Erde fällt,
Sein Zeugnis still beredt vor uns entfalten: –
Drinnen und draußen zeiht Unendlichkeit
Die Schöpfung doch der Lüge; und der Geist,
Der wandelbare, welcher die Natur
Durchdringt, ist ihr alleinz'ger Gott; doch weiß
Der Stolz des Menschen seines Wissens Ohnmacht
Geschickt mit hohen Worten zu verhüllen.
Der Name Gottes hat schon jeden Frevel
Mit Heil'genschein umstrahlt, und doch ist er
Nur das Geschöpf der Menschen, die ihn ehren;
Und mit den Thoren, die ihm Tempel baun,
Verändern seine Namen und Begierden
Und seine Eigenschaften rastlos sich:
Fo, Siva, Buddha, Gott, Jehova, Herr –
Stets dient er der kriegbefleckten Welt
Als Stichwort der Verheerung; ob das Blut
Zermalmter Leiber seines Wagens Räder
Im Siegeslauf bespritzt, indeß Brahminen
Ein heilig Lied zu Todesseufzern plärren;
Ob hundert Mitregenten seine Macht
Sich teilen, daß sie schier zur Ohnmacht wird;
Ob brennender Städte Qualm, das Wehgeschrei
Hilfloser Frauen, hingemordeter
Wehrloser Greise, Jünglinge und Kinder
Gen Himmel steigt zu seines Namens Ehr';
Ob endlich – schlimmstes Los! – das Eisenalter
Der Religion die Erde seufzen macht,
Und Priester von dem Gott des Friedens schwatzen,
Zur selben Zeit, wo ihre Hand vom Blut

Unschuldiger trieft, und wo sie jeden Keim
Der Wahrheit unterdrücken, Alles morden,
Die Erde wandeln in ein Schlächterhaus!

Im Anhang befinden sich Anmerkungen, einige davon so lang, daß sie *de facto* kurze Essays darstellen, mit vielen Zitaten aus philosophischen Werken. Darin führt Shelley seine Herrschaftskritik und seine Forderungen nach einer besseren Zukunft aus. Eine der *Notes* tritt für Freiheit in der Liebe ein:

Die Liebe selbst ist käuflich.

Nicht einmal der Verkehr der Geschlechter ist von dem Despotismus positiver Verordnungen befreit. Das Gesetz maßt sich sogar an, die unlenksamen Triebe der Leidenschaft zu beherrschen, den klarsten Schlußfolgerungen der Vernunft Fesseln anzulegen und, indem es an unsern Willen appelliert, die unwillkürlichen Neigungen unsrer Natur zu unterdrücken. Liebe ist eine unvermeidliche Folge der Wahrnehmung von Liebenswürdigkeit. Die Liebe welkt unter dem Zwang; ihr eigentümliches Wesen ist Freiheit; sie verträgt sich weder mit Gehorsam, noch mit Eifersucht oder Furcht; sie ist dort am reinsten, vollkommensten und schrankenlosesten, wo ihre Jünger in Vertrauen, Gleichheit und offenherziger Hingebung leben.

[...]

Die Liebe ist frei; das Versprechen abzugeben, ewig dasselbe Weib lieben zu wollen, ist nicht minder töricht, als zu geloben, ewig demselben Glauben anhangen zu wollen; solch ein Gelübde schließt in beiden Fällen jede Untersuchung aus.

[...]

Prostitution ist das rechtmäßige Kind der Ehe und der Irrtümer, die in ihrem Gefolge sind. Weibliche Wesen werden für kein anderes Verbrechen, als weil sie den Geboten eines natürlichen Gelüstes gehorchten, mit Wut von den Annehmlichkeiten und Sympathien der Gesellschaft ausgeschlossen. Solch ein Verbrechen ist minder verzeihlich als Mord; und die Strafe, welche über diejenige verhängt wird, die, um Vorwürfen zu entgehen, ihr Kind tötet, ist leichter, als

das Leben voll Todesqual und Krankheit, zu welchem die Prostituierte unwiderruflich verurteilt ist. Hat ein Weib dem Triebe der nie irrenden Natur gehorcht, so erklärt die Gesellschaft ihr den Krieg, erbarmungslosen und ewigen Krieg; sie muß der gefügige Sklave sein, sie darf keine Repressalien ergreifen; der Gesellschaft steht das Recht der Verfolgung zu, jener die Pflicht, zu dulden.
[...]
Ich glaube mit Bestimmtheit, daß aus der Abschaffung der Ehe das richtige und naturgemäße Verhältnis des geschlechtlichen Verkehrs hervorgehen würde.
[...]

Ganz anders als Byron sprach Shelley hier den Frauen Rechte zu, war aber, ebenso wie mit seiner Kritik an den Herrschenden, seiner Zeit zu weit voraus, um ernstgenommen zu werden. Shelley kann als Vorläufer des Sozialismus gesehen werden, der einfach das Pech hatte, einige Jahrzehnte zu früh geboren zu sein. Oder aber er war zu spät auf die Welt gekommen, denn die »Radikalen« der neunziger Jahre (Southey, Wordsworth) waren längst konservativ geworden. Von seiner ursprünglichen Auflage von zweihundertfünfzig Exemplaren verteilte Shelley etwa siebzig. Erstaunlicherweise gelangten auch sechs Exemplare nach Berlin, wo sie 1814 ein englischer Reisender kaufte. Erst siebzehn Jahre später begann das Gedicht durch Raubdrucke eines radikalen Verlegers weitere Verbreitung zu finden. In den zwanziger und dreißiger Jahren wurde *Queen Mab* als »Bibel« der Chartisten ungemein beliebt. Viele Anhänger dieser Arbeiterbewegung, die für eine Wahlrechtsreform eintrat, fanden ihre Ideen bei Shelley wieder.

Im Hause Godwins verliebte er sich in dessen Tochter Mary, deren Mutter, die frühe Feministin Mary Wollstonecraft, bei ihrer Geburt gestorben war. Er war ständig mit Mary und ihrer Stiefschwester Jane (die sich später Claire nannte) zusammen. An Mary Wollstonecrafts Grab erklärten sich Mary und Percy ihre Liebe. Er überreichte ihr ein Exemplar von *Queen Mab,* in das sie seine Worte notierte. Als Shelley Godwin davon in Kenntnis setzte, daß er nun mit Mary zusammenleben wollte, verweigerte dieser seine Zustimmung – zu spät. Shelley lief diesmal mit zwei Frauen weg – Mary und Claire – und floh mit ihnen im Sommer 1814 auf den Kontinent. Gleichzeitig war er immer noch mit Harriet, mittlerweile Mutter seiner Tochter, verheiratet. Ein Eintrag von Percy in Marys Tagebuch beschreibt den Beginn der Reise:

Mary war während der Fahrt krank, aber welches Vergnügen und welche Sicherheit teilten wir! Die Hitze schwächte sie, sie mußte nach jeder Etappe rasten. Ich war hin- und hergerissen zwischen der Angst um ihre Gesundheit und der Furcht, daß unsere Verfolger ankommen könnten. Ich machte mir Vorwürfe, weil ich ihr nicht genügend Zeit zum Rasten erlaubte [...]

In Dartford nahmen wir vier Pferde, damit wir der Verfolgung entkommen könnten. Wir kamen vor vier Uhr in Dover an. Einige Zeit wurde notwendigerweise auf Überlegungen verbracht, aufs Essen und auf Verhandlungen mit den Matrosen und den Zollbeamten. Schließlich nahmen wir ein kleines Schiff, das uns nach Calais bringen sollte. Es war gegen sechs Uhr fertig. Der Abend war einfach wunderbar. Langsam ging der Sand zurück, wir fühlten uns sicher. Es gab wenig Wind, die Segel flatterten in der Brise. Der Mond ging auf, es wurde Nacht, und mit der Nacht kam ein langsamer, hoher Seegang und ein frischerer Wind, der bald so stark wurde, daß er das Schiff heftig hin und her warf. Mary litt sehr unter dem Seegang und konnte sich kaum bewegen. Sie lag die Nacht hindurch in meinen Armen [...]

Mary wußte nicht um unsere Gefahr. Sie ruhte zwischen meinen Knien, die sie nicht halten konnten. Sie sprach nicht und blickte mich nicht an, aber ich fühlte, daß sie da war. In diesem Augenblick hatte ich Zeit, über den Tod zu reflektieren und mir Gedanken zu machen. Er war mir eher Unannehmlichkeit und Enttäuschung als Schrecken. Wir sollten nie getrennt werden, aber im Tod würden wir unsere Einheit nicht so kennen und fühlen so wie jetzt. Ich hoffe, aber meine Hoffnungen sind mit Angst davor vermischt, was mit diesem unschätzbaren Geist geschehen wird, wenn wir zu sterben scheinen.

Es wurde Morgen, die Blitze verschwanden, die Gewalt des Windes legte sich. Wir kamen in Calais an, während Mary noch schlief. Wir liefen auf den Sand auf. Plötzlich erhob sich eine große Sonne über Frankreich.

Angesichts der Vorstellung, verfolgt zu werden, blühte Shelley sichtlich auf. Frankreich, das Land der Revolution, mußte ihm als Zufluchtsort erscheinen. Die Reise zu dritt, die auch durch die Schweiz, Deutschland und Holland führte, war faszinierend und anstrengend. Schon zu Beginn der neuen Beziehung zeigte sich (wie schon zuvor bei Harriet), daß Shelley nicht mit einer Frau alleine sein konnte. Claire war auch in den folgenden Jahren, sehr zu Marys Leidwesen, fast immer mit von der Partie. Nach sechs Wochen kehrte die *ménage à trois* wieder nach England zurück. Obwohl Shelley noch mit Harriet Kontakt hielt, war die Ehe *de facto* vorüber. Er schrieb ihr:

Seit ich Dich zum ersten Mal erblickte, bestand mein hauptsächliches Ziel darin, Dich mit Wohltaten zu überwältigen. Sogar jetzt, wo mich eine gewaltige und dauerhafte Leidenschaft für eine andere dazu führt, ihre Gesellschaft der Deinigen vorzuziehen, bin ich ständig mit Überlegungen beschäftigt, wie ich Dir dauerhaft und wirklich nützen kann, wie meine Zeit und mein Vermögen am sichersten für Deine echten Interessen ausgegeben werden können. Als Antwort darauf sollte ich nicht mit Vorwürfen und Tadel verletzt werden.

Er forderte Harriet auf, großmütig zu sein. Als er sie nach seiner Rückkehr sah, war er ernstlich erstaunt, daß sie nicht mehr Verständnis zeigte. Sein Plan war gewesen, daß Harriet mit ihm, Mary und Claire zusammenleben sollte. Harriet, wieder schwanger (ebenso wie Mary), konnte nur das Ende der Ehe akzeptieren. Die Trennung folgte.

In die Zeit des ersten Zusammenlebens mit Mary fiel das Abfassen von *Alastor,* seinem zweiten längeren Gedicht. Shelley beschreibt darin die Entwicklung eines jungen Dichters und seine Visionen, die in immer fantastischeren Landschaften angesiedelt sind.

[...] When early youth had passed, he left
His cold fireside and alienated home
To seek strange truths in undiscovered lands.
Many a wide waste and tangled wilderness
Has lured his fearless steps; and he has bought
With his sweet voice and eyes, from savage men,
His rest and food. Nature's most secret steps
He like her shadow has pursued, where'er
The red volcano overcanopies
Its fields of snow and pinnacles of ice
With burning smoke, or where bitumen lakes
On black bare pointed islets ever beat
With sluggish surge. [...]

***

[...] Als die Kindheit
Entschwunden war, schied er vom kalten Herd
Und aus dem fremdgewordnen Heimatland,
Um wundersamer Wahrheit nachzuforschen
In unentdeckten Landen. Manche Wüste
Und mancher Wildnis Labyrinth durchirrte
Furchtlos sein Fuß; und seines holden Blicks
Und seiner süßen Stimme Macht gewann
Von Wilden Obdach ihm und Mahl. Er folgte
Den rätselvollen Schritten der Natur,
Gleichwie ihr Schatten, wo der glühe Rauch
Des feuerspeinden Bergs ob den Gefilden
Von Schnee und Eis emporsteigt; oder wo
Die träge Flut des Erdpechsees beständig
An schwarzen, kahlen Inseln brandet [...]

Ein Stück weit hat Shelley hier sich selbst als Suchenden beschrieben. *Alastor* ist sein erstes Gedicht, in dem – ganz in romantischer Manier – die umgebende Natur zum Spiegel des Ichs wird. Sicher beeinflußte ihn dabei auch die Alpenlandschaft im Sommer 1814.

Eine weitere Reise auf den Kontinent folgte 1816, mit Mary, Claire und dem Sohn des Paares, William. Die Gruppe verließ London nur wenige Tage nach Lord Byron und traf zufällig mit ihm am Genfer See zusammen. Shelleys Gefühle waren gemischt: Neben Faszination erzeugte Byron in ihm, dem weniger erfolgreichen Poeten, ein Gefühl der Einengung. Auch von Byrons Seite war das Verhältnis nie uneingeschränkt positv, aber beide hatten reges Interesse aneinander. Gemeinsame Ausflüge wurden unternommen. Mit Mary und Claire besuchte Shelley das Tal von Chamonix, ein überwältigendes Landschaftserlebnis, das in der Komposition des Gedichts »Mont Blanc« resultierte. Mittlerweile war auch Claires Schwangerschaft bekannt. Byron war bereit, für die Erziehung des Kindes zu sorgen. Schon um dem Verdacht zu entgehen, er selbst sei der Vater, mußte Shelley mit den beiden Frauen nach England zurückkehren, wo sich Claire bis nach der Geburt Allegras in Bath aufhielt. Wieder in London, schloß sich Shelley dem Kreis um Leigh Hunt an, wo er auch Hazlitt, Reynolds und Keats kennenlernte. Poesie war dort ein geselliges Unterfangen – eine Herangehensweise, von der sich Keats zunehmend distanzierte. Im Rahmen eines Sonettwettbewerbs verfaßte Shelley Ende 1817 das Sonett »Ozymandias«, das kurz darauf im »Examiner« veröffentlicht wurde und bis heute zu seinen bekanntesten Gedichten zählt.

Ozymandias

I met a traveller from an antique land
Who said: Two vast and trunkless legs of stone
Stand in the desert ... Near them, on the sand,
Half sunk, a shattered visage lies, whose frown,
And wrinkled lip, and sneer of cold command,
Tell that its sculptor well those passions read
Which yet survive, stamped on these lifeless things,
The hand that mocked them, and the heart that fed:
And on the pedestal these words appear:
»My name is Ozymandias, king of kings:
Look on my works, ye Mighty, and despair!«
Nothing beside remains. Round the decay

Of that colossal wreck, boundless and bare
The lone and level sands stretch far away.

***

Ozymandias

Ein Mann berichtete aus mythischem Land:
Zwei Riesenbeine, rumpflos, steingehauen
Stehn in der Wüste. Nahebei im Sand
Zertrümmert, halbversunken, liegt mit rauhen
Lippen voll Hohn ein Antlitz macht-gewöhnt,
Voll Leidenschaften, die bestehn; es sagt:
Der Bildner, der es prägte, wußte dies,
Wess Herz und Hand sie speiste und verhöhnt.
Und auf dem Sockel eingemeißelt lies:
»Ich bin Ozymandias, Herr der Herrn.
Schaut, was ich schuf, ihr Mächtigen, und verzagt!«
Nichts bleibt. Um den Verfall her riesengroß
Des mächtigen Steinwracks öd und grenzenlos
Dehnt sich die leere Wüste nah und fern.

»Ozymandias« demonstriert die Hohlheit eines jeden Herrschaftsanspruchs und zelebriert Shelleys Vision vom Ende der politischen Macht – Ozymandias' Ausspruch »Schaut, was ich schuf, ihr Mächtigen, und verzagt!« ist nicht mehr ernstzunehmen. Nichts überdauert, so die Botschaft des Sonetts. Die Wahl des Ortes, die Wüste, ist vermutlich darauf zurückzuführen, daß ägyptische Themen (wie überhaupt alles Orientalische) sehr in Mode waren. Als nächstes verfaßte Shelley das ebenfalls im Orient angesiedelte Versepos *The Revolt of Islam,* ein Werk, das Freiheit und Rebellion über Tyrannei triumphieren läßt, erlangte damit aber nicht den ersehnten literarischen Erfolg.

1818 verließ Shelley wieder England, diesmal für immer. Harriet hatte, ein drittes Mal schwanger, im November 1816 Selbstmord begangen. Kurz darauf, am 30. Dezember, heirateten Mary und Percy in aller Stille. Es gelang ihm nicht, das Sorgerecht für die beiden Kinder zu erhalten. Vor Gericht führte Harriets Familie seine Briefe und seine Schrift *Queen Mab* gegen ihn ins Feld. Im Lauf des Jahres kamen gesundheitliche Probleme dazu, und schließlich gingen die Shelleys mit ihren beiden Kindern und mit Claire und Allegra wieder nach Italien. Ihre Kinder starben dort, wie schon vorher das uneheliche Kind, das Mary 1815 geboren hatte. Die unruhige Lebensweise war sicher nicht förderlich für die Gesundheit der Kinder. Die Shelleys blieben selten längere Zeit an einem Ort.

Zunächst hielt sich die Gruppe in Mailand und in Bagna di Lucca auf. Shelley schrieb begeisterte Briefe an Thomas Peacock, der ihn gerade als exzentrische Hauptfigur in seinem parodistischen Schauerroman *Nightmare Abbey* verewigt hatte. Shelley schwärmte von der Landschaft, fand aber die italienischen Frauen, die Byron so fasziniert hatten, unattraktiv: Sie seien sowohl prüde als auch kokett, knochig, dünn und außerdem gefühllos. Kurz nach der Ankunft wurde Allegra zu Byron geschickt, und von nun an war Shelley, bis zu ihrem Tod, Vermittler zwischen den Eltern, die sich nie wieder sahen. Claire hegte offensichtlich noch lange die Hoffnung, Byron zurückgewinnen zu können. Auch wenn ihr klar war, daß es für ihre Tochter von Vorteil war, vom Vater anerkannt zu werden, sehnte sie sich nach ihr und forderte sie immer wieder zurück, allerdings ohne Erfolg.

Shelleys erneutes Treffen mit Byron, diesmal in Venedig, inspirierte *Julian and Maddalo*, das sowohl die Freundschaft der beiden wie auch ihre unterschiedliche Lebenseinstellung thematisierte. Auf Venedig folgte Rom, dann Neapel. Für das Paar war die Zeit keineswegs glücklich: Nach dem Tod der kleinen Clara versank Mary in eine langanhaltende Depression. Auch Percy war alles andere als heiter. Eines seiner niedergedrücktesten Gedichte ist das im Dezember 1818 verfaßte »Stanzas Written in Dejection, Near Naples«, »Stanzen, in einer trüben Stunde bei Neapel geschrieben«:

Stanzas
Written in Dejection, Near Naples

The sun is warm, the sky is clear,
The waves are dancing fast and bright,
Blue isles and snowy mountains wear
The purple noon's transparent might,
The breath of the moist earth is light,
Around its unexpanded buds;
Like many a voice of one delight,
The winds, the birds, the ocean floods,
The City's voice itself, is soft like Solitude's.

I see the Deep's untrampled floor
With green and purple seaweeds strown;
I see the waves upon the shore,
Like light dissolved in star-showers, thrown:
I sit upon the sands alone, –
The lightning of the noontide ocean
Is flashing round me, and a tone
Arises from its measured motion,
How sweet! did any heart now share in my emotion.

Alas! I have nor hope nor health,
Nor peace within nor calm around,
Nor that content surpassing wealth
The sage in meditation found,
And walked with inward glory crowned –
Nor fame, nor power, nor love, nor leisure.
Others I see whom these surround –
Smiling they live, and call life pleasure; –
To me that cup has been dealt in another measure.
[...]

Stanzen
in einer trüben Stunde bei Neapel geschrieben.

Die Sonn' ist warm und still die See,
Mit Lächeln blickt der Himmel drein,
Der Inseln Blau, der Berge Schnee
Umkränzt der goldne Abendschein.
Der Hauch des Äthers, klar und rein,
Umspielt sein träumend Rosenkind;
In wunderbaren Melodein
Erklingen Vogel, Meer und Wind –
Der Lärm der Stadt sogar ist hier gedämpft und lind.

In nie betretner Tiefe schau'
Ich Moos und Flechten ausgespannt;
Wie Sternenflut der Wellen Blau
Hinplätschert leis zum Uferrand.
Ich sitz' allein am Meeressand;
Der Flut entblitzt wie leuchtend Erz
Ein Funkeln, und im Abendbrand
Entsteigt ein Klingen uferwärts –
Wie süß, erbebte nur wie meins ein einzig Herz!

Weh mir! ich hab' nicht Glück noch Ruh',
Noch Frieden in des Herzens Nacht,
Doch fiel mir jener Reichtum zu,
Den Weisheit bringen und Bedacht,
Gekrönt mit innrer Glorie Pracht.
Nicht Ruhm noch Macht, nicht Lieb' und Heil –
Ach, Andern hat das All' gelacht;
Sie sprachen jedem Tag: »Verweil!« –
Mir ward des Lebens Kelch in anderm Maß zuteil.
[...]

In Shelleys Betrachtung verschmilzt die Landschaft mit dem emotionalen Empfinden – ein typischer romantischer Gestus. In Rom war die Stimmung wieder besser, und Shelley besuchte voller Begeisterung die Ruinen. Auch begann er, an seinem Drama *The Cenci* zu arbeiten, das auf einer historischen Vorlage basiert. Der sinistre Graf Cenci, ein Katholik, baut seine Macht auf Mord, Korruption und Lügen auf. Nachdem er seine Tochter Beatrice zum Inzest gezwungen hat, plant seine Familie seine Ermordung und führt sie in einem abgelegenen Schloß durch. Jedoch werden die Täter entlarvt und zum Tode verurteilt. Graf Cenci hat letztlich doch gesiegt. Das Stück enthält Parallelen zu Shakespeares Dramen, ist aber von der Tiefe der moralischen Erörterungen her eher Schiller vergleichbar. Die gute, reine Beatrice muß zu heimtückischen Mitteln greifen, sich selbst dem Bösen zuwenden, um das Recht wiederherzustellen, und verstrickt sich dadurch in Schuld. Sie hat keine andere Wahl. Völlig unähnlich sind sich Vater und Tochter nicht, denn nur die starke, rebellische Beatrice kann Cencis geradezu mystischer väterlicher Macht widerstehen.

Im ersten Akt verkündet Cenci bei einem Bankett in seinem Palast den Tod der Söhne. Nur Beatrice lehnt sich offen auf und wird dafür bestraft:

Cenci

It is indeed a most desired event.
If, when a parent from a parent's heart
Lifts from this earth to the great Father of all
A prayer, both when he lays him down to sleep,
And when he rises up from dreaming it;
One supplication, one desire, one hope,
That he would grant a wish for his two sons,
Even all that he demands in their regard –
And suddenly beyond his dearest hope
It is accomplished, he should then rejoice,
And call his friends and kinsmen to a feast,
And task their love to grace his merriment, –
Then honour me thus far – for I am he.
[...]
God!
I thank thee! In one night didst thou perform,
By ways inscrutable, the thing I sought.

My disobedient and rebellious sons
Are dead! – Why, dead! – What means this change of cheer?
You hear me not, I tell you they are dead;
And they will need no food or raiment more:
The tapers that did light them the dark way
Are their last cost. The Pope, I think, will not
Expect I should maintain them in their coffins.
Rejoice with me – my heart is wondrous glad.
(Lucretia sinks, half fainting; Beatrice supports her.)

Beatrice

It is not true! – Dear lady, pray look up.
Had it been true, there is a God in Heaven,
He would not live to boast of such a boon.
Unnatural man, thou knowest that it is false.

Cenci

Ay, as the word of God; whom here I call
To witness that I speak the sober truth; –
And whose most favouring Providence was shown
Even in the manner of their deaths. For Rocco
Was kneeling at the mass, with sixteen others,
When the church fell and crushed him to a mummy,
The rest escaped unhurt. Cristofano
Was stabbed in error by a jealous man,
Whilst she he loved was sleeping with his rival;
All in the self-same hour of the same night;
Which shows that Heaven has special care of me.
I beg those friends who love me, that they mark
The day a feast upon their calendars.
It was the twenty-seventh of December:
Ay, read the letters if you doubt my oath.
[...]

Beatrice

I do entreat you, go not, noble guests;
What, although tyranny and impious hate
Stand sheltered by a father's hoary hair?
What, if' tis he who clothed us in these limbs
Who tortures them, and triumphs? What, if we,
The desolate and the dead, were his own flesh,
His children and his wife, whom he is bound
To love and shelter? Shall we therefore find
No refuge in this merciless wide world?
O think what deep wrongs must have blotted out
First love, then reverence in a child's prone mind,
Till it thus vanquish shame and fear! O think!
I have borne much, and kissed the sacred hand
Which crushed us to the earth, and thought its stroke
Was perhaps some paternal chastisement!
Have excused much, doubted; and when no doubt
Remained, have sought by patience, and tears
To soften him, and when this could not be
I have knelt down through the long sleepless nights
And lifted up to God, the Father of all,
Passionate prayers: and when these were not heard
I have still borne, – until I meet you here,
Princes and kinsmen, at this hideous feast
Given at my brothers' deaths. Two yet remain,
His wife remains and I, whom if ye save not,
Ye may soon share such merriment again
As fathers make over their children's graves.
[...]

***

Cenci

Jawohl, ein höchst erwünschter Vorfall ist's.
Sagt, wenn ein Vater aus dem Vaterherzen
Ein heiß Gebet empor zum Himmel sendet,
So oft er sich zum Schlummer niederlegt,
So oft er, davon träumend aufgewacht, –
Ein heiß Gebet, Ein Flehen, Eine Hoffnung,

Daß Gott nur Einen Wunsch für seine Söhne,
Für die er um dies Einz'ge fleht, gewähre;
Und wenn urplötzlich, wie er's kaum gehofft,
Sich's nun erfüllt, sollt' er sich dann nicht freuen,
Und seine Freunde all' zum Feste laden,
Daß ihre Lieb' erhöhe seine Lust?
Ehrt mich denn so – denn ich bin dieser Vater!
[...]
O Gott, ich danke dir! In Einer Nacht
Erfülltest du, nach unerforschtem Ratschlag,
Was ich so heiß und flehentlich erbat.
Denn meine Söhne, die rebellischen Buben,
Sind tot! – Ja, tot! – Was stiert ihr bleich mich an?
Ihr hört mich nicht – ich sag' euch, sie sind tot!
Sie brauchen Nahrung nicht, noch Kleidung mehr;
Die Kerzen, die zum Grabe sie geleuchtet,
Sind ihre letzten Kosten; und ich denke,
Der Papst wird nicht von mir erwarten können,
Daß ich im Sarge für sie sorgen soll.
Freut euch mit mir – mein Herz ist innig froh.
(Lucretia sinkt halb ohnmächtig nieder; Beatrice unterstützt sie.)

Beatrice

Es ist nicht wahr! – O Mutter, blick empor!
Denn wär' es wahr – noch ist ein Gott im Himmel! –
So lebt' er nicht, sich solcher Gunst zu rühmen.
Unmensch! du weißt es, daß du Lüge sprachst.

Cenci

Nein, wahr wie Gottes Wort; ihn ruf' ich hier
Zum Zeugen an, daß ich nur Wahrheit rede;
Und seine gnäd'ge Vorsicht zeigt sich auch
In ihrer Todesart. Denn Rocco kniete
Mit sechzehn andern in der Messe just,
Da brach der Dom zusammen und zermalmt' ihn;
Die andern alle blieben unversehrt.
Christofano ward zu derselben Stunde
In selber Nacht aus Mißverstand erdolcht

Von einem eifersücht'gen Mann, derweil
Beim Nebenbuhler seine Liebste schlief.
Dies alles zeigt doch sichtbar, daß der Himmel
Besondrer Gnade mich gewürdigt hat.
Ich bitt' euch, liebe Freunde, merkt den Tag
Als einen Festtag im Kalender an;
Es war der siebenundzwanzigste Dezember.
Da, lest den Brief, wenn ihr noch Zweifel hegt.
[...]

Beatrice

Ich bitt' euch, edle Gäste, geht nicht fort. –
Weil Tyrannei und frevler Haß geschützt
Von eines Vaters grauem Haare sind;
Weil er, der uns dies Leben gab, uns martert
Und seines Tuns sich freut; weil wir, die Toten
Und die Verlassnen, sind sein eigen Blut,
Sein Weib und seine Kinder, die er lieben
Und schützen sollte: finden wir deshalb
Auf dieser weiten Erde keine Zuflucht?
Bedenkt, welch schweres Unrecht erst die Liebe,
Und dann die Ehrfurcht in des Kindes Herzen
Vernichtet haben muß, daß es jetzt so
Der Scham und Furcht vergißt! O, dies bedenkt!
Ich habe viel ertragen, hab' geküßt
Die heil'ge Hand, die uns zu Boden warf,
Und hielt den Schlag für väterliche Zücht'gung.
Ich habe viel entschuldigt, viel gezweifelt,
Und wenn kein Zweifel mehr mir übrig blieb,
Hab' ich durch Liebe, Tränen und Geduld
Gesucht, ihn zu besänft'gen; und wenn dies
Vergebens war, so sank ich auf die Knie,
Und in der langen schlummerlosen Nacht
Fleht' ich zu Gott, dem Vater unser aller,
In brünstigem Gebet; und fand auch dort
Ich kein Gehör, so trug ich's immer noch, –
Bis ich euch, Fürsten und Verwandte, nun
Bei diesem grausen Freudenfest begegne

Für meiner Brüder Tod. Noch Zweie blieben,
Sein Weib und ich; und rettet ihr sie nicht,
So wird euch wieder bald ein solches Fest
Allhier versammeln, wie es Väter feiern
Im Freudenrausch an ihrer Kinder Gruft.
[...]

Die Cenci waren Shelleys erster literarischer Erfolg, auch wenn sich die Auflagehöhen im Vergleich mit Byron bescheiden ausnahmen. Es war sein einziges Werk, das vor seinem Tod eine zweite Auflage erlebte. Shelley hatte das Drama für die Bühne geschrieben, ohne aber zu bedenken, daß es wegen des Stoffes als ungeeignet empfunden werden könnte. Die erste Aufführung des 1819 geschriebenen Stücks fand 1886 (!) privat statt. Erst 1922 konnte es in England öffentlich aufgeführt werden – zu skandalös war den Viktorianern die Darstellung von Inzest auf der Bühne.

Wenn Beatrice Cenci an der Ermordung ihres Vaters mitwirkt, tötet sie damit auch einen übermenschlichen Vatergott, dessen grausamer Machtmißbrauch sie zu zerstören droht. Die romantische Faszination mit dem Vatermord war bei Shelley besonders ausgeprägt, der im Gegensatz zu Byron und Keats noch im Erwachsenenalter von seinem eigenen Vater abhängig war und ein extrem schlechtes Verhältnis zu ihm hatte. Graf Cenci repräsentiert die negative Version des starken, gottgleichen, faustischen Übermenschen, der Shelley zunehmend faszinierte. Ehe er die *Cenci* verfaßte, hatte er drei Akte eines weiteren Dramas geschrieben, das er erst nach den *Cenci* fertigstellte: *Prometheus Unbound (Der entfesselte Prometheus)*. Shelley, schon immer an antiken Mythen interessiert, griff hier auf eine Figur zurück, die um 1800 eine politische Ikone war und für Revolution und den Kampf gegen Unterdrückung stand. Der entfesselte Prometheus symbolisierte die künftige Freiheit der Menschen. Im ersten Akt beschrieb Shelley Prometheus' Leiden, um dann im dritten und vierten Akt die Befreiung zu zelebrieren. Wieder ist eine Vaterfigur, der Vatergott Jupiter, der Unterdrücker, der aber diesmal den Kampf verliert.

Act I

[...]

Prometheus

Ah woe! Alas! pain, pain ever, for ever!
I close my tearless eyes, but see more clear
Thy works within my woe-illumèd mind,
Thou subtle tyrant! Peace is in the grave.
The grave hides all things beautiful and good:
I am a God and cannot find it there,
Nor would I seek it: for, though dread revenge,
This is defeat, fierce king, not victory.
The sights with which thou torturest gird my soul
With new endurance, till the hour arrives
When they shall be no types of things which are.
[...]

Act III, Scene iv

Spirit of the Earth

Thou knowest that toads, and snakes, and loathly worms,
And venomous and malicious beasts, and boughs
That bore ill berries in the woods, were ever
An hindrance to my walks o'er the green world:
And that, among the haunts of humankind,
Hard-featured men, or with proud, angry looks,
Or cold, staid gait, or false and hollow smiles,
Or the dull sneer of self-loved ignorance,
Or other such foul masks, with which ill thoughts
Hide that fair being whom we spirits call man;
And women too, ugliest of all things evil,

I. Akt

[...]

Prometheus

O weh! o weh! – Ach Pein für ewig, ewig!
Ich schließe hier die tränenlosen Augen
Und sehe nur so klarer noch dein Werk
In meinem schmerzerleuchteten Gemüt,
Du schlauester Tyrann! – Im Grab ist Frieden!
Das Grab deckt all, was schön ist und was gut!
Ich bin ein Gott und kann's nicht finden dort,
Noch will ich's suchen: denn wie schreckensvoll
Auch deine Rache ist, du stolzer König,
Sie wird zur Niederlage, nicht zum Sieg!
Und die Gesichte all, mit denen du
Mich quälst, umpanzern mir die Seele nur
Mit neuer Kraft, bis jene Stunde kommt,
Wo sie nicht Schatten mehr der Dinge, die da sind.
[...]

III. Akt, iv. Szene

Geist der Erde

Du weißt, daß Kröten, Schlangen, ekle Würmer,
Boshaftes, giftiges Getier und Sträucher,
Die gift'ge Beeren trugen in den Wäldern,
Mein Wandeln auf der grünen Welt gestört
Und daß es mir das Herz zusammenschnürte,
Begegnet' ich im tollen Menschentreiben
Den Männern oft mit harten Zügen, oder
Mit zorn'gen Augen, die voll Hochmut blicken,
Mit steifem Gang, mit falschem hohlen Lächeln,
Mit stumpfem Grinsen stolzer Ignoranz
Und jenen faulen Masken all, mit welchen
Die tückischen Gedanken birgt das Wesen,
Das schöne, von uns Geistern Mensch genannt.
Und Frauen auch, das Häßlichste von allem –

(Though fair, even in a world where thou art fair,
When good and kind, free and sincere like thee),
When false or frowning made me sick at heart
To pass them, though they slept, and I unseen.
Well, my path lately lay through a great city
Into the woody hills surrounding it:
A sentinel was sleeping at the gate:
When there was heard a sound, so loud, it shook
The towers amid the moonlight, yet more sweet
Than any voice but thine, sweetest of all;
A long, long sound, as it would never end:
And all the inhabitants leaped suddenly
Out of their rest, and gathered in the streets,
Looking in wonder up to Heaven, while yet
The music pealed along. I hid myself
Within a fountain in the public square,
Where I lay like the reflex of the moon
Seen in a wave under green leaves; and soon
Those ugly human shapes and visages
Of which I spoke as having wrought me pain,
Passed floating through the air, and fading still
Into the winds that scattered them; and those
From whom they passed seemed mild and lovely forms
After some foul disguise had fallen, and all
Were somewhat changed, and after brief surprise
And greetings of delighted wonder, all
Went to their sleep again: and when the dawn
Came, wouldst thou think that toads, and snakes, and efts,
Could e'er be beautiful? yet so they were,

(Obgleich sie schön sind, selbst in einer Welt,
In der du glänzest, wenn sie hold und gut
Und treu und wahr sind, wie du selbst) –
Das Häßlichste, wenn falsch sie oder zornig,
Sie machten mir das Herz im Leibe krank,
Zog ich an ihnen nur vorbei, wiewohl
Im Schlaf sie lagen und mich selbst nicht sahn.
So höre denn: Mich führte jüngst mein Pfad
Durch eine große Stadt zu jenen Hügeln,
Die sie mit einem Wälderkranz umgeben.
Am Tor war eine Wache eingeschlafen.
Da plötzlich hört' man einen lauten Ton,
Die Türme rüttelnd, die ins Mondlicht ragten
Und süßer doch als irgend eine Stimme,
Nur deine nicht, die süßer ist als alle, –
Ein langer Ton, als wollt' er nimmer enden!
Und alle die Bewohner sprangen plötzlich
Von ihrem Lager, stürzten auf die Straßen
Und sahn verwundert nach dem Himmel auf,
Dieweil noch immer die Musik erscholl.
Ich aber schlüpft' in einen Brunnen schnell
Auf öffentlichem Markt, in dem ich lag,
Dem Widerschein des Mondes gleich, der sich
In Wellen spiegelt unter grünem Laub.
Und bald nun zogen jene häßlichen
Gestalten und Gesichte mir vorbei,
Die, wie gesagt, mir so viel Pein gemacht.
Sie schwebten durch die Lüfte und verwehten
In allen Winden, die sie rings zerstreut.
Und die, von denen sie genommen worden,
Erschienen nun als liebliche Gestalten, –
Die häßliche Verlarvung war gefallen,
Und alle waren irgendwie verwandelt.
Nach kurzer Überraschung dann und froh
Erstauntem Grüßen kehrten alle wieder
Zum Schlafe heim und als der Tag erwachte, –
O dächtest du, daß Kröte, Schlang' und Eidechs'
Je schön sein könnten? Und doch waren sie's,

And that with little change of shape or hue:
All things had put their evil nature off:
I cannot tell my joy, when o'er a lake
Upon a drooping bough with nightshade twined,
I saw two azure halcyons clinging downward
And thinning one bright bunch of amber berries,
With quick long beaks, and in the deep there lay
Those lovely forms imaged as in a sky;
So, with my thoughts full of these happy changes,
We meet again, the happiest change of all.
[...]

Spirit of the Hour

Soon as the sound had ceased whose thunder filled
The abysses of the sky and the wide earth,
There was a change: the impalpable thin air
And the all-circling sunlight were transformed,
As if the sense of love dissolved in them
Had folded itself round the sphered world.
My vision then grew clear, and I could see
Into the mysteries of the universe:
Dizzy as with delight I floated down,
Winnowing the ligthsome air with languid plumes,
My coursers sought their birthplace in the sun,
Where they henceforth will live exempt from toil,
Pasturing flowers of vegetable fire;
And where my moonlike car will stand within
A temple, gazed upon by Phidian forms
Of thee, and Asia, and the Earth, and me,

Und zwar mit nur geringer Änderung
An Farbe und Gestalt. Sie hatten alle
Nur abgestreift die schlechtere Natur!
Wie freut' ich mich, als über einem Teich,
Auf einem Zweig, von Geißblatt überrankt,
Ich zwei azurene Eisvögel sah.
Wie mit den flinken, langen Schnäbeln sie
Herniederlangten um ein glänzend Büschel
Von Vogelbeeren, während in der Tiefe
Sich ihre holden Formen spiegelten,
Als wie in einem Himmel. – Also voll
Noch die Gedanken von solch glücklichen
Veränderungen – find' ich dich nun hier,
Von allen Änderungen dies die beste!
[...]

Geist der Stunde

Bald als der Ton verklungen war,
Des Donner alle Tiefen rings erfüllt
Des Himmels und der weiten Erde, seht,
Da trat urplötzlich eine Wandlung ein;
Der dünne Äther und das Sonnenlicht,
Das allumstrahlende, sie wurden da
Verwandelt, als ob das Gefühl der Liebe,
In ihnen aufgelöst, sich mählich um
Die runde Welt geschmiegt. Und mein Gesicht
Ward klarer, und ich durfte blicken tief
In die Geheimnisse des Universums.
Im Freudentaumel schwebt' ich da hernieder,
Die klare Luft mit wollustmatten Flügeln
Durchfächelnd, während meine Renner nun
Die Sonne suchten – ihre Heimat – auf.
Sie werden dort, nun aller Arbeit ledig,
Nur weiden unter feurighellen Blumen,
Dieweil mein mondengleicher Wagen steht
In einem Tempel unter Marmorbildern,
Wie von der Hand des Phidias geformt,
Von dir und Asia und der Erd' und mir

And you fair nymphs looking the love we feel, –
In memory of the tidings it has borne, –
Beneath a dome fretted with graven flowers,
Poised on twelve columns of resplendent stone,
And open to the bright and liquid sky.
Yoked to it by an amphisbaenic snake
The likeness of those winged steeds will mock
The flight from which they find repose. Alas,
Whither has wandered now my partial tongue
When all remains untold which ye would hear?
As I have said, I floated to the earth:
It was, as it is still, the pain of bliss
To move, to breathe, to be; I wandering went
Among the haunts and dwellings of mankind,
And first was disappointed not to see
Such mighty change as I had felt within
Expressed in outward things; but soon I looked,
And behold, thrones were kingless, and men walked
One with the other even as spirits do,
None fawned, none trampled; hate, disdain, or fear,
Self-love or self-contempt, on human brows
No more inscribed, as o'er the gate of hell,
»All hope abandon ye who enter here;«
None frowned, none trembled, none with eager fear
Gazed on another's eye of cold command,
Until the subject of a tyrant's will

*Und auch von euch, ihr schönen Nymphen dort,
Die Lieb' im Aug', die unsre Herzen füllt.
So soll er stehn zum ewigen Gedächtnis
Der frohen Botschaft, die er einst gebracht,
Von einer hohen Kuppel überwölbt,
Die, mit erhabnen Blumen reich geziert,
Getragen von zwölf schlanken Säulen wird
Aus glänzendem Gestein, durch die hindurch
Des Himmels ewig heitre Decke schimmert.
Und vor dem Wagen, in das Joch gespannt,
Das eine Ringelnatter formt, seht ihr
Das Abbild meiner Flügelrosse auch,
Als wären sie im schnellen Lauf begriffen,
Von dem sie rasten jetzt. – Doch ach, wo schwärmt
Da meine eitle Zunge hin und läßt
Doch unerzählt, was ihr ja hören wollt!?
Nun, wie gesagt: Zur Erde schwebt' ich nieder!
Es war, wie jetzt noch, eine wonn'ge Qual
Zu regen sich, zu atmen und zu sein. –
Als zwischen menschlichen Behausungen
Ich also strich, war ich zuerst enttäuscht,
Denn solchen mächt'gen Wechsel sah ich nicht
In Außendingen ausgedrückt, wie ich
Tief innen ihn gefühlt. Doch balde sah
Ich näher zu, und königlose Throne
Ward ich alsbald gewahrt und daß die Menschen
Nun friedlich einer mit dem andern gingen
Sowie's die Geister tun. Und keiner kroch
Und keiner trat den andern; weder Haß,
Noch Furcht, noch Stolz, noch eitel Eigensucht,
Noch Selbstverachtung standen mehr geschrieben
Auf Menschenstirnen, sowie überm Tor
Der Hölle steht in Flammenschrift zu lesen:
»Der du hier eintrittst, laß die Hoffnung fahren!«
Und keiner zürnte, keiner bebte, keiner
In banger Furcht erhob nach eines andern
Gebieterischem Aug' den scheuen Blick,
Um erst der Sklave der Despotenlaune*

Became, worst fate, the abject of his own,
Which spurred him, like an outspent horse, to death.
None wrought his lips in truth-entangling lines
Which smiled the lie his tongue disdained do speak;
None, with firm sneer, trod out in his own heart
The sparks of love and hope till there remained
Those bitter ashes, a soul self-consumed,
And the wretch crept a vampire among men,
Infecting all with his own hideous ill;
None talked that common, false, cold, hollow talk
Which makes the heart deny the yes *it breathes,*
Yet question that unmeant hypocrisy
With such a self-mistrust as has no name.
And women, too, frank, beautiful, and kind
As the free heaven which rains fresh light and dew
On the wide earth, past; gentle radiant forms,
From custom's evil taint exempt and pure;
Speaking the wisdom once they could not think,
Looking emotions once they feared to feel,
And changed to all which once they dared not be,
Yet being now, made earth like heaven; nor pride,
Nor jealousy, nor envy, nor ill shame,
The bitterest of those drops of treasured gall,
Spoilt the sweet taste of the nepenthe, love.
[...]

Und dann, was schlimmer noch, des eignen Willens
Zu sein, der ihn, ein müdgehetztes Roß,
Zu Tode spornt. Kein einziger verzog
Zu heuchlerischer Miene seine Lippen
Die Lüge lächelnd, welche seine Zunge
Verschmäht zu sprechen. Keiner, frechen Hohns,
Zertrat die Funken in dem eignen Herzen
Von Lieb' und Hoffnung, bis nur bittre Asche
Zurückgeblieben als der Seele Rest,
Die selber sich verzehrt und elend dann
Als ein Vampir sich unter Menschen schlich,
Bis daß der Pesthauch ihres eignen Übels
Die andern angesteckt. Ach! Keiner sprach
Die hohle, kalte und gemeine Sprache,
Die unser Herz verleugnen läßt das »Ja«,
Das unsere heuchlerische Lippe spricht
Mit jener Falschheit, welche, andre täuschend,
Uns endlich zwingt, uns selber zu mißtrau'n.
Auch schöne Frauen wallten, rein und gut,
So wie der freie Himmel, der herab
Auf unsre Erde streuet Licht und Tau,
Gestalten, hold und glänzend, die noch nicht
Berührt der Mode widerliche Schminke –
Und Weisheit sprach ihr Mund, die sie zuvor
Zu denken nicht vermocht, und es verrieten
Gefühle ihre Blicke, die vorher
Sie zu empfinden bangten. Ja, verwandelt
Erschienen sie zu allem, was sie nimmer
Vorher gewagt zu sein und machten also
Die Erde gleich dem Himmel. Eifersucht
Und blasser Neid und Stolz und falsche Scham,
Die schlimmsten Tropfen langgenährter Galle
Vergifteten nicht mehr den süßen Hauch
Der blühenden Nepenthe nun – der Liebe.
[...]

Act IV

[. . .]

Ione

I see a chariot like that thinnest boat,
In which the Mother of the Months is borne
By ebbing light into her western cave,
When she upsprings from interlunar dreams;
O'er which is curved an orblike canopy
Of gentle darkness, and the hills and woods,
Distinctly seen through that dusk aery veil,
Regard like shapes in an enchanter's glass;
Its wheels are solid clouds, azure and gold,
Such as the genii of the thunderstorm
Pile on the floor of the illumined sea
When the sun rushes under it; they roll
And move and grow as with an inward wind;
Within it sits a winged infant, white
Its countenance, like the whiteness of bright snow,
Its plumes are as feathers of sunny frost,
Its limbs gleam white, through the wind-flowing folds
Of its white, robe, woof of ethereal pearl.
Its hair is white the brightness of white light
Scattered in strings; yet its two eyes are heavens
Of liquid darkness, which the Deity
Within seems pouring, as a storm is poured
From jagged clouds, out of their arrowy lashes,
Tempering the cold and radiant air around,
With fire that is not brightness; in its hand
It sways a quivering moonbeam, from whose point
A guiding power directs the chariot's prow
Over its wheeled clouds, which as they roll
Over the grass, and flowers, and waves, wake sounds,
Sweet as a singing rain of silver dew.

IV. Akt

[...]

Ione

Sieh dort den Wagen, gleich dem dünnen Boot,
Das da der Monde Mutter durch die Ebbe
Der Nacht nach ihrer Höhl' im Westen trägt,
Wenn sie aus Neumondsträumen springt empor.
In Kreisform wölbt sich drob ein Baldachin
Von holdem Dunkel und die Hügel all
Und Wälder sehn durch jenes Schleiers Düster
Gleich Schatten aus in eines Zaubrers Spiegel.
Des Wagens Räder bilden dichte Wolken,
Azurn und golden, wie die Genien
Des Sturms sie türmen auf der glühnden See,
Wenn sich die Sonne in die Wellen stürzt.
Sie rollen und bewegen sich und wachsen,
Vom Windeshauch getrieben und geschwellt.
Und drin sitzt ein geflügelt Kind – so weiß,
Wie glänzend Weiß des frischgefallnen Schnees,
Die Federn gleichen zarten Frostgebilden,
Darauf die Sonne scheint, – die Glieder schimmern
Weiß durch den windgeschwellten Faltenwurf
Des schneeigen Gewandes, das ein zart
Gewebe aus äther'schen Perlen ist.
Sein Haar ist weiß, wie schimmernd weißes Licht,
Das Strahlen wirft, doch seine beiden Augen
Sind Himmel von durchsicht'gem Dunkel, das
Die Gottheit, die drin wohnt, scheint auszuströmen,
So wie ein Sturm aus zack'gen Wolken strömt
Und mildert rings die strahlend kalte Luft
Mit Feuer ohne Glanz. – In seiner Hand
Schwingt's einen zitternd bleichen Mondenstrahl,
Von dessen Spitze aus geheime Macht
Den Wagen lenkt auf seinen Wolkenrädern,
Die, wie sie rollen über Gras und Blumen
Und Wellen hin, so süße Töne wecken,
Gesang des Regens gleich von Silbertau.

Prometheus ist auf verschiedenen Ebenen lesbar: Das Ringen des Ichs auf der psychologischen Ebene führt zu einer persönlichen Erneuerung, während gleichzeitig der politische Kampf in eine neue, visionäre Gesellschaft mündet. Für Shelley waren nicht nur Institutionen von Übel, sondern auch das individuelle Bewußtsein, das durch Unterdrückung in Hoffnungslosigkeit versinken konnte – so wie Prometheus selbst im ersten Akt. Im dritten Akt beschreiben Geister, wie sich nach dem Sturz Jupiters, des Gegenspielers Prometheus' und göttlichen Gesetzgebers, die Natur und die Menschen ändern. Die Harmonie wird durch Musik und Schönheit ausgedrückt, durch plötzliche Klarheit der Vision. Statt staatlicher Ordnung und Furcht regiert die Liebe. Diese Vision wird im vierten Akt noch weiter geführt: Das Kind auf dem Wasser, eine Art Christusfigur, symbolisiert die Wiedergeburt. Am Ende aber taucht Demogorgon auf, der unterschiedlich als Gesetz, Prinzip der Geschichte oder Notwendigkeit interpretiert worden ist:

To suffer woes which Hope thinks infinite;
To forgive wrongs darker than death or night;
To defy Power, which seems omnipotent;
To love, and bear; to hope till Hope creates
From its own wreck the thing it contemplates;
Neither to change, nor falter, nor repent;
This, like thy glory, Titan, is to be
Good, great and joyous, beautiful and free;
This is alone Life, Joy, Empire, and Victory.

***

Zu tragen Leid, das ihr unendlich meint,
Der Macht zu trotzen, die allmächtig scheint,
Unrecht verzeihn, das schwarz wie Tod und Nacht,
Und lieben, hoffen, bis der Hoffnung Kraft
Aus ihren Trümmern das Ersehnte schafft,
Nicht straucheln, schwanken, nicht der Reue Macht
In müß'ger Tränenflut den Nacken biegen –

Gleich deinem Ruhm, Titan, heißt dies allein
Gut, groß und frei und schön und freudig sein,
Ja, dies allein heißt leben, herrschen, siegen!

Die Protagonisten von *Prometheus Unbound* sind Idealgeschöpfe, überindividuelle Wesen, so wie die Frauen Asia, Panthea und Ione, die alle die Liebe symbolisieren. Die Komposition dieses komplexen Textes dauerte fast anderthalb Jahre. Shelley konzentrierte sich hier auf den visionären Gegenentwurf, nicht auf das Anprangern von Unrecht, wie in *Queen Mab*.

Ein völlig anderer Gedichttyp aus dieser Zeit ist die melodiöse »Indian Serenade«, die zu Musik gesetzt werden sollte. Shelley verfaßte sie für Miss Stacey:

The Indian Serenade

I arise from dreams of thee
In the first sweet sleep of night.
When the winds are breathing low,
And the stars are shining bright:
I arise from dreams of thee,
And a spirit in my feet
Hath led me – who knows how?
To thy chamber window, Sweet!

The wandering airs they faint
On the dark, the silent stream –
The Champak odours fail
Like sweet thoughts in a dream;
The nightingale's complaint,
It dies upon her heart –
As I must on thine,
Oh, beloved as thou art!

Oh lift me from the grass!
I die! I faint! I fail!

Let thy love in kisses rain
On my lips and eyelids pale.
My cheek is cold and white, alas!
My heart beats loud and fast; –
Oh! press it to thine own again,
Where it will break at last.

Die Nachdichtung Stefan Georges, die im Jahr 1928 erschien, lautet:

Zu einer indischen Weise

Erwach ich aus dem traum von dir
Im ersten süssen schlaf der nacht
So scheinen mir die sterne hell
Und winde wehen sacht.
Erwach ich aus dem traum von dir
So bin ich – Süsse! wie nur ach
Von einem geist in mir geführt? –
Vor deinem schlafgemach.

Der lüfte wanderung verschwebt
In dunklen stromes schaum
Der fliederbüsche duft verhaucht
Wie süsser wunsch im traum.
Der nachtigallen klagesang
An ihrem herz gestorben ist
Wie ich an deinem sterben muss
Geliebt so wie du bist.

Ich schmachte sterbe sinke hin!
O hebe mich empor vom grund!
In küssen regne deine gunst
Auf aug und bleichen mund!
Ach meine wange bleicht erstarrt
Mein herz pocht laut und rastet nicht –
O schliess es wieder eng an deins
Wo es zuletzt noch bricht!

Das weiche, gefühlvolle Gedicht, von einer Frau gesprochen, steht in totalem Gegensatz zu Byrons Männlichkeitsposen. Shelley evozierte hier eine sinnliche Nachtatmosphäre, die von angenehmen Wahrnehmungen angefüllt ist: der leise Wind, kaum hörbare Melodien, Gerüche, das Lied der Nachtigall. Auch Georges Nachdichtung schwelgt in der emotionalen Intensität, im Hinsinken und Träumen.

Im Sommer 1819, während seines Aufenthalts in Florenz, erfuhr Shelley von den Ereignissen von »Peterloo«. Außerhalb von Manchester hatten sich 60000 Arbeiter zu einer politischen Kundgebung getroffen und waren – obwohl sie nicht bewaffnet waren – von berittenen Soldaten brutal auseinandergetrieben worden: elf Tote und über vierhundert Verletzte, so die offiziellen Zahlen. Innerhalb weniger Tage schrieb Shelley einen Großteil des Gedichts *The Mask of Anarchy*, in dem er die verantwortlichen Politiker namentlich attackierte. Hatte sich *Queen Mab* noch recht krude mit abstrakten Begriffen wie Religion oder Unterdrückung auseinandergesetzt, so war Shelleys Feder mittlerweile sehr viel spitzer geworden. Der von ihm beschriebene Maskenzug, der von der Verkörperung der Anarchie, der Mißherrschaft, angeführt wird, übt Kritik, wie sie ätzender kaum sein könnte. Bertolt Brecht befaßte sich mehrfach mit diesem Text, übersetzte ihn teilweise und schuf eine Nachdichtung.

The Mask of Anarchy

I met Murder on the way –
He had a mask like Castlereagh –
Very smooth he looked, yet grim;
Seven blood-hounds followed him:

All were fat; and well they might
Be in admirable plight,
For one by one, and two by two,
He tossed them human hearts to chew
Which from his wide cloak he drew.

Next came Fraud, and he had on,
Like Eldon, an ermined gown;
His big tears, for he wept well,
Turned to mill-stones as they fell.

And the little children, who
Round his feet played to and fro,
Thinking every tear a gem,
Had their brains knocked out by them.

Clothed with the Bible, as with light,
And the shadows of the night,
Like Sidmouth, next, Hypocrisy
On a crocodile rode by.

And many more Destructions played
In this ghastly masquerade,
All disguised, even to the eyes,
Like Bishops, lawyers, peers, or spies.

Last came Anarchy: he rode
On a white horse, splashed with blood;
He was pale even to the lips,
Like Death in the Apocalypse.

And he wore a kingly crown;
And in his grasp a sceptre shone;
On his brow this mark I saw –
»I am God, and King, and Law!«

With a pace stately and fast,
Over English land he passed,
Trampling to a mire of blood
The adoring multitude.

And a mighty troop around,
With their trampling shook the ground,
Waving each a bloody sword,
For the service of their Lord.

And with glorious triumph, they
Rode through England proud and gay,
Drunk as with intoxication
Of the wine of desolation.

O'er fields and towns, from sea to sea,
Passed the Pageant swift and free,
Tearing up, and trampling down;
Till they came to London town.

***

Maskenzug der Anarchie

Ich traf den Mord unterwegs –
er ging maskiert wie Castlereagh –
sehr glatt sah er aus, aber finster;
sieben Bluthunde folgten ihm.

Alle waren fett; und sie mußten
in großartiger Verfassung sein,
denn jedem von ihnen warf er
ein, zwei Menschenherzen zum Kauen vor,
die er aus seinem weiten Mantel zog.

Als nächster kam der Betrug. Er hatte
wie Lord Eldon Hermelin an seinem Gewand;
seine dicken Tränen, denn er weinte gut,
verwandelten sich beim Fallen in Mühlsteine.

Und den kleinen Kindern, die
um seine Füße spielten
und jede Träne für einen Edelstein hielten,
schlugen sie die Schädel ein.

Angetan mit der Bibel wie mit Licht
und mit den Schatten der Nacht

wie Sidmouth, ritt als nächste
auf einem Krokodil die Heuchelei *vorbei.*

Und noch viel mehr Verheerungen *traten auf*
in diesem entsetzlichen Maskenzug,
alle verkleidet bis zu den Augen
als Bischöfe, Anwälte, Peers und Spitzel.

Zuletzt kam die Anarchie: sie ritt
auf einem weißen Pferd, mit Blut bespritzt;
sie war blaß bis zu den Lippen
wie der Tod in der Apokalypse.

Und sie trug eine königliche Krone
und umklammerte ein glänzendes Zepter;
auf ihrer Stirn aber sah ich ein Zeichen –
Ich bin Gott und König und Gesetz.

Mit erhabenem und schnellem Schritt
bewegte sie sich über englisches Land,
niedertrampelnd zu einem blutigen Brei
die anbetende Menge.

Um sich ein mächtiger Haufe –
von seinem Getrampel erzitterte der Grund –
und jeder schwang ein blutiges Schwert
im Dienste seiner Herrin.

Und in Gloria und Triumph
ritten sie durch England, stolz und heiter,
blau vor Trunkenheit
von dem Weine der Verwüstung.

Über Felder und Städte, von Meer zu Meer
bewegte sich der Aufzug *schnell und ungestört,*
alles aufreißend, alles niedertrampelnd,
bis sie zu der Stadt London kamen.

Der »betrügerische« Eldon war Shelley noch gut in Erinnerung, denn der verlorene Prozeß um das Sorgerecht für die Kinder hatte unter ihm stattgefunden. *The Mask of Anarchy* sollte Bestandteil eines populären Gedichtbands oder Liederbuchs werden und agitatorischen Einfluß nehmen. »Song to the Men of England« und andere ähnliche Texte sollten vermutlich ebenfalls abgedruckt werden. Aber *The Mask of Anarchy* erschien erst 1832, zehn Jahre nach Shelleys Tod, und andere Gedichte noch später. Kein Drucker wollte zunächst das Risiko eingehen, wegen Shelleys als skandalös bekannten Schriften, die sich noch nicht einmal besonders gut verkauften, ins Gefängnis zu gehen. Weder Leigh Hunt noch Charles Ollier, Shelleys Verleger, waren dazu bereit.

Im Herbst wurde Percy Florence geboren, das einzige von Shelleys Kindern, das das Erwachsenenalter erreichte. Mary, die nach Williams Tod im gleichen Jahr wieder in eine schwere Depression versunken war, öffnete sich erneut für das Leben. Shelley verbrachte in Florenz viel Zeit damit, die Skulpturen in den Uffizien zu studieren und seine Betrachtungen niederzuschreiben. Eine seiner Begleiterinnen war Sophia Stacey, für die er die »Indian Serenade« verfaßt hatte. Shelleys Beschreibungen erfassen nicht nur die Schönheit der Statuen, sondern er versuchte auch, aus ihnen menschliche Gefühle herauszulesen – Freude, Zufriedenheit, Sehnsucht. Er hatte sich von der expliziten Kritik an der Unterdrückung zu einer Suche nach schönen Dingen und befriedigenden Erfahrungen hinbewegt, eine Entwicklung, die schon zu Beginn von *Prometheus Unbound* deutlich ist. Der 1820 erschienene Band enthält auch einige kürzere Gedichte, etwa die bekannte »Ode to the West Wind«. In einer Art rituellem Gebet ruft der Dichter-Sprecher den Wind an, den »Zerstörer und Bewahrer«.

Ode to the West Wind

I

O Wild West Wind, thou breath of Autumn's being,
Thou, from whose unseen presence the leaves dead
Are driven, like ghosts from an enchanter fleeing,

Yellow, and black, and pale, and hectic red,
Pestilence-stricken multitudes: O thou,
Who chariotest to their dark wintry bed

The winged seeds, where they lie cold and low,
Each like a corpse within its grave, until
Thine azure sister of the Spring shall blow

Her clarion o'er the dreaming earth, and fill
(Driving sweet buds like flocks to feed in air)
With living hues and odours plain and hill:

Wild Spirit, which art moving everywhere;
Destroyer and preserver; hear, oh, hear!

II

Thou on whose stream, mid the steep sky's commotion,
Loose clouds like earth's decaying leaves are shed,
Shook from the tangled boughs of Heaven and Ocean,

Angels of rain and lightning: there are spread
On the blue surface of thine aëry surge,
Like the bright hair uplifted from the head.

Of some fierce Maenad, even from the dim verge
Of the horizon to the zenith's height,
The locks of the approaching storm. Thou dirge

Ode an den Westwind

I

Oh wilder Westwind, durch die Herbstluft ziehend,
Der unsichtbar die welken Blätter narrt,
Als wären's Geister, einen Zauberer fliehend;

Das Gelb, das Schwarz, das Fieberrot hinscharrt
Des pest-geschlagenen Blättervolks! Oh Wind,
Der in ihr finstres Winterbett sie karrt

Als flügge Saat, wo Nacht und Ruh beginnt,
Und jedes Blatt sein Grab hat, bis im März
Dein azurblauer Bruder sich besinnt

Und bläst sein Clarion der Erd in's Herz
(Ihr Knospen treibend, flockenweich wie er)
Und sie mit Duft füllt tal- und hügelwärts;

Oh wilder Geist, umschweifend kreuz und quer,
Zerstörer und Bewahrer: Hör, oh hör!

II

Der du beim Flug durch aufgewühlte Himmel
Gewölk wie welkes Erdlaub lässest wehn,
Auf Land und Ozean hinstreust im Getümmel,

Vorbot von Blitz und Regen! schon erstehn
In letzter Bläue unterm Wolkengang,
(Als höbe dort sich die gesträubte Mähn)

Der wütenden Mänade, steil und schlank
Vom Horizont hinaufwärts zum Zenit
Die Streifen nahen Sturms. Du Klaggesang

Of the dying year, to which this closing night
Will be the dome of a vast sepulchre,
Vaulted with all thy congregated might

Of vapours, from whose solid atmosphere
Black rain, and fire, and hail will burst: oh, hear!

III

Thou who didst waken from his summer dreams
The blue Mediterranean, where he lay,
Lulled by the coil of his crystalline streams,

Beside a pumice isle in Baiae's bay,
And saw in sleep old palaces and towers
Quivering within the wave's intenser day,

All overgrown with azure moss and flowers
So sweet, the sense faints picturing them! Thou
For whose path the Atlantic's level powers

Cleave themselves into chasms, while far below
The sea-blooms and the oozy woods which wear
The sapless foliage of the ocean, know

Thy voice, and suddenly grow gray with fear,
And tremble and despoil themselves: oh, hear!

IV

If I were a dead leaf thou mightest bear;
If I were a swift cloud to fly with thee;
A wave to pant beneath thy power, and share

The impulse of thy strength, only less free
Than thou, O uncontrollable! If even
I were as in my boyhood, and could be

Dem toten Jahr, da nun die Nacht aufzieht
Als Dom ob ungeheurem Gräbermeer,
Es überwölbt mit allem, was hinflieht

An Dämpfen, deren Dunstkreis sich entleer
Als schwarzer Regen, Hagel, Blitz: Oh hör!

III

Der du erweckt hast aus dem Sommertraum
Das blaue Mittelmeer, wie's lang geruht
Mit leichter Dünung und kristallnem Schaum

In Bajäs Lavabucht, wo seine Flut
Zu alten Türmen und Palästen sprach,
Sie in der Bläue sich zu spiegeln lud,

Dort sie behing mit Azurmoos und ach,
Mit Blumen, schön wie niemals Blumen! Du,
Der den Atlantik gleicherweis blies wach,

Den Schlund ihm wühlte auf, daß er die Ruh
Der Wasserblumen tief im Grund aufstör',
Bis auch den Ozeanwäldern dringe zu

Dein Schrei, und Angst ihr graues Laub versehr'
Mit Zittern, Zerren ihrer selbst: Oh hör!

IV

Wär ich das welke Laubblatt, das du trägst;
Die Wolke, die du jagst in ihrer Schar;
Die Woge, wie sie schäumt, wenn du sie schlägst,

Ein Teil von deiner Kraft, geringer zwar
Als du, Unbändiger! wie jener Zeit,
Da ich ein Knabe und erglühend war

The comrade of thy wanderings over Heaven,
As then, when to outstrip thy skiey speed
Scarce seemed a vision; I would ne'er have striven

As thus with thee in prayer in my sore need.
Oh, lift me as a wave, a leaf, a cloud!
I fall upon the thorns of life! I bleed!

A heavy weight of hours has chained and bowed
One too like thee: tameless, and swift, and proud.

V

Make me thy lyre, even as the forest is:
What if my leaves are falling like its own!
The tumult of thy mighty harmonies

Will take from both a deep, autumnal tone,
Sweet though in sadness. Be thou, Spirit fierce,
My spirit! Be thou me, impetuous one!

Drive my dead thoughts over the universe
Like withered leaves to quicken a new birth!
And, by the incantation of this verse,

Scatter, as from an unextinguished hearth
Ashes and sparks, my words among mankind!
Be through my lips to unawakened earth

The trumpet of a prophecy! O, Wind,
If Winter comes, can Spring be far behind?

Dein Spielgenoss beim Wandern wolkenweit,
Dich und dein Hinfliehn rennend überbot,
Wie ich mir's träumte – nicht bestürmt ich heut

Mit Bitten dich in meiner argen Not.
Mach, daß ich Blatt, ich Wolk, ich Woge sei.
Ich sink in Dornen, bin vom Blute rot,

Gepfercht in toter Stunden Einerlei,
Der ich wie du war: Kühn und wild und frei.

V

Mach mich zu deiner Harfe, gleich dem Wald:
Fällt nicht mein Lebenslaub wie seines schon?
Wenn deiner Harmonien Tumult erschallt,

Hat er von uns den herbstlich tiefen Ton,
Süß noch in Schwermut. Sei, oh wilder Geist,
Mein Geist! Sei ich, der feurig in dir wohn!

Blas, daß mein Traurigsein das All durchkreist
Wie braunes Laub, das grün einst wiederkehrt;
Und mit dem Zauber, den mein Vers verheißt,

Fauch aus dem Herzen, dran die Flamme zehrt,
Mein Wort als Funken in die Menschheit weit!
Sei du durch mich der unerweckten Erd

Die Tuba einer Prophetie! Oh Zeit,
Wenn Winter kommt, kann Frühling sein noch weit?

Dadurch, daß die Reime in der jeweils nächsten Terzine weitergeführt werden, ergibt sich ein fließender Eindruck. In »Ode to the West Wind« beschreibt der Dichter die Räume des Himmels, der Erde (II) und des Meeres (III). Der Wind, der sie alle durchstreift, wird zum Hauptakteur des Gedichtes. Er erweckt und rührt auf, ist »Zerstörer und Bewahrer«, bewirkt Sterben und Wiedergeburt. Bei aller Begeisterung für Shelleys Naturbeschreibungen darf man allerdings auch die politische Seite des Gedichts nicht außer acht lassen. Der Herbst steht auch für das Ende eines Zeitalters, und der Wind, der bezeichnenderweise aus dem Westen kommt (Frankreich!), verkörpert den revolutionären Geist, den Shelley auch im Bild des Vulkans faßt. Am Ende der Ode steht der Dichter als »the trumpet of a prophecy«, hier von Georg von der Vring als »Tuba einer Prophetie« übersetzt. Shelley hat das Sinnbild des romantischen Dichtens, die sanfte, leise Harfe, gegen ein Instrument eingetauscht, dessen Klang klar und richtungsweisend ist – so wie er die Rolle des Poeten sah. Seine Reflexionen über dessen Status erreichten einen Höhepunkt in der 1821 verfaßten Schrift *A Defence of Poetry* (*Verteidigung der Poesie*). Seine mythisierenden Vorstellungen fanden auch einen Niederschlag in der Elegie *Adonais,* in der er den Tod seines Dichterkollegen Keats betrauerte.

Nach dem Aufenthalt in Florenz war Shelley mit seiner Familie nach Pisa gezogen, von wo aus er Keats zu sich einlud. In diesem Jahr erhielt er unter anderem ein Exemplar von Keats' neuestem Gedichtband, *Lamia, Isabella, the Eve of St Agnes, and Other Poems,* von dem er zutiefst beeindruckt war. Während er den Band las, unternahm Keats die für den Schwerkranken sehr unangenehme Schiffsreise nach Italien, die ihn aber nicht mehr zu Shelley führte. Die Pisaner Zeit war voll von gesellschaftlichen Aktivitäten für die Shelleys, die sonst, anders als Byron, eher ein zurückgezogenes Leben führten. Dort lernte Shelley auch die junge Italienerin Emilia Viviani kennen, die bis zu ihrer geplanten Verheiratung von ihren Eltern in einem Kloster untergebracht worden war. Emilias Lebenssituation, die Beinahe-Gefangenschaft, erweckte die Befreiungs- und Beschützerinstinkte von Shelley, der sie zur zentralen Figur des Gedichts *Epipsychidion* machte:

[...]

Emily,

A ship is floating in the harbour now,
A wind is hovering o'er the mountain's brow;
There is a path on the sea's azure floor,
No keel has ever ploughed that path before;
The halcyons brood around the foamless isles;
The treacherous Ocean has forsworn its wiles;
The merry mariners are bold and free:
Say, my heart's sister, wilt thou sail with me?
Our bark is as an albatross, whose nest
Is a far Eden of the purple East;
And we between her wings will sit, while Night,
And Day, and Storm, and Calm, pursue their flight,
Our ministers, along the boundless Sea,
Treading each other's heels, unheededly.
It is an isle under Ionian skies,
Beautiful as a wreck of Paradise,
And, for the harbours are not safe and good,
This land would have remained a solitude
But for some pastoral people native there,
Who from the Elysian, clear, and golden air
Draw the last spirit of the age of gold,
Simple and spirited; innocent and bold.
The blue Aegean girds this chosen home,
With ever-changing sound and light and foam,
Kissing the sifted sands, and caverns hoar;
[...]

***

[...]
Emilie, dort im Hafen liegt ein Schiff,
Ein Wind umflüstert dort das Felsenriff,
Ein Pfad ist auf des Meeres blauer Flur,
Den nimmer je zuvor ein Kiel befuhr;
Eisvögel um die sonnigen Inseln nisten,

Das Meer vergaß dort seine tückischen Listen;
Das lust'ge Schiffervolk ist frei und kühn –
Sag, Herzensschwester, willst du mit mir fliehn?
Ein Albatroß, des Nest im Purpurrot
Des herrlichen Ostens ruht, ist unser Boot;
Wir weilen unter seiner Schwingen Pracht,
Und Sturm und Windesstille, Tag und Nacht,
Ziehn, unsre Diener, übers weite Meer
In unbeachtet schneller Flucht einher.
Der Flut entragt ein Eiland, hold und süß,
Schön wie ein Trümmerrest von Paradies,
Das, weil der Port nicht sicher landen ließ,
Geblieben wär' ein einsam öder Ort,
Wenn nicht ein Hirtenvolk entsprossen dort,
Dem noch den letzten Abglanz goldner Zeit
Der Hauch der klaren, goldnen Luft verleiht,
Einfach und fröhlich, unschuldsvoll und kühn.
Mit ewig wechselndem Murmellaute ziehn
Die blauen Wogen der ägäischen See
Um dieses traute Heim, mit Schaumesschnee
Den Sand benetzend und die Höhlenschlünde;
[...]

»Epipsychidion« ist eines der am stärksten autobiographischen Gedichte Shelleys. Aber der Traum vom absoluten Glück und der Flucht in den Osten des Mittelmeerraums, das Verlangen nach geistiger und körperlicher Vereinigung blieb unerfüllt.

Wie Byron war auch Shelley vom griechischen Freiheitskampf angezogen, was er im Versdrama *Hellas* zum Ausdruck brachte. Sein zweiter Pisaner Winter war von Byrons Anwesenheit geprägt, und wie schon zuvor war das Verhältnis nicht spannungsfrei, was sicher auch an Byrons und Shelleys unterschiedlichen Ansichten über Allegras Zukunft lag. Als der Kreis im April 1822 auseinanderging, war Shelley nicht gerade betrübt über die Trennung von Byron. Die Shelleys und ihre Freunde, die Williamses, hatten beschlossen, sich für den Sommer im Fischerdorf Lerici niederzulassen. Byron schickte ihnen ein Boot, das typischerweise »Don Juan« hieß und das Shelley in »Ariel« umtaufte. In diesem Boot gerieten Shelley, Williams und der Schiffsjunge am 22. Juli in einen schweren Sturm. Zehn Tage später wurden ihre Leichen angeschwemmt.

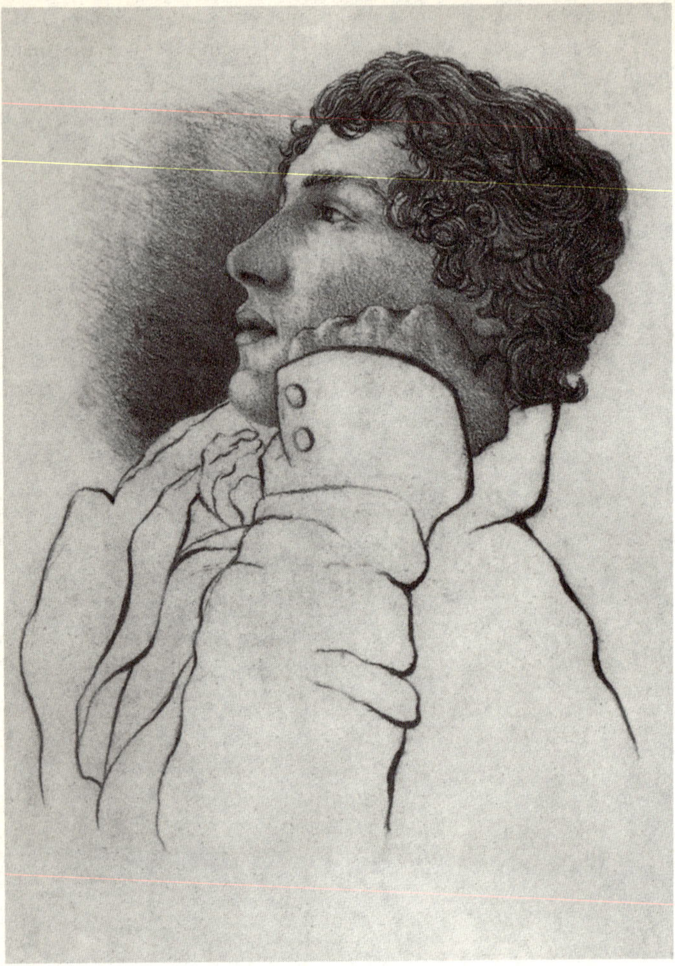

4. Keats – betörende Frauen

Four Seasons

Four seasons fill the measure of the year;
There are four seasons in the mind of man.
He has his lusty spring, when fancy clear
Takes in all beauty with an easy span.
He has his summer, when luxuriously
Spring's honeyed cud of youthful thought he loves
To ruminate, and by such dreaming nigh
His nearest unto heaven. Quiet coves
His soul has in its autumn, when his wings
He furleth close, contented so to look
On mists in idleness – to let fair things
Pass by unheeded as a threshold brook;
He has his winter, too, of pale misfeature,
Or else he would forego his mortal nature.

***

Die menschlichen Jahreszeiten

Vier Zeiten füllen eines Jahres Maß;
Es gibt vier Zeiten in des Menschen Geist.
Er steht im satten Frühling seines Jahrs,
Wenn Phantasie das Schöne klar umreißt.
Er steht im Sommer, wenn er nochmals spürt,
Wie honigsüß der Frühling, jugendlich
Sein Denken war und, nur vom Traum geführt,

Wie nah dem Himmel. Schlupfwinkel für sich
Hat seine Seele dann im Herbst und rollt
Die Flügel ein; beruhigt so, schaut er aus
Nach Nebeln – lässig läßt er alles Gold
Vorbeiziehn, achtlos wie den Bach vorm Haus.
Auch ist sein Winter bleich voll Mißgestalten,
Sonst würde er sich für unsterblich halten.

Von den vier Jahreszeiten, den vier Lebensaltern des Menschen, erlebte Keats – ebenso wie Byron und Shelley – nur die ersten beiden. Während sich Byron und Shelley ins Leben stürzten, war Keats, der als letzter geboren wurde und als erster starb, der Verträumteste der drei. Das zeigte sich vor allem, wenn es um Liebesbeziehungen ging. Byrons und Shelleys Geliebte waren real, die von Keats hingegen zumeist imaginär. »Phantasie« und »Traum«, Schlüsselbegriffe des obigen Sonettes, waren maßgeblich für seinen Umgang mit Frauen – überhaupt für seine Haltung dem Leben gegenüber. So wie Byron alle Möglichkeiten auskostete, die sich ihm boten, war Keats eher still und zurückhaltend. Dazu mag auch sein sozialer Hintergrund beigetragen haben, denn Keats war kein Angehöriger der Aristokratie, in der maskuline Selbststilisierungen à la Byron gepflegt wurden.

1795 wurde Keats, der älteste von fünf Geschwistern, in eine gutsituierte Familie geboren, die der unteren Mittelschicht angehörte. Thomas Keats, der Vater, der zunächst vermutlich in einem Stall mit Mietpferden arbeitete, hatte es gegen Ende seines Lebens zum Pächter eines Gasthofs gebracht. Johns Vater starb 1804, die Mutter 1810. Die Jungen besuchten Clarkes liberale Schule in Enfield, wo sich John mit Charles Cowden Clarke, dem Sohn des Leiters, anfreundete. Mit ihm vertiefte er – auch nach Beendigung der Schulzeit – seine Lektüre und begann, sich mit dem Gedankengut der Liberalen auseinanderzusetzen. Noch Jahrzehnte später berichtete sein Freund von der Begeisterung, mit der sich Keats auf Bücher gestürzt hatte. Im England des frühen neunzehnten Jahrhunderts begannen die alten sozialen Schichten durchlässiger zu werden, so daß es für John Keats durchaus möglich war, sowohl einen höheren Bildungsstand als auch entsprechenden beruflichen Status anzustreben. 1811 beschloß er, Arzt zu werden, »apothecary and surgeon«, eine Laufbahn, die ihm als Angehörigem seiner sozialen Schicht offenstand, im Gegensatz zur prestigeträchtigeren und elitären eines »physician«, der an der Universität ausgebildet wurde. Wie der sensible Keats auf die rauhe Realität einer Arztpraxis oder eines Krankenhauses im frühen neunzehnten Jahrhundert reagierte, ist nicht in seinen Briefen überliefert. Wir wissen jedoch durch andere Zeitzeugnisse vom Sezieren halbverwester Leichen, von Operationen und Amputationen ohne Narkose, vom ständigen Leiden und Sterben in den oft vor Schmutz starrenden Hospitälern. An die Lehre in London schlossen sich sechs Monate im für damalige Verhältnisse ziemlich fortschrittlichen »United Hospitals of Guy's and St Thomas's« in Southwark an, wo Keats im Winter 1815/16 seine praktische Ausbildung abschloß. Die Lektüre von Gedichten, vorher schon bedeutend, wurde nun zur wichtigsten Nebenbeschäftigung. Das Sonett »O Solitude«, das er dort im Herbst 1815 schrieb, drückt den sehnlichen Wunsch nach räumlicher und psychischer Distanz zu seiner Ausbildungsstätte aus:

O Solitude, if I must with thee dwell,
Let it not be among the jumbled heap
Of murky buildings. Climb with me the steep –
Nature's observatory – whence the dell,
Its flowery slopes, its river's crystal swell,
May seem a span; let me thy vigils keep
'Mongst boughs pavilioned, where the deer's swift leap
Startles the wild bee from the foxglove bell.
But though I'll gladly trace these scenes with thee,
Yet the sweet converse of an innocent mind,
Whose words are images of thoughts refined,
Is my soul's pleasure, and it sure must be
Almost the highest bliss of human-kind,
When to thy haunts two kindred spirits flee.

***

O Einsamkeit! Hast du mich heimgesucht,
Dann wohne nicht mit mir im wirren Hauf
Des Häusergraus; den Fels steig mit hinauf –
Sternwarte der Natur – von wo aus Schlucht
Und Blumenhang, Fluß und kristallne Bucht
Spannbreit erscheinen; ich paß für dich auf
Im Zelt aus Laub, schlägt Wild im raschen Lauf
Vom Fingerhutkelch Bienen in die Flucht.
Folg ich auch froh mit dir den Szenen hier,
Ist doch Gespräch, süß und von freiem Geist,
Der Bilder reifen Denkens klar umreißt,
Mein Seelenglück; und sicher bin ich mir,
Die höchste Seligkeit der Menschheit heißt,
Zwei gleichgesinnte Geister fliehn zu dir.

Zusammen mit einem imaginären »Du« möchte sich der Dichter vom »wirren Hauf des Häusergraus« absetzen, von den schmutzigen und häßlichen Errungenschaften der Zivilisation. Anders als Byron konnte sich Keats von dem, was ihn unterdrückte, nicht durch Spott distanzieren, sondern flüchtete sich in alternative Phantasiewelten. Zunächst erkor er die Natur zum erquickenden Gegenpol. Einige Elemente des Gedichts weisen bereits auf Keats späteres Werk voraus: so die Abgeschiedenheit und die zumindest in der Phantasie überwundene Einsamkeit. »O Solitude« war Keats' erstes veröffentlichtes Gedicht und erschien am 5. Mai 1816 in Leigh Hunts Zeitschrift »The Examiner«. Keats hatte damit sein Debüt als Dichter.

Was war aus Keats, dem Arzt, geworden? Nach der sicher nicht leicht zu finanzierenden Ausbildung war Keats klargeworden, daß ihm der Arztberuf nicht lag – was aus Sicht seiner Familie alles andere als erfreulich war. Wegen seines unsoliden Lebenswandels wurden zeitweise sogar Treffen zwischen ihm und seiner jüngeren Schwester Fanny untersagt. Müßiggang und Poesie mochten einem Lord Byron angemessen sein, nicht aber dem Apotheker und praktischen Arzt John Keats. Dieser aber blickte auf das Kleinbürgertum herab, dem er sich nicht zugehörig fühlte. Da sein Erbe gerade ausreichte, um ihm eine gewisse Unabhängigkeit zu sichern, verbrachte er viel Zeit in den Londoner literarischen Zirkeln. Aufgrund eines Mißverständnisses gelangte Keats nie an sein gesamtes Erbe, das ihm zugestanden hätte und mit dem er seine Pläne viel leichter hätte durchführen können.

Zunächst schloß er sich Leigh Hunt an. In diesem Kreis lernte Keats andere Gleichgesinnte kennen: den Maler Benjamin Robert Haydon, den (weniger bedeutenden) Dichter John Hamilton Reynolds, den späteren Geistlichen Benjamin Bailey, Charles Brown, der sich Jahre später um den kranken Keats kümmerte, und Percy Bysshe Shelley. Keats' Zeitgenossen attestierten ihm ein freundliches, wenngleich melancholisches Wesen. Er war, trotz seiner geringen Größe, von einem attraktiven Äußeren, und es fiel ihm nicht schwer, sich in diesen Kreisen Freunde zu machen. Anders als Byron oder andere Angehörige der Oberschicht pflegte Keats keine Männlichkeitsposen – weder obsessives Pathos noch Aggressivität oder Dominanzstreben. Sicher war er der »femininste« der romantischen Dichter, eine Eigenschaft, die später von der Legendenbildung stark hervorgekehrt wurde.

Auch in dieser Zeit widmete sich der begeisterungsfähige Keats wieder der intensiven Lektüre, über die er sich mit Freunden wie etwa Clarke austauschte. Bücher machten die Runde und wurden gemeinsam gelesen und diskutiert, so wie die alte, 1616 erschienene Homerübersetzung von George Chapman, die im Kreis um Leigh Hunt zirkulierte. Eines Abends lasen Keats und Clarke gemeinsam in dem Band und waren begeistert. Anders als Popes elegante Standardübersetzung der homerischen Epen, die aus dem achtzehnten Jahrhundert stammte, wurde die elisabethanische Version Chapmans von ihnen als sprachgewaltig und ursprünglich empfunden. Keats und Clarke waren unfähig, sich von ihrer Lektüre loszureißen, und setzten sie bis sechs Uhr morgens fort. Keats ging dann nach Hause, setzte sich hin und schrieb ein Sonett, das er nach nur einer Korrektur durch einen Postjungen zu Clarke bringen ließ. Dieser fand es um zehn Uhr auf seinem Frühstückstisch vor:

On First Looking into Chapman's Homer

Much have I travelled in the realms of gold,
And many goodly states and kingdoms seen;
Round many western islands have I been
Which bards in fealty to Apollo hold.
Oft of one wide expanse had I been told
That deep-browed Homer ruled as his demesne;
Yet did I never breathe its pure serene
Till I heard Chapman speak out loud and bold.
Then felt I like some watcher of the skies
When a new planet swims into his ken;
Or like stout Cortez when with eagle eyes
He stared at the Pacific, and all his men
Looked at each other with a wild surmise –
Silent, upon a peak in Darien.

***

Als er zum erstenmal Chapman's Homer-Übersetzung las

So manchen goldnen Strand hab ich geschaut,
Sah Königreiche hoch in Blüte stehn;
Manch westlich Land ließ mich ein Barde sehn,
Der seine Lehnspflicht auf Apollo baut.
Längst wähnt' ich auch die Ferne mir vertraut,
Durch die Homers verhangne Augen gehn:
Doch ihres Hauchs fühlt' ich kein Lüftchen wehn,
Bis Chapmans Wort mir tönte, kühn und laut.
Da stand ich wie ein Mensch, dem ein Planet,
Noch nie erschaut, auftaucht am Himmelsrand;
Oder wie Cortez, der dem Aar gleich späht,
Wie jenseits sich ein zweiter Ozean spannt:
Und all sein Kriegsvolk – jeder staunt und steht,
Schweigend, auf steiler Höh im Darierland.

Das Sonett drückt Keats' Begeisterung aus angesichts des neuen »Reichs« der Poesie, das sich ihm öffnete. Keats als Leser wird zum Reisenden, zum Entdecker und Eroberer, so wie Odysseus und Cortez. Entscheidend sind das Erstaunen und die Sprachlosigkeit, die die Erfahrung auslöst. Der Betrachter kann das Erlebte nicht völlig für sich vereinnahmen, weil es zu großartig ist und ihn verstummen läßt. Die im Sonett beschriebene Lektüreart ist nicht etwa die des damals gebräuchlichen und für die Klassiker als angebracht betrachteten intensiven Studiums, sondern ein »looking into«, das zu einer intuitiven Aufnahme des Textes führt, den Keats schließlich sogar »atmet«, wie die Luft, die er zum Leben benötigt. Chapman bedeutete für ihn die pure Inspiration und strömte eine enorme sinnliche Faszination aus. Keats, der Angehörige der unteren Mittelschicht, der als Schüler keine »klassische« Erziehung genossen, also kein Griechisch gelernt hatte, vertrat hier eine Herangehensweise, die die Bewahrer der traditionellen Bildungsgüter (und Klassenschranken) gegen ihn aufbringen mußte. Zu schwärmerisch war manchen seine Herangehensweise.

1817 publizierte Keats seinen ersten Gedichtband, die *Poems*, mit einer Widmung an Hunt. Der Band enthält lauter kurze Gedichte, darunter auch die Sonette »O Solitude« und »On First Looking into Chapman's Homer«. Allein die Wahl der Gattung Sonett, um 1800 als primär weibliche Gattung betrachtet, zeigt, daß sich Keats (unbewußt?) in die Tradition der dichtenden Frauen stellte, womit er der späteren Feminisierung seiner Person Vorschub leistete. Einige der Gedichte sind Freunden und Familienmitgliedern gewidmet, andere beschreiben Lektüreerlebnisse und Naturszenen. Vereinzelt verwendete Keats bereits mythische Motive, die später bei ihm zentral wurden. Anders als Shelley oder Byron befaßte er sich kaum mit politischen Themen, die ihm auch später nie ein Anliegen wurden. Die politischen Spannungen seiner Zeit ließen ihn in die Welt seiner eigenen Subjektivität fliehen. Ein Erfolg war der Band nicht, auch wenn er von etlichen Rezensenten gelobt wurde, wie etwa von Reynolds:

Hier ist ein Bändchen, durch und durch voller anmutiger, echter Gedichte. Der Autor ist ein sehr junger Mann, und, wie wir aus dem vorliegenden Werk vorhersagen können, einer, der einen wertvollen

Beitrag für die leisten wird, die am liebsten den künstlichen Geschmack wegfegen würden, den die französische Kritik seit langem bei uns verankert hat. Zu einer Zeit, zu der von nichts als von Byrons Kraft und Leidenschaft gesprochen wird, von Moores spielerischer und eleganter Einbildungskraft, von Rogers' Korrektheit, von der Erhabenheit und dem Pathos Campbells [...], zu dieser Zeit steigt plötzlich ein junger Mann vor uns auf, voller Genie, das diese alle wohl überstrahlen wird. Er kommt frisch aus der Natur – und die Originale für seine Bilder sind in ihrem Reich zu finden. Üblicherweise sind junge Dichter in ihren frühen Produkten Nachahmer ihrer Lieblingspoeten. Wie junge Vögel, die in ihrem ersten Lied die Melodien jener Grasmücken nachahmen, die sie am öftesten hören und am liebsten mögen. Dieser junge Poet aber scheint seine Stimme in Einsamkeit geübt zu haben – und singt aus der reinen Inspiration der Natur heraus.

Wie auch die anderen Romantiker ist Keats Vertreter der subjektiven Naturdichtung, die gegenüber dem Klassizismus des achtzehnten Jahrhunderts einen Neuanfang darstellte. Das Ringen um Originalität anstelle der von Reynolds beschriebenen Nachahmung war in der Tat unüblich und verband Keats mit den anderen Romantikern, vor allem mit Wordsworth, der ebenfalls seine eigene Dichtung, in der er sich der heimischen Landschaft zuwandte, als Neuanfang betrachtete. Seinen intensivsten Kontakt mit der heimischen Landschaft erlebte Keats 1818, als er den nordenglischen Lake District und Schottland besuchte. Künstlerisch hatte er sich zu dieser Zeit allerdings schon von der englischen Natur als Objekt der Dichtung wegbewegt.

Keats hatte begonnen, sich heidnischen antiken Mythen zuzuwenden. Sein neues Werk, das er 1817 verfaßt hatte, war eine Bearbeitung des Endymion-Mythos, 4050 Zeilen lang, in vier Büchern: »Es wird ein Versuch sein, ein Test für meine Vorstellungs- und Einbildungskraft, die in der Tat eine seltsame Sache ist«, so Keats in einem Brief an Benjamin Bailey. Die Briefe jener Wochen spiegeln seinen Enthusiasmus wider. Keats schwelgte in den Ansichten, die Seen, Berge und Wälder boten. Keats variierte den antiken Mythos, in dem der Held Unsterblichkeit, ewige Jugend und Schönheit erhält – allerdings den Rest seiner Tage im Schlaf verbringen muß. Keats' Endymion, der in einer antiken arkadischen Welt lebt, verliebt sich in die Mondgöttin und durchquert auf der Suche nach ihr die Räume des Erdreichs, des Meeres und des Himmels. Ehe er sie schließlich in der Gestalt einer anderen Frau wiederfindet, gibt er sich diversen erotischen Träumereien hin. Wie Keats ist Endymion imaginärer Liebhaber. Im ersten Buch der Verserzählung beschreibt der weiche, sanfte Endymion, wegen seiner Melancholie Außenseiter, seiner Schwester Peona die erste Begegnung mit der Mondgöttin – die natürlich im Traum stattfindet. Der schlafende Endymion wird von seiner Vision überwältigt. Die Göttin zieht ihn zu sich in den Himmel, wo er mit ihr schwebt und verschmilzt. Dieses pure Glück findet allerdings ein jähes Ende – ironischerweise aber zunächst nicht durch Erwachen. Im Gegenteil: Endymion schläft mitten im Traum ein. Erst am nächsten Morgen erwacht er ganz prosaisch und findet sich in einer Umgebung wieder, die ihm im Vergleich zu den himmlischen Genüssen fad und schal erscheint. Bei aller Leidenschaftlichkeit der Beschreibung verstand es Keats doch auch, einen Grundton der leisen Ironie zu bewahren, so daß seine Erzählung nie das gleiche Pathos vermitteln kann wie etwa Byrons *Corsair.*

Ein maskuliner, kraftstrotzender Macho à la Conrad ist der sensible Endymion nicht, ebensowenig wie sein Autor es war. Für Endymion manifestiert sich (männliche) Sexualität nicht in aggressiven Eroberungsgesten, sondern im Dahinschmelzen. Hier, wie auch in seinen anderen Texten, wies Keats der Frau die aktive Rolle zu. Sie ist Verführerin, *femme fatale,* aber auch die, die sich meist der Erfüllung entzieht und den Helden dadurch leiden läßt. Während bei Byron Liebesschmerz oft darin begründet liegt, daß sich das Objekt der Liebe nach der Erfüllung abwandte oder durch Tod geraubt wurde, streben Keats' leidende Liebhaber nach der noch ausstehenden Erfüllung. Für Endymion zieht sich diese Suche nach Erfüllung immerhin über 4000 Zeilen hin: Endymions Träumereien, wie die Begegnung mit der Mondgöttin, wurden in der Folgezeit oft als unangemessen oder sogar als unanständig abgewertet. Zu offensichtlich war manchen das Vergnügen des Autors, zu »unlyrisch« das Thema des Gedichts, zu faszinierend für den einfachen Hausgebrauch.

»[...] When, presently, the stars began to glide,
And faint away, before my eager view.
At which I sighed that I could not pursue,
And dropped my vision to the horizon's verge –
And lo! from opening clouds, I saw emerge
The loveliest moon, that ever silvered o'er
A shell for Neptune's goblet. She did soar
So passionately bright, my dazzled soul
Commingling with her argent spheres did roll
Through clear and cloudy, even when she went
At last into a dark and vapoury tent –
Whereat, methought, the lidless-eyed train
Of planets all were in the blue again.
To commune with those orbs, once more I raised
My sight right upward; but it was quite dazed
By a bright something, sailing down apace,
Making me quickly veil my eyes and face.
Again I looked, and, O ye deities
Who from Olympus watch our destinies!
Whence that completed form of all completeness?
Whence came that high perfection of all sweetness?
Speak, stubborn earth, and tell me where, oh where,
Hast thou a symbol of her golden huir?
Not oat-sheaves drooping in the western sun;
Not – thy soft hand, fair sister, let me shun
Such follying before thee! Yet she had,
Indeed, locks bright enough to make me mad;
And they were simply gordianed up and braided,
Leaving, in naked comeliness, unshaded,
Her pearl-round ears, white neck, and orbed brow;
The which were blended in, I know not how,
With such a paradise of lips and eyes,
Blush-tinted cheeks, half smiles, and faintest sighs,
That, when I think thereon, my spirit clings
And plays about its fancy, till the stings
Of human neighbourhood envenom all.
Unto what awful power shall I call?
To what high fane? Ah, see her hovering feet,

*»[...] Doch siehe da: die Sterne, sie begannen
Herabzugleiten vor dem emsigen Blicke.
Ich seufzte tief, es führte keine Brücke
Zum Horizont, er barg mir dies Gesicht.
Da siehe: durch den Wolkenvorhang bricht
Der schönste Mond, der je den Wogenkamm
Neptuns versilbert hat. So selig schwamm
Er hin, daß meine Seele durch die Lüfte
Mit seinem Silberglanz sich mischend schiffte,
Ihm nach durch Klarheit und durch Wolken drängt,
Bis ihn zuletzt ein dunkles Zelt umfängt.
Da taucht der ganze Zug der wachen Sterne
Von neuem auf bis in die fernste Ferne.
Doch wie mein Blick sich wieder aufwärts wendet
Zu jenen Welten, ward er ganz geblendet;
Denn nieder schwebt's, umstrahlt von solchem Licht,
Daß schnell ich barg mein Aug und Angesicht.
Ich schaute wieder – o du Göttermacht,
Die vom Olymp ob unserm Schicksal wacht!
Woher kam die vollkommene Gestalt?
Woher kam dieser Schönheit Allgewalt?
Sprich, dumpfe Erde, woher alles war?
Hast du ein Gleichnis für ihr goldnes Haar?
Nicht Garben, blinkend in der Sonne Scheiden,
Nicht – Deine Hand, o Schwester, laß mich meiden
Solch töricht Tun vor dir. Doch ach entfacht
Hat mich zur Raserei der Locken Pracht.
Einfach geknotet und heraufgesteckt
Ließ sie voll Lieblichkeit und unbedeckt
Das Perlenohr, den weißen Hals, die Brauen,
Und drunter, unbeschreiblich anzuschauen,
Ein Paradies von Lippen und von Wangen,
Und Augen, lächelnd halb und halb voll Bangen.
Um solche Phantasien spielt mein Geist,
So oft ich daran denke; und es reißt
Ihn nur hinweg der Menschen Nachbarschaft.
Zu wem soll ich nun fliehn? Zu welcher Kraft?
Zu welchem Tempel? Sieh, die zarten Füße,*

More bluely veined, more soft, more whitely sweet
Than those of sea-born Venus, when she rose
From out her cradle shell. The wind out-blows
Her scarf into a fluttering pavilion;
'Tis blue, and over-spangles with a million
Of little eyes, as though thou wert to shed,
Over the darkest, lushest blue-bell bed
Handfuls of daisies.« »Endymion, how strange!
Dream within dream!« »She took an airy range,
And then, towards me, like a very maid,
Came blushing, waning, willing, and afraid,
And pressed me by the hand. Ah, 'twas too much!
Methought I fainted at the charmed touch,
Yet held my recollection, even as one
Who dives three fathoms where the waters run
Gurgling in beds of coral; for anon,
I felt upmounted in that region
Where falling stars dart their artillery forth,
And eagles struggle with the buffeting north
That balances the heavy meteor-stone –
Felt too, I was not fearful, nor alone,
But lapped and lulled along the dangerous sky.
Soon, as it seemed, we left our journeying high,
And straightway into frightful eddies swooped,
Such as ay muster where grey time has scooped
Huge dens and caverns in a mountain's side.
There hollow sounds aroused me, and I sighed
To faint once more by looking on my bliss –
I was distracted. Madly did I kiss
The wooing arms which held me, and did give
My eyes at once to death – but 'twas to live,
To take in draughts of life from the gold fount
Of kind and passionate looks [...]

»Why did I dream that sleep o'er-powered me
In midst of all this heaven? Why not see,
Far off, the shadows of his pinions dark,
And stare them from me? But no, like a spark

So blau geadert, so von weißer Süße,
Mehr als da Venus schaumgeboren stand
In ihrer Muschelwiege. Ihr Gewand
War wie ein Zelt vom Winde aufgebläht;
Blau war's, mit kleinen Sternen übersät,
Als wollte man in blauer Glocken Mitten
Mit reicher voller Hand Maßliebchen schütten
Im Blumenbeet.« – »Wie seltsam doch! Ein Traum
Im Traum, Endymion?« – »Durch luftigen Raum
Kam sie nun auf mich zu, ganz eine Maid,
Errötend, schüchtern, zögernd, doch bereit,
Drückt sie die Hand. Da war's um mich geschehn.
Beim süßen Drucke meint ich zu vergehn,
Und sah doch klar, wie einer, der versinkt
Drei Klafter tief, da wo das Wasser ringt
Und gurgelnd rauscht, wo die Korallen ragen.
Dann fühlt ich mich in jenes Reich getragen,
Wo helle Sterne fallend niederschießen,
Und Adler an dem Sturm die Kampflust büßen,
Das Meteor sich hält im Gleichgewicht.
Doch fühlt ich einsam und erschreckt mich nicht.
Auf jähem Pfade schwebt ich sacht und leise,
Bald, schien mir, endete die hohe Reise.
Grad in die Wirbel wurde ich getragen,
Wie mit vereinter Kraft in alten Tagen
Sie Höhlen grabend in die Berge drangen.
Von dumpfem Ton erweckt, trug ich Verlangen,
Nochmals an ihrem Blick vergehn zu müssen.
Wahnsinnig fast bedeckte ich mit Küssen
Den Arm, der liebend mich umfing. Ich sank
In Nacht zurück; doch neues Leben trank
Mit durstigem Zug ich aus dem goldnen Quell
Der Blicke voller Leidenschaft [...]

O warum träumt ich, daß mich Schlaf bezwang
Inmitten dieses Himmels? Warum schwang
Er nicht den dunkeln Fittich in ein Reich
Weit, weit von mir! Dem Feuerfunken gleich,

That needs must die, although its little beam
Reflects upon a diamond, my sweet dream
Fell into nothing – into stupid sleep.
And so it was, until a gentle creep,
A careful moving, caught my waking ears,
And up I started. Ah, my sighs, my tears,
My clenched hands! For lo! the poppies hung
Dew-dabbled on their stalks, the ouzel sung
A heavy ditty, and the sullen day
Had chidden herald Hesperus away,
With leaden looks; the solitary breeze
Blustered, and slept, and its wild self did tease
With wayward melancholy and I thought,
Mark me, Peona, that sometimes it brought
Faint fare-thee-wells and sigh-shrilled adieus!
Away I wandered – all the pleasant hues
Of heaven and earth had faded: deepest shades
Were deepest dungeons; heaths and sunny glades
Were full of pestilent light; our taintless rills
Seemed sooty, and o'er-spread with upturned gills
Of dying fish; the vermeil rose had blown
In frightful scarlet, and its thorns out-grown
Like spiked aloe. If an innocent bird
Before my heedless footsteps stirred and stirred
In little journeys, I beheld in it
A disguised demon, missioned to knit
My soul with under-darkness – to entice
My stumblings down some monstrous precipice.
Therefore I eager followed, and did curse
The disappointment. Time, that aged nurse,
Rocked me to patience. Now, thank gentle heaven!
These things, with all their comfortings, are given
To my down-sunken hours, and with thee,
Sweet sister, help to stem the ebbing sea
Of weary life.«

Der sterben muß, wenn auch sein kleiner Strahl
Auf Diamanten spielt, ach mir zur Qual
Zerrann mein süßer Traum in dumpfen Schlaf,
Bis beim Erwachen meine Ohren traf
Ein leiser Ton. Da fuhr ich auf, und ach,
Wie seufzte ich und rang die Hände, brach
In Tränen aus; denn sieh, am Stengel hangen
Mohnblüten taubenetzt, die Amseln sangen
Ein trübes Lied, der Tag mit dumpfem Gruß
Verscheuchte seinen Herold Hesperus
Mit schwerem Blick. Ein leiser Windeshauch
Erhob sich blähend, starb und quälte auch
Mit düstrer Schwermut meinen Geist; ich dachte
– Merk auf, Päona –, daß er mir noch brachte
Ein Lebewohl, um das ein Seufzer schwirrte.
Ich wanderte dahin; doch wo ich irrte,
Verblaßten Erd' und Himmel, tiefster Schatten
War tiefster Kerker. Heide, sonnige Matten
Erfüllt ein ekel Licht, der klare Fluß
Schien schmutzig mir, wie überdeckt mit Ruß
Und toten Fischen; selbst der Rose Blühn
War schrecklich Scharlach, mit den Dornen schien
Sie stachlig wie die Aloe, und schlüpfte
Achtlos ein Vogel über'n Weg und hüpfte
In kleinen Sprüngen vor mir hin, so fand
Verkleidet einen Dämon ich, gesandt
Das Herz mir zu verdunkeln, mich zu locken
Zum grausen Abgrund, wo die Füße stocken.
So stürmt ich sinnlos fort, verwünscht mein Leid,
Das mich enttäuscht. Die alte Amme Zeit
Bracht mir Geduld; dem Himmel dank ich jetzt,
Daß er mit neuem Troste mich ergetzt,
In dem gesunknen Dasein mir gegeben
Dich süße Schwester, um mein müdes Leben,
Das stockende, auf's neue flott zu machen.«

Während Byron auf sinnlich-erotische Erfahrungen oft durch übersteigertes Pathos oder aber Satire reagierte, schwelgte Keats in seinen Gefühlen. Er war sicher der sinnlich Konkreteste der englischen Romantiker. Diese Qualität erreichte er in seinen Gedichten unter anderem durch das Benennen von Farben – den silbernen Mond, den dunkelblauen Himmel, das goldene Haar, die errötenden Wangen, die weiße Haut. Endymion beschreibt nicht nur die Gestalt seiner Traumfrau, sondern auch, wie sie sich ihm langsam körperlich nähert. Zuerst sieht er sie, wird dann an der Hand gefaßt und nach oben gezogen, er küßt sie ... Gleichzeitig erleben wir Endymions Faszination mit. Sein Blick folgt ihren Bewegungen, und er schwankt zwischen Ekstase und Ohnmacht, zwischen höchster Wahrnehmungsintensität und völligem Vergessen der Umgebung. Den zeitgenössischen Kritikern gefiel das alles nicht so recht. Ein Teil der Attacken gegen den 1818 erschienenen Band war wohl darin begründet, daß Keats mit dem radikalen Leigh Hunt assoziiert wurde. Als unlesbar, unverständlich, fantastisch und unmännlich wurde *Endymion* bezeichnet. Sicher ist die stark allegorische Verserzählung, trotz der Schönheit einzelner Teile, nicht allzu leicht zu lesen und weniger eingängig als etwa Byrons *Corsair*. Außerdem war der passive Endymion viel zu wenig maskulin für ein Lesepublikum, das Helden wie den schurkischen, verzweifelten Piraten Conrad vergötterte. Für den populären Lesegeschmack war *Endymion* jedenfalls nicht geeignet. Einer der wenigen, die sich für das Werk begeisterten, war Shelley, der schrieb, es enthalte »Schätze an Poesie«. Keats selbst war zwar an Ruhm interessiert, kultivierte aber gleichzeitig eine Pose der trotzigen Publikumsverachtung: »Ich besitze nicht die geringste Demut gegenüber dem Lesepublikum oder gegenüber irgend etwas, nur dem ewigen Wesen gegenüber, dem Prinzip der Schönheit und dem Gedenken an große Männer [...] Ein Vorwort ist für ein Lesepublikum geschrieben, und das ist ein Ding, das ich nur als Feind betrachten kann [...] Ich habe nie eine Zeile Lyrik geschrieben und dabei auch nur den Schatten eines Gedankens an die öffentliche Meinung verschwendet.« Hier spricht Keats, der Ästhet, der die reale Welt aus seiner Kunst ausklammerte. Auch sein *Hyperion* (1818 begonnen, 1820 veröffentlicht), wieder eine Neubearbeitung eines klassischen antiken Stoffes, war nicht dazu angetan, das Lesepublikum zu unterhalten. Immer wieder wurden ihm seine mangelnden Kenntnisse in den Sprachen und der Literatur der Antike vorgehalten – ein Vorwurf, mit dem nicht so sehr Keats' vermeintliche oder tatsächliche Wissenslücken gemeint waren, als vielmehr seine soziale Herkunft.

Bei allen Versuchen, die Alltagswelt hinter sich zu lassen, wurde Keats doch gerade in dieser Zeit von ihr auf brutale Weise eingeholt: Sein Bruder Tom war an Tuberkulose erkrankt. John, der als Arzt die einzelnen Stadien dieser unaufhaltsamen Krankheit gut kannte, zumal er bereits die an der gleichen Krankheit leidende Mutter gepflegt hatte, kümmerte sich hingebungsvoll um Tom bis zu dessen Tod am 1. Dezember 1818. An seinem Krankenbett wird sich Keats vermutlich angesteckt haben. Nach seiner Reise in den Norden im Juni und August litt er selbst an einer hartnäckigen Erkältung, die möglicherweise bereits den Ausbruch der Krankheit darstellte. Mit Tom verlor Keats auch einen engen Freund.

Während er sich bisher fast aussschließlich in Gesellschaft von Männern bewegt hatte, trat im August oder September 1818, also kurz vor Toms Tod, eine Frau in sein Leben, Fanny Brawne, die für Keats bis zu seinem Tod den Fokus aller seiner Sehnsüchte darstellte. Das Jahr 1819 war von einer neuen poetischen Intensität und emotionalen Tiefe geprägt, wie einer seiner berühmtesten Briefe zeigt. Am 21. April 1819 schrieb er an seinen Bruder George und dessen Frau Georgiana:

Der Punkt, zu dem der Mensch vielleicht gelangt, ist so weit weg wie ein vergleichbarer Zustand in der unbelebten Natur, und nicht weiter. Nehmen wir zum Beispiel an, daß eine Rose Empfindungen hat. Sie blüht an einem schönen Morgen, empfindet Genuß – aber da kommt ein kalter Wind, eine heiße Sonne – sie kann nicht entkommen oder Unwirtlichkeiten abwenden – sie gehören ebenso zur Welt wie sie selbst. Auch der Mensch kann nicht trotz allem glücklich sein, die Elemente der Welt werden sich seiner Natur bemächtigen. Der übliche Beiname, den die Irregeleiteten und Abergläubischen dieser Welt geben, ist »das Tal der Tränen«, aus dem wir durch ein willkürliches Eingreifen Gottes erlöst und in den Himmel aufgenommen werden. Was für eine kleinliche Vorstellung! Nennen wir die Welt doch lieber »das Tal der Beseelung«. Dann werdet Ihr den Nutzen der Welt herausfinden (ich spreche jetzt in den höchsten Tönen von der menschlichen Natur und nehme an, daß sie unsterblich ist, um Euch etwas zu zeigen, was sie betrifft). Ich sage »Beseelung«, im Gegensatz zu »Intelligenz«. Intelligenzen oder göttliche Funken mögen millionenfach existieren, aber sie sind keine Seelen, ehe sie nicht Identität erwerben, bis eine jede persönlich sie selbst ist. Intelligenzen sind Atome der Wahrnehmung. Sie wissen und sie sehen und sie sind rein, kurzum: Sie sind Gott. Wie werden dann die Seelen gemacht? Wie wird dann diesen göttlichen Funken Identität verliehen – so daß sie auf immer im Besitz eines Glücks sind, das zu ihrer persönlichen Existenz gehört? Wie, wenn nicht durch das Medium einer Welt wie dieser? Über diesen Punkt möchte ich ernsthaft nachdenken, denn ich sehe hier ein größeres Heilssystem am Werk als die christliche Religion.

Die Welt nicht als Tal der Tränen, sondern als Tal der Beseelung, der persönlichen Entfaltung des einzelnen: Keats liefert hier ein neues, positives Welt- und Menschenbild, in dem Leid und Freude, so wie er sie selbst erlebt hat, ihren jeweiligen Platz einnehmen und ihren Sinn haben. Die Distanzierung von der Kirche, die schon in seiner Hinwendung zu heidnischen Mythen angelegt ist, wird hier noch vertieft. Erlösung gab es für Keats durch die größtmögliche Erfüllung des eigenen Potentials, nicht aber durch einen abstrakten, patriarchalischen Schöpfergott. Die subjektive Wahrnehmung, nicht etwa das Befolgen von Vorschriften, führte zu Keats' »Beseelung« und Erlösung, zum persönlichen Glück.

Keats' eigene Selbstfindung wurde durch den Kontakt mit Fanny Brawne eingeleitet. Fanny, fünf Jahre jünger als Keats, war eines der drei Kinder der Witwe Frances Brawne. Keats beschrieb sie so: »Sie hat ungefähr meine Größe und ein sehr feines, längliches Gesicht. Es fehlt ihrem Aussehen völlig an Empfindsamkeit, sie trägt ihr Haar stilvoll, ihre Nase ist fein, wenn auch etwas zu ausgeprägt, ihr Mund ist teils gut und teils schlecht, ihr Profil sieht besser aus als das volle Gesicht, das allerdings nicht voll ist, sondern blaß und dünn, ohne daß die Knochenstruktur hervortritt.« Fanny wohnte von Oktober 1819 bis Mai 1820 in Keats Nachbarschaft. Im August und September desselben Jahres lebte der zu diesem Zeitpunkt bereits schwer kranke Keats bei Fannys Familie. Kontakte ergaben sich ständig durch die räumliche Nähe. Die Nachwelt ist deswegen so gut über die Beziehung unterrichtet, weil Keats eine Vielzahl von Briefen an seine Geliebte richtete. Keats' Briefe an Fanny, die zu den schönsten der englischen Literatur gehören, sind auch heute noch faszinierend zu lesen. Leider sind ihre Briefe an ihn nicht erhalten, weil Keats diese mit in sein Grab nahm. In den Briefen ihres Geliebten nimmt sie den Status einer wunderschönen, unerreichbaren Göttin an. Letztlich beschrieb Keats damit sich selbst und seine Wunschvorstellungen. Er hatte schließlich seine »Mondgöttin« gefunden. Ein reales Zusammenleben der beiden, eine Ehe also, war wegen Keats finanzieller Situation nicht möglich, lediglich ein informelles Verlöbnis fand statt. Daher stürzte er sich leidenschaftlich in Idealisierungen. Die Briefe beschreiben seine Ekstase, aber auch seine Ängste und seine Eifersucht, die die offensichtlich stets zum Flirten aufgelegte Fanny bei ihm hervorrief. Begann die Beziehung mit viel Glück und Freude, so wurde die Liebe des kranken Keats, der sich an Fanny klammerte, allmählich zur Besessenheit.

An Fanny Brawne. *8. Juli 1819*

Mein süßes Mädchen,
Dein Brief hat mich mehr entzückt als es sonst irgend etwas in der Welt vermag, außer Dir selbst. Ich bin geradezu erstaunt, daß ein abwesender Mensch eine so große Macht über meine Sinne hat, wie ich sie verspüre. Selbst wenn ich nicht an Dich denke, fühle ich Deinen Einfluß und merke, wie sich eine zartere Natur an mich heranstiehlt. All meine Gedanken, meine unglücklichsten Tage und Nächte, haben mich überhaupt nicht von meiner Schönheitsliebe geheilt, sondern sie so intensiviert, daß ich unglücklich bin, weil Du nicht bei mir bist. Oder vielmehr: Ich atme in geduldiger Langeweile, die man nicht als Leben bezeichnen kann. Nie zuvor war mir bewußt, was eine solche Liebe wie die, die Du mich hast fühlen lassen, überhaupt war. Ich habe nicht an sie geglaubt. Meine Phantasie hatte Angst davor, daß sie mich verbrennen könnte. Aber wenn Du mich ganz und gar lieben willst, auch wenn da etwas Feuer sein

wird, so wird es doch nicht mehr sein, als wir ertragen können, wenn wir mit dem Tau des Vergnügens benetzt sind. [...] Ich möchte nie etwas anderes als Vergnügen in Deinen Augen, Liebe auf Deinen Lippen und Glück in Deinen Schritten sehen. Ich würde Dich gerne in Zerstreuungen sehen, die Deinen Neigungen und Deiner Laune entsprechen, so daß unsere Liebe eine Entzückung inmitten angenehmer Vergnügen darstellen würde, keine Zuflucht vor Qual und Sorgen. Aber ich bezweifle sehr, daß ich im schlimmsten Fall Philosoph genug sein werde, um meinen eigenen Lektionen zu folgen. Wenn ich sähe, daß Dir mein Entschluß Schmerz verursacht, könnte ich das nicht. Warum soll ich nicht von Deiner Schönheit sprechen, da ich Dich ohne sie nie hätte lieben können? Ich kann mir keinen anderen Anfang für eine solche Liebe, wie ich sie für Dich empfinde, vorstellen, als Schönheit. Es mag eine Art von Liebe geben, für die ich, ohne die geringste Verachtung, den höchsten Respekt habe, und die ich in anderen bewundern kann. Aber sie besitzt nicht den Reichtum, die Blüte, die volle Form, den Zauber der Liebe nach meinem eigenen Herzen. So laß mich von Deiner Schönheit sprechen, obwohl ich mich damit selbst gefährde, wenn Du so grausam sein kannst, ihre Macht anderswo auszuprobieren. Du sagst, Du hast Angst, daß ich denken werde, Du liebst mich nicht – wenn Du das sagst, sehne ich mich um so schmerzlicher danach, in Deiner Nähe zu sein. Ich mache hier fleißig Gebrauch von meinen Fähigkeiten und verbringe nicht einen Tag, ohne nicht einige Blankverse hinzuschreiben oder Reime zusammenzuschustern. Und hier muß ich zugeben, daß ich Dich (da ich nun einmal beim Thema bin) um so mehr liebe, weil ich glaube, daß Du mich um meiner selbst willen und aus keinem anderen Grund liebst. [...]

Keats zelebrierte seine leidenschaftlichen Gefühle, sein Dahinschmelzen. Jede Trennung wurde ihm zu einer Prüfung. Da sich sein gesundheitlicher Zustand rapide verschlechterte, mußte er zunehmend mehr Zeit zu Hause verbringen.

Februar 1820

Mein liebstes Mädchen,
allem Anschein nach soll ich so viel wie möglich von Dir getrennt werden. Ich weiß nicht, wie ich das ertragen soll und ob es nicht schlimmer sein wird, als wenn Du hie und da hier bist. Ich muß geduldig sein, und in der Zwischenzeit darfst Du so wenig wie möglich darüber nachdenken. Laß mich Dich nicht länger davon abhalten, zur Stadt zu gehen – ein Ende Deiner Gefangenschaft mag nie kommen. Vielleicht solltest Du nicht vor morgen abend kommen. Schicke mir aber auf jeden Fall einen Gutenachtgruß. Du kennst unsere Situation, welche Hoffnung es gibt, auch wenn ich noch so bald gesund würde – gerade meine Gesundheit wird es nicht zulassen, daß ich mich überanstrenge. Man rät mir sogar davon ab, Poesie zu lesen, und erst recht, sie zu schreiben. Ich wünschte, ich hätte wenigstens ein bißchen Hoffnung. Ich kann nicht sagen »vergiß mich!«, aber möchte gerne erwähnen, daß manches auf der Welt unmöglich ist. Nicht mehr davon – ich bin nicht stark genug, um entwöhnt zu werden. Laß es Dich nicht beschweren in Deiner guten Nacht. Egal was geschieht, meine Allerliebste, ich werde immer sein
Dein Dir zugetaner

J-K-

Immer besessener wurde Keats, für den Fanny schließlich das Leben schlechthin bedeutete.

März 1820

Süßeste Fanny,
Du fürchtest manchmal, daß ich Dich nicht so sehr liebe wie Du wünschst? Mein liebes Mädchen, ich liebe Dich auf immer und ewig und ohne Vorbehalte. Je besser ich Dich kenne, um so mehr liebe ich Dich. Auf jede Weise – selbst meine Eifersuchtsanfälle waren Liebesqualen. Im heißesten Anfall, den ich je hatte, wäre ich für Dich gestorben. Ich habe Dich zu sehr gequält. Aber aus Liebe! Kann ich anders? Du bist immer neu. Dein letzter Kuß ist immer der süßeste, das letzte Lächeln das schönste, die letzte Bewegung die anmutig-

ste. Als Du gestern an meinem Fenster vorbei nach Hause gingst, war ich so voller Bewunderung, als ob ich Dich zum ersten Mal gesehen hätte. Du hast Dich einmal halb beschwert, daß ich nur Deine Schönheit liebe. Habe ich denn sonst nichts in Dir zu lieben? Sehe ich nicht ein Herz, das, mit natürlichen Schwingen versehen, mir, dem Gefangenen, Gesellschaft leistet? Keine schlimme Aussicht konnte Deine Gedanken einen Moment von mir abwenden. Das sollte vielleicht genauso ein Gegenstand der Trauer wie der Freude sein. Aber davon möchte ich nicht sprechen. Auch wenn Du mich nicht liebtest, könnte ich nicht anders, als Dir völlig ergeben zu sein. Um so tiefer muß ich für Dich fühlen, weil ich weiß, daß Du mich liebst. Meine Seele ist die unzufriedenste und rastloseste, die man jemals in einen zu kleinen Körper gesteckt hat. Nie hat sie sich völlig und ohne Ablenkung ausruhen können – außer bei Dir. Wenn Du im Zimmer bist, fliegen meine Gedanken nie aus dem Fenster. Du konzentrierst immer all meine Sinne auf Dich. Die Angst um unsere Liebe, die Du in Deinem letzten Brief zeigst, ist mir ein immenses Vergnügen. Aber Du darfst es nicht leiden, daß Dich derlei Gedanken weiterhin belästigen. Auch will ich nicht mehr glauben, daß Du den geringsten Groll gegen mich hegst. Brown ist weggegangen, aber Mrs. Wylie ist hier. Wenn sie weg ist, werde ich für Dich wach sein.

Grüße an Deine Mutter
Dein Dir zugetaner

J. Keats

Keats' Leiden an der Liebe rührte unter anderem von seiner enormen Eifersucht. Obwohl sie sich an den Kranken gebunden fühlte, ging Fanny weiterhin aus. Keats sah darin – nicht zu Unrecht – eine Bedrohung der Beziehung, denn früher oder später würde Fanny, die ihren armen Dichter nicht heiraten konnte, einen anderen Mann kennenlernen.

Mai 1820

Mein liebstes Mädchen,
ich schrieb Dir gestern einen Brief, weil ich dachte, ich würde Deine Mutter sehen. Ich werde ihn ganz egoistisch abschicken, obwohl ich weiß, daß er Dich ein wenig verletzen wird, damit Du siehst, wie unglücklich ich bin aus lauter Liebe zu Dir. Und ich werde so weit wie möglich versuchen, Dich dazu zu verführen, mir, der ich mit meiner ganzen Existenz an Dir hänge, Dein ganzes Herz zu geben. Du kannst keinen Schritt machen oder mit der Wimper zucken, ohne daß es mir nicht mitten ins Herz geht. Ich begehre Dich. Denk an nichts als an mich. Lebe nicht, als ob ich nicht existieren würde. Vergiß mich nicht. Aber habe ich irgendein Recht zu sagen, daß Du mich vergißt? Vielleicht denkst Du den ganzen Tag an mich. Habe ich das Recht zu wünschen, daß Du wegen mir unglücklich bist? Du würdest mir den Wunsch vergeben, wenn Du wüßtest, wie leidenschaftlich ich mich danach sehne, daß Du mich liebst. Wenn Du mich so lieben willst wie ich Dich, darfst Du an niemanden als an mich denken, und schon gar nicht diesen Satz schreiben. Gestern und heute morgen war ich von einer süßen Vision verhext: Ich habe Dich die ganze Zeit in Deinem Schäferinnenkostüm gesehen. Wie haben meine Sinne gelitten! Wie hat es mein Herz berührt! Wie voll waren meine Augen von Tränen! In der Tat, ich denke eine wahre Liebe ist in der Lage, das weiteste Herz mit Beschlag zu belegen. Als ich hörte, daß Du alleine zur Stadt gingst, war ich schockiert, aber ich habe es erwartet. Versprich mir, daß Du es einige Zeit nicht mehr machen wirst, bis es mir besser geht. *Versprich's mir und fülle das Papier mit den zärtlichsten Namen. Wenn Du das nicht gerne tust, sag es mir, meine Liebste, gestehe es, wenn Dein Herz zu sehr an dieser Welt hängt. Vielleicht kann ich Dich dann distanzierter sehen und kann Dich weniger für mich vereinnahmen. Wenn Du einen Lieblingsvogel aus dem Käfig verlieren würdest, wie täten Dir die Augen weh, wenn er noch in Sichtweite wäre. Wenn Du ihn nicht mehr sehen könntest, würdest Du Dich vielleicht ein bißchen erholen. Vielleicht könntest Du mir, wenn das tatsächlich der Fall ist, gestehen, wie viele Dinge für Dich nötig sind neben mir, dann wäre ich glücklicher und empfände weniger Qualen. Nun magst Du ausrufen »Wie egoistisch, wie grausam, mich*

meine Jugend nicht genießen zu lassen! Mir zu wünschen, daß ich unglücklich bin!« Das mußt Du sein, wenn Du mich liebst – bei meiner Seele, ich kann sonst mit nichts zufrieden sein. Wenn Du Dich wirklich bei einer Gesellschaft zerstreuen könntest, wenn Du Leuten ins Gesicht lächeln und wünschen kannst, daß sie Dich jetzt bewundern, dann hast Du mich nie geliebt und wirst mich nie lieben. Leben sehe ich nur in der Gewißheit Deiner Liebe – überzeuge mich davon, meine Süßeste. Ohne diese Überzeugung werde ich elend zugrunde gehen. Wenn wir lieben, dürfen wir nicht wie andere Männer und Frauen leben. Ich kann das Gift der Mode, der Eitelkeit und des Geschwätzes nicht dulden. Du mußt mein sein, um unter der Folter zu sterben, wenn ich das will. Ich gebe nicht vor, mehr Gefühle zu haben als meine Mitmenschen, aber ich wünsche, daß Du ernsthaft durch meine freundlichen und unfreundlichen Briefe gehst und überlegst, ob die Person, die sie schrieb, die Leiden und Unsicherheiten noch viel länger ertragen kann, zu deren Verursachung Du ganz besonders geschaffen scheinst. Die Wiedererlangung meiner körperlichen Gesundheit wird mir nichts nützen, wenn Du mir nicht ganz gehörst, wenn ich gesund bin. Um Gottes Willen – rette mich oder sag mir, daß meine Leidenschaft zu schrecklich ist für Dich. Noch einmal: Gott segne Dich

J.K.

Nein – meine süße Fanny – ich bin im Unrecht. Ich will nicht, daß Du unglücklich bist, und ich will es doch, ich muß es wollen, solange es diese süße Schönheit gibt. Mein lieblichster Liebling! Leb wohl! Ich küsse Dich – ach, was für eine Folter!

Keats gab sich voll und ganz seinen Emotionen hin und lebte nur noch für diese Liebe, ganz anders als der ewig zynische Byron, der sich eine derartige Gefühlsintensität, wenn überhaupt, meist nur für kurze Zeit bewahren konnte, und vermutlich nie einer Frau gegenüber zugegeben hätte, daß sie die Macht besaß, ihn langanhaltend leiden zu lassen.

Den letzten Brief an Fanny schrieb Keats im August 1820. Am 13. September sah er sie zum letzten Mal. Am 17. September trat er mit seinem Freund, dem Maler Joseph Severn, eine Reise nach Italien an, um seinen Gesundheitszustand in einem gesünderen Klima zu verbessern. Allerdings wußte Keats, der ja seinen Bruder gepflegt hatte, wie schlecht es um seine Heilungschancen stand. Shelley hatte ihn zu sich nach Pisa eingeladen: »Du solltest auf jeden Fall Italien sehen, und Deine Gesundheit, die ich als Motiv für Deine Reise vorschlage, wäre für Dich die Entschuldigung.« Keats und Severn reisten zunächst nach Neapel, dann nach Rom. Immerhin konnte Keats noch kurze Spaziergänge unternehmen, verfiel aber körperlich zusehends und beklagte sich, er führe bereits eine »posthume Existenz«. Das letzte Stadium der Krankheit verbrachte er in einem Dämmerzustand, bis er am 23. Februar 1821 starb – an seiner Tuberkulose, an unerfüllter Leidenschaft, oder, wie Shelley meinte, an den bösartigen Rezensionen, die seinen Lebensnerv getroffen hatten.

Die letzten Jahre von Keats' Leben, in denen er noch halbwegs gesund war, waren dichterisch unglaublich produktiv. Im Sommer 1819 entstanden die großen Oden »Ode to a Nightingale«, »Ode to a Grecian Urn«, »Ode to Psyche« und »Ode to Melancholy«. Die Frage nach dem Status von Kunst und Realität, von Illusion und Desillusionierung war für Keats zentral geworden. Auch in den erzählenden Gedichten dieser Zeit befaßte er sich damit, vor allem in *The Eve of St. Agnes*, *Lamia* und »La Belle Dame Sans Merci«. In diesen drei Gedichten, zwei Verserzählungen und einer Ballade, beschrieb Keats wieder betörende Frauen, deren Anziehungskraft die Männer mehr oder weniger hilflos erliegen. In *Lamia* und »La Belle Dame Sans Merci« werden die männlichen Protagonisten Opfer gefährlich attraktiver Frauen, aber gehen letztlich auch an der eigenen Illusion und der Unfähigkeit, zwischen Traum und Wirklichkeit zu unterscheiden, zugrunde. Einen glücklicheren Ausgang hat *The Eve of St. Agnes*, eine Verserzählung mit stark fragmentarischem Charakter, die ohne Vermittlung der Vorgeschichte einsetzt und auf dem Höhepunkt endet. Die Handlung basiert auf einem alten Brauch, wonach eine junge Frau am Vorabend von St. Agnes' Namensfest ihren Geliebten im Traum erblicken wird, wenn sie bestimmte Regeln beachtet. Madeline, in einer Burg von eifersüchtigen Verwandten bewacht, liebt den jungen Porphyro, der gerade an diesem Abend über das Moor zu ihr kommt. Er überredet die alte Amme Angela, ihn in Madelines Schlafgemach zu lassen.

[...]

They told her how, upon St. Agnes' Eve,
Young virgins might have visions of delight,
And soft adorings from their loves receive
Upon the honeyed middle of the night,
If ceremonies due they did aright;
As, supperless to bed they must retire,
And couch supine their beauties, lily white,
Nor look behind, nor sideways, but require
Of Heaven with upward eyes for all that they desire.

Full of this whim was thoughtful Madeline.
The music, yearning like a God in pain,
She scarcely heard; her maiden eyes divine,
Fixed on the floor, saw many a sweeping train
Pass by – she heeded not at all; in vain
Came many a tiptoe, amorous cavalier,
And back retired – not cooled by high disdain,
But she saw not; her heart was otherwhere.
She sighed for Agnes' dreams, the sweetest of the year.

She danced along with vague, regardless eyes,
Anxious her lips, her breathing quick and short.
The hallowed hour was near at hand. She sighs
Amid the timbrels and the thronged resort
Of whisperers in anger, or in sport;
'Mid looks of love, defiance, hate, and scorn,
Hoodwinked with fairy fancy – all amort,
Save to St. Agnes and her lambs unshorn,
And all the bliss to be before to-morrow morn.

So, purposing each moment to retire,
She lingered still. Meantime, across the moors,
Had come young Porphyro, with heart on fire
For Madeline. Beside the portal doors,

[...]

Sie sagten, daß den Jungfraun Agnes' Nacht
Entzückende Visionen oft bereite,
Daß in der honiglichen Mitternacht
Der Liebste huldigend ans Lager gleite,
Falls sie nur recht erfüllten das Geheiß:
Sie müßten ohne Nachtmahl schlafen gehen,
Sich rücklings betten und um keinen Preis
Zur Rechten oder Linken um sich sehen,
Nur mit erhobnem Blick um Wunschgewahrung flehen.

Und Magdalen sann diesem Märchen nach,
Empfand nicht der Musik verzücktes Tönen,
Die wie mit Göttermund in Seufzern sprach,
Ihr Mädchenblick, gesenkt, sah mancher Schönen
Prunkschleppe gleiten – doch sie achtet's nicht.
Manch Kavalier, der zarten Gruß ihr sagte,
Trat still zurück – sie aber blickte nicht,
Da ihre Seele nach ganz andrem fragte,
Um Agnes' Traum, den süßesten des Jahres, zagte.

Mit fernverlornem Blick schritt sie daher,
Ihr Atem flog, die Lippen bebten trunken,
Die heilige Frist war nah. Sie seufzte schwer,
Inmitten all des Lärmens traumversunken.
Und Flüstern, Lachen, Spott und Liebesschwur
Und Trommelbraus und Blick voll Dank und Strafe
Schien Traum zu sein: sie dachte wachend nur
An Agnes, ihre ungeschornen Schafe
Und was an Seligkeit sie finden sollt im Schlafe.

Sie sehnte sich, nun bald allein zu sein –
Und blieb doch noch. Indes war über Moore
Jung Porphyro, gequält von Liebespein
Um Magdalen herbeigeeilt. Am Tore

Buttressed from moonlight, stands he and implores
All saints to give him sight of Madeline
But for one moment in the tedious hours,
That he might gaze and worship all unseen;
Perchance speak, kneel, touch, kiss – in sooth such things have been.

He ventures in – let no buzzed whisper tell,
All eyes be muffled, or a hundred swords
Will storm his heart, love's feverous citadel.
For him, those chambers held barbarian hordes,
Hyena foemen, and hot-blooded lords,
Whose very dogs would execrations howl
Against his lineage; not one breast affords
Him any mercy, in that mansion foul,
Save one old beldame, weak in body and in soul.

[...]

Feebly she laugheth in the languid moon,
While Porphyro upon her face doth look,
Like puzzled urchin on an aged crone
Who keepeth closed a wondrous riddle-book,
As spectacled she sits in chimney nook.
But soon his eyes grew brilliant, when she told
His lady's purpose, and he scarce could brook
Tears at the thought of those enchantments cold,
And Madeline asleep in lap of legends old.

Sudden a thought came like a full-blown rose,
Flushing his brow, and in his pained heart
Made purple riot; then doth he propose
A stratagem that makes the beldame start:
»A cruel man and impious thou art –
Sweet lady, let her pray, and sleep, and dream
Alone with her good angels, far apart

Im Pfeilerschatten harrt er und beschwört
Die Heiligen, sein Warten zu entgelten
Mit günstigem Augenblick, der ihm gehört:
Nur schaun, nur knien vor ihren seligen Welten!
Und sprechen – fühlen – küssen – Tat man dies so selten?

Er schleicht hinein. O schlummre nun, Verrat,
Kein Auge spähe! Sonst, sein Herz zu morden,
Sein liebefiebernd Herz, wär wild genaht
Ein Heer von Schwertern, denn barbarische Horden,
Zornheiße Feindesbrut enthielt dies Schloß,
Die Hunde würden selbst mit rauher Kehle
Ihm Flüche heulen, ihm und seinem Troß.
Ein Weib nur trotzte diesem Haßbefehle,
Ein altes Mütterchen, das siech an Leib und Seele.

[...]

Sie kicherte im matten Mondenschein,
Und Porphyro betrachtet sie mit Staunen,
Wie wohl ein Kind ein altes Mütterlein,
Das ihm von Wichteln spricht und von Alraunen;
Bald aber leuchtete sein Auge auf;
Als seiner Dame Absicht sie berichtet,
Sehnsüchtige Tränen stiegen in ihm auf:
O junge Seele, die sich gläubig richtet
Nach all dem Spuk, den kaltes Alter ihr erdichtet!

Da kam ihm ein Gedanke, der wie Blühn
Von roter Rose ihm die Stirn betaute
Und Aufruhr warf ins Herz; der Plan war kühn;
Den er dem armen Weiblein nun vertraute:
»Oh!« rief sie, »wie du schlecht und gottlos bist!
Willst du der Herrin kindlich frommes Walten,
Gebet und Traum mit unverschämter List

From wicked men like thee. Go, go! I deem
Thou canst not surely be the same that thou didst seem.«

[...]

Full on this casement shone the wintry moon,
And threw warm gules on Madeline's fair breast
As down she knelt for heaven's grace and boon;
Rose-bloom fell on her hands, together pressed,
And on her silver cross soft amethyst,
And on her hair a glory, like a saint.
She seemed a splendid angel, newly dressed,
Save wings, for Heaven. Porphyro grew faint;
She knelt, so pure a thing, so free from mortal taint.

Anon his heart revives; her vespers done,
Of all its wreathed pearls her hair she frees;
Unclasps her warmed jewels one by one;
Loosens her fragrant bodice; by degrees
Her rich attire creeps rustling to her knees.
Half-hidden, like a mermaid in sea-weed,
Pensive awhile she dreams awake, and sees,
In fancy, fair St. Agnes in her bed,
But dares not look behind, or all the charm is fled.

Soon, trembling in her soft and chilly nest,
In sort of wakeful swoon, perplexed she lay,
Until the poppied warmth of sleep oppressed
Her soothed limbs, and soul fatigued – away
Flown, like a thought, until the morrow-day;
Blissfully havened both from joy and pain;
Clasped like a missal where swart Paynims pray;
Blinded alike from sunshine and from rain,
As though a rose should shut, and be a bud again.

Und frevlerischem Tun zum Narren halten?
Geh, geh! Du bist nicht der, für den ich dich gehalten!«

[...]

Hier sah der volle Wintermond herein,
Der Magdalen mit rotem Glühen schmückte,
Auf Brust und Hände fiel's wie Rosenschein,
Als sie nun knieend sich hernieder bückte;
Ihr silbern Halskreuz war wie Amethyst,
Ihr Haar von mildem Heiligenschein umgeben:
Ein Engel, dem der Himmel offen ist!
So fühlte Porphyro in tiefem Beben.
Sie schien, in Unschuld betend, erdenfern zu schweben.

Wie tiefe Ohnmacht hielt es ihn in Bann,
Als sie vom Perlenkranz ihr Haar entblößte,
Den warmen Schmuck vom Halse nahm und dann
Des Kleides angeschmiegte Bänder löste.
Leis knisternd sinkt das Kleid. Ein wacher Traum
Läßt sie in ihrem Bett Sankt Agnes sehen,
Doch voll zurückzuschauen wagt sie kaum,
Sonst würde all das Zauberwerk vergehen
Und all ersehntes Träumen bliebe ungeschehen.

Bald bebte sie im weichen kühlen Nest
Und lag von wacher Ohnmacht ganz benommen,
Bis sie der mohnbekränzte Schlummer fest
– So Leib wie Seele – in den Arm genommen.
Weil floh die Seele nun ins Dunkel fort
Und ruhte fern von Schmerz und Lust, verschlossen,
So wie ein Meßbuch an unheiligem Ort,
Wie Rosenkelch, wenn Regenfluten gossen,
Wie keusche Knospen oder erste Frühlingssprossen.

Stol'n to this paradise, and so entranced,
Porphyro gazed upon her empty dress,
And listened to her breathing, if it chanced
To wake into a slumbrous tenderness;
Which when he heard, that minute did he bless,
And breathed himself, then from the closet crept,
Noiseless as fear in a wide wilderness –
And over the hushed carpet, silent, stepped,
And 'tween the curtains peeped, where, lo! –
how fast she slept.

Then by the bed-side, where the faded moon
Made a dim, silver twilight, soft he set
A table and, half anguished, threw thereon
A cloth of woven crimson, gold, and jet.
Oh, for some drowsy Morphean amulet!
The boisterous, midnight, festive clarion,
The kettle-drum and far-heard clarionet,
Affray his ears, though but in dying tone;
The hall door shuts again, and all the noise is gone.

And still she slept an azure-lidded sleep,
In blanched linen, smooth and lavendered,
While he from forth the closet brought a heap
Of candied apple, quince, and plum, and gourd,
With jellies soother than the creamy curd,
And lucent syrops, tinct with cinnamon;
Manna and dates, in argosy transferred
From Fez; and spiced dainties, every one,
From silken Samarcand to cedared Lebanon.

These delicates he heaped with glowing hand
On golden dishes and in baskets bright
Of wreathed silver; sumptuous they stand
In the retired quiet of the night,
Filling the chilly room with perfume light.

Und Porphyro sah hin auf's leere Kleid
Und fühlte seiner Pulse wildes Rennen
Und stand und harrte voller Bangigkeit,
Des Schlummers ruhiges Atmen zu erkennen.
Dann kam er zage aus dem Winkel vor,
Geräuschlos wie wohl eines Mädchens Bangen,
Wenn es in dunkler Wildnis sich verlor;
Zum Lager trat er hin mit heißen Wangen
Und hob den Vorhang – o wie lag sie schlafumfangen!

Als sich der Mond verbarg und silberbleich
Ein Zwielicht spann, schob er an Bettes Seite
Leis einen Tisch, warf halb in Angst ein reich
Gewand darauf, drin Rot, Gold, Schwarz sich reihte.
O jetzt ein schläfernd Morpheus-Amulet,
Da plötzlich schrill die Festtrompeten werben,
Die Kesselpauke und die Klarinett!
Die Saaltür fällt zurück – ein jäh Ersterben,
So wie Krystall, das schrill zersprang, verstummt in Scherben.

Doch hielt azurlidriger Schlaf sie fest
In bleichen, duftigen Lavendelkissen;
Indessen er aus wohlverstecktem Nest
Kandiertes Obst und andre Leckerbissen,
Gelees, die linder sind als süßer Rahm,
Und seltne Frucht aus südlichen Geländen,
Die fern von Fez mit Handelsschiffen kam,
Und Spezerein von Syriens Felsenwänden
Geschwind zum Tische trug mit fieberheißen Händen.

Dies alles häufte er in goldne Pracht
Getriebner Schalen und auf Silberplatten,
Und alles duftete in kühle Nacht
Und gleißte seltsam hell aus tiefem Schatten. –
»Und nun, mein Lieb, mein Engel du, wach auf!

»And now, my love, my seraph fair, awake!
Thou art my heaven, and I thine eremite.
Open thine eyes, for meek St. Agnes' sake,
Or I shall drowse beside thee, so my soul doth ache.«

Thus whispering, his warm, unnerved arm
Sank in her pillow. Shaded was her dream
By the dusk curtains; 'twas a midnight charm
Impossible to melt as iced stream.
The lustrous salvers in the moonlight gleam,
Broad golden fringe upon the carpet lies.
It seemed he never, never could redeem
From such a steadfast spell his lady's eyes;
So mused awhile, entoiled in woofed phantasies.

Awakening up, he took her hollow lute,
Tumultuous, and, in chords that tenderest be,
He played an ancient ditty, long since mute,
In Provence called, »La belle dame sans mercy«,
Close to her ear touching the melody –
Wherewith disturbed, she uttered a soft moan.
He ceased – she panted quick – and suddenly
Her blue affrayed eyes wide open shone;
Upon his knees he sank, pale as smooth-sculptured stone.

Her eyes were open, but she still beheld,
Now wide awake, the vision of her sleep –
There was a painful change, that nigh expelled
The blisses of her dream so pure and deep.
At which fair Madeline began to weep,
And moan forth witless words with many a sigh,
While still her gaze on Porphyro would keep;
Who knelt, with joined hands and piteous eye,
Fearing to move or speak, she looked so dreamingly.

»Ah, Porphyro!« said she, »but even now
Thy voice was at sweet tremble in mine ear,

Du bist wie über mir des Himmels Blauen,
Und ich, dein Beter, hoffe zu dir auf.
O laß mich deine blauen Augen schauen,
Sonst wird hier neben dir mein Schmerz in Tränen lauen.«

Und kraftlos sank ins Kissen auf ihr Haar
Sein warmer Arm. Umsonst sein leises Sprechen.
Des Traumes Bann, der Mittnachtszauber, war
Unmöglich wie vereister Strom zu brechen.
Der Teller Glanz erstrahlt im Mondenlicht,
Dem Schmuck und Fransen hundert Spiegel liehen,
Doch hinter dunklen Vorhang leuchtet's nicht,
Nichts kann die Herrin ihrem Traum entziehen,
Der Nacht so tief verstrickten Wunderphantasien.

Er griff zur Laute. Zarte Melodie
Entlockte er in schmeichelnden Akkorden:
Provencer Lied »La belle dame sans mercy«,
Ein altes Lied, das längst schon stumm geworden.
Er schlug das Spiel in ihrer warmen Näh.
Sie stöhnte klagend, wie von Schmerz betroffen.
Er hörte auf – sie keuchte schnell – und jäh
Standen erschreckt die blauen Augen offen.
Er sank auf seine Knie, bleich in Angst und Hoffen.

Sie blickte offen, und trotzdem sie wach,
Hat ihren Traum sie immer fortgesponnen.
Der aber war verändert, scheuchte, ach,
Des Schlaftraums tiefe und so reine Wonnen,
Was ihr die Tränen aus den Augen trieb
Und banges Weh aus liebendem Gemüte;
Auf ihn jedoch ihr Blick geheftet blieb,
Auf Porphyro, der betend vor ihr kniete,
Reglos und stumm, als sei sie eines Traumes Blüte.

»Ach Porphyro!« sprach sie, »wie war doch nur
Süß zitternd eben noch in meinen Ohren

Made tuneable with every sweetest vow,
And those sad eyes were spiritual and clear.
How changed thou art! How pallid, chill, and drear!
Give me that voice again, my Porphyro,
Those looks immortal, those complainings dear!
Oh, leave me not in this eternal woe,
For if thou diest, my love, I know not where to go.«

Beyond a mortal man impassioned far
At these voluptuous accents, he arose,
Ethereal, flushed, and like a throbbing star
Seen mid the sapphire heaven's deep repose;
Into her dream he melted, as the rose
Blendeth its odour with the violet,
Solution sweet – meantime the frost-wind blows
Like Love's alarum pattering the sharp sleet
Against the window-panes; St. Agnes' moon hath set.

'Tis dark; quick pattereth the flaw-blown sleet.
»This is no dream, my bride, my Madeline!«
'Tis dark; the iced gusts still rave and beat.
»No dream, alas! and woe is mine!
Porphyro will leave me here to fade and pine.
Cruel! What traitor could thee hither bring?
I curse not, for my heart is lost in thine,
Though thou forsakest a deceived thing –
A dove forlorn and lost with sick, unpruned wing.«

»My Madeline! Sweet dreamer! Lovely bride!
Say, may I be for ay thy vassal blest?
Thy beauty's shield, heart-shaped and vermeil dyed?
Ah, silver shrine, here will I take my rest
After so many hours of toil and quest,
A famished pilgrim – saved by miracle.
Though I have found, I will not rob thy nest
Saving of thy sweet self; if thou think'st well
To trust, fair Madeline, to no rude infidel.

Dein lieber Klang, des Herzens süßer Schwur.
Und wie ist jetzt dein Blick so leidverloren,
Wie bist du anders: traurig, bleich und kalt!
Du sollst mir alle Wonnen wiedergeben,
Mit deiner Augen himmlischer Gewalt
Empor aus diesem Höllenweh mich heben.
Denn wenn du stirbst, mein Lieb, weiß ich nicht wohl zu leben.«

In Liebe über Sterbliche erhöht
Durch solche Laute, hat er sich erhoben:
Ein herzbewegter Stern, der flimmernd steht
In lichter Ruh saphirner Himmel droben.
In ihren Traum schmolz er hinein, wie Duft
Der Rose sich mit Veilchenduft verbindet,
Süß aufgelöst. Es bläst die Winterluft
Der liebe Ruf, die Fenster sind erblindet
Durch scharfen Hagelschlag; Sankt Agnes Mond verschwindet.

's ist dunkel! Windgepeitschter Hagel schlägt.
»Dies ist kein Traum, o Magdalen, du Meine!«
's ist dunkel: Sturmwind stößt und Hagel schlägt
»Kein Traum ach, ach! Und Weh ist all das Meine!
Porphyro läßt mich hier in Harm und Schmerz.
O welch ein Frevel, dich hierher zu bringen!
In deins verloren ist mein ganzes Herz.
Ich fluche nicht dem grausamen Gelingen:
Verlassne Taube ich mit kranken jungen Schwingen!«

»Mein Magdalen? O Traum, o Himmelsbild!
Darf dein Vasall ich ewig sein – gesegnet?
Ich deiner Schönheit herzgeformter Schild?
Vor dir, Altar, ruht aus, wer dir begegnet!
Dem müden Pilger soll ein Wunder licht
Die krankzerquälte Seele nun erneuen.
Ich fand dein Nest, berauben will ich's nicht –
Nur um dein süßes Selbst, wenn ohn Bereuen
Schon Magdalen vertraun will – keinem Ungetreuen.

Hark! 'Tis an elfin-storm from fairy land,
Of haggard seeming, but a boon indeed.
Arise – arise! The morning is at hand;
The bloated wassailers will never heed.
Let us away, my love, with happy speed –
There are no ears to hear, or eyes to see,
Drowned all in Rhenish and the sleepy mead.
Awake! Arise, my love, and fearless be!
For o'ver the southern moors I have a home for thee.«

She hurried at his words, beset with fears,
For there were sleeping dragons all around,
At glaring watch, perhaps, with ready spears;
Down the wide stairs a darkling way they found.
In all the house was heard no human sound;
A chain-drooped lamp was flickering by each door;
The arras, rich with horseman, hawk, and hound,
Fluttered in the besieging wind's uproar;
And the long carpets rose along the gusty floor.

They glide, like phantoms, into the wide hall;
Like phantoms, to the iron porch they glide;
Where lay the Porter, in uneasy sprawl,
With a huge empty flagon by his side.
The wakeful bloodhound rose and shook his hide,
But his sagacious eye an inmate owns.
By one, and one, the bolts full easy slide;
The chains lie silent on the footworn stones;
The key turns, and the door upon its hinges groans.

And they are gone – aye, ages long ago
These lovers fled away into the storm.
That night the Baron dreamt of many a woe,
And all his warrior-guests, with shade and form
Of witch and demon, and large coffin-worm,
Were long be-nightmared. Angela the old
Died palsy-twitched, with meagre face deform;
The Beadsman, after thousand aves told,
For ay unsought for slept among his ashes cold.

Horch! 's ist ein Elfensturm aus Feenland,
Sehr teuflisch polternd, doch für uns voll Gnade:
Steh auf – steh auf! Schon glüht der Morgenbrand;
Die vollen Zecher sehn nicht unsre Pfade!
So laß uns eilig fliehn und froh, du Mein!
Denn keiner hört, kein Fuß vermag zu stehen, –
Betrunken sind sie all von Met und Wein:
Wach auf! Steh auf! Und laß uns furchtlos gehen,
Und hinterm Moor sollst du bei mir die Heimat sehen.«

Sie eilt bei seinen Worten – angstbedrückt,
Denn schlafend rings viel gierge Drachen liegen, –
Hellwach vielleicht, den Todesspeer gezückt.
Sie hasteten hinab die Dämmerstiegen.
Im ganzen Hause ist kein Menschenlaut,
Und über lose Stofftapeten haut
Nur Fackeln flackern wild in Eisenringen,
Der Sturm sein Wogenspiel von Geisterschwingen;
Die tobend durch die hohe zugige Halle dringen.

Die beiden gleiten wie Phantome fort,
Durch weiten Gang zum eisernen Portale;
Berauscht und schnarchend lag der Wächter dort,
In seinen Fingern noch die nasse Schale.
Der Bluthund hebt sich, schüttelt Fell und Strick,
Doch sieht und wittert er den Hausgenossen.
Und Bolz und Riegel gleiten leicht zurück,
Der Schlüssel dreht – das Tor ist aufgeschlossen.
Und öffnet sich in ächzenden Scharnierkolossen.

Und sie sind fort. Vor langen Jahren flohn
Die Liebenden hinaus ins Ungewitter.
In jener Nachtzeit träumte der Baron
Von manchem Feind, auch waren seine Ritter
Schwer alpbedrückt von Hexe, Wurm und Wicht
Und Höllenspuk und eklen Grabgestalten.
Die Alte starb mit gräßlichem Gesicht. –
Der Beter schlief nach langem Händefalten
In seiner kalten Asche, stets für fremd gehalten.

Die Anziehungskraft dieses Gedichts beruht auf seiner irrealen Atmosphäre. Die Handlung findet nachts statt, teilweise – wie in *Endymion* – sogar im Traum. Am Ende verschwinden die Liebenden wie Geister in den Sturm, werden gleichsam substanzlos, wie Nebel. Der Leser erfährt nichts über den Verlauf der Flucht oder das Weiterleben. Lediglich ein Fragment bietet uns der Dichter. Bezeichnend ist auch die Farbsymbolik: Silberne Weißtöne (Mond, Kreuz, Eis, Bettzeug) kontrastieren mit üppigen Rottönen (Blut, Äpfel, Feuer). Die eisigkalte, nächtliche Außenwelt steht im Gegensatz zu den vom Feuer gewärmten heimeligen Innenräumen. Die Träume, die unter der Ägide des blassen Mondes stattfinden, gehen über in die Vereinigung von Madeline und Porphyro, die unter anderem durch die Fruchtbarkeitssymbolik (das aufgehäufte Obst) schon vorweggenommen ist. Als sich die beiden räumlich immer näherkommen, verschmelzen auch die Farbbereiche. Zuerst träumen sie voneinander – Porphyro im wachenden, Madeline im schlafenden Zustand, dann erfüllen sie ihren Traum. Interpreten haben sich lange gestritten, ob Porphyro ein berechnender Verführer ist oder ob er nur träumerisch die Geliebte erblicken will, um sich in ihrem Traum neu zu erschaffen, und dann von seinen Gefühlen überwältigt wird. Oder ist etwa Madeline die *femme fatale*, die Porphyro dann am nächsten Morgen ehelichen muß, die ihn also durch ihre sexuelle Attraktivität in die Falle einer traditionellen Ehe gelockt hat? Das Traumgebilde läßt keine eindeutige Interpretation zu, lädt aber den Leser ein, über das Verhältnis von Traum und Realität und über das Funktionieren von Illusionen nachzudenken.

Während die Liebenden in *The Eve of St. Agnes* schließlich glücklich vereint sind, steht am Ende von *Lamia* Desillusionierung. *Lamia* geht zurück auf verschiedene antike Erzählungen und auf Burtons *Anatomy of Melancholy*. In dieser Verserzählung hilft zunächst eine faszinierend schöne Schlange dem Gott Hermes, eine Nymphe zu sehen, die er ersehnt. Dafür gibt Hermes der des Zauberns kundigen Schlange die Gestalt einer Frau. Lamia, jetzt »ein stolzes Weib, mit neugebornem, herrlich schönem Leib« stellt sich dem jungen Korinther Lycius in den Weg, der seiner Faszination erliegt und sie mitnimmt. Sie verführt ihn, wie die biblische Schlange, allerdings verleitet sie ihn zum Glück. Die beiden leben in einem von ihr geschaffenen Zauberpalast, wo Lycius sie – gegen ihren Willen – zu einer Heirat überredet. Das detailliert ausgemalte Hochzeitsfest stellt das Ende des Gedichts dar. Inmitten der Freunde sitzt das glückliche Brautpaar. Doch als Apollonius, Lycius' weiser, alter Lehrer, Lamia anblickt, beginnt sie sich zu verwandeln:

By her glad Lycius sitting, in chief place,
Scarce saw in all the room another face,
Till, checking his love trance, a cup he took
Full brimmed, and opposite sent forth a look
'Cross the broad table, to beseech a glance
From his old teacher's wrinkled countenance,
And pledge him. The bald-head philosopher
Had fixed his eye, without a twinkle or stir
Full on the alarmed beauty of the bride,
Brow-beating her fair form, and troubling her sweet pride.
Lycius then pressed her hand, with devout touch,
As pale it lay upon the rosy couch:
'Twas icy, and the cold ran through his veins;
Then sudden it grew hot, and all the pains
Of an unnatural heat shot to his heart.
»Lamia, what means this? Wherefore dost thou start?
Know'st thou that man?« Poor Lamia answered not.
He gazed into her eyes, and not a jot
Owned they the lovelorn piteous appeal;
More, more he gazed; his human senses reel;
Some hungry spell that loveliness absorbs;
There was no recognition in those orbs.
»Lamia!« he cried – and no soft-toned reply.
The many heard, and the loud revelry
Grew hush, the stately music no more breathes;
The myrtle sickened in a thousand wreaths.
By faint degrees, voice, lute, and pleasure ceased;
A deadly silence step by step increased,
Until it seemed a horrid presence there,
And not a man but felt the terror in his hair.
»Lamia!« he shrieked; and nothing but the shriek
With its sad echo did the silence break.

»Begone, foul dream!« he cried, gazing again
In the bride's face, where now no azure vein
Wandered on fair-spaced temples; no soft bloom
Misted the cheek; no passion to illume
The deep-recessed vision. All was blight,
Lamia, no longer fair, there sat a deadly white.
»Shut, shut those juggling eyes, thou ruthless man!
Turn them aside, wretch! Or the righteous ban
Of all the Gods, whose dreadful images
Here represent their shadowy presences,
May pierce them on the sudden with the thorn
Of painful blindness; leaving thee forlorn,
In trembling dotage to the feeblest fright
Of conscience, for their long offended might,
For all thine impious proud-heart sophistries,
Unlawful magic, and enticing lies.
Corinthians! Look upon that gray-beard wretch!
Mark how, possessed, his lashless eyelids stretch
Around his demon eyes! Corinthians, see!
My sweet bride withers at their potency.«
»Fool!« said the sophist, in an under-tone
Gruff with comtempt; which a death-nighing moan
From Lycius answered, as heart-struck and lost,
He sank supine beside the aching ghost.
»Fool! Fool!« repeated he, while his eyes still
Relented not, nor moved: »From every ill
Of life have I preserved thee to this day,
And shall I see thee made a serpent's prey?«
Then Lamia breathed death-breath; the sophist's eye,
Like a sharp spear, went through her utterly,
Keen, cruel, perceant, stinging. She, as well
As her weak hand could any meaning tell,
Motioned him to be silent; vainly so,
He looked and looked again a level No!
»A serpent!« echoed he; no sooner said,
Than with a frightful scream she vanished:
And Lycius' arms were empty of delight,
As were his limbs of life, from that same night.

On the high couch he lay – his friends came round –
Supported him – no pulse, or breath they found,
And, in its marriage robe, the heavy body wound.

***

Wie ragend sie bei ihrem Lycius saß,
Der alles andre tief verzückt vergaß,
Bis er gewaltsam sich dem Traum entwand,
Den Becher nahm, der perlend vor ihm stand,
Und weil den heißen Blick hinüberschickte –
Ob nicht sein alter Lehrer freundlich blickte.
Der Philosoph und Kahlkopf aber starrte
Zur schönen Braut, die regungslos verharrte.
Mit Brauenrunzeln blickte er sie an,
Zwang ihren süßen Stolz in seinen Bann.
Lycius nahm ihre Hand und hielt sie fest,
Die lag so bleich aufs Lager hingepreßt
Und war so kalt, daß es sein eigen Blut
Durchschauerte, – dann wieder so voll Glut,
Daß heiße Woge ihm zum Herzen schoß,
Darein sie Angst und tiefes Grauen goß.
»Lamia, was soll das? Sag, was ficht dich an?
O gib mir Antwort: Kennst du jenen Mann?«
Arm Lamia sagte nichts. Er spähte tief
Ins Auge ihr, ob nicht ein Blick ihn rief.
Doch nichts verriet ein Grüßen und Erkennen –
Umsonst sein Blick, sein sehnendes Entbrennen!
»Lamia!« so schrie er auf. Doch sie blieb stumm.
Und stumm ward auch die Gästeschar ringsum.
Das Jauchzen der Musik verstummte ganz,
Und Myrthe welkte in jedwedem Kranz.
Und Stimme, Flöte und Vergnügen schwand,
Bis Totenstille schwer im Saale stand.
Gespenstisch schien sie, wild und wahrnehmbar
Und setzte Schrecken jedem Mann ins Haar.
»Lamia!« so kreischte er, und nur sein Ruf

Im toten Schweigen sich ein Echo schuf.
»Hinweg, du Traum!« so schrie er angstvoll laut
Und spähte neu ins Antlitz seiner Braut,
Wo keine blaue Ader mehr belebte
Die edle Schläfe, und kein Rot erbebte
Auf zarter Wange; keine Leidenschaft
Verlieh dem fernen Blick Gefühl und Kraft.
Und nicht mehr schön und jung und liebereich
Saß Lamia da – erstarrt und totenbleich:
»Schließ, schließ die Augen, unbarmherziger Mann!
Blick fort, du Unhold! Sonst soll dich der Bann
Der Götter treffen, deren Zorn entsiegelt
Sich schattenhaft in diesen Bildern spiegelt;
Dein Auge soll ihr scharfer Zorn durchstechen,
Den frechen Blick in Schmerz und Blindheit brechen,
Daß du in Zittern und in ewigem Bangen
In Reue und Gewissensnot gefangen
Vor ihnen fliehst, die du so schwer verletzt,
Da du dich frevelnd über sie gesetzt.
Korinther! Seht ihr den graubärtigen Wicht
Und die Besessenheit, die aus ihm spricht
Und seine wimperlosen Lider weitet
Und wie ein Dämon seine Blicke reitet?
Korinther, seht, wie meiner süßen Braut
So namenlos vor seinen Blicken graut!«
»Narr!« sagte der Sophist in leisem Ton,
Die Stimme bebte in zufriednem Hohn –
Von Lycius nur ein banger Seufzer kam,
Der seinen letzten Lebensatem nahm.
Er stürzte nieder mit gebrochnem Herzen,
An seiner Seite kämpften Lamias Schmerzen.
»Narr, Narr!« rief jener, während seine Augen
Noch immer reglos an den ihren saugen.
»Vor allem Übel schützt' ich dich bis heute –
Und ließe einer Schlange dich zur Beute?«
Da atmet Lamia Tod; der Blick des Weisen
Durchbohrte grausam sie wie scharfes Eisen.
Sie bat ihn, still zu sein, so gut die Hand

Noch schwach die Bitte kundzutun verstand.
Umsonst, er blickte, blickte wieder – nein!
Und nochmals: »Einer Schlange!« – Gelles Schrein –
Und sie verschwand, und niemand sah sie mehr,
Und Lycius' Arm war von Entzücken leer,
Leer wie sein Leib von Leben. Stumm und kühl
Lag vor den Freunden er auf hohem Pfühl,
Sein Puls stand still, es ging kein Atemzug –
Tot war der Leib, der Hochzeitskleider trug.

Die stilvolle Nachdichtung von Gisela Etzel, 1910 veröffentlicht, vollzieht die Faszination des Grauens nach. Lamia, die wunderschöne Traumfrau, verliert plötzlich ihre Attraktivität, wird zum Gegenstand des Ekels für alle Anwesenden, und als Apollonius ihre wahre Natur als Schlange erkennt, verschwindet sie ganz. Der Rationalität des alten Lehrers kann das dionysische Treiben nicht standhalten. Deutlicher hätte Keats seine Befürchtungen über die Desillusionierung in der Liebe nicht ausdrücken können. Andererseits verschwindet mit der Schlange auch die faszinierende Sinnlichkeit des Zauberpalastes. Ist Lamia Beglückung oder Bedrohung? Aus der Ambivalenz des Gedichts spricht auch die Angst davor, von der aktiven Sexualität einer Frau verschlungen zu werden – eine Angst, mit der auch Byron kämpfte. Dessen »Lösung« bestand darin, die Frau verschwinden zu lassen – so wie Gulnare in *Corsair*. Beim sensiblen Keats aber ist es der männliche Protagonist, der an seinem nicht mehr erfüllbaren Sehnen stirbt. So präfiguriert Lycius vielleicht auch seinen Autor.

5. Reisen und Fluchträume

Im Sommer 1818 schrieb Keats, der sich auf einem Wanderurlaub in Nordengland befand, an seinen Bruder Tom:

26. Juni – nur pro forma *schreibe ich das, denn es gibt weder Zeit noch Raum. Dieser Eindruck überkam mich mit Macht, als ich zum ersten Mal den See und die Berge von Winander sah. Ich kann sie nicht beschreiben – sie übersteigen meine Erwartung – schönes Wasser – Ufer und Inseln grün bis ans Ufer – ringsherum Berge, bis in die Wolken. Wir verließen heute morgen Endmoor, frühstückten in Kendal mit einem Soldaten, der siebzehn Jahre lang an all den Kriegen teilgenommen hat – dann wanderten wir nach Bowness zum Dinner. Besagtes Bowness liegt am See, wo wir eben gegessen haben und wo ich jetzt im Moment schreibe. Ich bin zu einer der Inseln gerudert, um einige Forellen zum Essen zu holen, die man dort in wasserdurchlässigen Kisten hält. Ich erkundigte mich beim Kellner nach Wordsworth. Er sagte, er kenne ihn, und daß er vor ein paar Tagen hier gewesen sei, um für die Lowthers Stimmen zu werben. Was hältst Du davon – Wordsworth gegen Brougham!! Traurig, traurig, traurig, aber die Familie ist ja immer befreundet gewesen. Was kann man sagen? Wir sind jetzt ungefähr sieben Meilen von Rydale entfernt und erwarten, ihn morgen zu treffen. Du wirst von unserem Besuch hören.*

Dieser See ist vielfach verunstaltet – nicht am Ufer oder Wasser. Wir genossen zwei Ansichten, die von der nobelsten Zartheit sind – sie können nie vergehen – sie lassen einen die Unterschiede im Leben vergessen: Alter, Jugend, Armut und Reichtum, und sie verfeinern die sinnliche Vision zu einer Art von Nordstern, der nie aufhören kann wie ein offenes Auge und stetig über den Wundern der großen Macht zu stehen. Die Verunstaltung, die ich meine, ist der Gifthauch Londons. Für mich ist alles verseucht mit Stutzern, Soldaten und modischen Frauen – und Ignoranz, die nicht über die Hutschnur hinausblickt. [...]

Vor dem Frühstück gingen wir uns den Wasserfall von Ambleside ansehen. Der Morgen war schön, die Wanderung zwischen den Hügeln leicht. Zum Glück, muß ich sagen, verpaßten wir den direkten Pfad, und nachdem wir ein wenig herumgewandert waren, fanden wir den Wasserfall durch sein Dröhnen, denn er ist zwischen den Bäumen begraben, in der Talsohle – der Bach selbst ist an jeder Stelle interessant, »hinschlängelnd unter hangendem Gebüsch«. Milton meinte einen ruhigen Fluß – dieser hier springt den ganzen Weg hin und her in einem ständig sich ändernden felsigen Bett. Der Wasserfall selbst, auf den ich plötzlich stieß, verursachte mir ein angenehmes Erschauern. Zuerst standen wir auf halber Höhe, unterhalb der obersten Stufe des ersten Wasserfalls, der tief zwischen den Bäumen verborgen ist, und sahen, wie er zwei weitere Abhänge in eine Tiefe von beinahe fünfzig Fuß hinabstürzt. Dann gingen wir auf einen Vorsprung, der beinahe auf der gleichen Höhe war wie die Stufe des zweiten Wasserfalls, wo der erste Wasserfall über uns war, der zweite unter unseren Füßen. Gleichzeitig sahen wir, daß das Wasser durch eine Insel im Katarakt getrennt wurde, an deren anderer Seite ein herrlicher Strom hervorsprang – dann der Donner und die Frische. Gleichzeitig haben die verschiedenen Wasserfälle einen unterschiedlichen Charakter: Der erste saust den Schieferfelsen hinab wie ein Pfeil, der zweite breitet sich wie ein Fächer aus, der dritte stürzt in einen Nebel – und auf der anderen Seite des Felsens eine Mischung von all dem. Danach wanderten wir ein bißchen weg und sahen ihn fast in seiner Gesamtheit, milder, wie er silbern durch die Bäume strömt. Was mich mehr als alles andere erstaunt, ist der Ton, die Farben, der Schiefer, der Stein, das Moos, die Gräser auf dem Fels, oder, wenn ich es so sagen darf, der Intellekt, das Angesicht solcher Orte. Den Ort, die Größe der Berge und Wasserfälle kann man sich leicht vorstellen, ehe man sie sieht, aber dieses Angesicht oder der intellektuelle Ton muß jede Vorstellung übersteigen und sich jeder Erinnerung widersetzen. Hier werde ich Poesie lernen.

In den Briefen aus dem Sommer 1818 vollzog Keats die typischen Gesten des romantischen Beobachters nach. War die Natur in der ersten Hälfte des achtzehnten Jahrhunderts vor allem als geordnet und kontrolliert dargestellt worden, hatte sich gegen Ende des Jahrhunderts eine neue Weise der Landschaftsbetrachtung etabliert, die vor allem auf Rousseau zurückging. Die Rückkehr zur Natur war das Ergebnis von wachsender Unzufriedenheit mit Ordnung und Vernunft, aber auch den Auswirkungen der industriellen Revolution. Nachdem Gilpin und Wordsworth den nordenglischen Lake District einige Jahrzehnte zuvor in Mode gebracht hatten, war die Betrachtung und Beschreibung der englischen Natur nun gewissen Regeln unterworfen. Ein speziell entwickeltes Vokabular sorgte dafür, daß Reisebeschreibungen statische, oft einander ähnliche Bilder enthielten. Die Naturerfahrung selbst war zum Zweck der Reise geworden. Diese Natur wurde nicht als separat vom Individuum betrachtet, sondern als mystischer Spiegel seiner Seele. Hatte im achtzehnten Jahrhundert das botanische Klassifikationssystem eines Linné für klare Trennungen zwischen den einzelnen Daseinsstufen gesorgt, so war für die Romantiker das Verschmelzen mit dem Objekt der Betrachtung typisch geworden. Von dieser Haltung zeugt Keats' Begeisterung angesichts des Wasserfalls, der in seinen Augen wie er selbst mit »Intellekt« begabt ist und ihn zum Dichten zu inspirieren, ihn also wie ein Freund mitzureißen vermag. Allerdings war sich Keats nicht nur der Erhabenheit der Landschaft bewußt, sondern auch dessen, was die Schönheit verdarb – in diesem Fall die Londoner Touristen. Unüblich in einer Landschaftsbeschreibung ist auch die Skizzierung der politischen Situation. In Kendal waren zur damaligen Zeit Soldaten stationiert, und es kam zu Unruhen in der Bevölkerung. Daß sich Wordsworth, der Dichter der Einheit von Natur und Seele, auf eine für Keats so banale Weise politisch betätigte, wirkte ebenfalls abschreckend auf ihn. Zum anvisierten Treffen der beiden kam es nicht, weil Wordsworth nicht zu Hause war, als Keats ihn besuchen wollte. Waren Keats' erste Briefe von dieser Reise noch überwiegend mit Landschaftsbeschreibungen angefüllt, so wandte er sich später mehr und mehr der einheimischen Bevölkerung zu. Fasziniert berichtete er von einem schottischen Tanz:

1. Juli – Heute morgen sind wir in Carlisle. Nachdem wir Skiddow verlassen hatten, wanderten wir nach Ireby, der ältesten Marktstadt in Cumberland, wo wir hervorragend durch eine ländliche Tanzgruppe unterhalten wurden, in der »Sun«. Es war in der Tat kein »neuer Kotillon, frisch aus Frankreich«. Nein, sie traten und sprangen mit außergewöhnlichem Feuer und stieben und hüpften und fügten sich wieder ein und gingen los und wirbelten und drehten sich und stampften auf und tanzten ihre Musikparade, als ob sie von Sinnen wären. Der Unterschied zwischen unseren ländlichen Tänzen und und diesen schottischen Figuren ist ungefähr der gleiche, wie wenn man geruhsam eine Tasse Tee umrührt oder einen Teig schlägt. [...] Es war eine so feine Reihe von Jungen und Mädchen, wie man sie nur sehen kann, einige schöne Gesichter und ein exquisiter Mund. Nie fühlte ich die Glorie des Patriotismus so nah, die Glorie, ein Land um jeden Preis glücklicher zu machen. Das gefällt mir besser als Landschaft. Ich fürchte, daß uns unsere ständige Wanderung von einem Ort zum nächsten davon abhalten wird, über die Dorfangelegenheiten zu lernen. Wir sind reine Kreaturen der Flüsse, Seen und Berge.

Kurz danach ließ er sich mit seinem Freund und Begleiter Charles Brown nach Irland übersetzen, wo dic Armut und Hoffnungslosigkeit der Einwohner sein tiefstes Entsetzen hervorriefen. Begegnungen wie die folgende waren keine Ausnahme:

Bei unserer Rückkehr aus Belfast stießen wir auf eine Sänfte – die Herzogin auf dem Misthaufen – aber es ist nicht lustig. Stell Dir die schlimmste Hundehütte vor, die Du jemals gesehen hast, auf zwei Pfählen von einem schimmligen Zaun. In diesem abscheulichen Ding hockte eine verwahrloste alte Frau – wie ein Affe, der auf der Schiffahrt von Madagaskar zum Kap halb verhungert ist, weil es kaum Schiffszwieback gibt – mit einer Pfeife im Mund glotzt sie mit kleinen, runden, dummen Augen heraus und bewegt ihren Kopf idiotisch hin und her. Klein und dünn saß sie da und stieß den Rauch aus, während zwei zerlumpte, abgerissene Mädchen sie herumtrugen.

Anders als Shelley waren Brown und Keats jedoch nicht von Umsturzgedanken bewegt. Wieder zurück in Schottland, besuchten die beiden Wanderer Burns' Grab – eine erneute Enttäuschung, denn dieser für Keats geheiligte Ort war zu einer abstoßenden Touristenattraktion verkommen. Immer öfter drücken seine Briefe Kritik an den Schreinen der *Home Tour* aus. Seine Reise wird oft als Wendepunkt in seiner dichterischen Karriere betrachtet, als mystischer Reifungsprozeß. Die typisch romantische Vorstellung von der Natur als Nährerin von Körper und Seele erfährt in seinem Fall allerdings eine negative Brechung: Die körperlich extrem anstrengenden Wanderungen erschöpften Keats, der nach dieser Reise nie wieder ganz gesund war. Eine Erkältung in feuchtem Wetter führte zu einer Halsentzündung, die sich später zu Tuberkulose entwickelte.

Neben der heimischen Natur existierten für Schriftsteller, Künstler und Intellektuelle der Zeit weitere Fluchträume, die man durch reale oder imaginäre Reisen aufsuchen konnte: das europäische Ausland (Schweiz, Italien) und der Orient. Zahllose Reiseberichte der romantischen Epoche zeugen vom wirklichen und fiktionalen Reisen in fremde Zivilisationen. Wegen der napoleonischen Kriege und der Kontinentalsperre, die von 1806 bis 1815 andauerte, konnten die Länder Frankreich und Italien, klassische Ziele der *Grand Tour*, der Bildungsreise für junge Adelige, über lange Zeit nicht angesteuert werden. Als Mary und Percy Shelley 1814 auf den Kontinent flohen, war der zehn Jahre später florierende englische Tourismus praktisch noch nicht existent. In einer 1826 erschienenen Rezension von Reiseberichten beschrieb Mary Shelley die Atmosphäre von 1814. Alles, was unüblich und anders war, war auf faszinierende Weise romantisch:

Als der Frieden kam, nach vielen langen Kriegsjahren, als unsere Gefängnisinsel für uns geöffnet wurde und unser wässriger Ausweg als passierbar erklärt wurde, war der größte Wunsch eines jeden englischen Herzens, das sich jemals nach Umherschweifen gesehnt hatte, auf den Kontinent zu eilen und unsere Vorfahren, die den größeren Teil ihres Lebens und Vermögens in ihren Kutschen auf den kontinentalen Poststraßen verbrachten, in ihrer beinahe vergessenen Sitte nachzuahmen. Abgesehen von der kurzen und glücklosen Ausnahme des Friedens von Amiens war der Kontinent mehr als einundzwanzig Jahre nicht offen gewesen. Eine neue Generation war aus dem Boden geschossen, und alle ihre Angehörigen, die über Geld und Zeit verfügten, ergossen sich in einem enormen Strom über das Pas-de-Calais nach Frankreich hinein. [...] In den frühen Tagen dieser Völkerwanderung, im Sommer 1814, wurde jede Unannehmlichkeit als neues Kapitel unserer Reiseromanze gepriesen. Die schlimmste Belästigung, das Zollhaus, war als Novität amüsant. Mit Begeisterung sahen wir das fremde Gewand der Französinnen, mit Entzücken lasen wir unsere eigenen Beschreibungen im Paß, mit Neugierde blickten wir auf jeden plât, *stellten uns vor, daß die gebratenen Artischockenblätter Frösche waren. Wir sahen Schäfer in Opernhüten und Postjungen in Schaftstiefeln, und* (pour comble de merveille) *hörten kleine Jungen und Mädchen französisch sprechen. Man lebte einen Roman, war eine fleischgewordene Romanze. Aber diese Tage sind nun verschwunden: Häufige Ankünfte in Calais haben es seiner fesselnden Neuartigkeit beraubt. Unter Anleitung ausländischer Kindermädchen lispeln viele unserer Kleinen ebenso gut französisch wie jedes einheimische Gassenkind in Holzschuhen. Wir haben es gelernt, den* douane *zu verfluchen und Pässe als tyrannische und unerträgliche Hindernisse für unser freies Vorwärtskommen zu verurteilen. [...]*

Der Vorzug, den die meisten englischen Emigranten Italien einräumen, hat eine neue Rasse oder Sekte unter unseren Landsleuten entstehen lassen, die Anglo-Italiener. Der Anglo-Italiener besitzt viele besondere Merkmale, die ihn vom bloßen Reisenden oder wahren John Bull unterscheiden. Erstens versteht er italienisch und rettet sich dadurch vor tausend lächerlichen kleinen Pannen, die denen passieren, die sich einbilden, daß ein bißchen Anglo-Französisch ausreicht, um den italienischen Eingeborenen ein Verständnis von ihren Bedürfnissen und Wünschen zu übermitteln [...].

Die Anglo-Italiener empfinden großes Mitleid für die von ihren unitalienisierten Landsleuten, die mit einem Spurzheimerbuckel ausgestattet sind, mit sogenannter Zuhausebleiberei, und aus Mitleid mit ihren geringen Erfahrungen haben sie eine Literatur geschaffen, um unter ihnen eine Portion des auf der Halbinsel erworbenen Geschmacks und Wissens zu verbreiten. Lord Byron kann als Vater der anglo-italienischen Literatur angesehen werden, und Beppo *als das erste Produkt dieser Schule.*

Die hier beschriebenen Anglo-Italiener sind ein Phänomen des nach 1816 einsetzenden Massentourismus. Die Einzelreise, abenteuerlich und von Unannehmlichkeiten geprägt, wandelte sich zu einer ausgesprochenen Modeangelegenheit, deren Popularität bald zu verbesserten Reisebedingungen führte. Byron selbst, von Mary Shelley als Ahnherr dieser Art zu reisen benannt, war alles andere als begeistert über die vielen Landsleuten, an deren Gesellschaft ihm wenig lag:

Venedig, 25. März 1817

An John Murray.
Venedig ist kein Ort, an dem die Engländer in Herden auftreten; ihre Taubenschläge sind Florenz, Neapel, Rom. Um Ihnen die Wahrheit zu sagen: dies ist einer der Gründe, aus denen ich hier bleibe, bis die Zeit heranrückt, wo Rom von diesem Geschmeiß gesäubert sein wird. Ich verabscheue das Volk, und es verabscheut mich. Es ist mir unmöglich, meine wahre Empfindung in diesem Punkte zu beschreiben; es mag hier genügen, daß, wenn ich einen von der Rasse in den schönsten Teilen der Schweiz traf, mir der entfernteste Schimmer von ihnen die ganze Landschaft vergiftete, und ich möchte mir nicht das Pantheon, die Peterskirche und das Kapitol auch verderben lassen.

Die englischen Italienreisenden des neunzehnten Jahrhunderts nahmen Byrons *Childe Harold* als Modell. Ironischerweise faszinierten gerade seine antitouristischen Gesten, die Suche nach Originalität, das Sich-Absetzen von der breiten Masse, die neuen Touristen. Die Herausgeber von Reisehandbüchern druckten oft Byrons Verse und seine Anmerkungen zur Beschreibung bekannter Sehenswürdigkeiten in Rom oder Venedig ab. Sein Name versprach, die Reiseerfahrung lebendig zu machen, und gab emotionale Muster und Posen vor. Nicht Faktensprache, sondern gefühlvolle Beschreibungen berührten die Gemüter der Reisenden, die sich vor allem für Landschaft und Atmosphäre interessierten, nicht so sehr für komplexe sozioökonomische Probleme. Berühmt wurde auch seine feudalromantische Verherrlichung des Rheinlandes:

45.
He who ascends to mountain-tops, shall find
The loftiest peaks most wrapt in clouds and snow;
He who surpasses or subdues mankind,
Must look down on the hate of those below.
Though high above *the sun of glory glow,*
And far beneath *the earth and ocean spread,*
Round *him are icy rocks, and loudly blow*
Contending tempests on his naked head,
And thus reward the toils which to those summits led.

46.
Away with these! true Wisdom's world will be
Within its own creation, or in thine,
Maternal Nature! for who teems like thee,
Thus on the banks of thy majestic Rhine?
There Harold gazes on a work divine,
A blending of all beauties; streams and dells,
Fruit, foliage, crag, wood, cornfield, mountain, vine,
And chiefless castles breathing stern farewells
From gray but leafy walls, where Ruin greenly dwells.

47.
And there they stand, as stands a lofty mind,
Worn, but unstooping to the baser crowd,
All tenantless, save to the crannying wind,
Or holding dark communion with the cloud.
There was a day when they were young and proud;
Banners on high, and battles pass'd below;
But they who fought are in a bloody shroud,
And those which waved are shredless dust ere now,
And the bleak battlements shall bear no future blow.

48.
Beneath these battlements, within those walls,
Power dwelt amidst her passions; in proud state

45.
Wer sich empor zu Bergesfirnen wagt,
Der sieht die Spitz' umhüllt von Schnee und Grauen;
Wer Menschen unterjocht und überragt,
Muß auf den Haß dort unten niederschauen.
Wenn auch tief unten Meer und Erde blauen,
Und droben hoch erglänzt des Ruhms Gestirn,
Um ihn sind eis'ge Felsen, und es brauen
Die Stürm' und peitschen seine nackte Stirn
Und lohnen ihm die Müh', die ihn geführt zur Firn.

46.
Hinweg mit diesen! – echter Weisheit ist
Ihr selbstgeschaffnes Reich genug und deins,
Mutter Natur! wie überreich du bist
Am Ufer deines königlichen Rheins!
All deine Wunder fließen hier in Eins,
Chaos von Schönheit, Strom und Felsenmauer,
Frucht, Laub und Kornfeld, Wald und Grün des Weins,
Der ernste Gruß herrnloser Burg von grauer
Und doch umlaubter Höh', dem grünen Sitz der Trauer.

47.
Da steht sie, wie ein Held im Unglück steht,
Morsch aber aufrecht über niedrem Troß,
Ihr öder Turm vom Abendwind umweht,
Der Wetterwolke finsterer Genoß.
Einst prangte stolz und jung das alte Schloß,
Die Banner droben und im Tal die Schlacht;
Nun deckt die Gruft den Ritter und das Roß,
In Moder längst zerfiel der Fahnen Pracht,
Und an das alte Tor nie mehr der Sturmbock kracht.

48.
Einst hinter diesen Zinnen, diesem Walle
Saß ungezähmte Macht; trotzig und dreist

Each robber chief upheld his armed halls,
Doing his evil will, nor less elate
Than mightier heroes of a longer date.
What want these outlaws conquerors should have
But history's purchased page to call them great?
A wider space, an ornamented grave?
Their hopes were not less warm, their souls were full as brave.

49.
In their baronial feuds and single fields,
What deeds of prowess unrecorded died!
And Love, which lent a blazon to their shields,
With emblems well devised by amorous pride,
Through all the mail of iron hearts would glide;
But still their flame was fierceness, and drew on
Keen contest and destruction near allied,
And many a tower for some fair mischief won,
Saw the discolour'd Rhine beneath its ruin run.
[...]

52.
Thus Harold inly said, and pass'd along,
Yet not insensible to all which here
Awoke the jocund birds to early song
In glens which might have made even exile dear:
Though on his brow were graven lines austere,
And tranquil sternness, which had ta'en the place
Of feelings fierier far but less severe,
Joy was not always absent from his face,
But o'er it in such scenes would steal with transient trace.

53.
Nor was all love shut from him, though his days
Of passion had consumed themselves to dust.
It is in vain that we would coldly gaze
On such as smile upon us; the heart must
Leap kindly back to kindness, though disgust
Hath wean'd it from all worldlings: thus he felt,

Hielt jeder Räuber seine Waffenhalle,
Berühmtren Helden gleich an Stolz und Geist.
Was fehlt' ihm denn, daß er nur Räuber heißt?
Was fehlt' ihm zum Erobrer? Eines bloß:
Die feile Chronik, die sein Leben preist,
Ein weitrer Raum, ein Sarg im Marmorschoß, –
Sein Herz war ganz so kühn, sein Ziel war ganz so groß.

49.
In Ritterstrauß und Fehdezug, was starben
Für kühne Taten in Vergessenheit!
Und Liebe, die den Schild mit ihren Farben
Zum Wappen stolzer Minne hat geweiht,
Sie drang ins Eisenherz durchs Eisenkleid.
Wild freilich war ihr Werben und ihr Minnen,
Zerstörung folgt' ihm nach und scharfer Streit;
Erstürmte Burgen schöner Sünderinnen
Sahn unter ihrem Schutt blutrot den Rheinstrom rinnen.
[...]

52.
So dachte Harold, und er zog entlang,
Doch nicht gefühllos, als der Freude Trieb
Die Vögel weckte rings zum Frühgesang; –
Dies Land gewinnt selbst der Verbannte lieb.
Auf seine Stirn die strengen Furchen schrieb
Ein stiller Ernst, der seine wildre Qual
Verdrängt hat, – doch bei solchen Szenen blieb
Genuß ihm nicht ganz fern, und öfter stahl
Über sein Antlitz sich ein flücht'ger Sonnenstrahl.

53.
Selbst Liebe floh ihn nicht so ganz wie sonst,
Obwohl sein stürmisch Feuer längst verglühte;
Wer angelächelt wird, zwingt sich umsonst
Zu strengem Blick; begütigt hüpft der Güte
Das Herz entgegen, wenn auch im Gemüte
Schon Ekel wohnt. Deß ward er sich bewußt;

For there was soft remembrance, and sweet trust
In one fond breast, to which his own would melt,
And in its tenderer hour on that his bosom dwelt.

54.
And he had learn'd to love, – I know not why,
For this in such as him seems strange of mood, –
The helpless looks of blooming infancy,
Even in its earliest nurture; what subdued,
To change like this, a mind so far imbued
With scorn of man, it little boots to know;
But thus it was; and though in solitude
Small power the nipp'd affections have to grow,
In him this glow'd when all beside had ceased to glow.

55.
And there was one soft breast, as hath been said,
Which unto his was bound by stronger ties
Than the church links withal; and, though unwed,
That *love was pure, and, far above disguise,*
Had stood the test of mortal enmities
Still undivided, and cemented more
By peril, dreaded most in ſemale cyes;
But this was firm, and from a foreign shore
Well to that heart might his these absent greetings pour!

(Song)

The castled crag of Drachenfels
Frowns o'er the wide and winding Rhine,
Whose breast of waters broadly swells
Between the banks which bear the vine,
And hills all rich with blossom'd trees,
And fields which promise corn and wine,
And scatter'd cities crowning these,
Whose far white walls along them shine,
Have strew'd a scene, which I should see
With double joy wert thou *with me. [...]*

Denn sanfte Treu' und süßes Zutraun blühte
Für ihn in e i n e r liebevollen Brust, –
Da ruht' er aus, da schmolz des Trotzes bittre Lust.

54.
Auch liebt' er jetzt – (weswegen, weiß ich nicht,
Und seltsam schien's bei seiner Eigenheit,) –
Hilfloser Kindheit ros'ges Angesicht,
Selbst in des Säuglings Knospe. Was so weit
Verändern konnt' ein mit der Welt entzweit
Und trotzig Herz? – es liegt nicht viel daran;
Genug, so war's. Obwohl in Einsamkeit
Das Herz nur wenig Blüten treiben kann,
Als alle Glut erlosch, dies Glühn in ihm begann.

55.
Und eine sanfte Brust, wie ich erzählt,
War ihm verbunden durch ein stärkres Band,
Als es die Kirche schürzt. Zwar unvermählt,
Doch rein war diese Liebe; sie bestand
Die Prüfung tiefsten Hasses Hand in Hand,
Gestählt in tödlichster Gefahr, die mehr
Als alles Frauenherzen übermannt.
Ihr Herz blieb fest, und wohl war seines schwer,
Als diesen Gruß er ihr heimsandte übers Meer:

(Lied)

Weit droht ins offne Rheingefild
Der turmbezinnte Drachenstein;
Die breite Brust der Wasser schwillt
An Ufern hin, bekränzt vom Wein,
Und Hügeln, reich an Blüt' und Frucht,
Und Aun, wo Traub' und Korn gedeihn,
Und Städten, die an jeder Bucht
Schimmern im hellen Sonnenschein:
Ein Zauberbild! – doch fänd' ich hier
Zwiefache Lust, wärst du bei mir! [...]

Der auch im dritten Canto immer noch düstere Harold wird durch die Landschaftserfahrung befähigt, sein ich-bezogenes Brüten aufzugeben und an einen anderen Menschen zu denken. Die individuelle Liebesbeziehung ist eingebettet in eine natürliche Fülle. Byrons Rheintal ist fruchtbar und nährend und verkörpert so die mütterliche Natur. Seine Landschaften sind nie menschenleer, sondern stets voller Überreste, die auf vergangene Zivilisationen hinweisen, so wie die Raubritterkultur feudaler Zeiten. Wegen der Mode der Schauerromane wurde Deutschland vor allem mit der Kultur des Mittelalters assoziiert. Das Rheinland, so wie Byron es präsentiert, ist martialisch, ebenso wie Waterloo, das Harold kurz zuvor durchstreift hatte – überall findet er Zeugnisse des Krieges. Anders als die Verserzählungen bietet *Childe Harold* kaum Handlung. Harold selbst ist vor allem Betrachter, so wie die späteren Reisenden, die die Landschaft vor allem durch seine Augen sahen. Schon Byrons Zeitgenossen war klar, daß der Dichter hier im Grunde seine eigenen Reisen beschrieb.

Daß er seine Emotionen in der Landschaft wiederfand, so wie in Strophe 45, stellt einen typischen romantischen Gestus dar. Der völlig auf sich gestellte Mensch (meist ein Mann) erklimmt Berge und erfährt in der Einsamkeit Läuterung. Vor allem die Alpen waren für derlei Szenarios um 1800 sehr in Mode. Daher ließ Byron Harold nach seinem Aufenthalt am Rhein in die Schweiz weiterwandern:

62.
But these recede. Above me are the Alps,
The palaces of Nature, whose vast walls
Have pinnacled in clouds their snowy scalps,
And throned Eternity in icy halls
Of cold sublimity, where forms and falls
The avalanche – the thunderbolt of snow!
All that expands the spirit, yet appals,
Gather around these summits, as to show
How Earth may pierce to Heaven, yet leave vain man below.

***

62\.
Doch dies entweicht. – Da droben sind die Alpen,
Die Dome der Natur, emporgestreckt
Bis ins Gewölk mit schneeverhüllten Skalpen.
Da thront in kalter Hoheit, eisbedeckt,
Die Ewigkeit; vom leichten Hauch geweckt
Stürzt die Lawin', ein Donnerstrahl von Schnee!
Was unsre Seel' ausdehnt und doch erschreckt,
Dort oben wohnt's, ... du eitler Mensch, versteh':
Zum Himmel ragt die Erd' empor, – kannst du es je?

Alpenszenen wie diese wurden als »sublime«, als erhaben, präsentiert. Dieser Diskurs des Erhabenen beschreibt Landschaften von besonderer Größe (z. B. unzugängliche Berge, die Weite des Meeres) und ihren Einfluß auf die menschliche Wahrnehmung. Der Stil ist oft gehoben, die beim Betrachter hervorgerufenen Emotionen (Angst, Freude) sind profund. Der populäre Geschmack erwartete bestimmte Requisiten bei der Beschreibung von alpinen Szenen – etwa Kiefern, Wolken und Abgründe sowie ein Streben nach Einsamkeit und Individualität auf seiten des Beobachters. Diese inszenierte Originalität führte zu literarischen Ergebnissen, die sich doch häufig sehr ähnelten. Auch Claire Clairmont, die 1814 in die Schweiz kam, beschrieb in ihrem Tagebuch voll Enthusiasmus die Landschaft und ihre Bewohner:

Die Berge sind von unendlichen Fichtenwäldern bedeckt. Hie und da ragt ein kühner, rauher und nackter Fels zwischen seinen grünen Waldnachbarn hervor und bildet einen höchst erhabenen Kontrast. Auf dem halben Weg nach Neuchâtel sieht man den See – er ist neun Meilen breit. Zuerst sieht man eine verschwommene Kette von Hügeln, die mehr wie ansteigender, unebener Boden aussieht und keinen außergewöhnlichen Charakter besitzt. Dann kommt eine zweite Kette, noch dunkler, rauher und charakteristischer. Dahinter ist eine dritte Kette sehr hoher Hügel, harsch und zerklüftet, dann – oh dann kommen die faszinierenden Alpen. Ich dachte, es wären weiße, flockige Wolken. Wie überrascht war ich nach langem und gründlichem Hinsehen, daß es wirklich die verschneiten Alpen waren. Ja, es waren wirklich die Alpen – zerklüftete Gipfel, einer stand hervor, ein anderer wich zurück, nun hielten die leichten, luftigen Wolken, die sich nach oben bewegten, einen Moment inne und flohen dann, so daß wir die Erhabenheit der Landschaft besser betrachten konnten. Um wieviel mehr hätte ich die Landschaft genossen, wenn ich schweigend hätte verweilen können, aber in dem Dorf, in dem wir speisten, hatten wir einen neuen Träger sowie Pferde besorgt, und er sprach zu uns mit der Freundlichkeit und Freiheit seines Herzens. Er redete vom tapferen Preußenkönig und seiner eigenen Zufriedenheit, und wohin er gereist war. Zu jeder anderen Zeit hätte ich das mit Freude gehört, aber jetzt war es wie ein Mißklang in der Musik, oder wie das schroffe Kratzen eines Geigers, der sein Instrument stimmt. Was ihn außerdem mit den Bergen verband, waren Butter und Käse – wie gut die Weide für die Kühe war, und dann gaben die Kühe gute Milch, und dann ergab die gute Milch guten Käse – und so weiter, ein Schritt nach dem anderen. Aber die Bergluft scheint ihm viel Gutes getan zu haben. In seinem Gesicht war Freiheit. In der Tat, alles schien sich zu ändern in dem Moment, als wir von Frankreich in die Schweiz passierten. Wie durch einen Zauber wurden die Hütten und die Menschen beinahe sofort sauber und gastfreundlich.

Auch Claire scheint mit den Konventionen der Alpenbeschreibung vertraut gewesen zu sein. Wie andere Texte der Zeit beschreibt ihr Tagebuch die Schweizer als freiheitsliebend und ihre Dörfer als Idyllen der gelungenen Zwischenmenschlichkeit, des Glücks, der Einfachheit, aber auch der Erquickung. Eine ganz andere Darstellung der Alpen bot Shelley in seinem 1816 geschriebenen Gedicht »Mont Blanc«. Hier erfolgt ein Verschmelzen zwischen Beobachter und Objekt der Beobachtung, zwischen belebter und unbelebter Materie:

Mont Blanc
Lines Written in the Vale of Chamouni

I

The everlasting universe of things
Flows through the mind, and rolls its rapid waves,
Now dark – now glittering – now reflecting gloom –
Now lending splendour, where from secret springs
The source of human thought its tribute brings
Of waters, – with a sound but half its own,
Such as feeble brook will oft assume
In the wild woods, among the mountains lone,
Where waterfalls around it leap for ever,
Where woods and winds contend, and a vast river
Over its rocks ceaselessly bursts and raves.

II

Thus thou, Ravine of Arve – dark, deep Ravine –
Thou many-coloured, many-voiced vale,
Over whose pines, and crags, and caverns sail
Fast cloud-shadows and sunbeams: awful scene,
Where Power in likeness of the Arve comes down
From the ice-gulfs that gird his secret throne,
Bursting through these dark mountains like the flame
Of lightning through the tempest; – thou dost lie,
Thy giant brood of pines around thee clinging,
Children of elder time, in whose devotion
The chainless winds still come and ever came
To drink their odours, and their mighty swinging
To hear – an old and solemn harmony;
Thine earthly rainbows stretched across the sweep
Of the aethereal waterfall, whose veil
Robes some unsculptured image; the strange sleep
Which when the voices of the desert fail
Wraps all in its own deep eternity; –
Thy caverns echoing to the Arve's commotion,
A loud, lone sound no other sound can tame;
Thou art pervaded with that ceaseless motion,

Thou art the path of that unresting sound –
Dizzy Ravine! and when I gaze on thee
I seem as in a trance sublime and strange
To muse on my own separate fantasy […]

***

Mont Blanc
Zeilen, geschrieben im Tal von Chamonix

I

Des Menschen Geist durchziehn voll Kraft die Wellen
Des Alls der Dinge in gewaltigem Fließen,
Bald schwarz, bald heiter und bald dunkel wild,
Bald strahlend weiß, und aus geheimen Quellen
Zollt Urgrund allen Denkens seinen hellen
Tribut in Tönen, die nur halb sein eigen,
Dem kleinen Bach gleich, der noch säuselt mild
In dichten Wäldern, wo die Berge steigen,
Wo Wasserfälle rauschend um ihn sind,
Wo mit den hohen Wäldern kämpft der Wind
Und Ströme über Felsen sich ergießen.

II

So bist du, dunkle, tiefe Arve-Schlucht,
Du Tal der Farbenhülle, Tal der Stimmen
Mit Föhren, Felsen, Höhlen – drüber schwimmen
Die Schatten schneller Wolken auf der Flucht.
Wo Kraft – Gestalt der Arve – niederschäumt
Von ihrem Gletscherthrone, eisumsäumt,
Jäh durch die Berge brechend wie die Flammen
Des Blitzes durch den Sturm – so ist dein Bild.
Es klammern sich an dich die Riesenföhren,
Der Urzeit Kinder und besucht von Lüften,
Die fessellos, so wie sie immer kamen,
Den Duft zu trinken und ihr Lied zu hören –
Erhabne Harmonie, von Klang erfüllt;

Und irdisch überspannt dein Regenbogen
Den Wasserfall im Dunst; sein Flor verbirgt
Ein Bild, an dem kein Meißel je gewirkt:
Den Schlaf, der, wenn die Stimmen nicht mehr wogen,
In seine tiefe Ewigkeit dich hüllt;
Der Arve Aufruhr dröhnt in deinen Grüften,
Daß andre Töne dort zum Schweigen kamen;
Und ewig regt es sich in deinen Klüften,
Du bist der Pfad dem ruhelosen Laut –
O schwindelerregende Schlucht, ich schaue dich
Und scheine in erhabne Trance zu fallen [...]

Shelley verfolgt hier eine Ästhetik des Unbegrenzten, die für das Erhabene typisch ist. Unbegrenzt ist nicht nur die Alpenlandschaft, sondern auch der menschliche Verstand, der sich in ihr spiegelt. Zwischen der imaginären Konkretisierung des Bergs und seiner tatsächlichen Ferne und Unzugänglichkeit besteht eine Spannung. Die Landschaft um den Mont Blanc ist unwirtlich und voller Todesassoziationen, ganz und gar nicht der Spiegel einer wohlwollenden Gottheit, zu deren Verherrlichung viele andere Alpengedichte dieser Zeit beitrugen. Shelleys »Mont Blanc« beweist nicht die Existenz Gottes, sondern ist gegen diese Tradition geschrieben. Nur der menschliche Verstand, nicht aber eine göttliche Kraft, kann die Gewalt des Berges annähernd erfassen. Shelleys Mont Blanc ist ein Gipfel, der nicht zu Gott hinaufweist. Der Berg bedroht den Menschen mit physischer Zerstörung, aber auch mit Wahnsinn, angesichts seiner kaum zu ermessenden Unendlichkeit – eine Gefahr, die nicht aufgehoben wird oder in einer hübschen Tallandschaft ihre Milderung erfährt. »Silence« und »Solitude«, »Schweigen« und »Einsamkeit«, sind die Schlüsselwörter der letzten Zeile. Shelleys Naturlyrik, auch die »Ode to the West Wind«, ist gekennzeichnet vom ständigen, rastlosen Wechsel und einer chaotischen Mischung von Lebewesen und Elementen aller Daseinsebenen. In der »Ode to the West Wind« symbolisiert das Bild des Vulkans das nicht zu bändigende Durcheinander. Linnés Klassifikationen, die die Rationalität des achtzehnten Jahrhunderts ausdrücken, sind hier nicht mehr gültig. Eine Trennung von Ich und Welt kann nur noch durch Sprache erfolgen.

Shelleys Verschmelzen mit der Natur hatte sein Vorbild in Wordsworth, für den er im Sommer 1816 Byron zu begeistern vermochte, denn auch *Childe Harold* (ebenfalls 1816 verfaßt) ist in seinen Landschaftsbeschreibungen vom Übervater der englischen Romantik stark beeinflußt. Später, gegenüber Medwin, distanzierte sich Byron allerdings davon: »Als ich in der Schweiz war, pflegte mir Shelley die Wordsworth-Medizin bis zum Erbrechen zu verabreichen.« Das war wieder einmal der typische Gestus des distanzierten, selbstironischen Byron. Anders als Shelley verwendete er die Natur nur selten als Metapher, denn Menschen und ihr gesellschaftliches Miteinander interessierten ihn mehr. Noch intensiver als im dritten Canto von *Childe Harold* schwelgte er nie in Naturbeschreibungen.

Distanz gegenüber dem gängigen Klischee vom noblen Naturmenschen drückt auch Mary Shelleys Erfolgsroman *Frankenstein* aus, das Ergebnis eines Wettbewerbs. Byron, sein Arzt Polidori, Percy und Mary Shelley vereinbarten im Sommer 1816, daß jeder von ihnen eine Geistergeschichte schreiben solle. Mary produzierte *Frankenstein*, ihre »abscheuliche Geburt«. Das Monster, trotz seines abstoßenden Äußeren zunächst voller Güte, lebt in einem Wald, wo es die Bewohner einer idyllischen Hütte beobachtet:

Ich hatte die vollkommene Gestalt meiner Hüttenbewohner bewundert – ihre Anmut, Schönheit und zarte Gesichtsfarbe, aber wie entsetzt war ich, als ich mich selbst in einem klaren Teich betrachtete! Zuerst schrak ich zurück, konnte nicht glauben, daß es tatsächlich ich war, der sich widerspiegelte; und als ich mich völlig davon überzeugte, daß ich wirklich das Monster war, das ich bin, erfüllten mich die bittersten Gefühle von Verzweiflung und Demütigung. Weh mir! Noch kannte ich die fatalen Auswirkungen dieser unglücklichen Mißgestalt nicht in ihrer Gänze.

Als die Sonne wärmer wurde und das Licht der Tage länger, verschwand der Schnee und ich erblickte die nackten Bäume und die schwarze Erde. Von dieser Zeit an hatte Felix mehr Arbeit, und die herzzerreißenden Anzeichen drohenden Hungers verschwanden. Ihre Nahrung war, wie ich später herausfand, einfach, aber gesund, und sie versorgten sich ausreichend damit. Im Garten schossen mehrere neue Pflanzenarten aus dem Boden, die sie zurechtstutz-

ten, und diese Anzeichen von Wohlbefinden vermehrten sich täglich, als die Jahreszeit fortschritt.

Der alte Mann ging jeden Mittag, auf seinen Sohn gestützt, spazieren, wenn es nicht regnete, wie es (so fand ich heraus) genannt wurde, wenn die Himmel ihr Wasser herabgossen. Dies geschah häufig, aber ein starker Wind trocknete die Erde rasch, und das Wetter wurde viel angenehmer, als es bisher gewesen war.

Das Leben in meinem Verschlag war gleichförmig. Während des Morgens beobachtete ich die Bewegungen der Hüttenbewohner, und wenn sie verschiedenen Beschäftigungen nachgingen, schlief ich. Den Rest des Tages verbrachte ich damit, meine Freunde zu beobachten. Wenn sie sich zur Ruhe zurückgezogen hatten und der Mond schien oder die Nacht sternenhell war, ging ich in die Wälder und sammelte meine eigene Nahrung und Brennmaterial für die Hütte. Wenn ich zurückkam, befreite ich, sooft es nötig war, ihren Pfad vom Schnee und führte die Aufgaben aus, die ich Felix hatte erfüllen sehen. Später fand ich heraus, daß diese von einer unsichtbaren Hand ausgeführten Tätigkeiten sie sehr erstaunten; und ein- oder zweimal hörte ich bei diesen Gelegenheiten, wie sie die Worte »guter Geist« und »wunderbar« äußerten, aber damals verstand ich die Bedeutung dieser Ausdrücke noch nicht.

Der Roman beschreibt hier eine wohlwollende Natur, zu deren Helfer sich das Monster macht. Zunächst fungiert es als guter Geist der Menschen und hilft ihnen heimlich, um Gutes zu tun. Durch seine Beobachtungen lernt es die Sprache und beginnt, sich durch Lektüre zu bilden. Schließlich möchte es nicht länger einsam sein und beschließt, sich den Menschen zu zeigen. Es besucht DeLacey, einen der Hüttenbewohner, einen blinden alten Mann, der gerade alleine ist, und beginnt mit ihm zu sprechen. DeLacey erkennt und lobt die Aufrichtigkeit seines Gesprächspartners. Als jedoch die jungen Leute wiederkommen, sehen sie nur ein schreckliches Ungeheuer:

Ich hielt inne. Das, dachte ich, war der entscheidende Moment, der mich des Glücks berauben oder es mir für immer gewähren würde. Vergeblich rang ich um ausreichende Stärke, um ihm Antwort zu geben, aber die Anstrengung zerstörte all meine übrige Kraft. Ich sank auf den Stuhl und schluchzte laut. In diesem Augenblick hörte ich die Schritte meiner jungen Beschützer. Ich durfte keinen Moment verlieren, ergriff die Hand des alten Mannes und schrie: »Jetzt ist die Zeit gekommen! Rettet und beschützt mich! Ihr und Eure Familie sind die Freunde, die ich suche. Verlaßt mich nicht in der Stunde der Prüfung!«

»Großer Gott!« rief der alte Mann, »wer seid Ihr?«

In diesem Augenblick öffnete sich die Tür der Hütte, und Felix, Safie und Agatha kamen herein. Wer kann ihr Grauen und ihre Bestürzung bei meinem Anblick beschreiben? Agatha fiel in Ohnmacht, und Safie, unfähig, ihrer Freundin beizustehen, stürzte aus der Hütte. Felix schoß vor und riß mich mit übernatürlicher Kraft von seinem Vater, an dessen Knie ich mich klammerte. In einem Anfall von Wut schleuderte er mich zu Boden und hieb mit einem Stock kräftig auf mich ein. Ich hätte seine Gliedmaßen einzeln abreißen können, so wie ein Löwe eine Antilope zerreißt. Aber mein Herz sank, krank und bitter, und ich unterließ es. Als ich sah, wie er wieder zu einem Schlag ansetzte, verließ ich, von Schmerz und Pein überwältigt, die Hütte und entkam im allgemeinen Durcheinander unbemerkt zu meinem Verschlag.

Verfluchter, verfluchter Schöpfer! Weshalb war ich am Leben? Warum löschte ich nicht in diesem Moment den Funken des Daseins, das du so leichtfertig gegeben hattest? Ich weiß es nicht; die Verzweiflung hatte mich noch nicht in Besitz genommen, meine Gefühle waren die von Wut und Rache. Mit Vergnügen hätte ich die Hütte und ihre Bewohner zerstören und mich an ihren Schreien und ihrem Elend weiden können.

Als die Nacht hereinbrach, verließ ich meinen Schlupfwinkel und wanderte durch den Wald; und nun, da ich nicht länger durch die Angst vor Entdeckung eingeschränkt war, verlieh ich meiner Qual durch fürchterliches Geheule Ausdruck. Ich war wie ein wildes Tier, das seine Fesseln zerrissen hat, zerstörte alles, was sich mir in den Weg stellte, und rannte so schnell wie ein Hirsch durch den Wald. Oh, was für eine qualvolle Nacht verbrachte ich! Die kalten Sterne schienen wie zum Hohn, und die nackten Bäume winkten über mir mit ihren Zweigen. Hie und da brach die süße Stimme eines Vogels mitten in der allgemeinen Stille hervor. Alle außer mir hatten Ruhe *und Freude. Ich aber trug wie der Teufel eine Hölle in mir umher, und als ich merkte, daß niemand mit mir fühlte, wollte ich die Bäume ausreißen, Zerstörung und Verwüstung um mich herum ausbreiten und mich dann niedersetzen und an den Trümmern erfreuen.*

Das Monster leidet unsäglich unter der Zurückweisung durch die »guten« Naturmenschen. Auch hier in der Wildnis ist Schein viel wichtiger als Sein. Natur funktioniert hier nicht mehr als Spiegel der Seele, sondern als Kontrast, der den Schmerz und die Einsamkeit des Monsters nur noch vertieft. Mary Shelley übt hier weibliche Kritik am männlichen Konzept der Transzendenz durch Naturerfahrung.

Das ungeliebte Monster verwandelt sich schließlich zu einem gefährlichen und bösartigen Ungeheuer, das Viktor Frankenstein, seinen Schöpfer, verfolgt. Dieser vermag zwar zeitweise in der Naturidylle eine innere Ruhe zu finden, wird aber von seiner Untat – der von ihm erschaffenen, mordenden Kreatur – verfolgt. Viktor ist wieder eine der für die Romantiker so faszinierenden negativen Vatergestalten, der sein Kind verstößt. Nachdem sein Bruder William auf ominöse Weise ermordet worden ist, stößt Viktor während eines Gewitters – ebenfalls ein typisches ›erhabenes‹ Erlebnis – auf das Wesen, das ihm so viel Entsetzen einjagt:

Ich verließ meinen Platz und ging weiter, obwohl es von Minute zu Minute dunkler und stürmischer wurde, und der Donner mit einem schrecklichen Krachen über meinem Kopf barst. Er fand einen Widerhall vom Mont Salève, von den Bergen des Jura und von den Savoyer Alpen. Grelle Blitze blendeten meine Augen, erleuchteten den See und ließen ihn wie eine riesige Feuerfläche erscheinen. Dann, für einen Augenblick, schien alles pechschwarz, bis sich das Auge vom vorhergehenden Blitz erholte. Der Sturm erschien, wie das in der Schweiz oft ist, gleichzeitig an mehreren Stellen des Himmels. Das heftigste Gewitter befand sich exakt nördlich von der Stadt, über dem Teil des Sees, der zwischen dem Vorgebirge von Bellerive und dem Dorf Coppet liegt. Ein anderes

Gewitter erleuchtete den Jura mit schwachen Blitzen, und ein weiters verdunkelte und enthüllte bisweilen den Môle, einen Gipfel östlich des Sees.

Während ich den Sturm beobachtete, der so schön und doch so schrecklich war, wanderte ich mit hastigen Schritten weiter. Dieser noble Krieg am Himmel wirkte erhebend auf meine Gemütsverfassung. Ich faltete die Hände und rief laut: »William, lieber Engel! Das ist dein Begräbnis, das ist dein Trauerlied!«

Als ich diese Worte sprach, nahm ich in der Düsternis eine Figur wahr, die sich hinter einer Gruppe von Bäumen in meiner Nähe davonstahl. Ich stand wie angewachsen, starrte wie gebannt – kein Zweifel. Ein Blitz erleuchtete das Objekt und entdeckte mir seine Gestalt: die gigantische Statur, und das mißgebildete Aussehen, die unmenschliche Häßlichkeit machten mir sofort klar, daß es das Ungeheuer, der abscheuliche Dämon war, dem ich das Leben geschenkt hatte. Was wollte er hier? Konnte er (bei dieser Vorstellung erschauderte ich) der Mörder meines Bruders sein? Kaum war mir der Gedanke durch den Kopf gegangen, schon war ich von seiner Richtigkeit überzeugt. Meine Zähne klapperten, und ich mußte mich gegen einen Baum lehnen. Die Figur zog rasch an mir vorbei, und ich verlor sie in der Düsternis. Kein menschliches Wesen konnte der Mörder dieses hübschen Kindes gewesen sein. Er war der Mörder, kein Zweifel! Die reine Idee war ein unwiderstehlicher Beweis der Tatsache. Ich überlegte, ob ich den Teufel verfolgen sollte, aber es wäre vergeblich gewesen, denn ein weiterer Blitz zeigte mir, daß er zwischen den Felsen des beinahe senkrechten Aufstiegs des Mont Salève hing, eines Berges, der Plainpalais im Süden begrenzt. Bald erreichte er den Gipfel und verschwand.

Die Einsamkeit des Sturms, seine faszinierende Schönheit und Schrecklichkeit, können von Viktor nicht mehr genossen werden, weil sich der reale Terror des freilaufenden Monsters zwischen ihn und seine ästhetische Erfahrung schiebt. Auch das Monster hat durch seine Größe und Unerreichbarkeit etwas Erhabenes an sich, verkörpert allerdings eine Variante davon, die für den Betrachter nur noch entsetzlich ist. Lust am Erschauern empfindet hier nur noch der Leser, nicht aber der Beobachter Viktor – zu sehr ist er in die Ereig-

ıderer gesuchte Genuß
angesichts des tatsäch-
euer verbreitet.
t dem »sublime«, dem
en und geringem Kom-
. leichtes Leben, indivi-
ıgenehmes Klima, aber
lt.
ie Kulturlandschaft Ita-
ls Attraktion für engli-
'reund Peacock:

Seitdem ich Dir das letzte Mal geschrieben habe, habe ich die Ruinen Roms, des Vatikans und von St. Peter gesehen und alle Wunder der alten und modernen Kunst, die diese majestätische Stadt enthält. Dieser Eindruck übersteigt alles, was ich auf meinen Reisen je erlebt habe. Wir blieben nur eine Woche dort und beabsichtigen, Ende Februar zurückzukommen und diesen Goldminen an unerschöpflicher Betrachtung zwei oder drei Monate zu widmen. Auf diesen Zeitraum verweise ich Dich auch für einen detaillierten Bericht.

Wir besuchten das Forum und die Ruinen des Kolosseums jeden Tag. Das Kolosseum ähnelt keinem Werk von Menschenhand, das ich je gesehen habe. Es ist von enormer Höhe, rund und hat massive steinerne Bögen, die aufeinandergestellt sind und die wie überhängende Felsen in die blaue Luft ragen. Die Zeit hat es in das Bild eines Amphitheaters aus felsigen Hügeln verwandelt, überwachsen von wilden Oliven, Myrte, Feigenbäumen und von kleinen Pfaden durchwoben, die sich zwischen seine kaputten Treppen und unermeßlichen Galerien winden. Ein Wäldchen überschattet einen, wenn man durch seine Labyrinthe wandert, und die wilden Gewächse dieses Blumenklimas blühen unter den Füßen. Die Arena ist mit Gras bedeckt und durchbricht wie die Ausläufer einer natürlichen Ebene die Abgründe, die durch die umgebenden gebrochenen Bögen entstehen. Aber ein kleiner Teil der äußeren Hülle bleibt, exquisit hell und schön, und die Wirkung seiner perfekten Architektur, geschmückt mit Reihen von korinthischen Stützpfeilern, die einen kühnen Sims tragen, ist so, daß die Wirkung seiner Größe verringert wird. Das ganze Innere ist verfallen. Ich kann kaum glauben, daß seine Wirkung mit Verkleidungen aus dorischem Marmor und dem Schmuck ägyptischer Granitsäulen so erhaben und so beeindrukkend gewesen sein könnte wie in seinem gegenwärtigen Zustand. Es ist zum Himmel hin offen, und das Wetter war das klare und sonnige Novemberwetter dieses Klimas, als wir Tag für Tag dorthin gingen.

Shelley übertrug die Konzeption des Erhabenen auf die antiken Ruinen, so wie andere Romantiker vor ihm. Das Faszinosum von Überrresten alter Gebäude bestand darin, daß sie zwischen Natur und Kultur angesiedelt waren. Die typisch romantische Ruine war – so wie das Kolosseum – von Pflanzen überwachsen, gleichzeitig aber noch in ihrer ursprünglichen Form und Funktion erkennbar. Die »Erhabenheit« leitete sich zumindest zum Teil aus dem baulichen Zustand ab – für Shelley und auch für andere seiner Generation wäre ein antikes restauriertes Gebäude bei weitem nicht so attraktiv gewesen. Zahllose Reiseberichte und Gemälde des achtzehnten und frühen neunzehnten Jahrhunderts bildeten das Kolosseum ab, das neben dem Forum Romanum zum Markenzeichen für die romantische Antikenrezeption wurde. Typisch romantisch ist die Verwendung von Begriffen wie »Abgründe« für die Lücken, die die nicht abgedeckten Kellergewölbe in die Arena rissen. Der Vergleich des Bauwerks mit einer Felsenlandschaft macht deutlich, daß die beliebten Alpenszenen auch für die Beschreibung verfallener Baudenkmäler geschmackbildend wirkten.

In vielen Italienbeschreibungen erhielten die Ruinen ihr Leben durch die Menschen, die sich in ihnen aufhielten (Schäfer, Gauner und Fremdenführer) – nicht aber bei Shelley, dem die Italiener höchst suspekt waren:

Es gibt zwei Italien: Das eine besteht aus der grünen Erde, dem klaren Meer und den gewaltigen Ruinen alter Zeiten und luftigen Bergen und der warmen und strahlenden Atmosphäre, die sich mit allen Dingen vermischt. Das andere besteht aus den heutigen Ita-

lienern, ihrer Arbeit und ihrem Lebensstil. Das eine bietet die erhabenste und lieblichste Betrachtung, die von der menschlichen Vorstellungskraft wahrgenommen werden kann; das andere die niedrigste, abscheulichste und abstoßendste. – Was meinst Du? Junge Damen von Rang essen tatsächlich – Du wirst es nie erraten – Knoblauch. *Unser armer Freund Lord Byron ist ziemlich korrumpiert dadurch, daß er unter diesen Leuten weilt und lebt auf eine Weise, die seiner durchaus nicht würdig ist.*

Während Byrons Briefe und literarische Texte über Italien (wie z. B. *Beppo*) voller Menschen sind und ein buntes, faszinierendes Treiben beschreiben, sehnte sich Shelley meist nach Einsamkeit, die er in einer erhabenen Landschaft zelebrierte. Seine Briefe und Gedichte sind oft menschenleer oder handeln von einigen wenigen zentralen Figuren. Gesellschaftliche Anlässe waren ihm eher unangenehm. Die Dynamik zwischenmenschlicher Beziehungen, Byrons Hauptinteresse, ließen ihn unberührt. Auch besaß Shelley nicht Keats' Interesse an den Ausdrucksformen der Volkskultur. Die bunten Menschenansammlungen, über die sich andere Reisende seitenlang ausließen, waren ihm ein Greuel, das er tunlichst vermied. In der Landschaft suchte Shelley das Wahre, Ideale, Erhabene, das über das menschliche Dasein Hinausverweisende. Die menschenleere, ursprüngliche Natur und ihre Kräfte waren für ihn ein Spiegel seiner Seele, aus deren Betrachtung er Kraft schöpfte.

Ganz anders funktionieren Keats' Ideallandschaften. Auch sein *Endymion* beginnt mit einer Naturidylle, die aber stets auf den Menschen bezogen ist und einen Rahmen für geselliges Zusammensein bietet. Am Anfang der Verserzählung steht die Beschreibung einer festlichen arkadischen Gemeinschaft, in der die Menschen eins sind mit der sie umgebenden Natur.

A thing of beauty is a joy for ever:
Its loveliness increases; it will never
Pass into nothingness, but still will keep
A bower quiet for us, and a sleep
Full of sweet dreams, and health, and quiet breathing.
Therefore, on every morrow, are we wreathing
A flowery band to bind us the earth,
Spite of despondence, of the inhuman dearth
Of noble natures, of the gloomy days,
Of all the unhealthy and o'er-darkened ways
Made for our searching – yes, in spite of all,
Some shape of beauty moves away the pall
From our dark spirits. Such the sun, the moon,
Trees, old and young, sprouting as a shady boon
For simple sheep; and such are daffodils
With the green world they live in; and clear rills
That for themselves a cooling covert make
'Gainst the hot season; the mid-forest brake,
Rich with a sprinkling of fair musk-rose blooms; [...]
Full in the middle of this pleasantness
There stood a marble altar, with a tress
Of flowers budded newly; and the dew
Had taken fairy phantasies to strew
Daisies upon the sacred sward last eve,
And so the dawned light in pomp receive.
For 'twas the morn. Apollo's upward fire
Made every eastern cloud a silvery pyre
Of brightness so unsullied that therein
A melancholy spirit well might win
Oblivion, and melt out his essence fine
Into the winds. Rain-scented eglantine
Gave temperate sweets to that well-wooing sun;
The lark was lost in him; cold springs had run
To warm their chilliest bubbles in the grass;
Man's voice was on the mountains; and the mass
Of nature's lives and wonders pulsed tenfold
To feel this sunrise and its glories old. [...]
And now, as deep into the wood as we

Wo Schönheit ist, ist Freude auch für immer:
Es wächst die Lieblichkeit, und sie wird nimmer
In nichts vergehn. Sie wird für uns behalten
Ein stilles Fleckchen, wird im Schlafe walten,
In süßem Traum, in froh gesundem Leben;
An jedem Morgen wird sie uns umschweben,
Als Blumenband uns fesseln an die Erde,
Trotz Kleinmut, trotz unendlicher Beschwerde
Im Leben Edler und trotz düstern Tagen,
Trotz ungesunden, überdunklen Fragen,
Die wir erforschen wollen: ja trotz allen
Wird vor der Schönheit jede Hülle fallen
Vom dunkeln Geist. Das weisen Mond und Sterne,
Das jeder Baum, der seinen Schatten gerne
Der stillen Herde leiht, das Anemonen,
Und das die grüne Welt, in der sie wohnen,
Der klare Bach, der Kühlung um sich taut
Zur heißen Sommerszeit, das Farrenkraut,
Um das die Rose sich zum Kranze flicht, [...]
Inmitten aller dieser Anmut Glanz
Stand ein Altar von Marmor, rings ein Kranz
Von jungen Knospen, die zur Abendzeit
Der Tau mit Feenphantasie gestreut
Auf den geweihten Rasen, um voll Prangen
Den jungen Tag mit Ehren zu empfangen.
Denn Morgen war's: Es ließ Apollos Glühn
Im Osten jede Wolke Flammen sprühn
Voll unberührter Klarheit, daß darinnen
Wohl ein Gemüt voll Schwermut mag gewinnen
Vergessenheit, bis sich in Wind und Luft
Sein Wesen löst. Taufrischer Rosenduft
Strömt süß hinauf zur warmen Sonnenhelle,
In der die Lerche sich verliert, die Quelle
Erwärmt den Perlenschaum im Gras gemach,
Die Menschenstimme wird auf Bergen wach,
Und was in der Natur von Wundern lebt,
Fühlt, wie die Sonne sich im Glanze hebt. [...]
Und nun, erst fern, so weit, als man im Wald

Might mark a lynx's eye, three glimmered light
Fair faces and a rush of garments white,
Plainer and plainer showing, till at last
Into the widest alley they all passed,
Making directly for the woodland altar.
O kindly muse, let not my weak tongue falter
In telling of this goodly company,
Of their old piety, and of their glee,
But let a portion of ethereal dew
Fall on my head and presently unmew
My soul – that I may dare, in wayfaring,
To stammer where old Chaucer used to sing.

Leading the way, young damsels danced along,
Bearing the burden of a shepherd song,
Each having a white wicker over-brimmed
With April's tender younglings; next, well trimmed,
A crowd of shepherds with as sunburnt looks
As may be read of in Arcadian books,
Such as sat listening round Apollo's pipe,
When the great deity, for earth too ripe,
Let his divinity o'erflowing die
In music, through the vales of Thessaly;
Some idly trailed their sheep-hooks on the ground,
And some kept up a shrilly mellow sound
With ebon-tipped flutes. Close after these,
Now coming from beneath the forest trees,
A venerable priest full soberly,
Begirt with ministering looks; always his eye
Steadfast upon the matted turf he kept,
And after him his sacred vestments swept.
From his right hand there swung a vase, milk-white,
Of mingled wine, out-sparkling generous light;
And in his left he held a basket full
Of all sweet herbs that searching eye could cull –
Wild thyme, and valley-lilies whiter still
Than Leda's love, and cresses from the rill.
His aged head, crowned with beechen wreath [...]

Luchsaugen leuchten sieht, erglänzt ein Licht
Von weißem Kleid, von fröhlichem Gesicht,
Es wächst und wächst, und immer weiter drängt
Die Schar, die bald der breite Weg umfängt,
Den sie zu dem Altar im Walde wählen. –
O Muse, laß mir heut' das Wort nicht fehlen,
Meld' ich, was mir von ihrem Zug bewußt,
Von alter Frömmigkeit und hoher Lust,
O, einen Teil vom Äthertau verleihe,
Daß er das Haupt, die Seele mir befreie,
Wenn ich es wage, stammelnd vorzudringen
Auf Pfaden, wo einst Chaucer pflegt' zu singen!

Jungfrauen tanzten vor, den Weg entlang;
Sie sangen wechselnd einen Hirtensang.
Ein zartes Lamm im weißen Korbe führt
Jegliche Maid; es folgen wohlgeziert
Der Hirten feurig dunkeläugige Scharen;
Wie aus Arkadiens Büchern wir erfahren,
Daß einst sie so gelauscht Apollos Pfeife,
Als dieser Gott auf seiner Erdenstreife
Die Gottheit hingeströmt in Melodien,
Die köstlich durch Arkadiens Täler ziehen.
Wenn diese müßig auf den Stab sich lehnen,
So lassen andre ihre Flöten tönen
Zu vollem, hellem Klang. – Nach ihnen tritt
Grad' aus dem Wald mit feierlichem Schritt
Ein greiser Priester, voll zum Fest geschmückt;
Umhüllt von seines Amtes Würde, blickt
Sein Auge auf den Rasen fest gebannt,
Es schleppt ihm nach das heilige Gewand.
Aus dem Gefäß in seiner Rechten winkt
Gemischter Wein, der hell im Lichte blinkt;
Im Korbe aber, den die Linke hält,
Trägt süße Kräuter, Blumen er vom Feld:
Maiglöckchen können sich an Weiße messen
Mit Ledas Schwan, und Thymian und Kressen.
Auf seinem greisen Haupt das Buchenreis [...]

Keats' Landschaft ist räumlich und zeitlich weit von England entfernt. Die ideale Naturszene ist imaginär, sie ist im antiken Griechenland angesiedelt. Farben, Düfte und Klänge laden zum Verweilen und Genießen ein: der Sonnenaufgang, der Rosenduft, der Gesang der Lerche, die ersten menschlichen Stimmen des anbrechenden Tags. Sowohl die Natur als auch die Menschen sind schön – nichts Häßliches stört das Idyll. Glück und Harmonie dominieren. Es finden keine Machtkämpfe statt. Der Zug der jungen Leute und des Priesters symbolisiert Ordnung. Die Menschen sind mit sich im reinen – mit Ausnahme von Endymion, der kurz darauf seinen ersten Auftritt als unglücklicher Außenseiter hat. Aber da er schließlich von seiner Angebeteten erhört wird, kann auch er sich am Ende in die Gemeinschaft einreihen. Keats' idealisierende Landschaftsbeschreibung entstand etwa ein Jahr vor seinem Wanderurlaub. Das östliche *setting* entsprach durchaus der damaligen Mode, auch wenn *Endymion* in seiner Gesamtheit dem Publikum etwas schwer verdaulich erschien. Typisch für Keats' Naturdarstellung sind die Blumen – hier vor allem Rosen. Im Rahmen der Kommerzialisierung der Natur, die unter anderem in der Entwicklung der Gärtnerei als Hobby ihren Ausdruck fand, war Blumenmetaphorik weit verbreitet. Blumen fanden sich überall – auf Geschirr gemalt, zwischen Buchseiten gepreßt und in Gedichten verewigt. Blumen verweisen auf die unberührte Natur, der sie entstammen, aber sie sind auch kulturelle Artefakte, da sie oft von Menschenhand angebaut und angeordnet sind. Keats' ideale Naturräume wirken vielfach wie gepflegte Gärten – ganz anders als die oben beschriebene Landschaft des Lake District. Mit dem Rückgriff auf diese Motivik stellte er sich wieder in eine weibliche Dichtungstradition, da botanische Literatur im frühen neunzehnten Jahrhundert vor allem von Frauen für Frauen produziert wurde. Keats verlieh diesem Bildbereich aber auch noch eine zusätzliche Komponente, die auch in anderer ›Blumenliteratur‹ auftaucht – Blumen verweisen bei ihm oft auf Erotik und Sexualität. Die sinnlichen Rosen zu Beginn von *Endymion* bereiten den Leser auf die Träumereien des Helden vor.

Ganz anders war Byrons Beschreibung des Ostens konzipiert. Byron suchte dort keine störungsfreie Harmonie, sondern war vom Fremden, vom östlichen Luxus fasziniert. Sein Orient ist ein Raum der üppigen Sinnlichkeit, die er – anders als Keats – auch auslebte.

Berühmt ist sein Brief über Ali Pascha, den er während seiner Reise durch Albanien verfaßte.

Prevesa, 12. November 1809

Meine liebe Mutter,
ich bin jetzt seit einiger Zeit in der Türkei. Dieser Ort liegt an der Küste, aber ich habe das Landesinnere der Provinz Albanien durchquert zu einem Besuch beim Pascha. – Ich verließ Malta am 21. September in der »Spider«, einem Kriegsschiff, und kam acht Tage später in Prevesa an. Von dort reiste ich etwa 150 Meilen bis Tepelene, seiner Hoheit Palast auf dem Lande, wo ich drei Tage blieb. Sein Name ist Ali, und er wird als Mann mit höchsten Fähigkeiten betrachtet; er regiert ganz Albanien (das alte Illyrien), Epirus und einen Teil Makedoniens; sein Sohn Velly Pascha, für den er mir Briefe mitgegeben hat, regiert Morea und hat großen Einfluß in Ägypten, kurz: Er ist einer der mächtigsten Männer des ottomanischen Reichs. Als ich nach einer dreitägigen Reise über das Gebirge, durch eine Landschaft von der malerischsten Schönheit, die Hauptstadt Janina erreichte, fand ich heraus, daß Ali Pascha mit seinem Heer in Illyrien sei und Ibrahim Pascha in der Burg von Berat belagere. Er hatte gehört, daß ein Engländer von Rang auf seinem Herrschaftsgebiet weile und hatte beim Kommandanten von Janina Befehle hinterlassen, daß man mir ein Haus zur Verfügung stellen und alles erdenkliche Notwendige liefern sollte, kostenlos. Obwohl es mir erlaubt war, den Sklaven Geschenke zu machen, war es mir nicht gestattet, auch nur einen einzigen Gegenstand des häuslichen Verbrauchs selbst zu bezahlen. Ich ritt auf den Pferden des Wesirs aus und sah die Paläste, die ihm und seinen Enkeln gehören. Sie sind prächtig, aber zu sehr mit Seide und Gold verziert. Dann reiste ich über die Berge durch Zitza, ein Dorf mit einem griechischen Kloster (in dem ich bei meiner Rückkehr übernachtete), in der allerschönsten Lage, die ich je gesehen habe (mit Ausnahme von Cintra in Portugal). In neun Tagen erreichte ich Tepelene. Unsere Reise verzögerte sich wegen der Sturzbäche, die von den Bergen geströmt waren und die Straße blockierten.

Nie werde ich die einzigartige Szene vergessen, als ich um fünf Uhr nachmittag bei Sonnenuntergang nach Tepelene kam. Sie er-

innerte mich (wenn auch mit einem Kleidungswechsel) an Scotts Beschreibung von Branksome Castle in seinem »Lay« und an das Feudalsystem. – Die Albaner in ihrer Tracht (der wunderbarsten auf der Welt, sie besteht aus einem langen, weißen Kilt, *einem goldgewirkten Mantel, Jacken und Westen aus rotem Samt mit Goldspitze, Pistolen und Dolchen mit silbernen Griffen), die Tartaren mit ihren hohen Mützen, die Türken in ihren weiten Pelissen und Turbanen, die Soldaten und schwarzen Sklaven mit den Pferden, erstere in Gruppen in einer riesigen offenen Gallerie vor dem Palast, letztere in einer Art Kreuzgang darunter situiert, zweihundert Streitrosse, fertig gerüstet, um von einem Moment zum nächsten aufzubrechen, Kuriere, die mit Botschaften hineingingen oder herauskamen, das Schlagen der Kesselpauken, Jungen, die vom Minarett der Moschee die Stunde ausriefen, alles zusammen, mit dem einzigartigen Aussehen des Gebäudes, bot dem Fremden ein neuartiges und entzückendes Schauspiel. Ich wurde in ein sehr schönes Gemach geführt, und der Sekretär des Wesirs erkundigte sich »à la mode de Turque« nach meiner Gesundheit.*

Am nächsten Tag wurde ich Ali Pascha vorgestellt. Ich war in eine komplette Stabsuniform gekleidet mit einem sehr prachtvollen Säbel usw. Der Wesir empfing mich in einem großen Raum mit Marmorboden, ein Springbrunnen spielte in der Mitte, das Gemach war von scharlachroten Ottomanen umgeben; er empfing mich im Stehen, *ein wunderbares Kompliment von einem Moslem, und ließ mich zu seiner Rechten Platz nehmen. [...] Er sagte, er sei sicher, daß ich ein Mann von hoher Geburt sei, weil ich kleine Ohren, Locken und kleine weiße Hände habe, und drückte sein Wohlgefallen über meine Erscheinung und Kleidung aus. Er sagte mir, ich solle ihn als meinen Vater betrachten während ich in der Türkei war – er sehe mich als seinen Sohn. In der Tat behandelte er mich wie ein Kind, schickte mir Mandeln und gezuckertes Sorbet, Früchte und Süßigkeiten zwanzig Mal am Tag. Er bat mich, ihn oft zu besuchen, und nachts, wenn er mehr Muße habe. Nach Kaffee und Pfeife zog ich mich dann zum ersten Mal zurück. Ich sah ihn nachher noch dreimal. Es ist außerordentlich, daß die Türken, die keine erblichen Würden und nur wenige große Familien außer der des Sultans kennen, der Geburt so viel Respekt erweisen, denn ich fand meine Abstammung stärker beachtet als meinen Titel. Seine*

Hoheit ist sechzig Jahre alt, sehr fett und nicht groß, aber hat ein gutaussehendes Gesicht, helle blaue Augen und einen weißen Bart, sein Verhalten ist sehr freundlich, und gleichzeitig besitzt er jene Würde, die ich überall bei den Türken finde. Er erscheint ganz anders als sein wirklicher Charakter, denn er ist ein gnadenloser Tyrann, der schrecklichsten Grausamkeiten schuldig, sehr tapfer und ein so guter General, daß sie ihn den mohammedanischen Buonaparte nennen.

Die Albaner, die Byron hier beschreibt, sind ein Augenschmaus. Faszination und Gefahr liegen nahe beieinander, Freundlichkeit kann ungeheure Brutalität verbergen. Nicht alles ist so, wie es scheint, aber der Schein ist von einer unglaublichen Attraktivität. Der Leser wird in die latente Erotik des Szenarios hineingezogen. Eine harmonische Kontemplation à la Keats ist hier nicht möglich. Byrons Beschreibung lebt von der Dynamik der Szene, dem ständigen Kommen und Gehen, den angedeuteten Möglichkeiten. Die sinnliche Beschreibung der Kleidungsstücke, der Farben, der Wahrnehmungen, das Verwöhntwerden – all das deutet eine im Brief nicht genauer beschriebene sexuelle Verbindung an. Eine gegenseitige Anziehungskraft, derer sich der Dichter bewußt war, bestand sicher. Wie seine Mutter, die Empfängerin des Briefs, darauf reagierte, ist leider nicht überliefert. War der Osten für Keats ein imaginärer Fluchtraum, in dem er die in seinem England fehlende Harmonie phantasievoll entwarf, so war Byrons Orient ein reales Asyl vor der englischen Homophobie, denn hier war Liebe zwischen Männern akzeptiert.

Byron schrieb diesen Brief 1809. Als er sich Jahre später in *Don Juan* wieder mit dem Osten beschäftigte, nahmen Frauen eine wichtigere Rolle in seinem Leben ein, was sich auch im literarischen Text widerspiegelt. Nach seinem Schiffbruch im zweiten Canto strandet Don Juan halb ertrunken auf einer griechischen Insel, wo ihn Haidée, die Tochter des Sklavenhändlers Lambro, findet und ihm Nahrung und Kleidung bringt. Als der totgeglaubte Vater überraschend zurückkehrt, findet er ein rauschendes Fest vor, mit dem jungen Liebespaar im Mittelpunkt. Ein Sänger trägt ein symbolträchtiges Freiheitslied vor. Nach dem üppigen Gelage gibt sich der Vater zu erkennen:

61.
Old Lambro pass'd unseen a private gate,
And stood within his hall at eventide;
Meantime the lady and her lover sate
At wassail in their beauty and their pride.
An ivory inlaid table spread with state
Before them, and fair slaves on every side;
Gems, gold, and silver, form'd the service mostly,
Mother of pearl and coral the less costly.

62.
The dinner made about a hundred dishes;
Lamb and pistachio nuts – in short, all meats,
And saffron soups, and sweetbreads; and the fishes
Were of the finest that e'er flounced in nets,
Drest to a Sybarite's most pamper'd wishes;
The beverage was various sherbets
Of raisin, orange, and pomegranate juice,
Squeezed through the rind, which makes it best for use.

63.
These were ranged round, each in its crystal ewer,
And fruits, and date-bread loaves closed the repast,
And Mocha's berry, from Arabia pure,
In small fine China cups, came in at last;
Gold cups of filigree made to secure
The hand from burning underneath them placed;
Cloves, cinnamon, and saffron too were boil'd
Up with the coffee, which (I think) they spoil'd.
[...]

67.
Haidée and Juan carpeted their feet
On crimson satin, border'd with pale blue;
Their sofa occupied three parts complete
Of the apartment – and appear'd quite new;

Canto III

61.
Der alte Mann trat ungesehn ins Haus
Und stand in seiner Hall' im Abendschatten;
Inzwischen saß Haidée beim reichen Schmaus
In Herrlichkeit und Pracht mit ihrem Gatten,
Und schöne Sklaven gingen ein und aus,
Und auf des Tisches eingelegten Platten
War das Service Gold, Silber und Gestein,
Perlmutter und Korallen ganz gemein.

62.
An hundert Schüsseln kamen auf den Tisch,
Lamm und Pistazien, kurz, endlose Braten,
Kalbsmilch und Safransuppen, und an Fisch
Das Feinste, was nur je ins Netz geraten;
Die Sauce war ein himmlisches Gemisch.
Zum Trinken war Scherbet da, aus Granaten,
Rosinen und Orangen, deren Saft
Man durch die Schalen quetscht; das gibt ihm Kraft.

63.
Die standen in Kristall umher; und jetzt
Kam Dattelbrot und kamen Frücht' in Massen,
Und Mokkas echte Bohne kam zuletzt
In kleinen feinen porzellanen Tassen,
Auf goldgeflochtne Tellerchen gesetzt,
(Sie sind vor Hitze sonst nicht anzufassen;)
Im Kaffee war Gewürz mit aufgekocht,
Zimt, Safran, Nelken, – ich hab's nie gemocht.
[...]

67.
Der Teppich war in diesem Prachtasyle
Von rotem Atlas mit blaßblauen Litzen;
Drei Viertel des Gemachs erfüllten Pfühle,
Ein Sofa nämlich, der mit Sammetsitzen

The velvet cushions (for a throne more meet)
Were scarlet, from whose glowing centre grew
A sun emboss'd in gold, whose rays of tissue,
Meridian-like, were seen all light to issue.

68.
Crystal and marble, plate and porcelain,
Had done their work of splendour; Indian mats
And Persian carpets, which the heart bled to stain,
Over the floors were spread; gazelles and cats,
And dwarfs and blacks, and such like things that gain
Their bread as ministers and favourites – (that's
To say, by degradation) – mingled there
As plentiful as in a court or fair.

(Song)

Fill high the bowl with Samian wine!
We will not think of themes like these!
It made Anacreon's song divine:
He served – but served Polycrates –
A tyrant; but our masters then
Were still, at least, our countrymen.

The tyrant of the Chersonese
Was freedom's best and bravest friend;
That *tyrant was Miltiades!*
Oh! that the present hour would lend
Another despot of the kind!
Such chains as his were sure to bind. [...]

Canto IV

13.
Haidée and Juan thought not of the dead.
The heavens, and earth, and air, seem'd made for them:

Und Scharlach prunkte, (ganz wie Königsstühle,)
Und mitten drauf sah man die Sonne blitzen,
Aus Gold getrieben, deren Strahlenschimmer
Ein Mittagsleuchten strömte durch das Zimmer.

68.
Silber, Kristall und Porzellan durchfluten
Den Saal mit Pracht, und Kaschmirdecken schwellen,
Die zu betreten unsre Herzen bluten;
Und Zwerge, Mohren, Katzen und Gazellen
Und sonst'ge Wesen, die behaglich ruhten
In Günstlings- oder in Ministerstellen,
(Das heißt in Schande,) drängten sich beim Essen
So zahlreich wie an Höfen und auf Messen.

(Lied)

Füllt hoch den Kelch mit Samoswein!
Mit solchen Sorgen bleib uns fern!
Bei dieses Weines goldnem Schein
Pries auch Anakreon den Herrn –
Ja, doch der Herr im Lande war
In alten Zeiten kein Barbar.

Einst der Tyrann der Chersones
War unsrer Freiheit Schirm und Hort;
Sein Name war Miltiades!
O, hätte Hellas fort und fort
Despoten seiner Art gekannt!
Die Kette hielt, wenn er sie band. […]

Canto IV

13.
Mein junges Paar dacht' an die Toten nie;
Ihm lachten Erd' und Meer und Himmelsbläue;

They found no fault with Time, save that he fled;
They saw not in themselves aught to condemn;
Each was the other's mirror, and but read
Joy sparkling in their dark eyes like a gem,
And knew such brightness was but the reflection
Of their exchanging glances of affection.

14.
The gentle pressure, and the thrilling touch,
The least glance better understood than words,
Which still said all, and ne'er could say too much;
A language, too, but like to that of birds,
Known but to them, at least appearing such
As but to lovers a true sense affords;
Sweet playful phrases, which would seem absurd
To those who have ceased to hear such, or ne'er heard.
[...]

38.
And Haidée clung around him; »Juan, 'tis –
'Tis Lambro - 'tis my father! Kneel with me –
He will forgive us – yes – it must be – yes.
Oh! dearest father, in this agony
Of pleasure and of pain – even while I kiss
Thy garment's hem with transport, can it be
That doubt should mingle with my filial joy?
Deal with me as thou wilt, but spare this boy.«

39.
High and inscrutable the old man stood,
Calm in his voice, and calm within his eye –
Not always signs with him of calmest mood;
He look'd upon her, but gave no reply;
Then turn'd to Juan, in whose cheek the blood
Oft came and went, as there resolved to die;
In arms, at least, he stood, in act to spring
On the first foe whom Lambro's call might bring.
[...]

Sie schalten nur die Zeit, weil sie entflieh',
Sie sahen keinen Grund zu bittrer Reue;
Im Spiegel ihrer Augen lasen sie
Hell wie Juwelen Glück und Lieb' und Treue
Und wußten wohl, daß sich in diesem Strahle
Der Abglanz ausgetauschter Wonne male.

14.
Der süße Händedruck, das holde Spiel
Der Blicke, das zur zweiten Sprache wird,
Die alles sagt und sagt doch nie zu viel,
Zu einer Sprache, wie die Taube girrt,
Nicht aller Welt verständlich, deren Stil
Die Lieb' allein entziffert und entwirrt,
Und zartes Tändeln, das der albern nennt,
Der's nie gekannt hat oder nicht mehr kennt, –
[...]

38.
Haidée umklammert' ihn: »Juan, halt ein!
's ist Lambro – 's ist mein Vater – Knie mit mir!
Er wird uns Alles – ja, er muß verzeihn!
O liebster Vater! – sieh mich ringen hier
Im Todeskampf der Seligkeit und Pein!
Entzückt, den Saum des Kleides küss' ich dir, –
Soll Angst das Glück der Tochter untergraben?
Tu', was du willst, mit mir, – nur schon' den Knaben!«

39.
Hoch, unerforschlich stand der alte Mann,
Sein Ton war sanft und ruhig sein Gesicht,
(Dies zeigt' indeß bei ihm nicht Ruhe an;)
Er sah sie an, doch Antwort gab er nicht
Und richtete den Blick auf Don Juan,
Der trotzig dastand, wie auf Kampf erpicht,
Die Wangen fiebernd, fertig für den Streit,
Gefaßt zu sterben, aber sprungbereit.
[...]

58.
The last sight which she saw was Juan's gore,
And he himself o'ermaster'd and cut down;
His blood was running on the very floor
Where late he trod, her beautiful, her own;
Thus much she view'd an instant and no more, –
Her struggles ceased with one convulsive groan;
On her sire's arm, which until now scarce held
Her writhing, fell she like a cedar fell'd.

59.
A vein had burst, and her sweet lips' pure dyes
Were dabbled, with the deep blood which ran o'er;
And her head droop'd, as when the lily lies
O'ercharged with rain: her summon'd handmaids bore
Their lady to her couch with gushing eyes;
Of herbs and cordials they produced their store,
But she defied all means they could employ,
Like one life could not hold, nor death destroy.

60.
Days lay she in that state unchanged, though chill –
With nothing livid, still her lips were red;
She had no pulse, but death seem'd absent still;
No hideous sign proclaim'd her surely dead;
Corruption came not in each mind to kill
All hope; to look upon her sweet face bred
New thoughts of life, for it seem'd full of soul –
She had so much, earth could not claim the whole.

61.
The ruling passion, such as marble shows
When exquisitely chisell'd, still lay there,
But fix'd as marble's unchanged aspect throws
O'er the fair Venus, but for ever fair;
O'er the Laocoön's all eternal throes,
And ever-dying Gladiator's air,
Their energy like life forms all their fame,
Yet looks not life, for they are still the same.

58.
Sie sah zuletzt Juan besiegt und schwer
Getroffen stürzen und sein rotes Blut
Auf eben dieser Flur, wo er vorher
Einherschritt, ihre Wonn' und höchstes Gut;
So viel noch hatte sie gesehn, – nicht mehr,
Als sich ihr Schmerz in tief Gestöhn entlud:
Erst zwang des Vaters Arm ihr Sträuben kaum,
Jetzt fiel sie, wie gefällt der Cederbaum.

59.
Die Ader sprang, – von dunklem Blut befleckt
Floß ihre reine Lipp', ihr Köpfchen legte
Dahin sich, wie die Lilie, hingestreckt
Vom Regensturm; so trugen sie die Mägde
Zu ihrem Lager, weinend und erschreckt.
Umsonst war alle Kunst, vergebens pflegte
Man sie mit Kraut und Trank, – das Leben schwand,
Und doch blieb ferne noch des Todes Hand.

60.
So lag sie unverändert Tag für Tag,
Kalt, doch nicht fahl, die Lippen blieben rot.
Sie schien zu leben ohne Herzensschlag,
Kein widrig Mal verkündete den Tod;
Verwesung kam nicht, und die Hoffnung mag
Noch hoffen: diese schöne Stirn gebot
Dem Leben zu vertraun, – den vollen Glanz
Solch einer Seele heischt das Grab nicht ganz.

61.
Da lag noch jetzt der Liebe Widerschein,
Wie wir ihn in des Meisters Marmor schauen,
Nur reglos, wie im wandellosen Stein
Der immer junge Reiz auf Venus' Brauen,
Wie des Laokoon allew'ge Pein,
Des Fechters nie vergeh'ndes Todesgrauen:
Ihr ganzer Ruhm ist, daß sie lebensreich sind,
Und leben doch nicht, da sie immer gleich sind.

Byron läßt hier die heidnische, freie Sexualität als positiv und natürlich erscheinen, auch wenn sie nur ein Traum bleibt. Anders als die christlichen englischen Frauen bestimmt Haidée selbst über ihren Körper und ihre Gefühle und befreit sich damit vom patriarchalischen Joch. Sie erschafft sich und Don Juan eine utopische Gesellschaft, die auf Liebe und Fruchtbarkeit basiert. Byron symbolisierte mit der freien Liebe der beiden die Möglichkeit der Befreiung Griechenlands. Mit der Rückkehr von Lambro wird jedoch die paternalistische Autorität reinstalliert. Haidées Tod und der Verkauf von Juan in die Sklaverei sind die realen Konsequenzen einer Freiheitsliebe, die nicht existieren darf. Erst drei Jahre nach dem Abfassen dieser Episode begann Byron, sich aktiv für die Sache der Griechen einzusetzen, und verlieh so seiner imaginären Reise Realitätsstatus. Aber das Ende seiner eigenen Fahrt ahmte die im literarischen Text bereits vorgegebene Konstellation nach:

69.
Twelve days and nights she wither'd thus; at last,
Without a groan, or sigh, or glance, to show
A parting pang, the spirit from her passed:
And they who watch'd her nearest could not know
The very instant, till the change that cast
Her sweet face into shadow, dull and slow,
Glazed o'er her eyes – the beautiful, the black –
Oh! to possess such lustre – and then lack!

***

69.
So welkte sie zwölf Tag' und Nächte, bis
Ohn' einen Schmerzensblick und Klagelaute
Die Seele sich von ihrem Körper riß.
Und Keiner merkte, der am nächsten schaute,
Den Augenblick, bis dann die Finsternis
Des Todes auf den holden Zügen graute,
Verglasend ihren Blick, das stolze Funkeln, –
O, so zu leuchten und dann so zu dunkeln!

Auch Haidées Tod ist noch ein sinnliches Erlebnis für den Betrachter, genauso wie auch Byrons Reise in den Tod später glorifiziert wurde.

6. »Ein Ding von Schönheit...« – poetischer Anspruch und Literaturbetrieb

Ode to a Nightingale

I

My heart aches, and a drowsy numbness pains
My sense, as though of hemlock I had drunk,
Or emptied some dull opiate to the drains
One minute past, and Lethe-wards had sunk.
'Tis not through envy of thy happy lot,
But being too happy in thine happiness –
That thou, light-winged Dryad of the trees,
In some melodious plot
Of beechen green, and shadows numberless,
Singest of summer in full-throated ease.

II

Oh, for a draught of vintage that hath been
Cooled a long age in the deep-delved earth,
Tasting of Flora and the country green,
Dance, and Provençal song, and sunburnt mirth!
Oh, for a beaker full of the warm South,
Full of the true, the blushful Hippocrene,
With beaded bubbles winking at the brim,
And purple-stained mouth,
That I might drink, and leave the world unseen,
And with thee fade away into the forest dim –

III

Fade far away, dissolve, and quite forget
What thou among the leaves hast never known,
The weariness, the fever, and the fret
Here, where men sit and hear each other groan;
Where palsy shakes a few, sad, last gray hairs,
Where youth grows pale, and spectre-thin, and dies;
Where but to think is to be full of sorrow
And leaden-eyed despairs;
Where Beauty cannot keep her lustrous eyes,
Or new Love pine at them beyond to-morrow.

IV

Away! away! For I will fly to thee,
Not charioted by Bacchus and his pards,
But on the viewless wings of Poesy,
Though the dull brain perplexes and retards.
Already with thee! Tender is the night,
And haply the Queen-Moon is on her throne,
Clustered around by all her starry fays;
But here there is no light,
Save what from heaven is with the breezes blown
Through verdurous glooms and winding mossy ways.

V

I cannot see what flowers are at my feet,
Nor what soft incense hangs upon the boughs,
But, in embalmed darkness, guess each sweet
Wherewith the seasonable month endows
The grass, the thicket, and the fruit-tree wild –
White hawthorn, and the pastoral eglantine;
Fast-fading violets covered up in leaves;
And mid-May's eldest child,
The coming musk-rose, full of dewy wine,
The murmurous haunt of flies on summer eves.

VI

Darkling, I listen; and, for many a time
I have been half in love with easeful Death,
Called him soft names in many a mused rhyme,
To take into the air my quiet breath;
Now more than ever seems it rich to die,
To cease upon the midnight with no pain,
While thou art pouring forth thy soul abroad
In such an ecstasy.
Still wouldst thou sing, and I have ears in vain –
To thy high requiem become a sod.

VII

Thou wast not born for death, immortal bird!
No hungry generations tread thee down;
The voice I hear this passing night was heard
In ancient days by emperor and clown:
Perhaps the self-same song that found a path
Through the sad heart of Ruth, when, sick for home,
She stood in tears amid the alien corn;
The same that oft-times hath
Charmed magic casements, opening on the foam
Of perilous seas in fairy lands forlorn.

VIII

Forlorn! The very word is like a bell
To toll me back from thee to my sole self!
Adieu! The fancy cannot cheat so well
As she is famed to do, deceiving elf.
Adieu! adieu! Thy plaintive anthem fades
Past the near meadows, over the still stream,
Up the hill-side; and now 'tis buried deep
In the next valley-glades:
Was it a vision, or a waking dream?
Fled is that music ... Do I wake or sleep?

Ode an eine Nachtigall

I

Mein Herz tut weh, und schläfriges Erlahmen,
Als hätt ich Gift getrunken, quält mich sehr.
Betäubte mich ein Trank aus giftigen Samen?
Mich hüllt Vergessenheit, ich weiß nichts mehr.
Doch ist's nicht Neid auf dein so glücklich Los –
Nur füllt so schwer mit Glück dein Glück mich an:
Daß du, des Walds beflügelte Dryade,
In lieblich kühlem Schoß,
Im Schatten, den das Buchengrün dir spann,
Der Freiheit jubeln kannst, der Sommergnade.

II

O Wein jetzt! Jungen Wein, den Erde kühlte,
Den dunkelkühl ein langes Jahr gereift,
Der sonngebräunten Frohsinn tanzen fühlte,
Und der des Provençalen Lied begreift;
O einen Becher warmen Südens jetzt!
O Hippokrene, die zum Rande schäumt
Und gern und gut Begeisterung bereitet
Mit Lippen rot benetzt,
Dich will ich trinken, daß ich ungesäumt
Zum Wald entschweben kann, von dir geleitet.

III

Entschweben, ganz vergehn – und ganz vergessen,
Was du in deinem Walde nie gekannt:
Die Menschennot, die Mühen unermessen,
Das Sorgenfieber, das die Herzen bannt;
Du weißt nicht, wie gelähmtes Alter stöhnt,
Wie Denken immer nur Sich-härmen heißt,
Wie Jugend bleicht und schleicht und siecht und schwindet,
Und wie Verzweiflung höhnt,

Wo Schönheit,wenn ihr Blick das Leben preist,
Um Liebe weinen lernt und bald erblindet.

IV

Hinweg! Zu dir! Doch soll nicht Bacchus Wagen
Mit Pantherkraft mich ziehn, nein! Poesie
Soll mich auf unsichtbaren Schwingen tragen,
Drückt auch dies Hirn noch müde Apathie.
Schon bin ich bei dir! Milde ist die Nacht,
Und Luna thront mit lächelndem Gesicht
Und überblickt ihr Sternenvolk voll Gnade,
Doch hat sie hier nicht Macht:
Nur manchmal bläst ein Windhauch etwas Licht
Durch grüne Dämmernis auf moosige Pfade.

V

Ich sehe nicht, was blüht zu meinen Füßen,
Welch süßer Balsam rings an Zweigen hängt;
Doch auch im Dunkeln ahn ich, was an süßen
Duftwellen atmend in die Mainacht drängt
Aus wildem Beerenbaum und Gras und Strauch:
Ich atme Weißdornduft und Rosenblühn
Und Veilchen, die in Blätterbetten sterben,
Und Moschusrosen auch,
In denen morgens bunte Tropfen glühn
Und abends Sommerfliegen sich umwerben.

VI

Im Dunkel lausche ich; und wie Verlangen
Mich oft schon faßte nach dem stillen Grab,
Wie ich dem Tod, mich herzlich zu umfangen,
Schon oft in Liedern liebe Namen gab,
So scheint mir Sterben jetzt besonders schön.
Ach, schmerzlos mich zu lösen in die Nacht,
Indeß dein Sang in heiligen Ekstasen

Beschüttet Tal und Höhn
Und doch mein Herz nicht höher schlagen macht,
Das nur als Duft noch schwingt im blumigen Rasen.

VII

Du Vöglein wurdest nicht zum Tod geboren!
Nein, dich zertritt kein hungerndes Geschlecht.
Was diese Nacht mir tönt, sang in die Ohren
Dem ersten König schon, dem ersten Knecht,
Und ist vielleicht derselbe Sang, der tief
Der heimwehkranken Ruth zum Herzen klang,
Als sie in Tränen schrill durch fremde Gassen.
Derselbe Sang, der tief
Bezaubernd sich um Märchenschlösser schwang
Und Feenreiche, die nun längst verlassen.

VIII

Verlassen! Ach, dies Wort ist wie das Klingen
Trostloser Glocken, das zu mir mich mahnt!
Auch Phantasie kann nicht Erlösung bringen,
Wenn ihr nicht Hoffnung einen Weg gebahnt.
Lebwohl! Lebwohl! Dein Schmerzgesang entschwebt
Zum Wiesengrund aus Waldes hohem Dom,
Ins Tal hinab und schweigt am dunklen Bache.
Ward mir ein Traum belebt?
Betrog die wachen Sinne ein Phantom?
Wer sagt mir, ob ich schlafe oder wache!

Romantisches Reisen war oft, und vor allem bei Keats, ein Reisen ins eigene Innere, in Kunstwelten wie die der »Ode to a Nightingale«, berückend schön und melancholisch, traumhaft und irreal. Das Gedicht, eines der bekanntesten von Keats, das den bei ihm zentralen Konflikt von Freude und Leid thematisiert, ist vielfach kontrovers interpretiert worden. Anders als eine typische Ode beginnt es nicht mit einem Anruf, sondern mit den Empfindungen des Sprechers, der den Zustand der Bewußtseinsauflösung beschreibt. Nacheinander benennt er drei Auswege aus seiner existentiellen Krise, die bedingt ist durch seine Einsicht in die Notwendigkeit des Verfalls: Drogen (Opium), Poesie (die »unsichtbaren Schwingen«) und einen schmerzlosen Tod/Selbstmord. Er erlebt seine Existenz wie die der glücklichen Nachtigall in einer Art wirklichkeitsfremder Ekstase, die aber nicht von Dauer ist. Das Versinken im eigenen Ich und im eigenen Traum endet in der letzten Strophe – der »Schmerzgesang« des Vogels schwindet, und plötzlich fragt sich das Ich, ob es wach ist oder schläft. Die Nachtigall verkörpert die *imagination*, die Vorstellungskraft des Poeten. Wie der Sprecher des Gedichts kreiert der Dichter aufgrund seiner gesteigerten Wahrnehmungsfähigkeit eine ästhetische Welt um sich, die zeitlos ist und ihm so zur Transzendenz des irdischen Daseins verhilft.

Die Nachtigall steht auch für das Ideal des Schönen, dem Keats in *Endymion* einen zentralen Rang einräumte: »A thing of beauty is a joy forever« – »Ein Ding von Schönheit macht für immer Freude«, so der Anfang der Verserzählung. Für Keats war Schönheit synonym mit Wahrheit, ein poetologisches Konzept, das er in einem seiner berühmtesten Briefe, dem vom 22. November 1817, ausdrückte. Der an seinen Freund Bailey geschriebene Brief entstand zu einer Zeit der massiven politischen Einschränkungen, und sein Inhalt kann auch als Ausdruck einer eskapistischen Weltflucht gelesen werden.

Sicher bin ich mir nur der Heiligkeit der Neigungen des Herzens und der Wahrheit der Vorstellungskraft. Was die Vorstellungskraft als schön begreift, muß wahr sein, egal ob es vorher existiert hat oder nicht, denn ich habe dieselbe Ansicht von all unseren Leidenschaften wie von der Liebe. In ihrer Erhabenheit bringen sie alle die reine Schönheit hervor. Kurz – Du magst meine liebsten Spekulationen aus meinem ersten Buch und aus dem kleinen Lied kennen, das ich in letztem schickte. Es stellt auf phantasievolle Weise dar, wie man diese Angelegenheiten vermutlich betreibt. Die Vorstellungskraft kann mit Adams Traum verglichen werden – er wachte auf und fand, daß er Wahrheit war. In dieser Angelegenheit bin ich um so eifriger, als ich nie verstehen konnte, wie irgend etwas durch aufeinander aufgebaute Argumente als wahr erkannt werden kann – und doch muß es möglich sein. Können sogar die größten Philosophen jemals ihr Ziel erreichen, ohne eine Vielzahl an Einwänden zu übergehen? Wie das auch sein mag – für ein Leben der Gefühle statt eines der Gedanken! Es ist »eine Vision in der Gestalt der Jugend«, ein Schatten der künftigen Realität – und diese Überlegung hat mich weiter überzeugt, denn sie ist zur Helferin einer anderen meiner Lieblingsspekulationen geworden, nämlich der, daß wir nach diesem Leben dadurch Freude genießen werden, daß man uns das, was wir das Glück auf Erden nennen, in einem feineren Ton wiederholt und wiederholt. Und doch kann ein solches Schicksal nur denen widerfahren, die sich am Gefühl, nicht so wie Du am Wahrheitshunger, erfreuen.

In Miltons *Paradise Lost* träumt Adam von Eva, die er nach seinem Erwachen neben sich findet. So soll auch der Genießer der Schönheit in seine Idealwelt hineingleiten. Wenn Keats hier das Schöne und das Wahre gleichsetzt, verlegt er die Wahrheitssuche in den sinnlichen Bereich. Daher ist für ihn »sensation«, Gefühl, wichtiger als Wahrheitshunger. Auch der subjektiven Vorstellungskraft kommt damit der Status absoluter Wahrheit zu. Keats' Poetologie steht in Einklang mit den Vorstellungen anderer Romantiker, zu deren Anliegen es gehörte, Einblick in die Seele des Dichters zu gewähren. Das Kunstwerk repräsentiert dann das nach außen gewendete Innere des Poeten, kann also gar nicht anders als subjektiv sein. Er benötigt »Negative Capability«, »Negative Fähigkeit, das heißt, wenn ein Mann in der Lage ist, Unsicherheiten, Geheimnisse und Zweifel auszuhalten, ohne irritiert nach Tatsachen und Vernunft zu greifen«. Der Dichter ist offen für alle Einflüsse und muß sich in die unterschiedlichsten Bewußtseinslagen hineinversetzen können: »Was den poetischen Charakter selbst angeht [...], so ist er kein Selbst, er hat kein Selbst – er ist alles und nichts, er hat keinen Charakter – er genießt Licht und Schatten; er lebt nach seinem Genuß, häßlich oder schön, hoch oder niedrig, reich oder arm, gering oder erhöht – er denkt sich ebenso gern einen Jago aus wie eine Imogen. Was den tugendhaften Philosophen erschreckt, entzückt den Chamäleonpoeten«.

Trotz seiner viel politischeren Ausrichtung ähnelt Shelleys poetologisches Konzept an vielen Stellen dem von Keats. In seiner 1820 erschienenen Schrift *A Defence of Poetry (Verteidigung der Poesie)*, legte er in Auseinandersetzung mit einem Essay von Peacock seine eigenen Vorstellungen von der Rolle der Dichtung dar. Auch Shelley zelebrierte die *imagination*, die unberechenbare Vorstellungs- und Schöpfungskraft, die alleine zu großen Kunstwerken führt. Kennzeichnend für die romantische Poetik ist die Vorstellung vom Originalgenie, das bei seinem Schaffen nicht festgelegten Regeln, sondern der Inspiration folgt.

Die Poesie ist in der Tat etwas Göttliches. Sie ist sowohl Zentrum als auch Umkreis des Wissens; sie umfaßt die ganze Wissenschaft, und die Wissenschaft muß auch auf sie bezogen werden. Sie ist gleichzeitig Wurzel und Blüte aller anderen Denksysteme. Aus ihr geht alles hervor, sie schmückt alles, und wenn sie geschädigt wird, verweigert sie Frucht und Samen und enthält der kahlen Welt die Nahrung und die nachwachsenden Ableger des Lebensbaums vor. Sie ist perfekt und vollkommen als Mantel und Blüte aller Dinge. Sie ist wie der Duft und die Farbe der Rose im Verhältnis zur Beschaffenheit der Elemente, aus denen sie besteht, wie die Form und die Pracht nicht verwelkter Schönheit im Vergleich zu den Geheimnissen der Anatomie und der Zersetzung. Was wären Tugend, Liebe, Patriotismus, Freundschaft etc., was wäre der Schauplatz dieser schönen Welt, die wir bewohnen, womit könnten wir uns auf dieser Seite des Grabs trösten, und worauf könnten wir im Jenseits hinstreben, wenn sich die Poesie nicht erheben würde, um Licht und Feuer aus jenen ewigen Gefilden zu bringen, wo sich die Berechnung nicht auf Eulenflügeln emporzuschwingen wagt? Die Poesie ist nicht wie die Vernunft eine Kraft, die der Willensanstrengung unterliegt. Kein Mensch kann sagen: »Ich werde dichten.« Selbst der größte Dichter kann das nicht, denn beim schöpferischen Prozeß ist der Geist wie ein verglühendes Stück Kohle, das ein unsichtbarer Einfluß wie ein ungleichmäßiger Wind zu kurzlebiger Helligkeit entfacht. Diese Macht kommt aus dem Inneren, wie die Farbe einer Blume, die verwelkt und verblüht, während sie sich noch entwickelt, und der bewußte Teil unseres Wesens ist nicht in der Lage, ihr Kommen oder Gehen zu prophezeien. Könnte dieser Einfluß in seiner ursprünglichen Reinheit und Kraft andauern, ist es doch unmöglich, die Größe seiner Wirkung vorherzusagen. Aber wenn das Dichten beginnt, ist die Inspiration bereits am Schwinden, und die hervorragendste Lyrik, die der Welt je mitgeteilt wurde, ist vermutlich ein schwacher Schatten des ursprünglichen Plans. Ich frage die größten Dichter der jetzigen Zeit, ob es nicht ein Irrtum ist, wenn man annimmt, daß die schönsten poetischen Stellen durch Arbeit und Eifer entstehen. Das was die Kritiker empfehlen, Mühe und langsame Herangehensweise, ist ganz richtig so zu verstehen, daß sie eine sorgfältige Beobachtung der inspirierten Momente meinen, und eine künstliche Verknüpfung der dazwischenliegenden Räume durch das Gewebe gebräuchlicher Ausdrücke; eine Notwendigkeit, die nur durch die Begrenztheit der poetischen Fähigkeit selbst auferlegt wird. Denn Milton plante Das Verlorene Paradies *als Ganzes, ehe er es in Teilen ausführte. Wir haben auch seine eigene Aussage dafür, daß ihm die Muse das »nicht vorher überlegte Lied« »eingegeben« hat.*

Nicht harte Arbeit, sondern das Abwarten des geeigneten Zeitpunkts ist wichtig für den Dichter. Dichten wird dadurch der Planbarkeit entzogen. Das Produkt des schöpferischen Vorgangs, häufig mit organischen Metaphern beschrieben, ist – wie der Vorgang selbst – der rationalen Beurteilung und Kontrolle entzogen. Für Shelley ist Dichtung der Lebensfunke schlechthin, der dem Dasein neue Qualität verleiht.

Die Poesie macht alles schön. Sie vergrößert die Schönheit der schönsten und der häßlichsten Dinge. Sie verheiratet Entzücken und Schrecken, Trauer und Vergnügen, Ewigkeit und Wandel; unter ihr leichtes Joch unterwirft sie alle unvereinbaren Dinge zur Einigkeit. Sie verändert alles, was sie berührt, und jede Form, die sich im strahlenden Glanz ihrer Gegenwart bewegt, wird durch wunderbare Gleichgestimmtheit zu einer Verkörperung des Geistes, den sie atmet. Ihre geheime Alchemie wandelt die giftigen Gewässer, die vom Tod durch das Leben fließen, zu trinkbarem Gold. Sie streift der

Welt den Schleier der Vertrautheit ab und legt die nackte und schlafende Schönheit bloß, die der Geist ihrer Formen ist.

Alle Dinge existieren so, wie sie wahrgenommen werden, wenigstens für den Wahrnehmenden. »Unser Sinn ist sein eigener Platz und kann aus der Hölle einen Himmel machen oder aus dem Himmel eine Hölle.« [Milton] Aber die Poesie befreit uns von dem Fluch, der uns an die zufälligen Eindrücke bindet, die uns umgeben. Und ob sie ihren eigenen verzierten Vorhang ausbreitet oder des Lebens dunklen Schleier vor der Bühne der Dinge hochzieht – sie schafft uns gleichermaßen ein Wesen in unserem Wesen. Sie macht uns zu den Bewohnern einer Welt, im Vergleich zu der die gewohnte Welt ein Chaos ist. Sie erschafft noch einmal das allgemeine Universum, von dem wir Teile sind und das wir wahrnehmen, und sie befreit unser inneres Auge vom Schleier der Vertrautheit, der uns die Wunder unserer Existenz verbirgt. Sie zwingt uns, das zu fühlen, was wir wahrnehmen, und uns das vorzustellen, was wir wissen. Sie erschafft das Universum neu, nachdem es in unserem Verstand durch die immer wiederkehrenden, abgestumpften Eindrücke ausgelöscht ist.

Die Poesie eröffnet eine zusätzliche Dimension im Leben, indem sie die Menschen von den Fesseln der Wahrnehmung befreit und ihnen unter der Schicht des Alltäglichen Neues zeigt. Der Dichter wird in den übermenschlichen Bereich enthoben und Gott gleichgestellt oder wird sogar zu Gott, der die Schöpfung neu ordnet. Dabei ist er jedoch nicht frei in seinem Schaffen, denn er schreibt seine Gedichte nicht autonom, sondern die Gedichte schreiben sich durch ihn. Der Dichter ist wie einer der biblischen Propheten, die Shelley mit Begeisterung immer wieder las.

Die unerschöpflichste Künderin, Begleiterin und Anhängerin des Erweckens eines großen Volkes, des Erreichens einer Änderung der Ansichten oder Einrichtungen, ist die Poesie. Zu solchen Zeiten häuft sich die Kraft, die tiefgefühlte und leidenschaftliche Ideen über den Menschen und die Natur mitteilt und empfängt. Die Menschen, denen diese Kraft innewohnt, mögen oft in vielerlei Hinsicht wenig offensichtliche Übereinstimmung mit dem Geist des Guten haben, dessen Werkzeug sie sind. Aber selbst wenn sie sie verneinen und ihr abschwören, sind sie doch gezwungen, der Macht zu dienen, die auf dem Thron ihrer eigenen Seelen sitzt. Es ist unmöglich, die Werke der gefeiertsten Dichter unserer Zeit zu lesen, ohne daß die Elektrizität überspringt, die in ihren Worten knistert. Sie messen das Ausmaß und sondieren die Tiefen der menschlichen Natur mit einem umfassenden Geist, der alles durchdringt, und sie sind selbst vielleicht am allermeisten darüber erstaunt, wie er sich zeigt, denn es ist weniger ihr Geist als der ihres Zeitalters. Dichter sind Priester der nicht verstandenen Inspiration, Spiegel der gigantischen Schatten, die die Zukunft auf unsere Gegenwart wirft, Worte, die ausdrücken, was sie selbst nicht verstehen, Trompeten, die zur Schlacht rufen und nicht merken, wozu sie inspirieren, Einfluß, der nicht bewegt wird, sondern andere bewegt. Dichter sind die nicht anerkannten Gesetzgeber der Welt.

Der berühmte und vielzitierte Schlußsatz von Shelleys *Verteidigung der Poesie* faßt noch einmal seine Position zusammen. Shelley lebte in einem grundlegenden Zwiespalt was seine Rolle als Dichter betraf, denn sein Anspruch, der ganzen Menschheit zu helfen, stand im krassen Gegensatz zur geringen Anerkennung, die er erfuhr und die er programmatisch in sein Konzept einfließen ließ. Die poetologischen Aussagen von Shelley und Keats gehen zum Teil auf Wordsworth und Coleridge zurück, modifizieren aber auch deren Positionen. Die romantischen Reflexionen über das Wesen des wahren Dichters und seine Kunst waren so erfolgreich, daß sie bis heute unser Dichtungsverständnis zentral beeinflussen. Lyrik gilt nicht als Ergebnis sprachlicher Fähigkeiten, sondern ominöser, quasi göttlicher Inspiration, die sich nicht planen läßt. Dieses Konzept einer zeitenthobenen, transzendenten Eingebung bediente im neunzehnten Jahrhundert die Bedürfnisse nach einem Wahren, Edlen und Guten, das jenseits der zeitgebundenen, utilitaristischen Verwertbarkeit lag. Keats' und Shelleys Dichtungsverständnis ist ein Produkt ihrer Zeit: Wegen der eigenen Marginalisierung innerhalb einer zunehmend technisierten und kommerzialisierten Gesellschaft wurde die Rolle des abseits stehenden Poeten durch Idealisierung aufgewertet. Da keine Beteiligung des Dichters an den gesellschaftlichen Prozessen möglich schien, wurde der Rückzug in die eigene Subjektivität, so wie bei Keats, oder das Erheben uneinlösbarer Forderungen nach der Zentralität des Dichters, so wie bei Shelley, zur typischen Reaktion.

Interessanterweise stellte der Erfolgsautor Byron die wenigsten poetologischen Spekulationen an. Über Leigh Hunts diesbezügliche Ausführungen schrieb er: »Wenn ein Mann über ein System spricht, ist sein Fall hoffnungslos.« Zwar thematisierte er, vor allem im *Don Juan,* immer wieder den Vorgang des Dichtens auf ironische Weise, äußerte sich aber nie so verklärend wie Shelley über das poetische Prophetentum. Byron machte sich nicht von einer unberechenbaren Inspiration abhängig, sondern produzierte in rascher Folge technisch ausgefeilte Produkte, die vor allem unterhalten wollten. In einer seiner frühen Schriften, der Satire *English Bards and Scotch Reviewers,* griff er die »Lake Poets«, die »Seeschule« (Southey, Wordsworth und Coleridge), an, deren inszenierte Einfachheit und simple Naturbewunderung ihm langweilig, gekünstelt und höchst überflüssig vorkamen:

[...]
Oh! Southey! Southey! cease thy varied song!
A bard may chant too often and too long:
As thou art strong in verse, in mercy, spare!
A fourth, alas! were more than we could bear.
But if, in spite of all the world can say,
Thou still wilt verseward plod thy weary way;
If still in Berkley ballads most uncivil,
Thou wilt devote old women to the devil,
The babe unborn thy dread intent may rue:
»God help thee«, Southey, and thy readers too.

Next comes the dull disciple of thy school,
That mild apostate from poetic rule,
The simple Wordsworth, framer of a lay
As soft as evening in his favourite May,
Who warns his friend's »to shake off toil and trouble,
And quit his books, for fear of growing double«;

Who, both by precept and example, shows
That prose is verse, and verse is merely prose;
Convincing all, by demonstration plain,
Poetic souls delight in prose insane;
And Christmas stories tortured into rhyme
Contain the essence of the true sublime.
Thus, when he tells the tale of Betty Foy,
The idiot mother of »an idiot boy«;
A moon-struck, silly lad, who lost his way,
And, like his bard, confounded night with day;
So close on each pathetic part he dwells,
And each adventure so sublimely tells,
That all who view the »idiot in his glory«
Conceive the bard the hero of the story.

Shall gentle Coleridge pass unnoticed here,
To turgid ode and tumid stanza dear?
Though themes of innocence amuse him best,
Yet still obscurity's a welcome guest.
If Inspiration should her aid refuse
To him who takes a pixy for a muse,
Yet none in lofty numbers can surpass
The bard who soars to elegise an ass.
So well the subject suits his noble mind,
He brays the laureat of the long-ear'd kind.
[...]
Another epic! Who inflicts again
More books of blank upon the sons of men?
Bœotian Cottle, rich Bristowa's boast,
Imports old stories from the Cambrian coast,
And sends his goods to market – all alive!
Lines forty thousand, cantos twenty-five?
Fresh fish from Helicon! who'll buy, who'll buy?
The precious bargain's cheap – in faith, not I.
Your turtle-feeder's verse must needs be flat,
Though Bristol bloat him with the verdant fat;
If Commerce fills the purse, she clogs the brain,
And Amos Cottle strikes the lyre in vain.

In him an author's luckless lot behold,
Condemn'd to make the books which once he sold.
Oh, Amos Cottle! – Phœbus! what a name
To fill the speaking trump of future fame! –
Oh, Amos Cottle! for a moment think
What meagre profits spring from pen and ink!
When thus devoted to poetic dreams,
Who will peruse thy prostituted reams?
Oh! pen perverted! paper misapplied!
Had Cottle still adorn'd the counter's side,
Bent o'er the desk, or, born to useful toils,
Been taught to make the paper which he soils,
Plough'd, delved, or plied the oar with lusty limb,
He had not sung of Wales, nor I of him.
[...]

***

[...]
O Southey! Southey! ende den Gesang;
Man kann zu häufig singen, auch zu lang.
Du bist ja mächtig, laß denn Gnade walten;
Ein viertes Epos wär' nicht auszuhalten.
Doch wenn du taub bist für der Menschen Bitte
Und ferner verswärts »schleppst die müden Schritte«,
Wenn du noch mehr Berkley-Balladen schreibst
Und alte Weiber in die Hölle treibst,
Dann fluchen einst dir ungeborne Kinder, –
Gott helf' dir und dem Publikum nicht minder.

Da naht dein Jünger, der stupid und still
Der Dichtkunst Regeln all' abschaffen will,
Der simple Wordworth, der ein Liedchen weiß,
Lau wie ein Abend seines Lieblings-Mai's.
Er lehrt (und fügt auch gleich die Proben bei),
Daß Prosa Vers und Vers nur Prosa sei;
Er zeigt euch klar, daß jedes dichterische
Gemüt an toller Prosa sich erfrische,

Und daß par force *gereimte Ammenmären*
In ihrem Wesen echt erhaben wären.
So hat er seine »Betsy Foy« besungen,
Die tolle Mutter eines blöden Jungen,
Des armen Mondkalbs, welches sich verirrt
Und, wie sein Sänger, Tag und Nacht verwirrt;
Mit solchem Pathos spricht er von dem Knaben,
Beschreibt all seine Fata so erhaben,
Daß man beim Anblick dieses edlen Tollen
Glaubt, Wordsworth habe selbst sich schildern wollen.

Grüßt Coleridge nun, den sanften Philosophen,
Den Freund gedunsner Od' und schwülst'ger Strophen!
Für Themata der Unschuld eingenommen,
Heißt er doch auch die Dunkelheit willkommen;
Kein Dichter, der so hoch wie er sich schwingt
Und Elegien auf einen Esel singt;
Der Stoff entzückt ihn so, daß er i-a't,
Der langgeohrten Sippe Laureat.
[...]

Ein Epos mehr! Mit Jamben ohne Reim,
Wer sucht der Menschen Söhne wieder heim?
Böotiens Cottle, Bristols großer Mann
Fährt alte cambrische Geschichten an,
Viel tausend Zeilen, Canto's fünf und zwanzig, –
Schnell auf den Markt! die Ware wird sonst ranzig!
Kauft! kaufet! frischen Fisch vom Helikon!
Spottwohlfeil! – Ich begehre nichts davon!
Ein Turtle-Fresser reimt wohl nicht aufs Beste,
Ob Bristol auch mit grünem Fett ihn mäste.
Geld bringt der Handel, aber Witz nicht viel,
Und Cottle schlägt umsonst das Saitenspiel.
Ihn traf des Schicksals ärgste Ironie:
Sonst bot er Bücher feil, jetzt schreibt er sie!
O Amos Cottle – – welch ein Nam', Apoll,
Der Fama's Sprachtrompet' einst füllen soll! –
O Amos Cottle, denk ein Bissel nach,

Prosit von Dint' und Feder ist so schwach.
Wenn du in Dichterträume dich verlierst,
Wer liest die Ballen, welche du verschmierst?
Mißbrauchter Kiel! verzetteltes Papier!
Wär' Cottle noch des Ladentisches Zier,
Hätt' er gelernt, ein Handwerk auszunutzen,
Papier zu machen, statt es zu beschmutzen,
Land pflügen, graben oder Lasten ziehn,
Würd' er nicht Wales besingen, noch ich ihn.
[...]

Der ebenfalls angegriffene Cottle, ursprünglich Buchhändler sowie Verleger von Wordsworth, Coleridge und Southey, hatte einige Epen verfaßt, die offensichtlich (zu) positive Aufnahme gefunden hatten. Der Lord machte Cottle wegen seiner sozialen und regionalen Herkunft zur Zielscheibe seines Spotts. Cottle war für ihn einer der unendlich vielen fehlgeleiteten Verursacher von Dichtungen, die der Lektüre nicht wert waren. Byrons *English Bards and Scotch Reviewers,* die gesamte Attacke, war eine Reaktion auf den Verriß seines zweiten Lyrikbands, *Hours of Idleness,* durch die »Edinburgh Review« – daher die »Scotch Reviewers«, die »schottischen Rezensenten« und ihre Favoriten, an die er seinen Angriff adressierte. Jedoch wurde Byron schnell so erfolgreich, daß er sich um Dichterrivalen keine Gedanken mehr zu machen brauchte. Mit dem Erfolg kam auch materieller Gewinn. Verzichtete Byron zunächst wegen seines sozialen Status auf Honorare, so nahm er sie später gerne an. Er ist nicht das einzige Beispiel dafür, daß Schreiben auch zu finanziellem Erfolg führen konnte. Auch der Romancier Walter Scott und der irische Dichter Thomas Moore verdienten mit Literatur nicht wenig Geld.

War Byron trotz aller Angriffe durch Rezensenten sehr durch Erfolge verwöhnt, so mußte Shelley feststellen, daß seine literarischen Produkte zumeist auf negative Kritik stießen. »Lines to a Critic«, die Zeilen »An einen Kritikaster«, demonstrieren jedoch eine betont lässige Haltung:

Lines to a Critic

Honey from silkworms who can gather,
Or silk from the yellow bee?
The grass may grow in winter weather
As soon as hate in me.

Hate men who cant, and men who pray,
And men who rail like thee;
An equal passion to repay
They are not coy like me.

Or seek some slave of power and gold
To be thy dear heart's mate;
Thy love will move that bigot cold
Sooner than me, thy hate.

A passion like the one I prove
Cannot divided be;
I hate thy want of truth and love –
How should I then hate thee?

***

An einen Kritikaster

Gibt Honig dir der Seidenwurm,
Die Biene Seide dir?
Das Gras ersprießt im Wintersturm
So leicht, wie Haß in mir.

Wer heuchelt, betet oder schmählt,
Gleich dir, den hasse du;
Er mißt, von niedrer Glut beseelt,
Mit gleichem Maß dir zu.

Ein Knecht des Goldes und der Macht
Sei's, der zum Freund dich kürt;
Eh' wird sein Herz in Lieb' entfacht,
Als meins dein Haß berührt.

Seit je in warmer Liebe schlug
Das Herz mir voll und rein;
Ich hasse deinen Lug und Trug –
Wie sollt' ich Haß dir *weihn?*

Dem Kritiker fehlen – stellvertretend für die ganze Gattung, der er angehört – schlichtweg Wahrheitsstreben und Liebe. Er ist ein armer Wurm, über den sich der echte Poet keine weiteren Gedanken macht. Aus Posen dieser Art entstand später der Mythos des unverstandenen romantischen Dichters, schmählich im Stich gelassen von den Lesern, die sich lieber ephemeren und wertlosen Produkten zuwandten. Allerdings kümmerte sich Shelley, der durch seine Gedichte nicht unbedingt seinen Lebensunterhalt verdienen wollte, auch kaum um den populären Geschmack. Wenn er versuchte, die Leserschaft direkt anzusprechen, so unternahm er dies entweder in Prosa (in seinen frühen Pamphleten) oder dann später durch eingängige, leicht verständliche, liedartige Gedichte wie *The Mask of Anarchy*, »Men of England« und andere. Shelley selbst unterschied zwischen »exoterischen« Texten, die er für die Massen produzierte, und »esoterischen«, die nur für wenige Leser geeignet waren. *Epipsychidion* zum Beispiel, die Fiktionalisierung seiner Bewunderung für Emilia Viviani, war nur für Kenner intendiert. Er distanzierte sich ostentativ von einem Lesepublikum, das sich allerdings auch nicht sonderlich für ihn begeistern konnte, und erklärte, daß er auf die Nachwelt hoffe – aber vielleicht war das auch nur ein Gestus, der der Wahrung seines Gesichts diente.

Wesentlich erfolgreicher war Mary Shelley, deren *Frankenstein* sofort zu einem Bestseller wurde. Anders als Percy orientierte sie sich am Zeitgeschmack und griff auf die populäre Form des Briefromans zurück. Ihre monströse Geburt stellt eine Kritik am männlichen Kunstschaffen und den übermenschlich starken Helden der Dichter in ihrem Umkreis dar. *Frankenstein* trägt den Untertitel *The Modern Prometheus* – dieser Prometheus ist eine Figur, die die Schöpfung auf negative Weise manipuliert. Mary Shelley wandte sich gegen die romantische Poetologie, die Frauen eine kreative Rolle absprach. Das Monster, der Unglücksgriff eines männlichen Schöpfers, hat nur Vater, nicht aber Mutter. *Frankenstein* spielt auf Shelley an, der sich während seiner Kindheit und auch später gelegentlich Viktor nannte und dessen Schwester, wie die des Protagonisten, ebenfalls Elisabeth hieß. Wie Viktor Frankenstein möchte auch Percy Shelley an der göttlichen Schöpferkraft teilhaben und dadurch sein menschliches, zeitgebundenes Dasein überwinden. Mary Shelleys Streben nach rationaler Kontrolle war beeinflußt von den Schriften ihrer Mutter, Mary Wollstonecraft, die Vernunft und ethisches Denken propagierten – Normen, die ihre Tochter bei den männlichen Romantikern verletzt sah. Eine der bekanntesten Szenen des Romans ist die vielfach filmisch dargestellte Geburt des Monsters, beschrieben aus der Perspektive von Viktor Frankenstein:

In einer trüben Novembernacht erblickte ich schließlich die Erfüllung meiner Mühen. Mit Besorgnis, geradezu in Agonie, versammelte ich die Instrumente um mich herum, mit denen ich diesem leblosen Ding, das zu meinen Füßen lag, einen Lebensfunken eingeben wollte. Es war bereits ein Uhr nachts; der Regen prasselte trostlos gegen mein Fenster, und meine Kerze war beinahe heruntergebrannt, als ich im Schimmer des halberloschenen Lichts sah, wie sich das schwere, gelbe Auge der Kreatur öffnete. Sie atmete schwer, und eine zuckende Bewegung ging durch ihre Glieder.

Wie kann ich meine Gefühle angesichts dieser Katastrophe beschreiben, oder wie kann ich das Scheusal schildern, das ich mit so unendlichen Schmerzen und Mühen zu formen unternommen hatte? Seine Glieder hatten die richtigen Proportionen, und ich hatte ihm Gesichtszüge verliehen, die schön sein sollten. Schön! – Guter Gott! Seine gelbe Haut bedeckte kaum das Spiel der darunterliegenden Muskeln und Adern. Sein Haar war glänzend schwarz und wallend, seine Zähne perlweiß, aber diese Vorzüge standen in einem um so schrecklicheren Kontrast zu seinen wäßrigen Augen, die beinahe dieselbe Farbe zu haben schienen wie die schmutzigweißen Höhlen, in die sie eingesetzt waren, zu seiner runzligen Haut und zu seinen geraden, schwarzen Lippen.

Typisch »männlich« erscheint die anfängliche Unfähigkeit des Schöpfers, zwischen schön und häßlich zu unterscheiden. Die Ästhetik der Romantiker erscheint als höchst unzulänglich, wenn das, was in der Theorie so schön scheint, in der Realität so viel Grauen erregt. Voller Entsetzen weist Frankenstein das Kind von sich, dem er das Leben geschenkt hat. Er weigert sich, für das erschaffene Produkt Verantwortung zu übernehmen, was letztlich die Zerstörungswut des Monsters hervorruft. Wie Shelleys Prometheus wendet sich das ungeliebte Monster schließlich gegen seinen Schöpfer.

Mary Shelley veröffentlichte die erste Auflage ihres Romans 1818 anonym – nicht untypisch für eine schreibende Frau. Die meisten Rezensenten meinten, das Werk stamme von ihrem Vater William Godwin oder ihrem Mann Percy Shelley. Trotz der anfänglich negativen Kritiken wurde die zweite Auflage von 1823, die unter ihrem eigenen Namen erschien, sehr begrüßt. Mary Shelley erwarb sich zu Lebzeiten ein Maß an Anerkennung, das Percy Shelley und John Keats nicht erreichten. Teilweise lag das an der Situation des Literaturmarkts. Lyrik galt als typisch weibliche Gattung, und Keats' (ebenso Shelleys) Unwilligkeit und Unfähigkeit, um diese Leserschaft zu werben, erregte Feindseligkeit. Wie auch andere Romantiker gebrauchte Keats die Metaphorik der Schwangerschaft, um seine poetische Kreation zu beschreiben – vereinnahmte das Weibliche, um sich dann aber von den Leserinnen zu distanzieren. In einem Brief an Keats' Verleger John Taylor schrieb Richard Woodhouse, ein Freund des Dichters: »Er sagt, er will nicht, daß Frauen seine Dichtung lesen; er will für Männer schreiben.« Wenn Keats die weibliche Leserschaft ablehnte, meinte er damit allerdings auch den populären Geschmack, dessen Diktat er sich nicht unterwerfen wollte. Einer seiner ironischen Kommentare über seinen Erfolg im Vergleich zu dem von Byron lautete: »Du siehst wie das ist, wenn man unter sechs Fuß ist und kein Lord.« Anders als Byron und Shelley besaß Keats wenig Selbstbewußtsein im Umgang mit den Kritikern. Daß er so sehr attackiert wurde, lag auch an seiner Assoziation mit Leigh Hunt. Hunt, der Herausgeber des »Examiner«, hatte 1817 einen Artikel veröffentlicht, in dem er Keats als Angehörigen einer neuen Schule beschrieb. Hunts poetisches Programm trat für eine »natürlichere« Sprache ein, eine Abkehr vom allzu glatten Klassizismus des achtzehnten Jahrhunderts à la Pope. Auch für ihn war »imagination« ein Schlüsselbegriff. Obwohl sein Artikel hilfreich sein sollte, schadete er Keats damit, der in der Folgezeit etlichen, eigentlich gegen Hunt gerichteten Attacken, ausgesetzt war. Hunt, der die konservativen Antipathien auf sich vereinigte, übte vielfach Kritik an der offiziellen Politik und mußte dafür sogar einen zweijährigen Gefängnisaufenthalt in Kauf nehmen. Keats' frühes Sonett »Written on the Day that Mr Leigh Hunt Left Prison« zeugt von einer ehrfürchtigen Bewunderung auf seiten des jungen Poeten, der im Zirkel um Hunt so etwas wie intellektuelle Nestwärme fand.

Hunts »Examiner«, der von 1808 bis 1821 erschien, war eine von vielen Zeitschriften, die ihren Lesern kulturelle und politische Positionen vermittelte. Konkurrenzblätter waren der liberale »Edinburgh Review«, die konservativen Organe »Blackwood's Edinburgh Magazine« und »The Quarterly«. Die Rezensionen von literarischen Texten beeinflußten natürlich den Bücherkauf von Privatleuten wie von Leihbibliotheken. Man schätzt, daß der »Edinburgh Review« und der »Quarterly« miteinander etwa 30 000 Leser hatten. Die Macht und der Einfluß dieser Blätter, die einen Dichter in der Gunst des Publikums in olympische Höhen heben oder völlig vernichten konnten, war enorm. Keats' Werke wurden zu seinen Lebzeiten auch häufig positiv erwähnt, aber was der Nachwelt in Erinnerung blieb, waren die aggressiven Angriffe in »Blackwood's Edinburgh Magazine«. Keats wurde in dieser Zeitschrift mehr als einmal böse verrissen. Der Hintergrund für diese Attacken war nicht zuletzt auch ein Kampf um Marktanteile. Für die Tories war Keats ein sozialer Aufsteiger ohne solide Kenntnisse der klassischen Antike, der sich erfrechte, die Leser seinen Vulgaritäten auszusetzen.

Die Krankheit eines menschlichen Verstands, egal wie schwach, zu beobachten, ist quälend; aber das Schauspiel eines fähigen Verstan-

des, der auf den Zustand des Schwachsinns reduziert ist, ist natürlich zehnmal bedrückender. Mit einem derartigen Kummer haben wir den Fall von Mr. John Keats betrachtet. Dieser junge Mann scheint von der Natur exzellente, vielleicht sogar überragende Talente erhalten zu haben – Talente, die, wenn sie einem nützlichen Beruf gewidmet sind, ihn zu einem respektablen, wenn nicht sogar bedeutenden Bürger gemacht haben müssen. Seine Freunde bestimmten ihn, soweit wir wissen, für die medizinische Laufbahn, und er war einige Jahre lang Lehrling bei einem ehrenwerten Apotheker in der Stadt. Aber all dies ist durch einen plötzlichen Schub der Krankheit, auf die wir angespielt haben, zunichte gemacht worden. Wir wissen nicht, ob man Mr. John mit einem harntreibenden Mittel oder mit einem Schlaftrunk zu einem Patienten nach Hause geschickt hat, der in der Poetomanie bereits weit fortgeschritten war. Sicher ist aber, daß er sich angesteckt hat, und zwar gründlich. Eine Zeitlang hofften wir, daß er mit ein oder zwei heftigen Anfällen davonkommen würde, aber in der letzten Zeit sind die Symptome fürchterlich geworden. Die Besessenheit der Gedichte *war auf ihre Weise schlimm genug, aber sie hat uns nicht halb so geängstigt wie die ruhige, entschiedene, faselnde Idiotie von* Endymion. *Wir hoffen aber, daß bei einem so jungen Menschen mit einer ursprünglich so guten Konstitution die Krankheit auch jetzt noch nicht völlig unheilbar ist. Zeit, beständige Behandlung und rationale Einschränkungen helfen vielen scheinbar hoffnungslosen Invaliden sehr; und wenn Mr. Keats vielleicht in einem lichten Moment ein Auge auf unsere Seiten wirft, könnte er von der Existenz seiner Krankheit überzeugt werden, was in solchen Fällen oft ausreicht, um den Patienten auf den Weg der Heilung zu bringen.*

Die sechs Seiten lange Kritik, die sich vor allem auf *Endymion* bezog, war vernichtend und triefte vor Klassenvorurteilen. Der Rezensent John Gibson Lockhart, der die Artikel mit dem Pseudonym »Z« unterzeichnete, baute seine Kritik auf Keats' Herkunft und Beruf auf. Keats' Freund Bailey hatte Lockhart bei einem gesellschaftlichen Anlaß kennengelernt und Keats ihm gegenüber verteidigt, ohne zu ahnen, daß dieser die von ihm gelieferten Informationen für einen Angriff mißbrauchen würde. Bailey hatte versucht, Keats zu stützen, indem er ihn als ehrenwerten Angehörigen der unteren Mittelschicht beschrieb, der einen achtenswerten Beruf erlernt hatte. Es war Lockhart ein leichtes, aus ihm einen Prätendenten zu machen, der am aristokratischen Lebensstil teilhaben wollte, ohne daß ihn seine Geburt dazu berechtigt hätte. Keats wurde vor allem wegen seiner Schichtenzugehörigkeit angegriffen. Sein ehemaliges Berufsziel bot dem Schreiberling jede Menge Metaphern, mit denen er Keats lächerlich machte. Oxbridge schien für ihn der einzig wahre Zugang zur Bildung zu sein – jeder Versuch, sich den Bildungsgütern »unautorisiert« zu nähern, mußte in der Meinung des Rezensenten zum Scheitern verurteilt sein. Allerdings ist zu bedenken, daß derlei Attacken nicht nur gegen Keats gerichtet wurden. Auch Byron mockierte sich in den oben zitierten Passagen aus *English Bards and Scotch Reviewers* über den sozialen Status von Cottle, den Angehörigen der Mittelschicht, der vermessen genug war, sich an die hehre Gattung des Epos heranzuwagen. Bei Gelegenheit äußerte sich auch Byron abfällig über die »Cockney Poetry«, allerdings mögen seine sarkastischen Bemerkungen über Keats auch aus dem Gefühl der Rivalität erwachsen sein. Trotz seiner meist ironischen Töne kannte er nämlich Keats' Gedichte ausnehmend gut. Keats jedenfalls soll, wie bereits erwähnt, an der grausamen Mißachtung durch die Rezensenten, vor allem durch obige Kritik, gestorben sein, so jedenfalls will es der Mythos.

Angesichts der harten Realitäten auf dem Literaturmarkt dienten Selbststilisierungen auch ein Stück weit der Selbstbewahrung. Wenn sich Shelley zum Propheten ernannte und Keats ins Reich des Schönen floh, boten sie damit auch der Kommerzialisierung der Literatur die Stirn. Was für viele Leser, Verleger und Rezensenten in ihrer Umgebung zählte, waren populärer Geschmack und Verkaufserfolg. Gedichte hatten zugänglich zu sein und durften das Mittelschichtspublikum nicht durch Anstößigkeiten irritieren. Zu einer Zeit, zu der es keine aristokratischen Patrone mehr für den Dichter gab, übernahm das Lesepublikum diese Funktion. Die Stilisierungen, denen Byron, Shelley und Keats nach ihrem Tod unterworfen wurden, entstanden aus den Bedürfnissen dieser Leserschaft, die nicht nur literarische Texte, sondern auch Stars wollte. Daß vor allem Byron den Status einer Kultfigur besaß, sieht man schon an den vielen Portraits von ihm, die im neunzehnten Jahrhundert verkauft wurden. Byron, Shelley und Keats wurden nicht nur als Dichter, sondern auch als herausragende Persönlichkeiten gehandelt, die gleichzeitig typische Vertreter ihrer Zeit waren, aber auch untypisch über sie hinausragten. Für die Mythenbildung waren die drei auch deshalb so geeignet, weil sie nach einem kurzen und intensiven Leben jung starben.

7. Letzte Grenzen: Tod

On This Day I Complete My Thirty-Sixth Year

Missolonghi, Jan. 22, 1824

'Tis time this heart should be unmoved,
Since others it hath ceased to move:
Yet, though I cannot be beloved,
Still let me love!

My days are in the yellow leaf;
The flowers and fruits of love are gone;
The worm, the canker, and the grief
Are mine alone!

The fire that on my bosom preys
Is lone as some volcanic isle;
No torch is kindled at its blaze –
A funeral pile.

The hope, the fear, the jealous care,
The exalted portion of the pain
And power of love, I cannot share,
But wear the chain.

But 'tis not thus – *and 'tis not* here –
Such thoughts should shake my soul, nor now,
Where glory decks the hero's bier,
Or binds his brow.

The sword, the banner, and the field,
Glory and Greece, around me see!
The Spartan, borne upon his shield,
Was not more free.

Awake! (not Greece –she is awake!)
Awake, my spirit! Think through whom
Thy life-blood tracks its parent lake,
And then strike home!

Tread those reviving passions down,
Unworthy manhood! – unto thee
Indifferent should the smile or frown
Of beauty be.

If thou regrett'st thy youth, why live?
The land of honourable death
Is here: – up to the field, and give
Away thy breath!

Seek out – less often sought than found –
A soldier's grave, for thee the best;
Then look around, and choose thy ground,
And take thy rest.

***

Byrons letztes Lied
(Geschrieben an seinem 36. Geburtstage
zu Missolonghi am 22.Januar 1824)

Zeit wär's, daß ich die regen Triebe
Des Herzens ein Mal zwäng' ins Joch,
Doch ob ich unerwidert liebe,
Ich liebe doch!

Im gelben Laub stehn meine Tage;
Der Liebe Blust und Frucht ist hin,
Da ich dem Wurm, dem Krebs, der Plage
Verfallen bin.

Nie hat ein Strahl mich mild beschienen
Von dem Vulkan, der mich durchflammt;
Als Leichenfackel mir zu dienen,
Das ist sein Amt.

Furcht, Hoffnung, eifersüchtig Hassen
Und Liebe haben mir als Spur
Für alle Zeit zurückgelassen
Die Kette nur.

Doch hier verstumme, was seit Jahren
In meiner Seele bebt und stöhnt,
Wo Ruhm die Stirnen und die Bahren
Von Helden krönt.

Vor mir liegt griechisches Gefilde,
Wo sich sein Recht ein Volk erficht.
Der Sparter, sterbend auf dem Schilde,
War freier nicht.

Wach auf! – Nicht Hellas, längst erstanden,
Wach auf, mein Geist! – Denk, wer den Krampf
Gelöst, der lang dich hielt in Banden,
Und auf zum Kampf!

Laß nicht von schnöder Lust dich streicheln!
Der Mannesseele reinen Born,
Ihn trübe nicht der Schönheit Schmeicheln
Und nicht ihr Zorn!

Statt um verlorne Jugend klagen
Hier, wo der Waffentod ein Brauch,
Gib hin in freudigem Entsagen
Auch deinen Hauch!

Schon mancher fand sein Ehrenbette,
Der's nicht gesucht, im Schlachtenfeld.
Du schau dich um, wähl dir die Stätte,
Und stirb als Held!

Nicht wenige der Mythen über Byron, Shelley und Keats ranken sich um den Tod dieser drei jungen Männer, deren kurzes Leben gleichsam notwendig auf ein tragisches Ende hinauszulaufen scheint und die als gesetzte Herren mittleren Alters unvorstellbar sind. Byrons Gedicht, an seinem 36. Geburtstag verfaßt, eines seiner letzten, beschreibt diese Angst vor dem Älterwerden. Der Dichter fühlte, daß seine Jugend verloren war, und schlug sich selbst einen ehrenhaften Tod im Krieg als Ausweg vor, fast als ob er sein eigenes Lebensende bereits voraussagen könnte. Von den vorherigen Posen des verzweifelten beziehungsweise erfolreichen Liebhabers war Byron nun in die des tragischen Helden verfallen. Verschwunden war die Ironie des *Don Juan*, denn für den Krieger schien Weltschmerz ein angemesseneres Gefühl zu sein. Das Gedicht war an den jungen Griechen Loukas gerichtet und handelt letztlich auch von der Zurückweisung, die Byron erlitten hatte. Für ihn, dem die Herzen scharenweise zugeflogen waren, muß das eine unglaubliche Demütigung gewesen sein. Zeitgenossen berichten davon, daß der Mittdreißiger Byron zunehmend verfettete und unter Haarausfall litt. Byron als beleibter Viktorianer, mit seiner Gattin versöhnt, umgeben von (legitimen) Kindern und Enkelkindern? Unvorstellbar.

Den jungen Hitzkopf Shelley, der stets ruhelos auf Reisen war, ständig neue Pläne faßte und Umsturzgedanken hegte, kann man sich ebenfalls nur schwer als alten Mann vorstellen. Aber auch für ihn war Vergänglichkeit ein bevorzugtes Thema. Eines seiner letzten Gedichte war das später häufig anthologisierte »When the Lamp is Shattered«, »Wenn die Lampe zerschmettert«, 1822 geschrieben. In Adolf Strodtmanns Shelleyausgabe von 1866 schließt dieser Text den Band ab, womit der Herausgeber implizit den frühen Tod des Dichters thematisierte.

When the Lamp is Shattered

When the lamp is shattered
The light in the dust lies dead –
When the cloud is scattered
The rainbow's glory is shed.
When the lute is broken,
Sweet tones are remembered not;
When the lips have spoken
Loved accents are soon forgot.

As music and splendour
Survive not the lamp and the lute,
The heart's echoes render
No song when the spirit is mute: –
No song but sad dirges,
Like the wind through a ruined cell,
Or the mournful surges
That ring the dead seaman's knell.

When hearts have once mingled
Love first leaves the well-built nest;
The weak one is singled
To endure what it once possessed.
O Love! who bewailest
The frailty of all things here,
Why choose you the frailest
For your cradle, your home, and your bier?

Its passions will rock thee
As the storms rock the ravens on high;
Bright reason will mock thee,
Like the sun from a wintry sky.
From thy nest every rafter
Will rot, and thine eagle home
Leave thee naked to laughter,
When leaves fall and cold winds come.

***

Wenn die Lampe zerschmettert

Wenn die Lampe zerschmettert,
Ist ihr Licht im Staube verglüht;
Wenn die Ros' entblättert,
Ist ihr Duft im Winde versprüht;
Wenn die Laute zerbrochen,
Ist ihr lieblicher Klang verhallt;
Wenn die Lippen gesprochen,
Ist ihr Wort vergessen, wie bald!

So wie Klang und Schimmer
Nicht Lampe und Laut' überlebt:
Stummer Seel' auch nimmer
Sich wieder ein Lied enthebt, –
Nur ein trübes Träumen,
Wie der Wind durch Trümmer streift,
Wie der Woge Schäumen
Dem Schiffer sein Grablied pfeift.

Liebten sich zwei Herzen:
Bald flieht, ach! die Lieb' aus dem Nest;
Das schwächre hält in Schmerzen
An seiner Liebe noch fest.
O Lieb', die alle Wesen
Der Schwäche du zeihst so arg,
Was hast du dir erlesen
Den Schwächsten zur Wieg' und zum Sarg?

Sein Sehnen wird dich wiegen,
Wie der Sturm die Raben wiegt;
Vernunft wird Ruh' dir lügen,
Wie die Sonn' im Winter lügt.
Dein Nest wird ganz zerfallen,
Deines Adlerhorstes beraubt,
Wirst du ein Spott sein Allen,
Wenn der Herbst die Flur entlaubt.

Die Stimmung ist herbstlich, aber anders als in »Ode to the West Wind« kündigt sich kein Frühlingserwachen an. Das Gedicht vermittelt die Stimmung eines beendeten Festes, einer auseinandergegangenen Beziehung. Am Ende steht ein unbehaustes Ich, das den Elementen ausgesetzt ist, ganz so wie Shelley zum Zeitpunkt seines Todes, was das Gedicht für eine biographische Lesart so geeignet macht. Auch Keats befaßte sich – wie in »Ode to a Nightingale« – mit dem Thema der Vergänglichkeit. Sein kurzes Gedicht »On Death« ästhetisiert den Tod, macht ihn zu einer träumerischen Erfahrung und hebt so seine Endgültigkeit auf:

On Death

Can death be sleep, when life is but a dream,
And scenes of bliss pass as a phantom by?
The transient pleasures as a vision seem,
And yet we think the greatest pain's to die.

How strange it is that man on earth should roam,
And lead a life of woe, but not forsake
His rugged path; nor dare he view alone
His future doom which is but to awake.

***

Auf den Tod

Ist Tod wohl Schlaf, da doch nur Traum das Leben
Und Freuden wie Visionen uns entschwinden,
Da Seligkeiten geistergleich entschweben
Und wir das Sterben doch als Schmerz empfinden?

Wie sonderbar! Du mußt durch Leiden gehen
Und darfst nicht einen Schritt vom Wege machen,
Vom finstern Pfad, darfst nie dein Schicksal sehen,
Das doch nichts weiter ist als ein Erwachen.

Keats war der erste der drei, der starb – in Rom, vermutlich am 23. Februar 1821. Allerdings war sein Tod keineswegs das sanfte Hinübergleiten ins Reich der Träume, das er in seinen Gedichten ausgemalt hatte. Die Tuberkulose hatte begonnen nicht nur die Lunge, sondern auch den Magen zu zerstören. Sein Freund Joseph Severn, der ihn in den letzten Wochen seines Lebens versorgt hatte, berichtete in einem (falsch datierten) Brief an John Taylor von Keats' qualvollem Sterben. Zur Sorge um Keats kamen die Auseinandersetzungen mit der italienischen Vermieterin, die mit Entsetzen reagierte, als sie herausfand, daß sie einen Schwindsüchtigen in ihrem Haus beherbergte. Wegen der strengen römischen Hygienegesetze mußten alle Möbel aus Keats' Sterbezimmer schließlich verbrannt werden – ein Mangel an Rücksicht und Pietät, der Severn besonders erschütterte.

Rom, 6. März 1820

Mein lieber Herr,
ich habe viele Male versucht, Ihnen zu schreiben, aber nein, ich konnte nicht, es war mir zuviel, darüber nachzudenken. Ich bin wegen der Anstrengung und der Qual, die ich erlitten habe, krank gewesen. Die Erinnerung an den armen Keats hängt mir schrecklich nach. Ich sehe ihn ständig vor mir. Ich kann jetzt nicht alleine sein, meine Nerven sind so zerrüttet. Diese brutalen Italiener haben alle Möbel verbrannt und kratzen jetzt die Wände ab, setzen neue Fenster ein, eine neue Tür und sogar einen neuen Boden. Du wirst all die Unannehmlichkeiten sehen, die diese neuen Gesetze begleiten. Ich glaube wirklich, daß ich mehr unter ihren verfluchten Grausamkeiten gelitten habe als unter all dem, was ich für Keats getan habe. Diese Unholde haben die Momente genutzt, in denen ich an Seele und Körper gelitten habe, sie haben mich Tag für Tag in Wut versetzt, bis ich beim Klang einer jeden Stimme gezittert habe. Ich will jetzt noch einmal versuchen, über unseren armen Keats zu schreiben. Es wird nur wenig sein, denn ich wage es kaum, daran zu denken. Aber ich will in Abständen schreiben und bitte Sie, glauben Sie mir, ich strenge mich bis zum Äußersten an. Wenn ich stärker bin, werde ich Ihnen jedes Wort schicken. Die Erinnerung an diese Schreckensszene wird mir bis ans Ende meiner Tage frisch im Gedächtnis bleiben.

Vier Tage vor seinem Tod – die Veränderung an ihm war so groß, daß ich jeden Augenblick voller Angst verbrachte und nicht wußte, was der nächste bringen würde – war er ruhig und bestimmt gegenüber seinem Nahen, in einem nahezu erstaunlichen Ausmaß. Er sagte mir, ich solle nicht zittern, er glaube nicht, daß er Krämpfe haben werde. Er sagte: »Hast du jemals jemanden sterben sehen?« – Nein – »Nun, dann tust du mir leid, armer Severn – in wieviel Scherereien und Gefahr bist du wegen mir geraten. Jetzt mußt du stark sein, denn es wird nicht lange dauern. Ich werde bald in ein ruhiges Grab gelegt werden. Oh! Ich kann die kalte Erde auf mir fühlen, wie die Maßliebchen über mir wachsen – oh diese Ruhe – es wird meine erste sein.« Als der Morgen dämmerte und ihn immer noch am Leben fand, wie bitterlich hat er getrauert. Ich kann sein Weinen nicht ertragen –

Jeden Tag blickte er auf in das Gesicht des Arztes, um darin zu entdecken, wie lange er noch leben würde. Er sagte: »Wie lange wird diese meine posthume Existenz noch dauern?« Dieser Blick war mehr, als wir ertragen konnten – die extreme Helligkeit seiner Augen, mit seinem armen, blassen Gesicht, war nicht irdisch.

Diese vier Nächte wachte ich bei ihm und erwartete jede Nacht seinen Tod. Am fünften Tag bereitete mich der Arzt darauf vor – am 23., um vier Uhr nachmittags. Der arme Kerl bat mich, ihn im Bett aufzurichten. Er atmete mit großen Schwierigkeiten und schien keine Kraft mehr zu haben, um den Schleim abzuhusten. Er brach so sehr in Schweiß aus, daß sich mein Atem für ihn kalt anfühlte – »Atme nicht zu mir – es ist wie Eis«. Er umklammerte meine Hand, als ich ihn in meinen Armen hielt. Der Schleim in ihm war am Kochen, gluckste in seinem Hals – das steigerte sich, aber er schien doch ohne Schmerzen. Seine Augen blickten mich mit äußerster Empfindsamkeit, aber ohne Schmerzen an. Um elf Uhr starb er in meinen Armen. Die englische Pflegerin war den ganzen Tag bei mir gewesen. Das half mir, aber ich fühlte mich sehr schlecht – kein Schlaf in jener Nacht. Am nächsten Tag bat mich der Doktor in sein Haus. Mir ging es nicht besser. Diese freundlichen Leute unternahmen alles, um mich zu trösten. Ohne sie wäre ich untergegangen. Am folgenden Tag wurde eine Totenmaske abgenommen, und sein Tod wurde den Rohlingen hier bekanntgegeben, aber wir haben die Oberhand behalten, wir haben sie gezügelt, bis der arme Kerl in sein Grab gelegt wurde. Am Sonntag, dem zweiten Tag, schnitten Dr. Clark und Dr. Luby mit einem italienischen Arzt den Körper auf. Ihrer Meinung nach war es die schlimmstmögliche Schwindsucht gewesen. Die Lunge war völlig zerstört, ähnlich die Zellen, aber Dr. Clark wird Ihnen darüber einen Brief schreiben. Das war eine weitere schlaflose Nacht für mich. Ich fühlte mich schlimmer und schlimmer. Am dritten Tag, Montag dem 26., kam der Wagen für das Begräbnis. Viele Engländer wollten ihm folgen. Es waren Dr. Clark und Dr. Luby, die Herren Ewing, Westmacott, Henderson, Pointer und der Reverend Mr. Wolf, der den Beerdigungsgottesdienst hielt. Er wurde ganz in der Nähe von Caius Cestius' Monument begraben, einige Yard von Dr. Bell und von einem Kind von Shelley entfernt. Der gutherzige Doktor ließ die Männer einige Grasnarben mit Maßliebchen auf das Grab setzen und sagte: »Das wäre der Wunsch des armen Keats, wenn er es wüßte.« Ich werde mit der nächsten Post wieder schreiben, bin aber immer noch in einem schlechten Zustand. Leben Sie wohl.

Joseph Severn

Die Kosten werden, fürchte ich, groß sein – vielleicht 50 Pfund – ich schulde dem Arzt noch etwas. Die 50 Pfund, die Sie erwähnen, habe ich nicht erhalten, jedenfalls wußte Tolonias nichts davon. Der Arzt bezahlt alles für mich und und würde mir auch Geld geben, das ich –

Hier bricht der Brief ab.

Severn, keineswegs einer von Keats' besten Freunden, pflegte ihn hingebungsvoll und unter Einsatz seiner eigenen geringen finanziellen Mittel. Keats' Tod im Alter von nur 25 Jahren gab Anlaß für eine Reihe von Spekulationen und Stilisierungen. Zumindest teilweise wurde Keats' Ruhm durch Shelleys Elegie *Adonais* begründet, worin den bösartigen Kritikern die Schuld an Keats' frühem Tod zugewiesen wurde. *Adonais* basierte auf dem griechischen Mythos von Adonis, dem schönen Jüngling, in den sich Aphrodite verliebte und der auf der Jagd von einem Eber getötet wurde. Shelleys zweite Vorlage war die Totenklage des antiken Dichters Moschus für Bion. Bion wiederum war der Verfasser einer Elegie auf den Tod von Adonis, die Shelley übersetzt hatte.

In der Einleitung des Gedichts beschrieb Shelley den »fragilen« und »schönen« jungen Mann und beschuldigte den Rezensenten des Mordes: »Elender! Du, einer der gemeinsten, hast mutwillig eines der nobelsten Geschöpfe aus Gottes Werkstatt verunstaltet. Es soll keine Entschuldigung sein, daß du, Mörder der du bist, nur mit Dolchen gesprochen, sie aber nicht benutzt hast«. Die Elegie selbst ist zum einen Klagelied, zum anderen Präsentation von Shelleys ästhetischem und ethischem Programm. Shelley propagierte darin einen Kult der empfindsamen Subjektivität und rief zum Widerstand gegen die Welt des Materialismus auf. In *Adonais* trauert die gesamte Schöpfung um den toten Dichter, und der Poet wird zur moralischen Instanz erhoben. Shelley ließ einige Dichter auftreten, die dem toten Keats ihren letzten Tribut erwiesen: Byron, als »Pilger der Ewigkeit« apostrophiert, den Iren Thomas Moore und schließlich sich selbst. In der hier abgedruckten Nachdichtung des Expressionisten Wolfenstein erfährt der Originaltext eine Verkürzung und Komprimierung.

[...]
31.
Midst others of less note, came one frail Form,
A phantom among men; companionless
As the last cloud of an expiring storm
Whose thunder is its knell; he, as I guess,
Had gazed on Nature's naked loveliness,
Actaeon-like, and now he fled astray
With feeble steps o'er the world's wilderness,
And his own thoughts, along that rugged way,
Pursued, like raging hounds, their father and their prey.

32.
A pardlike Spirit beautiful and swift –
A Love in desolation masked; – a Power
Girt round with weakness; – it can scarce uplift
The weight of the superincumbent hour;
It is a dying lamp, a falling shower,
A breaking billow; – even whilst we speak

Is it not broken? On the withering flower
The killing sun smiles brightly: on a cheek
The life can burn in blood, even while the heart may break.

33.
His head was bound with pansies overblown,
And faded violets, white, and pied, and blue;
And a light spear topped with a cypress cone,
Round whose rude shaft dark ivy-tresses grew
Yet dripping with the forest's noonday dew,
Vibrated, as the ever-beating heart
Shook the weak hand that grasped it; of that crew
He came the last, neglected and apart;
A herd-abandoned deer struck by the hunter's dart.

34.
All stood aloof, and at his partial moan
Smiled through their tears; well knew that gentle band
Who in another's fate now wept his own,
As in the accents of an unknown land
He sung new sorrow; sad Urania scanned
The Stranger's mien, and murmured: »Who art thou?«
He answered not, but with a sudden hand
Made bare his branded and ensanguined brow,
Which was like Cain's or Christ's – oh! that it should be so!
[...]

39.
Peace, peace! he is not dead, he doth not sleep –
He hath awakened from the dream of life –
'Tis we, who lost in stormy visions, keep
With phantoms an unprofitable strife,
And in mad trance, strike with our spirit's knife
Invulnerable nothings. – We decay
Like corpses in a charnel; fear and grief
Convulse us and consume us day by day,
And cold hopes swarm like worms within our living clay.

40.
He has outsoared the shadow of our night;
Envy and calumny and hate and pain,
And that unrest which men miscall delight,
Can touch him not and torture not again;
From the contagion of the world's slow stain
He is secure, and now can never mourn.
A heart grown cold, a head grown gray in vain;
Nor, when the spirit's self has ceased to burn,
With sparkless ashes load an unlamented urn.

41.
He lives, he wakes – 'tis Death is dead, not he;
Mourn not for Adonais. – Thou young Dawn,
Turn all thy dew to splendour, for from thee
The spirit thou lamentest is not gone;
Ye caverns and ye forests, cease to moan!
Cease, ye faint flowers and fountains, and thou Air,
Which like a mourning veil thy scarf hadst thrown
O'er the abandoned Earth, now leave it bare
Even to the joyous stars with smile on its despair!
[...]

***

[...]
Und Einer unter den Geringern geht,
Befremdende Erscheinung, ungeleitet,
Wie letzte Wolk verhauchenden Sturmes weht
Und Donner in die Stille übergleitet.
Sein Auge, wie Aktaions aufgeweitet,
Es ist, als sah er nackt, ganz nackt Natur
Und suche nun erschüttert Wüsteneien –
Gedanken, bellend, ruheloser nur,
Verfolgen wie ein Wild des eignen Vaters Spur.

Ein Geist gleich Panthern, farbigschön und schnell,
Liebe gehüllt in Kummer, Kraft mit rauher
Ohnmacht so breit gegürtet, überhell
Wie sterbende Lampe. Zornig auf der Lauer
Liegen die Stunden. Kurzen Regens Schauer.
Indeß wir sprechen, frierts ihn nicht zu Eis?
Verlassnes Tier in abgehetzter Trauer
Um seine Herde. Wenn die Wangen heiß
Das Leben überfliegt, das Herz jedoch sinkt weiß.

Sein Haupt von Blumen, die verblühn, umrankt,
Ein Speer an tauigem Efeuband getragen,
Gekrönet vom Zypressenzapfen, schwankt
In seiner Hand, so wie die Hand vom Schlagen
Der Pulse zuckt, die kaum die Schläge wagen.
Er kommt zuletzt. Die wunde Stirn liegt bloß.
Die Freunde stehn und lächeln unter Klagen:
Sie kennen ihn, der dort erschauert groß
Und in des andern Tod enthüllt sein eignes Los.

Doch stille, Adonaïs ist nicht tot,
Wir sind es! die in flinker Fäulnis hausen,
Am hellen Tag der zehrenden Hoffnung Brot.
Wir sind es, lassen wir mit trägem Grausen
Ein geistig Schwert durch Nichtigkeiten sausen,
Bekämpfend ziellos ein Gespenstgesicht.
Er aber wacht. Der Fülle Stürme brausen
Um ihn. Der Tod ist tot, nicht er. Klagt nicht.
Du Frühe, deinen Tau verwandle in froh Licht!
[...]

Shelley, der »pardlike spirit«, der »Geist gleich Panthern«, stilisierte sich hier zum Poeten schlechthin. Der Speer mit dem Efeukranz symbolisiert in der Antike den Dichter. Mit »wunder Stirn« steuert er auf ein ähnliches Geschick zu wie der tote Adonais. In der Tat existierten viele Parallelen zwischen Keats und Shelley, vor allem was die Behandlung anging, die die beiden von seiten der Rezensenten erfuhren. Man darf aber nicht vergessen, daß Keats auch positive

Kritiken erhielt. Shelley war sich dessen bewußt, wie auch der wahren Todesursache von Keats, nutzte aber die Angriffe von »Blackwood's Magazine«, um letztlich auf seine eigene Rolle als Dichter in der Auseinandersetzung mit einer feindlichen Umwelt aufmerksam zu machen. Shelley baute Keats hier zum Archetypen des wie Christus verfolgten Leidenden auf, dem es zum Verhängnis wurde, daß er die Wahrheit sprach, und initiierte so einen der großen romantischen Mythen, die das ganze neunzehnte Jahrhundert hindurch Widerhall fand. Wie Christus ist der Dichter nicht tot, sondern in eine höhere Daseinsform übergegangen, jenseits von menschlichem Neid und Haß: »Der Tod ist tot«, nicht aber Adonais. Er lebt weiter in der Inspiration, an der er andere Dichter teilhaben läßt. Der von Shelley um den Tod von Keats gewobene Mythos beeinflußte auch die frühe Shelley-Rezeption. Vielfach wurde er als vom Leben Zerbrochener dargestellt, und manche Biographen unterstellten ihm sogar einen (bewußten oder unbewußten) Freitod.

Shelley kam anderthalb Jahre nach Keats ums Leben, nicht nach langem Siechtum, sondern während eines Sturms, dem sein Boot »Ariel« nicht standzuhalten vermochte. Eine der frühesten Beschreibungen seines Todes stammt von Trelawny, einem der Mitglieder des Pisaner Kreises. Shelley war mit seinem Freund Williams, mit dem er den Sommer verbrachte, nach Livorno gesegelt, um Leigh Hunt zu begrüßen. Dieser war mit seiner Familie nach Italien gekommen, um der Verfolgung in England zu entgehen. Außerdem plante er eine neue Zeitschrift, an der sich Byron und Shelley beteiligen sollten. Trelawny schildert die letzten Tage Shelleys zwar sachlich, baut aber gleichzeitig eine düstere Stimmung auf, die voller Vorahnungen ist.

Bald darauf kamen Shelley und sein Freund Williams in ihrem Boot in den Hafen von Livorno. Sie reisten mit den Hunts nach Pisa und brachten sie in Lord Byrons Palast unter, wo ihnen Shelley ein Stockwerk eingerichtet hatte. Nach einigen Tagen kehrte Shelley nach Livorno zurück, zu Williams, der abreisen wollte. Sobald wir aus dem Hafen heraus waren, segelten wir mit den beiden Booten davon. Shelley war in düsterer Stimmung, niedergeschlagen wegen einer Unterredung mit Byron, die kurz zuvor stattgefunden hatte.

Byron hatte zuerst noch viel begieriger als Shelley auf Leigh Hunts Ankunft in Italien gewartet, um die vorgeschlagene neue Zeitschrift herauszugeben und zu ihr beizutragen, und blieb es, bis seine englischen Briefpartner seine Ängste angestachelt hatten. Sie stellten sich nicht dagegen, weil sie sein Naturell zu gut kannten, aber machten geschickte Andeutungen, daß er seinen Ruhm und sein Vermögen gefährde, etc., etc., etc. Shelley fand Byron so irritiert, zweideutig und voller Ausflüchte, während er mit ihm über die Erfüllung seines Versprechens gegenüber Leigh Hunt sprach, daß er, wenn es nicht darum gegangen wäre, Hunts Aussichten nicht zu gefährden, das Gespräch sofort abgebrochen hätte. Das sollte ihr letztes Treffen sein.

Am Samstag, dem 6., schrieb Williams folgenden Brief an seine Frau in der Villa Magni:

»Ich habe gerade den Kai verlassen, mein liebstes Mädchen, und der Wind bläst hinüber nach Spezia, was meinen Ärger darüber, daß ich diesen Ort hier nicht verlassen kann, nur noch vergrößert. Wenn es nach mir ginge, wäre ich am Dienstag abend bei Dir gewesen, wurde aber Tag für Tag hier gehalten und wartete auf Shelleys endgültige Vereinbarungen mit Lord B., was den armen Hunt angeht, den er, meiner Meinung nach, schändlich behandelt hat. Ein Brief von Mary, von der allergedrücktesten Art, erreichte Shelley gestern, und ihre Stimmung verstärkte mein unruhiges Verlangen, Dich zu sehen. Denn ich bin so stolz, liebes Mädchen, daß ich es nicht sagen kann, denn wo immer wir zusammen sind, könntest Du fröhlich und zufrieden sein. [...]«

Am Montag, dem 8. Juli 1822, ging ich zusammen mit Shelley zu seiner Bank, und dann zu einem Lagerhaus. Es war nach ein Uhr, als wir an Bord unserer Boote gingen – Shelley und Williams, um zu ihrem Heim im Golf von Spezia zurückzukehren, ich auf die »Bolivar«, um sie auf die offene See hinaus zu begleiten. Sobald wir in Fahrt waren, kam das Boot mit den Wachleuten, um unsere Papiere gründlich zu überprüfen. Ich hatte meine Erlaubnis zum Auslaufen nicht dabei, weil ich oft ohne sie gesegelt war; der zuständige Hafenkapitän hatte sich geweigert, sie dem Maat zu geben. Der Offizier der Gesundheitsbehörde drohte mir als Folge mit vierzig Tagen Quarantäne. Es war aussichtslos, meine Freunde zurückzuhalten. Williams war seit Tagen besorgt und verärgert, weil er endlich weg wollte; sie hatten keine Zeit, es war nach zwei Uhr, und es wehte fast kein Wind.

Widerstrebend warf ich wieder den Anker, rollte meine Segel zusammen und beobachtete mit einem Fernglas das Vorankommen meiner Freunde. Mein Genueser Maat meinte: »Sie hätten heute morgen um drei oder vier segeln sollen, nicht heute nachmittag. [...] Sehen Sie diese schwarzen Linien und die schmutzigen Fetzen, die aus dem Himmel heraushängen – das ist eine Warnung. Schauen Sie sich den Rauch auf dem Wasser an; der Teufel brütet Unheil aus.«

Auf dem Meer lag Nebel, von dem Shelleys Boot bald umhüllt war, und wir sahen es nicht mehr. Obwohl die Sonne von Nebelschwaden verdunkelt war, war es drückend schwül. Kein Windhauch war im Hafen. Die Schwere der Atmosphäre und eine ungewohnte Ruhe lähmten meine Sinne. Ich ging in die Kabine hinunter und versank in Schlaf. Ich wurde durch einen Lärm über mir wach und ging auf Deck. [...] Es war beinahe dunkel, obwohl es erst halb sieben war. Das Meer sah fest und glatt wie Blei aus, hatte eine ebensolche Farbe und war mit öligem Schaum bedeckt. Windstöße fegten darüber, ohne es aufzuwühlen, große Regentropfen fielen auf seine Oberfläche und sprangen zurück, als ob sie sie nicht durchdringen könnten. Man hörte einen Lärm, der sich aus vielen bedrohlichen Tönen zusammensetzte, die vom Meer her zu uns kamen. Fischerboote und Küstenboote mit blanken Masten eilten in Schwärmen an uns vorbei und gerieten mit den Schiffen im Hafen aneinander. Noch wurden das Getöse und der Tumult von Menschen hervorgebracht, doch plötzlich wurden ihre schrillen Laute durch die krachende Stimme des Donners, direkt über unseren Köpfen, zum Verstummen gebracht. Für einige Zeit konnte man keine anderen Geräusche als Donner, Wind und Regen hören. Als der Zorn des Sturms, der nicht länger als zwanzig Minuten dauerte, nachgelassen hatte und der Horizont wieder einigermaßen klar war, blickte ich ängstlich auf die See hinaus, in der Hoffnung, unter den vielen kleinen Booten, die dort verteilt waren, das von Shelley zu entdecken. Ich betrachtete jeden Punkt am Horizont und dachte, daß sie bei ihrer Rückkehr in den Hafen dem Sturm widerstanden hätten, so wie alle anderen Boote, die in dieselbe Richtung gesegelt waren.

Ich schickte unseren Genueser Maat an Bord einiger zurück-

kehrender Schiffe, um Erkundungen einzuziehen, aber alle gaben an, daß sie das englische Boot nicht gesehen hätten. [...] Bei meiner Ankunft in Viareggio hörte ich, daß ein Punt, ein Wasserfäßchen sowie einige Flaschen am Strand gefunden worden waren. Ich erkannte diese Gegenstände, die in Shelleys Boot gewesen waren, als er Livorno verließ. Sieben oder acht Tage wurde sonst nichts mehr gefunden. Während dieser Zeit der schmerzhaften Spannung patrouillierte ich die Küste mit der Küstenwache und spornte sie dazu an, genau Ausschau zu halten, indem ich eine Belohnung versprach. Erst viele Tage später wurden meine schlimmsten Befürchtungen bestätigt. Zwei Leichen wurden am Strand gefunden, eine in der Nähe von Viareggio. Ich begab mich dorthin und untersuchte sie. Im Gesicht, an den Händen und an den Teilen des Körpers, die nicht von der Kleidung geschützt waren, war das Fleisch weggefressen. Die hohe, schlanke Figur, die Jacke, der Sophoklesband in der einen Tasche, die Gedichte von Keats in der anderen, zurückgeschlagen, als ob sie der Leser während der Lektüre hastig weggesteckt hätte, waren mir allzu vertraut, um einen Zweifel daran zu lassen, daß die verstümmelte Leiche jemand anderer als Shelley war.

Kurz darauf wurde Williams' ebenfalls verstümmelte Leiche gefunden, die Trelawny anhand eines Stiefels identifizierte. Drei Wochen später entdeckte er die Überreste des toten Schiffsjungen, von dem kaum mehr als das Skelett übriggeblieben war. Es wurde Trelawnys Aufgabe, die Familien zu informieren, die tagelang bang auf Nachricht gewartet hatten.

Einer der ersten, der von Shelleys Tod erfuhr, war Byron, der gerade vor dem Hintergrund der vorhergehenden Unstimmigkeiten zutiefst erschüttert war. An seinen Verleger Murray schrieb er am 3. August:

Ich nehme an, Sie haben gehört, daß Mr. Shelley und Captain Williams am 22. Juli bei der Fahrt von Livorno nach Spezia in ihrem offenen Boot verschollen sind. Vielleicht können Sie sich vorstellen, in welchem Zustand ihre Familien sind. Ich habe noch nie eine solche

Szene gesehen und möchte es auch nie wieder müssen. Sie haben sich alle in Shelley brutal getäuscht, der ausnahmslos der beste und am wenigsten egoistische Mensch war, den ich je gekannt habe. Ich habe nie jemanden getroffen, der im Vergleich zu ihm nicht ein Tier war.

Wie auch Mary Shelley stilisierte er den gerade Verstorbenen im nachhinein zu einem Engel und konterte so die Kommentare derer, die den Untergang des Atheisten Shelley als warnenden Fingerzeig eines rächenden Gottes sahen, der sich nicht verleugnen ließ.

Es wurde beschlossen, die Überreste Shelleys in Rom zu beerdigen, während die von Williams nach England gebracht werden sollten. Wegen der strengen italienischen Quarantänegesetze wurden die Leichen, die zunächst am Strand verscharrt worden waren, mit Hilfe eines speziell dafür konstruierten Ofens verbrannt. Mit Byrons Hilfe gelang es, bei den Behörden eine Erlaubnis für eine zügige Durchführung zu erhalten. Was nun folgte, war eines der bizarrsten Ereignisse der englischen Romantik. In einer Art heidnischem Gottesdienst (die Einäscherung ist eine antike Bestattungsform) verbrannten Byron, Trelawny und Hunt am Strand die sterblichen Überreste ihrer beiden Freunde Shelley und Williams. Eine Vielzahl von Bildern und Gedichten dokumentiert dieses Ereignis. Auch die frühen Biographen, sowohl die von Shelley als auch die von Byron, erlagen der Faszination dieser Szene, die sie so detailreich wie möglich für ihre Leser aufbereiteten. Nachdem die entsprechenden Gerätschaften besorgt waren, gruben die drei in Anwesenheit von Soldaten und Schaulustigen am 14. August 1822 zuerst Williams' Leiche aus. Trelawny beschrieb die Szene so:

Der Scheiterhaufen war nun bereit. Ich zündete ihn an, und da das Material trocken und harzig war, brannte das Fichtenholz wie wild und trieb uns zurück. Schon vorher war es sehr heiß gewesen, ohne einen Windhauch, und der lose Sand verbrannte unsere Füße. Sobald die Flammen klar wurden und uns näher herankommen ließen, warfen wir Weihrauch und Salz in den Ofen und gossen eine kleine Flasche Wein und Öl über den Körper. Die griechische Rede wurde ausgelassen, weil wir unseren hellenischen Barden verloren hatten. Es war nun so unerträglich heiß, daß die Offiziere und Soldaten alle den Schatten aufsuchten.

Stunden später war Williams' Leiche verbrannt. Die Asche wurde in einem Kistchen aus Eichenholz gesammelt. Am nächsten Tag begaben sich Trelawny, Byron und Hunt nach Viareggio, um dort Shelley einzuäschern. Wieder fand das Ritual an einem von Sonne und Hitze ausgedörrten Strand statt.

Drei weiße Stäbe waren in den Sand gesteckt worden, um das Grab des Poeten zu kennzeichnen, aber da sie sich in einer gewissen Entfernung voneinander befanden, mußten wir zwischen den Stäben eine dreißig Yard lange Furche ziehen, um die genaue Stelle zu finden, und es dauerte fast eine Stunde, bis wir auf das Grab stießen.

In der Zwischenzeit kamen Byron und Leigh Hunt in der Kutsche an, wie schon zuvor von Soldaten und dem Offizier der Gesundheitsbehörde begleitet. Die einsame und großartige Landschaft, die uns umgab, harmonisierte so sehr mit Shelleys Genie, daß ich mir vorstellen konnte, wie sein Geist über uns schwebte. Das Meer und die Inseln Gorgona, Capraia und Elba lagen vor uns. Alte, mit Zinnen versehene Wachtürme standen entlang der Küste. Im Hintergrund befand sich der marmorne Kamm des Apennin, der in der Sonne gleißte, malerisch in seiner wechselhaften Silhouette, und keine menschliche Behausung in Sichtweite. Als ich an das Entzükken dachte, das Shelley während seines Lebens in solch einsamen und großartigen Umgebungen empfunden hatte, fühlte ich, daß wir einem Rudel Wölfe oder wilder Hunde nicht überlegen waren, als wir seinen zerschlagenen und nackten Körper aus dem reinen, gelben Sand ausgruben, der so leicht darüber lag, um ihn zurück an das Tageslicht zu zerren. Aber die Toten haben keine Stimme, und ich hatte auch nicht die Macht, dem Sakrileg Einhalt zu gebieten. Die Arbeit im tiefen Sand, der keinen Widerstand bot, wurde schweigend fortgesetzt, ohne ein Wort, denn die Italiener sind offen für Empfindsamkeit und lassen sich schnell zu Mitgefühl hinreißen. Sogar Byron schwieg, in Gedanken versunken. […]

Ich hatte sicherheitshalber mehr Holz und auch größere Stücke angehäuft wegen der Schwierigkeiten, die ich am vorherigen Tag beim Verbrennen einer Leiche unter offenem Himmel mit unserem Apparat gehabt hatte. Als das Feuer richtig flackerte, wiederholten wir die Zeremonie des Vortags; und über Shelleys toten Körper wurde mehr Wein ausgegossen, als er zu Lebzeiten getrunken hatte. Zusammen mit dem Öl und dem Salz ließ das die gelben Flammen leuchten und hochschlagen. Die Hitze, die von Sonne und Feuer ausging, war so groß, daß die Luft zitterte und Wellen schlug. Die Leiche öffnete sich, und das Herz wurde bloßgelegt. Das Stirnbein fiel ab, wo die Hacke den Schädel getroffen hatte; und da der Hinterkopf auf den rotglühenden Stäben des Ofens lag, siedete, blubberte und kochte das Gehirn geradezu wie in einem Kessel, für eine lange Zeit.

Byron ertrug den Anblick nicht, zog sich ans Meer zurück und schwamm zur »Bolivar«. Leigh Hunt blieb in der Kutsche. Das Feuer war so heiß, daß das Eisen weiß wurde und das, was auf ihm lag, zu grauer Asche reduziert wurde. Das einzige, was nicht verbrannte, waren einige Knochenstücke, der Kiefer und der Schädel, aber was uns alle überraschte, war, daß das Herz in seiner Ganzheit übrigblieb. Beim Wegreißen dieses Relikts aus dem Feuer verbrannte ich mir die Hand ernsthaft; und wenn irgendwer diese Tat gesehen hätte, wäre ich in Quarantäne gesteckt worden.

Nachdem ich das eiserne Gerät im Meer abgekühlt hatte, sammelte ich die menschliche Asche in ein Gefäß, das ich an Bord der »Bolivar« nahm.

Shelleys Tod war der Erhabenheit seiner Dichtung angemessen, so Trelawny. Die Schilderung seiner persönlichen Betroffenheit ist eingebettet in eine Landschaftsbeschreibung, deren Elemente von Shelley selbst hätten stammen können: die erhabenen Berge, das weite Meer, die Einsamkeit. Auch Byron war zutiefst beeindruckt und schrieb hinterher an Thomas Moore:

Du kannst Dir nicht vorstellen, welch außerordentliche Wirkung ein solcher Scheiterhaufen hat, an einem verlassenen Strand; hinten die Berge, vorne das Meer. Das Salz und der Weihrauch verlie-

hen den Flammen eine einzigartige Qualität. Shelleys gesamter Körper wurde zu Asche, mit Ausnahme seines Herzens, das nicht brennen wollte und jetzt in Weingeist aufbewahrt wird.

Auch Byron erwähnte das übriggebliebene Herz des Ertrunkenen, das später an Mary Shelley übergeben wurde. Nach deren Tod fand man es in ein Exemplar von *Adonais* eingewickelt. Vermutlich handelte es sich gar nicht um das Herz, sondern die Leber, die aber für die Mythenbildung kaum so geeignet gewesen wäre. Das Weiterleben von Shelleys Herz wurde als Zeichen für seine Liebe zur Menschheit verstanden, die so glühend war, daß sie auch durch den Tod nicht erlosch. Was die Kritiker und Biographen an Shelleys Tod immer wieder faszinierte, war der plötzliche Untergang des leichtsinnigen jungen Mannes, der im Sturm umkam, der sich immer wieder in Auseinandersetzungen mit Mächten begab, die stärker waren als er selbst. Shelleys Asche wurde auf dem protestantischen Friedhof in Rom begraben, ganz in der Nähe von Keats. Trelawny ließ zwei Grabmäler bauen und pflanzte eine Reihe Zypressen.

Anders als Shelley und Keats starb Byron, der 1824 während des griechischen Befreiungskriegs in den Sümpfen von Missolonghi einem Fieber erlag, aus der Sicht der Nachwelt einen Heldentod. Der folgende Bericht stammt aus der Feder des Grafen Pietro Gamba, des jüngeren Bruders von Teresa Guiccioli, seit 1820 Byrons Freund und Begleiter, der sich dem militärischen Unternehmen angeschlossen hatte. Schon Mitte Februar 1824 hatte Byron einen Schwächeanfall erlitten, nach dem er versuchte, sich durch Medikamente und eine strenge Diät zu kurieren. Er nahm ab und beschwerte sich zunehmend über Schwindelgefühl und Unwohlsein, war häufig schlecht gelaunt, blieb aber dennoch weiterhin damit beschäftigt, seine Pläne in die Tat umzusetzen.

9. April. Am Morgen dieses schicksalhaften Tages erhielt er Briefe von den Ionischen Inseln und aus England, voll erfreulicher Nachrichten, vor allem in einem von Ihnen, der einen Bericht über die Gesundheit seiner Tochter Allegra enthielt, zusammen mit einem Scherenschnitt ihres Profils. Er verließ sein Schlafzimmer früh, mit dem Porträt in der Hand. Er redete ziemlich viel darüber und bemerkte zu mir, daß seine Tochter (ebenso wie er selbst in seiner Kindheit) Märchen und Erzählungen in Prosa gegenüber denen in Vers vorzog. Außerdem äußerte er, es sei außerordentlich, daß seine Schwester schwer krank gewesen sei genau zu der Zeit, als er plötzlich von Unwohlsein überfallen wurde.

Da er drei oder vier Tage nicht geritten war, war er trotz des drohenden Regens entschlossen, sich auf sein Pferd zu setzen. Drei oder vier Meilen von der Stadt gerieten wir in einen schweren Regen. Missolonghi liegt in einer Tiefebene und ist auf der einen Seite von einem breiten Graben begrenzt, auf der anderen von den Sümpfen am Meer. Unser Haus befand sich in den Sümpfen. Der Zugang zur Stadt und die Straßen sind so schlammig, daß er es auf dem Hin- und Rückweg immer vorzog, in einem kleinen Boot zum und vom Platz, zu dem er ritt, wie mit einer Fähre gebracht zu werden.

Als er zur Stadtmauer zurückkam, war er sehr naß und schwitzte. Ich wollte nach Hause reiten, anstatt in diesem Zustand bewegungslos in einem Boot zu sitzen, aber er wollte nicht und antwortete: »Ich würde einen feinen Soldaten abgeben, wenn ich nicht wüßte, wie man eine solche Lappalie erträgt.« Zwei Stunden nach der Heimkehr zitterte er am ganzen Leib. Gegen acht kam ich in sein Zimmer. Er lag auf dem Sofa, rastlos und melancholisch und sagte zu mir: »Ich habe große Schmerzen. Ich mache mir nichts aus dem Tod, aber ich kann diese Schmerzen nicht ertragen.« Die Ärzte schlugen vor, ihn zur Ader zu lassen. Er weigerte sich und fragte: »Gibt es kein anderes Heilmittel?« Leider ließ sich einer der Ärzte zu sehr von seinem Vorurteil beeinflussen und bestätigte ihm, daß es nicht notwendig sei. Aber zu dieser Zeit gab es nicht den leisesten Verdacht einer Gefahr, die auch nicht bestand.

10. April. Er fröstelte ständig. Er ging nicht außer Haus, aber stand zur gewohnten Zeit auf. Er erledigte einige Geschäfte.

11. April. Um zehn Uhr morgens ritt er aus, eine Stunde früher als sonst, weil er fürchtete, daß es später am Tag regnen würde. Er ritt lange Zeit durch die Olivenwälder, die eine Meile von der Stadt entfernt waren. Er redete viel und schien gesünder und besser gelaunt zu sein.

Am Abend informierte die Polizei Mylord, daß ein türkischer

Spion in seinem Haus Unterschlupf gefunden hatte. Er war mit dem Hausherrn verwandt. Byron selbst ordnete seine Verhaftung an. Die Entdeckung dieser schändlichen und gemeinen Verschwörung hatte keine besondere Wirkung auf ihn, wenn ich nach seinen Worten und seinem Tun urteilen kann.

12. April. Mylord blieb mit einem rheumatischen Fieber im Bett. Er meinte, daß sein Sattel während des Ritts am vorherigen Tag naß gewesen war, aber es war eher die Auswirkung der Nässe vom Tag davor.

13. April. Er stand auf, aber verließ das Haus nicht. Sein Fieber war fast verschwunden, aber er hatte immer noch Schmerzen. Er war schlecht gelaunt und gereizt. [...]

16. April. Wegen einer Zerrung am Bein war ich den ganzen Tag ans Bett gefesselt. Ich konnte ihn nicht sehen, aber man brachte mir die Nachricht, daß er sich besser fühle, daß seine Erkrankung ihren normalen Verlauf nehme und daß es keinen Grund zur Unruhe gebe. Er selbst schrieb einen Brief an den Türken [den Gouverneur] *und schickte ihn zu mir, damit ich ihm ins Griechische übersetzen würde.*

17. April. Ich schaffte es, zu seinem Zimmer zu gehen. Sein Aussehen erschreckte mich sehr. Er war zu ruhig. Er sprach mit mir auf die freundlichste Weise, aber mit Grabesstimme. Ich konnte es nicht ertragen. Ich brach in einen Strom von Tränen aus und mußte mich zurückziehen.

Das war der erste Tag, an dem schreckliche Zweifel wach wurden. Zum ersten Mal ließ er es zu, daß er zur Ader gelassen wurde. Während der Nacht konnte er nicht schlafen; er schwitzte sehr am Hals und am Kopf. [...]

18. April. Am Morgen des 18. fürchtete man, daß eine Entzündung des Gehirns entstanden war. Der Arzt schlug einen weiteren Aderlaß vor, aber er weigerte sich.

Um zwölf stand ich neben seinem Bett. Er fragte, ob irgendwelche Briefe für ihn gekommen seien. Es war einer von einem griechischen Bischof gekommen, aber da ich Angst hatte, ihn aufzuregen, sagte ich, es seien keine gekommen. »Ich weiß,« sagte er, »daß einer an Mavrokordatos und Luriottis da ist.« »Das stimmt, Mylord.« »Den will ich sehen.« Fünf Minuten später kam ich mit dem Brief zurück. [...] Da es Ostersonntag war, wurde eine große Zeremonie abgehalten. In Griechenland werden bei dieser Gelegenheit nach zwölf Uhr Kanonen und Musketen abgefeuert. Man dachte, es sei am besten, die Brigade außerhalb der Mauern marschieren zu lassen und die Menge durch einige Schüsse Artilleriefeuer in der Ferne anzuziehen, um in der Nähe des Hauses Lärm zu vermeiden. In der Zwischenzeit befahl der Gouverneur der Stadtwache, die Straßen zu patrouillieren, um die Bürger über die Lage ihres berühmten Wohltäters in Kenntnis zu setzen und sie zu Ruhe und Schweigsamkeit in der Nähe seines Hauses zu ermahnen.

Während wir außerhalb der Stadt waren, verschlimmerte sich die Krankheit, und seine Gefahr wurde ihm bewußt. Was für ein Unglück, daß wir nicht zu Hause waren! Er versuchte, sich Fletcher verständlich zu machen, wie dieser Dir gesagt haben wird.

Von einem Umstand, den mir sein Diener Tita mitteilte, glaube ich, daß er sich nach dem Besuch der Ärzte, ungefähr um vier Uhr nachmittags, seiner unmittelbaren Gefahr bewußt wurde. Tita, Fletcher und Dr. Milligan standen neben seinem Bett. Weder letzterer noch die anderen beiden konnten ihre Tränen zurückhalten. Sie wollten sich zurückziehen, um sie zu verbergen, worauf er, beinahe lächelnd, sagte: »Oh, welch schöne Szene!« Und dann rief er aus: »Ruft Parry, ich muß ihm etwas Wichtiges sagen.« Zweifellos ging es um eine sein Testament betreffende Anordnung.

Parry war mit mir außer Haus. Als wir zurückkamen, konnte er fast niemanden mehr erkennen. Er wollte schlafen. Er schlief eine halbe Stunde. Gegen halb fünf erwachte er. Ich hatte nicht den Mut, ihn zu sehen. Ich schickte Parry. Mylord erkannte ihn. Er versuchte, seine Wünsche auszudrücken, aber schaffte es nicht. Gegen sechs schlief er wieder ein. Ach, es war sein letzter Schlaf! Er atmete jedoch bis zum nächsten Abend um sechs Uhr, aber ohne ein Wort zu sprechen oder zu Bewußtsein zu kommen.

Ich sammelte all seine Worte, die er in jenen wenigen Stunden geäußert hatte, in denen er um seine Gefahr wußte. Er sagte: »Armes Griechenland, armes Volk (città), meine arme Familie. Warum habe ich nicht rechtzeitig daran gedacht? Aber jetzt ist es zu spät.« Über Griechenland sagte er: »Ich habe diesem Land meine Zeit, mein Geld und meine Gesundheit gegeben. Was konnte ich noch tun? Jetzt gebe ich ihm mein Leben.« Er wiederholte häufig, daß er gerne sterbe und bedauerte nur, daß es ihm zu spät bewußt geworden war.

Er erwähnte die Namen vieler Menschen und mehrere Geldbeträge, aber es war nicht möglich, klar herauszuhören, was er meinte.

Er nannte seine liebe Tochter, seine Schwester, seine Frau, Hobhouse und Kinnaird. »Warum bin ich nicht nach England gegangen, ehe ich hierher kam? Ich lasse die, die ich liebe zurück; in jeder anderen Hinsicht bin ich bereit zu sterben.«

Sicher ist, daß er nach sechs Uhr abends am 18. überhaupt keine Schmerzen mehr litt. Er starb in einem fremden Land und unter Fremden, aber er hätte nicht mehr geliebt und mehr beweint werden können.

In den letzten Tagen seines Lebens wurde Byron trotz seines anfänglichen Widerstands etliche Male zur Ader gelassen und verlor viel Blut. Vermutlich ist sein Tod auf falsche ärztliche Behandlung zurückzuführen. Der Aderlaß, Allheilmittel der damaligen Medizin, raubte seine letzten Kräfte. Als Trelawny ankam, der das militärische Unternehmen unterstützen wollte, war Byron bereits tot.

Ich kam am 24. oder 25. April an; Byron war am 19. gestorben. Ich watete zwischen Wind und Wasser durch die Straßen zum Haus, in dem er gelebt hatte. Es war freistehend und befand sich am Rand von seichtem, glitschigem Meerwasser. Drei Monate lang war dieses Haus belagert worden, Tag und Nacht, wie eine Bank, die einem Ansturm ausgesetzt ist. Nun, da der Tod die Tür geschlossen hatte, war es so schweigsam wie ein Friedhof. Außer Fletcher war niemand im Haus, worüber ich froh war. Als ob er meine Wünsche kenne, führte er mich eine enge Treppe hinauf, in einen kleinen Raum, in dem sich nichts befand außer einem Sarg, der auf einem Gestell ruhte. Keiner von uns sprach ein Wort. Er zog das schwarze Sargtuch und das weiße Leichentuch zurück, und da lag der einbalsamierte Körper des Pilgers – im Tod schöner als im Leben. Die Kontraktion der Muskeln und der Haut hatte jede Falte ausgelöscht, die Zeit und Leidenschaft darauf hinterlassen hatte. Wenige Marmorbüsten hätten es mit seiner fleckenlosen Weißheit, der Harmonie seiner Proportionen und seiner glatten Perfektheit aufnehmen kön-

nen. Und doch war er mit diesem Körper unzufrieden gewesen und hatte sich danach gesehnt, seine Hülle abzustreifen. Wie oft hatte ich gehört, wie er ihn verfluchte! Er war neidisch auf Shakespeares Genie – das mochte sein – aber wo hatte er das Gesicht, die Gestalt gesehen, die es wert gewesen wären, seinen Neid zu erregen? Ich bat Fletcher, mir ein Glas Wasser zu bringen. Nachdem er den Raum verlassen hatte, deckte ich die Füße des Pilgers auf, um meine Zweifel über die Ursache seiner Lahmheit zu bestätigen oder zu beseitigen, und fand eine Antwort – das große Geheimnis war gelüftet. Er hatte zwei Klumpfüße, und seine Beine waren bis unter das Knie verdörrt – die Gestalt und die Gesichtszüge eines Apoll, mit den Füßen und Beinen eines Satyrs aus dem Wald. Das war ein Fluch, der einen stolzen und erhabenen Geist wie den seinen an die träge Erde kettete.

Anderen Berichten zufolge war nur Byrons linker Fuß mißgestaltet, aber das Bild eines Apoll mit den Beinen eines Satyr übt natürlich eine besondere Faszination aus, weil es die Widersprüche in Byrons Persönlichkeit so griffig faßt. Wie bei Keats wird der Tod hier zu einer Erlösung stilisiert. Byron, so Trelawny, hat die Schwere des irdischen Daseins zurückgelassen. Noch im Tod erweist sich seine überlegene Qualität, die ihn über die Masse seiner Zeitgenossen erhebt.

Byrons Körper wurde einbalsamiert, wie Trelawny anmerkte. Man beerdigte seine Lunge in Missolonghi, während der Sarg mit seinem Körper nach England transportiert wurde. Ganz Griechenland trauerte um Byron. Letztlich half er so im Tod der Sache der Griechen viel mehr, als er es vorher als Lebender vermocht hatte. Am 14. Mai gelangte die Nachricht nach England. Mary Shelley schrieb am 15. in ihr Tagebuch:

15. Mai. Das also war das bevorstehende Ereignis, das letzte Nacht seinen Schatten auf meine trübseligen Gedanken geworfen hatte. Byron war ins Reich des Grabes eingegangen – jene trübselige Konklave, der die Menschen angehören, die ich am meisten liebte. Ich kannte ihn in den hellen Tagen der Jugend, als mich weder Sorge noch Furcht heimgesucht hatten, ehe mich der Tod meine eigene Sterblichkeit spüren ließ, als die Erde der Ort meiner Hoffnungen war. Kann ich unsere abendlichen Besuche in der Villa Diodati vergessen? Unsere Ausflüge auf dem See, als er die Tiroler Hymne sang und seine Stimme mit den Winden und Wellen harmonisierte? Kann ich seine Aufmerksamkeiten und seinen Zuspruch während meines tiefsten Leids vergessen? Nie.

In seinem Gesicht wohnte Schönheit, und aus seinen Augen strahlte Kraft. Seine Fehler waren vor allem Schwächen und verleiteten einen dazu, sie zu verzeihen.

Albè – der liebe, launische, faszinierende Albè – hat diese öde Welt verlassen! Gott gebe, daß ich jung sterbe! Eine neue Rasse schießt um mich herum aus dem Boden. Im Alter von 26 Jahren habe ich die Verfassung eines alten Menschen. Alle meine einstigen Freunde sind gegangen. Ich habe keinen Wunsch, neue zu finden. Ich hänge an den wenigen, die geblieben sind; aber sie gleiten davon, und mein Herz sinkt, wenn ich daran denke, wie wenige Bande ich mit dieser Welt geknüpft habe.

Der Sarg erreichte England im Juli. Da Byron keine Beerdigung in Westminster zugestanden wurde, beschloß man, ihn in der Nähe von Newstead zu bestatten. Am 12. Juli verließ eine gespenstische Prozession London. Da viele bekannte Familien einerseits aus gesellschaftlichen Gründen kondolieren mußten, andererseits aber nicht zu eng mit Byrons Persönlichkeit, Lebensstil und politischen Ansichten assoziiert werden wollten, schickten sie ihre Kutschen leer. Eine große Menge von Schaulustigen beobachtete den Zug der 47 Kutschen, von denen etliche an der Stadtgrenze kehrtmachten. Mit sehr viel weniger Begleitern erreichte der Trauerzug nach vier Tagen Newstead, wo Byron in die Familiengruft getragen wurde. Hobhouse, der sich der Zeremonie angenommen hatte, wollte den Sarg Byrons auf den seiner Mutter stellen lassen, der aber schon zu morsch war, um das Gewicht zu tragen. Der sechste Lord wurde auf den fünften, den »schlimmen« Lord Byron gelegt. Erst 1969 ehrte man ihn mit einer Gedenktafel in der Westminster Abbey – so lange brauchte das englische Establishment, um ihm zu verzeihen.

8. Weiterleben

Mit dem Tod von Byron, Shelley und Keats begann das Weiterleben dieser drei Dichter, nicht nur in England, sondern auf der ganzen Welt. Gerade in Deutschland erfuhren die drei eine besonders intensive Rezeption. Übersetzungen, Nachahmungen und biographische Skizzen spiegeln das Interesse an diesen jungen Männern wider. Byron, schon zu Lebzeiten berühmt, lenkte bereits vor seinem Tod die Aufmerksamkeit berühmter Zeitgenossen auf sich. Anläßlich seiner Fahrt nach Griechenland übersandte ihm Goethe folgenden Gruß, ein Gedicht, auf das Byron mit einem Brief antwortete:

An Lord Byron

Ein freundlich Wort kommt eines nach dem andern
Von Süden her und bringt uns frohe Stunden;
Es ruft uns auf, zum Edelsten zu wandern,
Nicht ist der Geist, doch ist der Fuß gebunden.

Wie soll ich dem, den ich so lang begleitet,
Nun etwas Traulichs in die Ferne sagen?
Ihm, der sich selbst im Innersten bestreitet,
Stark angewohnt, das tiefste Weh zu tragen.

Wohl sei ihm doch, wenn er sich selbst empfindet!
Er wage selbst, sich hochbeglückt zu nennen,
Wenn Musenkraft die Schmerzen überwindet;
Und wie ich ihn erkannt, mög er sich kennen.

Livorno, 21. Juli 1823

Erlauchter Herr! (Illustrious Sir!)
Ich kann Ihnen nicht so, wie ich sollte, danken für die Zeilen, die mein junger Freund Herr Sterling mir von Ihnen überbracht hat, und es stände mir übel an, wollte ich Verse mit dem tauschen, der seit fünfzig Jahren der unbestrittene Fürst der europäischen Literatur ist. Empfangen Sie deshalb meinen aufrichtigsten Dank in Prosa und noch dazu in hastiger Prosa, denn ich bin eben im Begriff, eine zweite Reise nach Griechenland anzutreten, und um mich herum ist ein Lärm und ein Eilen, daß selbst Dankbarkeit und Bewunderung vergebens einen Augenblick suchen, um sich Ausdruck geben zu können.

Von Genua kam ich vor einigen Tagen, durch einen Sturm verschlagen, nach Livorno und empfing heute früh mehrere Griechen, die mit mir nach ihrem ringenden Vaterlande segeln wollen.

Hier fand ich auch Ihre Zeilen und Herrn Sterlings Brief, und kein günstigeres Vorzeichen, keine angenehmere Überraschung konnte mir werden, als ein Wort von Goethes eigener Hand!

Ich kehre nach Griechenland zurück, um zu sehen, ob ich dort irgendwie helfen kann; sollte ich jemals zurückkehren, so werde ich Weimar besuchen, um Ihnen die Huldigung eines der Millionen Ihrer Bewunderer darzubringen.

Ich habe die Ehre, mich zu nennen Ihren stets ergebenen

Noël Byron.

Für Goethe stellte der englische Lord einen der größten zeitgenössischen Poeten dar, den er als Dichter neben sich selbst gelten ließ. Er bewunderte den *Corsair* und andere Erzählungen und übersetzte einige Verse aus *Manfred* und *Don Juan* selbst ins Deutsche. Als der englische Reisende Henry Crabb Robinson 1829 nach Weimar kam, versuchte er, Goethe von Wordsworths Größe zu überzeugen – vergebens. Unerbittlich setzte ihn der alte Dichter allabendlichen Lobeshymnen und Diskussionen über Byron aus. Auch Robinsons Versuche, Goethe durch Ottilie in seinem Sinne zu beeinflussen, schlugen fehl und führten nur dazu, daß er wegen seines missionarischen Eifers ausgelacht wurde. Was Goethe besonders an Byron faszinierte, war sein Engagement in Griechenland, das er als Erfüllung einer »Sendung« betrachtete. In *Faust II* überhöhte er Byron in der Gestalt Euphorions ins Mythische. Euphorion, der Sohn Fausts und Helenas, hat von seinem Vater das Streben nach oben, von seiner Mutter die Schönheit und die Poesie geerbt.

Euphorion
Nun laßt mich hüpfen,
Nun laßt mich springen!
Zu allen Lüften
Hinaufzudringen
Ist mir Begierde,
Sie faßt mich schon.

Faust
Nur mäßig! mäßig!
Nicht ins Verwegne,
Daß Sturz und Unfall
Dir nicht begegne,
Zugrund uns richte
Der teure Sohn.

Euphorion
Ich will nicht länger
Am Boden stocken;
Laßt meine Hände,
Laßt meine Locken,
Laßt meine Kleider!
Sie sind ja mein.

Helena
O denk! o denke,
Wem du gehörest!
Wie es uns kränke,
Wie du zerstörest
Das schön errungene
Mein, Dein und Sein.

Chor
Bald löst, ich fürchte,
Sich der Verein!

Helena und Faust
Bändige! bändige
Eltern zuliebe
Überlebendige,
Heftige Triebe!
Ländlich im stillen
Ziere den Plan.

Euphorion
Nur euch zu Willen
Halt ich mich an.

[...]

Euphorion
Felsengedränge hier
Zwischen dem Waldgebüsch,
Was soll die Enge mir,
Bin ich doch jung und frisch.
Winde, sie sausen ja,
Wellen, die brausen da;
Hör ich doch beides fern,
Nah wär ich gern.
Er springt immer höher felsauf.

Helena, Faust und Chor:
Wolltest du den Gemsen gleichen?
Vor dem Falle muß uns graun.

Euphorion
Immer höher muß ich steigen,
Immer weiter muß ich schaun,
Weiß ich nun, wo ich bin!
Mitten der Insel drin,

Mitten in Pelops' Land,
Erde- wie seeverwandt.

Chor

Magst nicht in Berg und Wald
Friedlich verweilen?
Suchen wir alsobald
Reben in Zeilen,
Reben am Hügelrand,
Feigen und Apfelgold.
Ach in dem holden Land
Bleibe du hold!

Euphorion

Träumt ihr den Friedenstag?
Träume, wer träumen mag.
Krieg! ist das Losungswort.
Sieg! und so klingt es fort.

Chor

Wer im Frieden
Wünschet sich Krieg zurück,
Der ist geschieden
Vom Hoffnungsglück.

Euphorion

Welche dies Land gebar
Aus Gefahr in Gefahr,
Frei, unbegrenzten Muts,
Verschwendrisch eignen Bluts,
Den nicht zu dämpfenden
Heiligen Sinn,
Alle den Kämpfenden
Bring es Gewinn!

Chor

Seht hinauf, wie hoch gestiegen!
Und er scheint uns doch nicht klein,

Wie im Harnisch, wie zum Siegen,
Wie von Erz und Stahl der Schein.

Euphorion
Keine Wälle, keine Mauern,
Jeder nur sich selbst bewußt;
Feste Burg, um auszudauern,
Ist des Mannes ehrne Brust.
Wollt ihr unerobert wohnen,
Leicht bewaffnet rasch ins Feld;
Frauen werden Amazonen
Und ein jedes Kind ein Held.

[...]

Euphorion
Und hört ihr donnern auf dem Meere?
Dort widerdonnern Tal um Tal,
In Staub und Wellen Heer dem Heere,
In Drang um Drang zu Schmerz und Qual.
Und der Tod
Ist Gebot,
Das versteht sich nun einmal.

Helena, Faust und Chor
Welch Entsetzen! welches Grauen!
Ist der Tod denn dir Gebot?

Euphorion
Sollt ich aus der Ferne schauen?
Nein! ich teile Sorg und Not.

Die Vorigen
Übermut und Gefahr,
Tödliches Los!

Euphorion
Doch! – und ein Flügelpaar
Faltet sich los!

Dorthin! Ich muß! ich muß!
Gönnt mir den Flug!
Er wirft sich in die Lüfte, die Gewande tragen ihn einen Augenblick, sein Haupt strahlt, ein Lichtschweif zieht nach.

Chor

Ikarus! Ikarus!
Jammer genug.

Ein schöner Jüngling stürzt zu der Eltern Füßen, man glaubt in dem Toten eine bekannte Gestalt zu erblicken; doch das Körperliche verschwindet sogleich, die Aureole steigt wie ein Komet zum Himmel auf, Kleid, Mantel und Lyra bleiben liegen.

Helena und Faust:

Der Freude folgt sogleich
Grimmige Pein.

Euphorions Stimme
aus der Tiefe:

Laß mich im düstern Reich,
Mutter, mich nicht allein!

Pause.

Chor Trauergesang:

Nicht allein! – wo du auch weilest,
Denn wir glauben dich zu kennen;
Ach! wenn du dem Tag enteilest,
Wird kein Herz von dir sich trennen.
Wüßten wir doch kaum zu klagen,
Neidend singen wir dein Los:
Dir in klar' und trüben Tagen
Lied und Mut war schön und groß.

Ach! zum Erdenglück geboren,
Hoher Ahnen, großer Kraft,
Leider früh dir selbst verloren,

Jugendblüte weggerafft.
Scharfer Blick, die Welt zu schauen,
Mitsinn jedem Herzensdrang,
Liebesglut der besten Frauen
Und ein eigenster Gesang.

Doch du ranntest unaufhaltsam
Frei ins willenlose Netz,
So entzweitest du gewaltsam
Dich mit Sitte, mit Gesetz;
Doch zuletzt das höchste Sinnen
Gab dem reinen Mut Gewicht,
Wolltest Herrliches gewinnen,
Aber es gelang dir nicht.

Euphorion geht an seinem Drang nach oben, seinem unaufhaltsamen Emporstreben, zugrunde, so wie Ikarus, dessen Bewegung er symbolisch nachvollzieht. Der Tod Byrons erfuhr damit eine nachträgliche Sinngebung, wurde zu einer Notwendigkeit, die in Byrons Wesen begründet lag, ein Schicksal, dem er nicht ausweichen konnte.

Byron wurde nicht nur von Dichterkollegen rezipiert. Der Byronismus war ein europäisches Phänomen, das bis in die Alltagskultur hineinreichte. Unter jungen Männern in und außerhalb Englands galt es einige Zeit als sehr modisch, den Lord nachzuahmen. Byron war der erste Autor, der einer kommerzialisierten Gesellschaft »gehörte«. Aufgrund seines Rangs stand er über den meisten Lesern und Nachahmern und hatte als glamouröser Aristokrat einen ähnlichen Appeal wie die Helden der massenhaft produzierten Kitsch- und Adelsromane des zwanzigsten Jahrhunderts. Als gelebte Byron-Imitation inszenierte sich der exzentrische Fürst Hermann von Pückler-Muskau, der sich wie Byron gerne in orientalische Kostüme kleidete, eine Vorliebe für zu errettende exotische Frauen hatte und genausoviel Geld ausgab wie sein englisches Vorbild. In seinen Reisebeschreibungen nahm er byronische Posen ein – vor allem die Lässigkeit und die Ironie. Pückler-Muskaus *Briefe eines Verstorbenen*, die Beschreibung seiner Englandreise, enthält auch eine kurze

Erwähnung von Byrons Geburtsort Newstead Abbey, den er – ganz stilgerecht – im Mondschein erblickte. Pückler-Muskau war nur einer von vielen Männern, die Byron nachlebten. Das Ausmaß seiner Selbststilisierung zeigt, wie intensiv diese Nachfolge werden konnte.

Byron fand Eingang in die banalsten Bereiche des Alltagslebens – sogar ein 119-teiliges Tafelservice mit Motiven aus seinen Erzählungen war erhältlich, und man konnte sich an Byron-Opern delektieren. Wer Byron kaufte, erwarb eine Kunstfigur, die vom literarischen Markt des neunzehnten Jahrhunderts geschaffen worden war. Zahllose Byron-Ausgaben, die sich zum Beispiel *Beauties of Byron* nannten, konstruierten einen Byron, der von sexuell expliziten, politischen oder sonstwie kontroversen Stellen frei war und damit, den damaligen Lektüregepflogenheiten entsprechend, im Familienkreis laut vorgelesen werden konnte. Für die breite Masse der Leserinnen und Leser war Byron faszinierend wegen seiner Melancholie, aber auch aufgrund der homo- und heteroerotischen Ausstrahlung, die sowohl der Autor wie auch seine Figuren besaßen. Ironische Bemerkungen über schmachtende Byron-Leserinnen gehörten zu den viktorianischen Topoi.

Vielen Autoren des neunzehnten Jahrhunderts bot Byron zu Beginn ihrer schriftstellerischen Karriere Anregung und Inspiration, stellte jedoch auch eine Art Übervater dar, der überwunden werden mußte – daher die vielen kritischen Artikel von Literaten, die manchmal den falschen Eindruck erwecken, Byron sei nach 1840 nicht mehr populär gewesen. Für einige Autoren, wie etwa Carlyle, stellte Byron all das dar, was der bürgerliche Intellektuelle des neuen Schlags überwinden mußte – den (angeblich) auf sozialem Status basierenden Erfolg und den Mangel an Ernsthaftigkeit. Letztere war eine zentrale viktorianische Tugend, und man kann die Begeisterung für Byron auch damit erklären, daß Leserinnen und Leser in ihrer Lektüre einen anderweitig nicht zugänglichen Freiraum fanden. Dennoch, für Carlyle war Byron ein Greuel, das Relikt einer vergangenen Zeit:

Byron war unser englischer Sentimentalist und Kraftmensch; der stärkste seiner Art in Europa; der wildeste, der düsterste und hoffentlich der letzte. Denn wozu soll es in einem solchen Fall gut sein, wenn man »jammert, den Finger ans Auge legt und schluchzt?« Oder auf feindselige Weise die Zähne fletscht und beißt »wie ein verrückter Hund oder ein kranker Affe«? Warum sollten wir mit unserem Leben hadern, hier, wo es vor uns liegt, unser Feld und unser Erbe, das wir zu unserem Glück oder zu unserem Verderben gestalten?

Carlyle trat ein für verantwortliches Handeln und Planen anstelle von rückhaltlosem Schwelgen in Emotionen. Carlyle wollte sich nicht als Opfer des bei Byron immer wieder so entscheidenden grausamen Zufalls sehen, sondern forderte dazu auf, das Leben selbstbestimmt zu gestalten. Seine Schriften waren aber durchaus von Byron beeinflußt, und er stand ihm, wie so viele andere, in einer Art Haßliebe gegenüber.

Heinrich Heine gehörte in seinen jungen Jahren zu Byrons glühendsten Bewunderern, was allein schon seine Übersetzungen zeigen. Als sein Vorbild starb, schrieb er in einem Brief:

Während ich dieses schreibe erfahre ich daß mein Vetter, Lord Byron, zu Missolonghi gestorben ist. So hat auch dieses große Herz aufgehört zu schlagen! Es war groß und ein Herz, kein kleines Eierstöckchen von Gefühlen. Ja dieser Mann war groß, er hat im Schmerz neue Welten entdeckt, er hat den miserablen Menschen und ihren noch miserableren Göttern prometheisch getrotzt, der Ruhm seines Namen drang bis zu den Eisbergen Thules und bis in die brennenden Sandwüsten des Morgenlandes. take him al in al, he was a man. Wir werden sobald nicht mehr seines Gleichen sehen.

Ich habe überall Trauer ansagen lassen. Die englische Literatur steht jetzt nur noch auf zwei Augen – Scott und Moore. Unsere Literatur ist ganz und gar blind.

Genauso wie für Goethe war auch für Heine Byron einzigartig, sein Verlust unersetzlich. Einige seiner frühen Verserzählungen lehnen sich an Byron an, so etwa die Liebestragödie *Almansor*, in einem orientalischen *setting* angesiedelt. Der düstere Held Almansor besitzt Ähnlichkeit mit Byrons Protagonisten:

> Das Innere eines alten, verödeten Maurenschlosses. Durch die Seitenfenster fallen Strahlen der untergehenden Sonne. Almansor allein.
>
> *Almansor*
>
> *Es ist der alte, liebe Boden noch,*
> *Der wohlbekannte, buntgestickte Teppich,*
> *Worauf der Väter heilger Fuß gewandelt!*
> *Jetzt nagen Würmer an den seidnen Blumen,*
> *Als wären sie des Spaniers Bundgenossen.*
> *Es sind die alten, treuen Säulen noch,*
> *Des stolzen Hauses stolze Marmorstützen,*
> *Woran ich oft mich angelehnt als Knabe.*
> *O, hätten unsre Gomeles und Ganzuls,*
> *Abenkeragen und hochmütge Zegris*
> *So treu, wie diese Säulen hier, getragen*
> *Den Königsthron im leuchtenden Alhambrah!*
> *Es sind die alten, guten Mauern noch,*
> *Die glattgetäfelten, die hübsch bemalten,*
> *Die stets dem müden Wandrer Obdach gaben!*
> *Gastlich geblieben sind die guten Mauern,*
> *Doch ihre Gäste sind nur Eul und Uhu.*

Im Rückblick auf vergangene Taten erzählt er von den Kämpfen zwischen Muslimen und Christen im mittelalterlichen Spanien:

> *Almansor*
>
> *Am Ende kam die allerschlimmste Botschaft:*
> (stockt)
> *Daß auch der gute Aly Christ geworden.*
> (Pause)
> *Da quoll kein Tropfen aus des Vaters Augen,*
> *Kein Klagelaut entstahl sich seinem Mund,*
> *Kein Haar entraufte er dem greisen Haupte; –*

Nur seine Antlitzmuskeln zuckten krampfhaft,
Und wildverzerrt, und schneidend brach hervor
Aus seiner Brust ein gellendes Gelächter.
Und wie ich mich mit leisem Weinen nahte,
Ergriffs wie Wahnsinnswut den armen Vater.
Er zog den Dolch und nannt mich »Schlangenbrut«
Und wollt mir schon die Brust durchstoßen, – plötzlich
Zog sichs wie sanftrer Schmerz um seine Lippen.
»Du, Knabe, sollst die Schuld nicht büßen«, sprach er,
Und wankte fort nach seiner stillen Kammer.
Dort saß er schweigend, ohne Speis und Trank,
Drei Tage lang. Doch wie er da hervorkam,
Schien er wie umgewandelt. Ruhig war er,
Befahl den Knechten: all sein Hab und Gut
Auf Maultier und auf Wagen aufzuladen;
Befahl den Weibern: uns mit Wein und Brot
Für eine lange Reise zu versorgen.

Typische Elemente sind das Ausgestoßensein und der Weltschmerz. Auch daß die Akteure Männer sind, erinnert an Byron. Dazu kommt eine große Liebe, die durch die äußeren Umstände verhindert wird:

Almansor

Besorge nichts; denn niemand kennt mich mehr.
Mein Antlitz trägt des Grames tiefe Furchen,
Getrübt von salzgen Tränen ist mein Aug,
Nachtwandlerartig ist mein schwanker Gang,
Gebrochen, wie mein Herz, ist meine Stimme –
Wer sucht in mir den blühenden Almansor?
Ja, Hassan, ja, ich liebe Alys Tochter!
Nur einmal noch will ich sie schaun, die Holde!
Und hab ich mich noch einmal süß berauscht
Im Anblick ihrer lieblichen Gestalt,
In ihre Augen meine Seel getaucht,
Und schwelgend eingehaucht den süßen Odem: –

Dann geh ich wieder nach Arabiens Wüste,
Und setze mich auf jenen steilen Felsen,
Wo Mödschnun saß und Leilas Namen seufzte! –

Später begann sich Heine schrittweise von Byron zu distanzieren und äußerte schließlich, er sei »kein Nachbeter oder, besser gesagt, Nachfrevler Byrons«. Das Schwinden des Enthusiasmus für Byron, der Versuch, Distanz zu ihm zu schaffen (unter Verwendung von echt byronischer Ironie) war typisch für viele junge Dichter, sobald sie ihren eigenen Stil gefunden hatten. Doch manche Elemente des Einflusses blieben. Zwischen Heine und seinem Vorbild sind eindeutige Ähnlichkeiten vorhanden – der bissige Witz, der Hang zum Weltschmerz und die über alles geliebten Posen.

In Frankreich wurde Byron von Napoleon gelesen, später von Stendhal und den französischen Romantikern. Auch in Italien und Rußland fand er begeisterte Leser und Nachahmer. Einige von Puschkins Helden etwa tragen die Züge von Byrons Männerfiguren. In Polen galt er als Dichter der Freiheit. Der düstere, aus der menschlichen Gemeinschaft ausgeschlossene, erotisch attraktive Held, der die Verhaltensnormen sprengt, besaß eine ungeheure Anziehungskraft. In ihrem vielfach gelesenen und mehrmals verfilmten Roman *Wuthering Heights* konzipierte Emily Brontë mit ihrem Protagonisten Heathcliff eine solche Figur, die zwar keinen direkten Bezug zu Byron aufwies, aber eindeutig seinen Helden nachempfunden war:

Wuthering Heights ist der Name von Mr. Heathcliffs Wohnstatt. »Wuthering« ist ein wichtiges Adjektiv in dieser Gegend, das den atmosphärischen Aufruhr beschreibt, dem ihr Standort in stürmischem Wetter ausgesetzt ist. Dort oben müssen sie zu jeder Zeit saubere und erfrischende Luft haben. In der Tat – die Kraft des Nordwinds, der über den Grat bläst, kann man an der extremen Neigung einiger verkümmerter Tannen am Ende des Hauses erkennen; und an einer Reihe nackter Dornen, die ihre Ausläufer alle in eine Richtung strecken, als ob sie von der Sonne Almosen erflehten. Zum Glück hatte der Architekt den Weitblick, es stark zu bauen.

Die engen Fenster sind tief in die Mauer eingesetzt, und die Ecken werden von großen Steinen verteidigt, die hervorragen. [...]

Das Zimmer und die Möbel wären nichts Besonderes, wären sie im Besitz eines hausbackenen nördlichen Bauern mit eigensinnigem Gesicht und strammen Gliedmaßen, die vorteilhaft in Kniehosen und Gamaschen zur Schau gestellt werden. Ein solches Individuum, das in seinem Sessel sitzt, mit seinem schäumenden Bierkrug auf dem runden Tisch vor sich, kann man überall im Umkreis von fünf oder sechs Meilen in diesen Hügeln sehen, wenn man zur rechten Zeit, das heißt nach dem Essen, losgeht. Aber Mr. Heathcliff steht in einem einzigartigen Kontrast zu seinem Wohnort und Lebensstil. Von seinem Aussehen her ist er ein dunkelhäutiger Zigeuner, von seiner Kleidung und seinem Benehmen ein Gentleman; das heißt, er ist so sehr Gentleman wie mancher Landadelige: einigermaßen nachlässig, vielleicht, aber nicht unangemessen verschlampt, weil er eine aufrechte und gutaussehende Gestalt besitzt, und er ist ziemlich mürrisch.

Emily Brontë schilderte mit Heathcliff einen typischen byronischen Helden – düster, einsam, widersprüchlich. Gleichzeitig kritisierte sie aber auch den Byronismus, denn Heathcliffs Verhalten wird im Lauf des Romans immer grausamer und destruktiver. Bei aller Faszination war der Byronismus für sie keine tragfähige Basis.

Eine andere wichtige Komponente der Rezeption ist die Homosexualiät Byrons, die, nachdem sie lange Zeit totgeschwiegen worden war, um die Jahrhundertwende endlich thematisiert wurde. Führend waren hier deutsche Forscher, da die Einstellung gegenüber Homosexualität in Deuschland sehr viel liberaler war als in England. Der Dandy Oscar Wilde, der ebenso wie Byron extravagante Posen liebte, erwähnte diesen häufig in seinen Schriften:

Byrons Persönlichkeit zum Beispiel verschwendete sich in ihrem Kampf gegen die Dummheit, Heuchelei und das Philistertum der Engländer. Solche Kämpfe vergrößern nicht immer die Kraft, oft übertreiben sie Schwächen. Byron vermochte uns nie zu geben, was er uns hätte geben können.

Auch Wilde, durch seinen sozialen Status und seine homosexuellen Neigungen Außenseiter, fühlte sich den englischen »Philistern« ausgesetzt, denen er eine Pose des amoralischen Ästhetizismus entgegensetzte. Diese kultivierte er unter anderem in seinem Erfolgsroman *Dorian Gray*, dessen Figurenkonzeption ebenfalls von Byron beeinflußt war.

Bis ins zwanzigste Jahrhundert hinein reicht die Begeisterung für Byron, auch in Deutschland, wie das Drama *Die Maschinenstürmer* (1922) des Expressionisten Ernst Toller zeigt. Auch in jüngster Zeit hat Byrons Leben die Gemüter fasziniert. Robert Nyes Roman *The Memoirs of Lord Byron* (1989) ist eine fiktive Version der nach Byrons Tod vernichteten Tagebücher. Endlich erfährt der Leser die Details aus seinem Liebesleben, die ihm mangels zuverlässiger Quellen immer vorenthalten worden waren. Auf dieser Schiene der Byron-Rezeption bewegt sich auch Amanda Pranteras Roman *Conversations With Lord Byron on Perversion, 163 Years After His Lordship's Death:* Im Rahmen eines Projekts über künstliche Intelligenz hat eine Gruppe von Forschern ein »LB« (Lord Byron) benanntes Computerprogramm entworfen, das mit allen über ihn verfügbaren Fakten gefüttert worden ist, damit es bislang offene Fragen beantworten kann, die natürlich vor allem Byrons Liebesleben betreffen. Ein Mitglied des Teams ist die Literaturwissenschaftlerin Anna, die LB Fragen über Thyrza stellt. Obwohl sich der Computer ziert oder meist nur unverständliche Listen ausspuckt, wenn er nach dem Liebsten gefragt wird, lösen die Fragen – unbemerkt von den Forschern – Reflexionen aus, die nur dem Leser des Romans, nicht aber den Wissenschaftlern, zugänglich gemacht werden. Die Handlung springt zwischen dem mühsamen Dialog mit LB in den achtziger Jahren dieses Jahrhunderts und den Ereignissen Anfang des neunzehnten Jahrhunderts hin und her. Im Zentrum steht die Liebesbeziehung mit Edleston. Nach einer langen Phase des Leids aus unerfüllter Liebe zum jungen Chorknaben entdeckt Byron eines Tages beim Schwimmen, daß es sich bei »ihm« um eine Frau handelt. Alba ist von hoher Geburt, eine königliche Prinzessin, und hat gegenüber ihrer Familie durchgesetzt, daß sie einige Jahre in England verbringen darf, in der Verkleidung eines Knaben. Die Ehe, die ihr Byron anträgt, lehnt sie zu seiner Verblüffung ab – ihre Familie würde eine solche Mesalliance nie dulden. Die beiden stürzen sich in eine leidenschaftliche und geheime Liebesbeziehung. Als ihre Familie schließlich davon erfährt, wird Alba gekidnappt und so schnell wie möglich an einen Vetter verheiratet. Bald darauf hört Byron von ihrem Tod. Von allen Spekulationen, die über Thyrzas Identität angestellt worden sind, ist das sicher die mit dem größten Überraschungseffekt. Dem Forscherteam, das ungeduldig auf verwertbare Ergebnisse wartet, wird die Geschichte allerdings nicht einmal in Ansätzen mitgeteilt. Kein Wunder also, daß das Unternehmen nicht gerade als Erfolg beurteilt wird. Am Ende des Romans schreibt LB für die Assistentin Anna ein Gedicht, was das Scheitern des Projekts noch einmal abwendet. Die Ausdrucke sollen in Amerika präsentiert werden, und schließlich darf Anna sogar an der Vorstellung ihrer eigenen Forschungsergebnisse teilnehmen.

Die Gedichte an »Thyrza« sind also doch an eine Frau gerichtet, die aber als Mann verkleidet war. Byrons homoerotische Sehnsüchte bleiben hier auf eine Figur beschränkt, denn nach seiner unglücklichen Liebe zu »Thyrza« stürzt er sich in Affären mit einer Vielzahl von Frauen, die ihm helfen sollen, mit seinen verletzten Emotionen zurechtzukommen und seine Geliebte zu vergessen. Seine Promiskuität ist das ungewollte Ergebnis einer unerfüllten heterosexuellen und monogamen Veranlagung. Bei aller Flapsigkeit ist Panteras Text auch etwas traditionell, denn sie stilisiert diese Art von Beziehung zum Ideal und »rettet« Byron so vor seiner eigenen Sexualität.

Wurde Byron häufig als Einzelperson, lediglich zusammen mit den jeweiligen Geliebten dargestellt, einfach weil es dem byronischen Helden entsprach, in der Pose düsterer Einsamkeit zu verharren, so trat Shelley oft innerhalb einer »Familienromanze« mit Mary, Claire, Allegra, Byron, Godwin und Hunt auf. Die zweifellos spannende Gruppendynamik des reisenden literarischen Salons lud und lädt zu diversen Spekulationen ein. Howard Brentons Drama *Bloody Poetry*, 1984 uraufgeführt, beginnt mit einer Darstellung des Schweizer Sommers 1816, in dem sich Shelley, Mary, Claire und Byron am Genfer See trafen. Gespräche über Liebschaften und poetologische Debatten werden stilistisch als Zitatmontagen präsentiert. Brenton schreibt einerseits den Mythos um die Shelley-ménage weiter, offeriert aber dem Zuschauer andererseits ein Vorbild für den despektierlichen Umgang mit traditionellem Bildungsgut.

Sind byronische Helden oft, so wie Byron selbst, große Liebende oder Leidende, so eignet sich Shelley für diese Art von Stilisierung schlecht. Zu Lebzeiten galt er vielen als Chaot, wie zum Beispiel in folgendem Auszug aus Peacocks Roman *Nightmare Abbey* deutlich wird. Hauptfigur ist der exzentrische Scythrop, eine Parodie auf Shelley. Der Liebhaber philosophischer Schriften, Mr. Flosky, ist Coleridge.

Die Terrasse endete am südwestlichen Turm, der, wie gesagt, eine Ruine war und voller Eulen. Hier nahm Scythrop abends auf einem herabgefallenen, bemoosten Steinbrocken Platz und lehnte sich gegen die Wand der Ruine – einen dicken Baldachin aus Efeu, in dem eine Eule hauste, über seinem Kopf – mit den Leiden des Werther *in der Hand. Er hatte Interesse an der Lektüre von Romanzen gehabt, bevor er zur Universität ging, wo er, wie wir aus Gerechtigkeit gegenüber seinem College zugeben müssen, von der Liebe zum Lesen in all ihren Formen kuriert wurde. Und die Gesundung wäre total gewesen, wenn nicht enttäuschte Liebe und völlige Einsamkeit miteinander einen Rückfall verursacht hätten. Er begann, Romanzen und deutsche Tragödien zu verschlingen und – auf Empfehlung von Mr. Flosky – über schweren Bänden transzendentaler Philosophie zu brüten, die ihn mit der Mühe versöhnten, sie durch ihre mystische Sprache und ihre nekromantische Bildlichkeit zu studieren. In der kongenialen Einsamkeit von Nightmare Abbey hatten die mißgestimmten Ideen der metaphysischen Romanzen und der romantischen Metaphysik genug Zeit und Raum, um zu einer fruchtbaren Vegetation an Hirngespinsten zu keimen, die rapide zu einer starken und üppigen Ernte hochschoß.*

Er begann sich nun mit seiner Leidenschaft zur Verbesserung der Welt *zu beunruhigen. Er baute viele Luftschlösser und bevölkerte sie mit geheimen Tribunalen und Scharen von Illuminaten, die stets imaginäre Werkzeuge für seine geplante Erneuerung der Menschheit waren. Da er eine vollkommene Republik einzurichten gedachte, umgab er sich mit absoluter Oberherrschaft über diese mystischen Spender der Freiheit. Er schlief mit den* Schrecklichen Geheimnissen *unter seinem Kopfkissen und träumte von ehrwürdigen Eleutherarchen und gespenstischen Verbündeten, die in unterirdi-*

schen Höhlen mitternächtliche Versammlungen abhielten. Er verbrachte ganze Morgen in seiner Studierstube, in düstere Träume versunken, pirschte durch das Zimmer in seiner Nachthaube, die er wie eine Kapuze über seine Augen zog, und drapierte seinen gestreiften baumwollenen Morgenrock wie den Umhang eines Verschwörers um sich.

»Handlung,« so monologisierte er, »ist das Ergebnis von Meinung und würde sich zu einer neuen modellhaften Meinung wie zu einer neuen modellhaften Gesellschaft verhalten. Wissen ist Macht; es befindet sich in der Hand einiger weniger, die es einsetzen, um die Vielen in die Irre zu führen, zu ihren eigenen egoistischen Zwecken, nämlich Aufstieg und Aneignung von Besitz. Was wäre, wenn es sich in den Händen einiger weniger befände, die es dazu einsetzen, die Vielen zu führen? Was, wenn Wissen universal wäre, wenn die Masse aufgeklärt wäre? Nein. Die Vielen müssen immer am Gängelband sein, aber laßt sie weise und ehrliche Anführer haben. Ein paar zum Denken und viele zum Handeln, das ist die einzig mögliche Grundlage einer vollkommenen Gesellschaft. So dachten die alten Philosophen: Sie hatten ihre esoterischen und ihre exoterischen Lehren. So denkt der erhabene Kant, der seine Orakel in einer Sprache darbietet, die außer den Initiierten niemand verstehen kann.«

Umgeben von Requisiten aus den deutschen Schauerromanen (die Shelley liebte), beginnt Scythrop alias Shelley, Pläne zur baldigen Verbesserung der Menschheit zu schmieden. Peacock machte sich über Shelleys Reformeifer lustig und verdeutlichte, daß er – trotz seiner Liebe zur Menschheit – eben doch ziemlich elitär dachte.

Shelleys humanitäres Denken, hier noch Anlaß zu einer Satire, wurde nach seinem Tod zu seiner zentralen Eigenschaft hochstilisiert. Der Grund dafür war, daß Shelley wegen seiner Lebensführung einen sehr schlechten Ruf hatte, den seine Frau und seine Familie nach seinem Tod zu verbessern suchten. Ein weiterer Grund war, daß Mary eine Gesamtausgabe seiner Gedichte plante. Die von ihr 1824 herausgegebene Ausgabe von Shelleys Werken hatte den Zorn von Shelleys Vater, Sir Timothy, erregt, der den Ideen seines Sohns nach wie vor mit absoluter Verständnislosigkeit gegenüberstand. Da Mary

Shelley und ihr Sohn aber finanziell von Sir Timothy abhängig waren, wurde es nötig, einen so engelhaften Shelley aufzubauen, daß ihn niemand mehr wegen seines Benehmens kritisieren konnte. Erst dann konnte Mary Shelley seine Gedichte herausgeben. Daher wurde der Dichter in der Folgezeit zu einem ätherischen Wesen gemacht, das von seinen Zeitgenossen brutal mißverstanden worden war. Seine radikalen politischen Texte galten als höchster Ausdruck seiner Liebe zur Menschheit. Da eine Ausgabe erst 1839, also siebzehn Jahre nach Percys Tod, möglich war, wurden wegen des nicht geringen Interesses an seinen Gedichten etliche Raubdrucke auf den Markt geworfen. Einer der erfolgreichsten war die 1829 in Paris erschienene Ausgabe von Coleridge, Shelley und Keats, die das Verlagshaus Galignani herausbrachte. Mary Shelley verfaßte für das Vorwort eine Lebensskizze des Dichters, in der sie ihre Stilisierungen weiterpflegte. In Deutschland war Shelley bei den Schriftstellern des Vormärz sehr beliebt – allerdings sahen sie ihn nicht als Akteur, sondern als eine Art von gescheitertem Märtyrer. Herweghs Sonett über Shelley verdeutlicht diesen Rezeptionsstrang:

Um seinen Gott sich doppelt schmerzlich mühend,
War er ihm, selbsterrungen, doppelt teuer,
Dem Ewigen war keine Seele treuer,
Kein Glaube je so ungeschwächt und blühend.

Mit allen Pulsen für die Menschheit glühend,
Saß immer mit der Hoffnung er am Steuer;
Wenn er auch zürnte, seines Zornes Feuer
Nur gegen Sklaven und Tyrannen sprühend.

Ein Elfengeist in einem Menschenleibe,
Von der Natur Altar ein reiner Funken,
Und drum für Englands Pöbelsinn die Scheibe;

Ein Herz vom süßen Duft des Himmels trunken,
Verflucht vom Vater und geliebt vom Weibe,
Zuletzt ein Stern im wilden Meer versunken.

Shelley als »Elfengeist« – diese Lesart ist weit entfernt von den gutmütig-satirischen Darstellungen seiner Zeitgenossen und zeigt, daß Mary Shelleys Stilisierungen auch über England hinaus erfolgreich waren.

Sehr populär war auch das radikale Gedicht *Queen Mab*, eines von Shelleys frühesten Werken, das nun in einer Vielzahl von Raubdrucken, sowohl mit als auch ohne die ganz besonders blasphemischen Passagen, erhältlich war. Bedingt durch die familiäre Situation, aber auch die Unterschiede in Shelleys Dichtung, zerfiel die Rezeption schnell in zwei Teile: Shelley wurde entweder als engelhafter, lyrischer Dichter oder als Rebell und Revolutionär gelesen. Anthologien trugen und tragen häufig nur dem einen oder dem anderen Shelley Rechnung. Der politische Shelley war bis in die vierziger Jahre so wichtig, daß Friedrich Engels in seiner Schrift *Die Lage der arbeitenden Klasse in England* von der Shelley-Lektüre englischer Arbeiter berichtete:

Shelley, der geniale prophetische Shelley, und Byron mit seiner sinnlichen Glut und seiner bittern Satire der bestehenden Gesellschaft haben ihre meisten Leser unter den Arbeitern; die Bourgeois besitzen nur kastrierte Ausgaben, »family editions«, die nach der heuchlerischen Moral von heute zurechtgestutzt sind.

Bezeichnend ist, daß die beiden unterschiedlichen Shelleys auch klassenspezifische Konstrukte waren. Wie wichtig Shelley für die frühen Sozialisten war, zeigt sich an einem Artikel von Edward Aveling und Eleanor Marx-Aveling (der Tochter von Karl Marx), der 1888 in der *Neuen Zeit* erschien:

[...]
Shelley's Persönlichkeit. Er war ein Kind der französischen Revolution. Die »furchtbar blickenden Weiber«, die sich um Cythna drängten, als sie die große Stadt durchschritt (»Laon und Cythna«) entstammten den Straßen von Paris, und er kannte besser denn einer seiner Zeitgenossen die wirkliche Kraft und Schönheit dieser

unbändigen Mutter seiner Gedankenwelt. – Mit seinem außerordentlichen poetischen und historischen Verständnis erkannte er die wirkliche Bedeutung der revolutionären Kämpfe. Ein anderer Sänger dieser Zeit, Byron, war auch ein Kind der Revolution. Aber dieser stand auf den Schultern Voltaires und des Rousseau der »Neuen Heloise«, Shelley dagegen auf denen Baboeufs und des Rousseau des »Gesellschaftsvertrags«. Shelley sah in der französischen Revolution eine Etappe in der Richtung zur Erneuerung der Gesellschaft. Marx, der die Dichter ebenso gut kannte und verstand, wie die Philosophen und Ökonomen, pflegte zu sagen: »Der wahre Unterschied zwischen Byron und Shelley liegt darin: Diejenigen, die sie verstehen und lieben, halten es für ein Glück, daß Byron in seinem sechsunddreißigsten Jahr starb, denn er wäre ein reaktionärer Bourgeois geworden, hätte er länger gelebt; sie bedauern es dagegen, daß Shelley mit neunundzwanzig starb, denn er war durch und durch ein Revolutionär und hätte stets zur Vorhut des Sozialismus gehört.«

[...]
Shelley's Verständnis für den Klassenkampf. Mehr als alles Andere berechtigt uns Shelley's besonderes Verständnis des Gegensatzes zwischen den besitzenden und den produzierenden Klassen und der Konsequenzen desselben, ihn einen Sozialisten zu nennen. Wenn die radikalen Bourgeois vergnügt seinen schneidigen Angriffen auf die höheren Schichten der besitzenden Klassen, namentlich die Aristokratie, zusehen, so vergessen sie, daß er die Klasse, der sie angehören, auch nicht ungeschoren läßt. Seine Abneigung gegen die Bourgeoisie ist so wichtig und so bezeichnend für ihn, daß wir zu ihrer Kennzeichnung eine größere Anzahl von Stellen zitieren müssen. Er schreibt von Edinburgh in seinen Flitterwochen: »Hätte er (Onkel Pilfold) uns nicht unterstützt, wir wären noch an den Schmutz und das Geschäftsleben (Commerce) Edinburghs gefesselt. Wie elend auch die Aristokratie ist, der Handel – die protzenhafte Unwissenheit und Unbildung – ist noch verächtlicher.«

Aus Keswick schreibt er einige Monate später über den Seendistrikt: »Die Gegend ist lieblich, aber die Bevölkerung abscheulich. Die Fabrikanten haben sich in dieses Tal eingeschlichen, es besudelt und die Lieblichkeit der Natur durch den menschlichen Schmutz entstellt.«

[...]
Shelley's Verständnis für die Bedeutung moderner Schlagworte. Sein Scharfsinn bewies sich nicht bloß in seiner Teilung der Gesellschaft in zwei Gruppen, sondern auch in seinem Verständnis für die wirkliche Bedeutung von Worten, die für die Mehrzahl von uns gedankenlos gebrauchte Phrasen sind.

Die Denunzierung der »Anarchie« war zu Shelley's Zeiten ein beliebtes Mittel der reaktionären Regierungen und ihrer Helfershelfer, alle freiheitlichen Regungen zu verdächtigen. Shelley dagegen erklärte, die Anarchie, vor der man sich so sehr fürchte, sei mitten unter uns. In seiner »Larve der Anarchie« zeigte er die Anarchie in der bestehenden Gesellschaft.

Auf der anderen Seite ließ er sich durch das selbstzufriedene Phrasengeklingel von der »britischen Freiheit« nicht täuschen: »Die weiße Küste Albions ist nicht mehr frei ... Die Fehlgeburt, die ihm (England) krampfhafte Wehen verursacht, ist die zu Tod getroffene Freiheit.« Zeilen, geschrieben unter dem Ministerium Castlereagh. Und er sah die bezeichnende Tatsache, daß diejenigen, die von englischer Freiheit und dergleichen singen und sagen, sich dessen wohl bewußt sind, daß sie Unsinn schwätzen. Die Hohlheit des Schwindels, den Zeitungsschreiber, Parlamentsredner und ähnliche Leute mit dem Wort Freiheit treiben, war ihm völlig klar.
[...]

Zentral ist, daß hier nicht so sehr – wie in früheren Darstellungen – Shelleys Wirkungslosigkeit und Einsamkeit betont wurden, sondern seine Einbindung in das Ideengut seiner Zeit und seine Vorreiterrolle. Er kommt hier seinem eigenen Dichterideal, das er in der *Verteidigung der Poesie* beschrieben hatte, sehr nahe, wird zur »trumpet of a prophecy«.

Auch Brecht interessierte sich für den politischen Shelley. Einer seiner bevorzugten Texte scheint *The Mask of Anarchy* gewesen zu sein, das er nicht nur teilweise übersetzte, sondern auch als Vorlage für das Gedicht *Freiheit und Democracy* nahm. Brechts Nachdichtung ist dem Original viel näher als jede anthologisierte Übersetzung, weil sie sich, wie Shelleys Text, auf die unmittelbare politische Situation bezieht – hier die Verleugnung des Nationalsozialismus nach dem Krieg.

Freiheit und Democracy

Frühling wurd's in deutschem Land.
Über Asch und Trümmerwand
Flog ein erstes Birkengrün
Probweis, delikat und kühn

Als von Süden, aus den Tälern
Herbewegte sich von Wählern
Pomphaft ein zerlumpter Zug
Der zwei alte Tafeln trug.

Mürbe war das Holz von Stichen
Und die Inschrift sehr verblichen
Und es war so etwas wie
Freiheit und Democracy.

Von den Kirchen kam Geläute.
Kriegerwitwen, Fliegerbräute
Waise, Zittrer, Hinkebein –
Offnen Maules stand's am Rain.

Und der Blinde frug den Tauben
Was vorbeizog in den Stauben
Hinter einem Aufruf wie
Freiheit und Democracy.

Vornweg schritt ein Sattelkopf
Und er sang aus vollem Kropf:
»Allons, enfants, god save the king
Und den Dollar, kling, kling, kling.«

Dann in Kutten schritten zwei
Trugen 'ne Monstranz vorbei.
Wurd die Kutte hochgerafft
Sah hervor ein Stiefelschaft.

Doch dem Kreuz dort auf dem Laken
Fehlten heute ein paar Haken
Da man mit den Zeiten lebt
Sind die Haken überklebt.

Drunter schritt dafür ein Pater
Abgesandt vom Heiligen Vater
Welcher tief beunruhigt
Wie man weiß, nach Osten blickt.

Dicht darauf die Nichtvergesser
Die für ihre langen Messer
Stampfend in geschloßnen Reihn
Laut nach einer Freinacht schrein.

Ihre Gönner dann, die schnellen
Grauen Herrn von den Kartellen:
Für die Rüstungsindustrie
Freiheit und Democracy.
[...]

Shelleys Begriff der »Anarchie«, gleichbedeutend mit Mißherrschaft, wird hier erweitert. Die Mächtigen verweisen nicht nur zynisch auf ihre Statussymbole, sondern verwenden auch noch die leeren Schlagworte »Freiheit« und »Democracy«, deren Aushöhlung sie repräsentieren. Da die Lektüre der englischen Romantiker im ganzen Empire auf dem Lehrplan stand, kannte beispielsweise auch Gandhi Shelleys Gedichte. Bei einem Treffen mit britischen Missionaren zitierte er aus *The Mask of Anarchy,* um die Bedeutung der Gewaltlosigkeit zu erklären, die Shelley für ihn verkörperte. Und in einem Artikel in Gandhis Zeitschrift *Young India* zitierte 1921 ein Student die letzte Strophe von *Prometheus Unbound,* um das Argument zu untermauern, daß Leiden zu innerer Reinigung und Gewaltlosigkeit führe.

Der lyrische Shelley wurde – wie auch Byron – vor allem dem Mittelschichtspublikum in den von Engels erwähnten »kastrierten« Ausgaben nahegebracht. Bände mit Titeln wie *Beauties of Shelley* verzichteten häufig auf die radikalen Gedichte. Beliebt waren die Naturgedichte, so wie zum Beispiel »Ode to the West Wind«, eines der am häufigsten anthologisierten Gedichte, das ohne politischen Bezug gelesen wurden. Viele der kurzen lyrischen Stücke wurden vertont. Goldschnittanthologien, oft speziell für ein weibliches Lesepublikum zusammengestellt, präsentierten Shelley als Natur- und Liebesdichter. In deutschen Übersetzungen taucht er neben Volksliedern auf. Dieser zahme Shelley fand rasch Eingang in die Wohnzimmer der Bourgeoisie. Davon zeugt auch die Tatsache, daß er relativ schnell begann, in den Konversationslexika aufzutauchen – mit Kurzbiographien, die in der Regel den durch Mary Shelley vorbereiteten Stilisierungen entsprachen. Matthew Arnold prägte den Beinamen dieses neuen Shelley: »a beautiful and ineffectual angel«, »ein schöner und wirkungsloser Engel«. Ihren besonderen Ausdruck fand diese Wirkungslosigkeit in einer Statue, die das Oxford University College, an dem Shelley nur so kurz studiert hatte, aufstellte. Der marmorne Shelley, ein nackter junger Mann in liegender Pose, befindet sich hinter einem Gitter. Er ist wunderschön anzusehen, ein Objekt, aber kein agierendes Subjekt. Shelley im Käfig – ein symbolträchtiger Ausdruck der Stilisierungen, die er als lyrischer Dichter fand.

Keats schließlich wurde ebenfalls das neunzehnte Jahrhundert hindurch intensiv rezipiert. Vor allem die englischen Dichter Browning und Tennyson fanden in ihm eine wichtige Inspirationsquelle. Seine Reputation nahm eine entscheidende Wende, als Richard Monckton Milnes Mitte des Jahrhunderts eine erste Biographie herausbrachte, in der nicht nur Gedichte, sondern auch Briefe abgedruckt waren. Plötzlich wurden der Mann Keats ebenso wie seine Gedichte allgemein akzeptabel. Die Einfachheit der Sprache, die klare Bildlichkeit galten nun als Tugenden. Nun griff auch der von Shelley vorbereitete Mythos des unverstandenen, an seiner Zurückweisung leidenden Poeten, der bösartigen und verantwortungslosen Kritikern zum Opfer gefallen war. Trotz einiger Mängel wurde beispielsweise *Endymion* nun als großartiges Werk betrachtet. Das zentrale Merkmal von Keats' Lyrik war jetzt, daß sie »schön« war.

In einem 1849 im »Edinburgh Review« erschienenen Artikel wurde Keats unter diesem Aspekt mit Shelley verglichen:

Das Genie von Keats war sehr viel griechischer als das von Shelley. Sein Sinn für Schönheit war noch tiefer; und er wurde von dem begleitet, was Shelleys Lyrik fehlte – Stille. Ruhe ist kein großer Verdienst, wenn sie auf Kosten der Hitzigkeit erworben wird; aber die beiden Eigenschaften sind nicht unvereinbar. Die hitzige Natur Shelleys zeigt sich in der starken Entwicklung der Gedanken und der Abfolge der Bildlichkeit; die von Keats in einer ruhigen Intensität. Erstere war ein feuriger Enthusiasmus, letztere eine tiefe Leidenschaft. [...]

Schönheit war die Zierde von Shelleys Lyrik; sie war die Essenz von Keats'. In seiner Dichtung findet sich nicht nur ein ständiger Genuß des Schönen – es ist ein Durst danach, der nie gestillt werden kann, an den wir durch sein Bildnis erinnert werden. Shelley bewunderte das Schöne, Keats wurde davon absorbiert und bewunderte es nicht mehr als ein Kind die Mutter bewundert, an dessen Brust es ernährt wird. Diese tiefe Absorption schloß jedes Bewußtsein für das eigene Ich aus, ja, jedes Eindringen eines fremden Gedankens.

Keats wurde nun einer totalen Ästhetisierung unterzogen. Seine vielfach gelobte Klarheit und Bildlichkeit inspirierte auch die Präraffaeliten, eine Gruppe von Malern, die sich unter anderem für die auch bei Keats so beliebten mittelalterlichen Motive begeisterte. William Holman Hunt etwa malte eine Szene aus *The Eve of St Agnes*, die Madeline und Porphyro bei ihrer Flucht darstellt. Keats wurde jedoch nie so kontrovers gelesen wie Shelley, und er erregte auch nie die gleichen Antipathien wie Byron. Auch Emily Brontë und Oscar Wilde interessierten sich für ihn. In Deutschland begann man ihn im Kontext des Ästhetizismus der Jahrhundertwende zu rezipieren. Hugo von Hofmannsthal entwickelte sein Dichtungsverständnis unter anderem anhand von Keats, dessen Bild vom Chamäleonpoeten er faszinierend fand. Die Metamorphose des Künstlers wurde bei ihm zu einer wiederkehrenden Metapher. Für die Wiener Autoren des *Fin de Siècle* war Keats ein typischer Vertreter der englischen Romantik, der die Symbolik eines Walter Pater präfigurierte. Alles in allem aber war Keats eher ein »Geheimtip«, wie man aus folgendem Tagebuchauszug von Georg Heym, dem »deutschen Bruder« von Keats und Shelley, ersehen kann:

31.10.1910 Ich glaube nicht, daß es einen größeren Lyriker gibt als Keats. Es ist für den literarischen Geschmack dieser Zeit bezeichnend, daß von dem Keats keine deutsche Übersetzung existiert, während das jämmerliche goethische Dreck-Dreierlicht an allen Straßenecken brennt. Ich bin Ernst äußerst dankbar, daß er mich mit der Isabella bekannt gemacht hat.

Obwohl Keats' Biographie (anders als die Byrons) im deutschen Sprachraum nie sonderlich zentral war, regte sie literarästhetische Stilisierungen an, wie folgender Gedichtentwurf von Rilke, der sich mit dem Leben und Tod von Keats beschäftigte:

Zu der Zeichnung, John Keats im Tode darstellend

Vom Zeichner dringend hingeballter Schatten
hinter das nur noch scheinende *Gesicht:*
so kommt die Nacht dem reinen Stern zustatten.

Da ist ein Ding, das alles unterbricht,
wozu die Dinge sich verstanden hatten;
denn, da es wurde, siehe, war es nicht.

O langer Weg zum schuldlosen Verzicht.
O Mühe zum ermächtigten Ermatten.

Paris, Ende Januar 1914.

Im zwanzigsten Jahrhundert wirkte Keats vor allem in der amerikanischen Literatur nach – etwa bei William Carlos Williams. Auch F. Scott Fitzgerald ist ohne Keats nicht denkbar. In Deutschland wurde Keats erst nach dem zweiten Weltkrieg – neben Shelley – *der* englische Romantiker schlechthin. Dazu trugen auch die Universitäten bei, an denen die Lyriker dieser Epoche nun zum Kernbestand der Lehre zählten.

Die Institutionalisierung des Faches Englische Literaturwissenschaft hat sowohl hierzulande als auch in England und den USA die Rezeption der englischen Romantik entscheidend beeinflußt. Wichtig ist, daß den englischen Romantikern, die anders als die deutschen gar nicht wußten, daß sie zur »Romantik« beitrugen, erst relativ spät und eben auch im Zuge der Institutionalisierung mit diesem Etikett versehen wurden. Der Begriff »Romantik« war ein deutscher Exportartikel, der via Dilthey und Pater nach England gelangte und erst gegen Ende des Jahrhunderts gängig wurde. Woher kam das Bedürfnis, sich ausgerechnet zu diesem Zeitpunkt eine »Romantik« zurechtzukonstruieren? Die Ende des neunzehnten Jahrhunderts sich ausweitende Forschung benötigte zunächst einmal klare Definitionen und Epochen. Dazu kam, daß universitäre Curricula und Prüfungen das gleiche forderten. Die Romantiker in ihrer Gesamtheit standen auch für überzeitliche Werte wie Imagination und Sensibilität, für das Ideale, das Schöne, das Wahre. Daß ihre Gedichte entpolitisiert wurden, fiel zunächst nicht auf. Texte wie *Queen Mab* wurden kurzerhand zu Juvenilia erklärt. Die »romantische Ideologie« war entstanden, nicht etwa als Produkt der romantischen Epoche, sondern erst einer viel späteren Zeit. Es ist nicht allzu verwunderlich, daß der posenhafte Byron, dem das »Wahre« und »Gute« ohnehin ziemlich ferngelegen war, der aufgrund seiner Transgressionen zusätzlich an Attraktivität gewann, in dieser Umgebung zunächst nicht allzu ernst genommen wurde. Shelley und Keats hingegen konnten nur noch engelhaft, ätherisch und gut sein. Wie weit diese Stilisierungen im Alltagsleben gingen und gehen, beschrieb der Journalist Paul Foot in seiner 1984 erschienenen Studie *Red Shelley*, mit der er diesen Dichter wieder zu repolitisieren versuchte. Foots Buch beginnt mit einer Beschreibung der Statue im Oxford University College. Er erzählt, wie nach verlorenen Sportwettkämpfen die Studenten ihren Haß an der Shelley-

Statue durch einen plumpen Kastrationsakt abreagierten, indem sie triumphierend deren »balls« abtrennten. Diese Kastration rückgängig zu machen, ist ein neues Anliegen der Romantikforschung geworden. Aber sollte man dann die Dichter nicht auch aus ihrem akademischen Käfig herausholen?

Anmerkungen, Übersetzungs- und Quellennachweise

Sämtliche englische Gedichte sind den Ausgaben von Page (Byron), Hutchinson (Shelley) und Allott (Keats) entnommen und werden hier nicht nochmals unter der Rubrik »Primärtexte« aufgeführt. Ausführliche Angaben finden sich in der Bibliographie. Literaturhinweise werden dann in den Anmerkungen erwähnt, wenn bestimmte Ereignisse, Ansichten oder Interpretationen direkt übernommen worden sind.

Kapitel 1

Übersetzungen: Bernus (»An Byron«, in *John Keats. Gedichte*. Übertragen von Alexander von Bernus. © Bleicher Verlag, Heidelberg 1958), Gildemeister (*Harolds Pilgerfahrt*), Seybt (*Julian und Maddalo*), Engel (Byrons Brief).

Primärtexte: Keats, »Ein Ding ... « *Endymion* I, 1.

Anmerkungen: Butler in Rutherford, 63; zum Neoklassizismus und dem Kult des Südens Butler, *Romantics*, 113–37.

Kapitel 2

Abbildung: National Portrait Gallery, London

Übersetzungen: Engel (Briefe, »An den Po«), Gildemeister (»An Thyrza«, »She Walks in Beauty«, *Abydos, Der Corsar, Beppo, Don Juan*), Heine (»Lebewohl!«), Köpke (*Manfred*), Schmid (Clairmont, »Ich denk' an Dich!«, Mary Shelley, Shelleys Brief, Byron über den griechischen Befreiungskrieg).

Primärtexte: Claire Clairmont, *Journals*, 184; Byron über Verlassen Englands in *LJ* 4, 200f.; Mary Shelley, *Journals*, 80; Shelley, *Letters* II, 322, 324; Byron über Planlosigkeit in *LJ* 4, 342; Byron über *Don Juan* in *Briefe* (Engel), 171; Medwin über Byron in Medwin, 265; Byron über Shelley in Medwin, 235; Byron über den griechischen Befreiungskrieg in *LJ* 11, 86f.

Anmerkungen: Zu Byron und Homosexualität Crompton; zu Byrons Idealisierungen Mellor, 26f.; über die Frauen im *Corsair* Franklin, 64–68, 76–86; der *Corsair* vor Gericht bei Manning, »The Hone-ing ... «, 112f.; zu »Fare Thee Well« McGann, »What Difference ... «; über *Manfred* Watkins, 148–54; zur Planlosigkeit von *Don Juan* McGann, Don Juan *in Context*, 1-10; zum Literaturmarkt Bremen, 22f.

Kapitel 3

Abbildung: National Portrait Gallery, London

Übersetzungen: Bernus (»Ozymandias«, in Percy Bysshe Shelley. *Gedichte.* Übertragen von Alexander von Bernus, Walter Schmiele, Rudolf Borchardt. © Bleicher Verlag, Heidelberg 1958), Brecht (*Maskenzug der Anarchie,* in *Große kommentierte Berliner und Frankfurter Ausgabe.* © Suhrkamp Verlag, Frankfurt am Main 1993), George (»Zu einer indischen Weise«, in *Die Fibel. Auswahl erster Verse,* in Stefan George. *Werke.* Ausgabe in zwei Bänden. Hrsg. v. Robert Boehringer. Band 2. © Klett-Cotta, Stuttgart 1958, 4. Aufl. 1984), Schmid (Shelleys Briefe, Shelley in Mary Shelleys Tagebuch), Strodtmann (»An Englands Männer«, *Queen Mab, Alastor,* »Stanzen, in einer trüben Stunde bei Neapel geschrieben«, *Die Cenci, Epipsychidion*), Vring (»Ode an den Westwind«, in Georg von der Vring. *Angelsächsische Lyrik.* © Verlag Kiepenheuer & Witsch, Köln 1962), Wickenburg (*Der entfesselte Prometheus*).

Primärtexte: Shelley über Relegierung *Letters* I, 50 f.; Shelley über Reise in Mary Shelley, *Journals,* 3 f.; Shelley an Harriet *Letters* I, 394.

Anmerkungen: Zur politischen Situation Foot, 18–44; der Rausschmiß aus Oxford bei Holmes, 50–57; Shelley über italienische Frauen *Letters* II, 14; zu den *Cenci* Curran, *Cenci;* zwei sehr konträre Interpretationen zu »Ode to the West Wind« bei Clemen und Metscher.

Kapitel 4

Abbildung: Christopher Oxford

Übersetzungen: Bonné (»Die menschlichen Jahreszeiten«, »O Einsamkeit«, in *John Keats. Werke und Briefe.* Ausgewählt und übertragen von Mirko Bonné. © Verlag Philipp Reclam jun., Stuttgart 1995), Etzel (*Sankt Agnes Abend, Lamia*), Flatter (»Als er zum erstenmal Chapman's Homer-Übersetzung las«), Gothein (*Endymion,* in Marie Gothein. *John Keats. Leben und Werke* 2. © Max Niemeyer Verlag, Halle 1897), Schmid (Reynolds, Keats' Briefe).

Primärtexte: J. H. Reynolds, »Unsigned Review« in *Keats. The Critical Heritage,* 45; Keats über *Endymion* in *Letters* I, 169; Shelley über *Endymion* in *Keats Circle* I, 124; Keats übers Publikum in *Letters* I, 266 f.; Keats über »Seelenwerdung« in *Letters* II, 101 f.; Keats über Fanny in *Letters* II, 13; Keats an Fanny in *Letters* II, 126f., 257, 275 f., 290 f.; Shelley über Italien in *Keats Circle* I, 124; Keats' »posthume Existenz« in *Letters* II, 359.

Anmerkungen: Zu »O Solitude« Bode, *Keats,* 13; über den weiblichen Keats Mellor, 171–186; zu »On First Looking ... « Coote, *Keats,* 41–43; Bode, *Keats,* 21–23, Levinson, 12; zur Farbsymbolik in *The Eve of St Agnes* Wasserman; zur Debatte um Madeline und Porphyro s. Stillinger, Sperry, McCleland.

Kapitel 5

Übersetzungen: Berger (»Mont Blanc«, in *Percy Bysshe Shelley. Ausgewählte Werke.* Hrsg. v. Horst Höhne. © Insel Verlag, Frankfurt am Main 1990), Engel

(Brief Byrons über englische Touristen), Gildemeister (*Harolds Pilgerfahrt*, *Don Juan*), Gothein (*Endymion*), Schmid (Keats' Briefe, Mary Shelley, Claire Clairmont, Shelleys Briefe, Byrons Brief über Ali Pascha).

Primärtexte: Keats über Wanderurlaub in *Letters* I, 298–301, 307 f., 321 f.; Mary Shelley in Claire Clairmont, *Journals*, 441–43; Byron über Touristen in *Briefe* (Engel), 66; Claire Clairmont über Alpen in *Journals*, 27; Byron über Wordsworth in Medwin, 194; Mary Shelley, *Frankenstein*, 110 f., 131 f., 73 f.; Shelley über Rom und Italien in *Letters* II, 58 f., 67; Byron über Ali Pascha in *LJ* 1, 226–28.

Anmerkungen: Über Natur Coombs, 112–24; Korte zur Reiseliteratur; zu Byron und Tourismus Buzard; Bode, »Mont Blanc« und Leighton, 48–72 über Shelley und das Erhabene; Bewell zu Keats und Blumen; Crompton, 137 f. zu Byron und Ali Pascha; zu Haidée Franklin, 134–142.

Kapitel 6

Übersetzungen: Etzel (»Ode an eine Nachtigall«), Gildemeister (*Englische Barden und schottische Recensenten*), Schmid (Keats' Briefe, Shelley, *Verteidigung der Poesie*, Mary Shelley, *Frankenstein*, Lockhart), Strodtmann (»An einen Kritikaster«).

Primärtexte: Keats über Schönheit und Wahrheit in *Letters* I, 184 f.; Keats über »Negative Fähigkeit« in *Letters* I, 193; Keats über den Chamäleonpoeten in *Letters* I, 386 f.; *Verteidigung der Poesie* in *Shelley*, hg. v. Reiman/Powers, 503 f., 505 f., 508; Byron über System *LJ* 6, 46; Mary Shelley, *Frankenstein*, 56; Keats über Leserinnen in *Letters* II, 163; anonym. Rezension in *Keats. The Critical Heritage*, 98.

Anmerkungen: Zu »Ode to a Nightingale« Coote, *Keats*, 245–49; Ian Jack über Shelleys Leserschaft; zu *Frankenstein* Mellor in Ruoff; über Keats und Leserinnen Homans; zu Keats und dem *Examiner* Dawson; zu Keats und Lockhart Coote, *Keats*, 178 f.; zur literarischen Szene Everest, 67–85.

Kapitel 7

Übersetzungen: Etzel (»Auf den Tod«), Leuthold (»Byrons letztes Lied«), Schmid (Severns Brief, Trelawny, Byrons Briefe, Gamba), Strodtmann (»Wenn die Lampe zerschmettert«), Wolfenstein (*Adonais*, in *Percy Bysshe Shelley. Dichtungen.* In einer Übertragung von Alfred Wolfenstein. Cassirer, Berlin 1922. © Alice Wolfenstein).

Primärtexte: Severn in *Keats Circle*, I, 223–28; Trelawny über Shelleys Tod 72 f., 76–80; Byrons Brief über Shelley *LJ* 9, 189 f.; Trelawny über Leichenverbrennung 87, 88–90; Byron über die Einäscherung *LJ* 9, 197; Gamba über Byron in *Byron*, hg. v. Page, 151–54; über Byrons Leiche Trelawny, 148 f.

Anmerkungen: Zu *Adonais* Wolfson in Roe; zu den Reaktionen nach Byrons Tod Marchand, 461–78.

Kapitel 8

Übersetzungen: Engel (Brief Byrons), Schmid (Carlyle, Brontë, Wilde, Peacock, Artikel über Keats und Shelley).

Primärtexte: Goethes Gedicht in Goethe 1, 725 f.; Byron an Goethe in *Briefe* (Engel), 172 f.; Auszug aus *Faust* in Goethe 4, 465–72; Carlyle in *Byron. The Critical Heritage,* 288 f.; Heine über Byron in *Säkularausgabe* 20, 163; Heine, aus *Almansor* in Heine 1, 277, 285, 287; E. Brontë, *Wuthering Heights,* 46 f.; Wilde, 262; Peacock, 362 f.; Herwegh, 71; Engels über Shelley in *Werke* 2, 455; E. Aveling u. E. Marx-Aveling über Shelley in *Die Neue Zeit,* 540 f., 547 f.; Brecht, »Freiheit und Democracy«, in *Große kommentierte Berliner und Frankfurter Ausgabe* © Suhrkamp Verlag, Frankfurt am Main 1993; anon. Rezension in *Keats. The Critical Heritage,* 341 f.; Heym in *Dichtungen* 3, 147; Rilke in *Werke* 2, 409.

Anmerkungen: Zu Goethe und Byron Hoffmeister, 97–106; zu Byron auf dem literarischen Markt Elfenbein, v.a. 47–89; zu Byron und Pückler-Muskau Hentschel, 66–69; zu Byron und Wilde Elfenbein, 229–46; zur Shelley-Rezeption Foot, 227–75; zu Shelley in Indien Alexander; zu Keats und Hofmannsthal Simonis u. Lewis; zu den Universitäten Perkins; zu Shelleys Kastration Foot, 9 f.

Bibliographie

1. Byron

1.1. Ausgaben, Übersetzungen und Quellen

Byron. Poetical Works, hg. v. Frederick Page/überarb. v. John Jump (Oxford, 1970).

Byron. The Complete Poetical Works, hg. v. Jerome J. McGann (Oxford, 1980–93), 7 Bd.e.

Byron's Letters and Journals, hg. v. Leslie A. Marchand (London, 1973–81), 14 Bd.e.

Manfred. Die Finsternis. Der Traum, übersetzt von Ernst Köpke (Berlin, 1835).

Lord Byron's Werke, übersetzt von Otto Gildemeister, 2. Aufl. (Berlin, 1866), 6 Bd.e.

Byrons Tagebücher und Briefe, übersetzt von Eduard Engel, 4. Aufl. (Berlin, 1904).

Byron, »Byrons letztes Lied«, in *Heinrich Leuthold. Gesammelte Dichtungen,* Bd. 1, hg. v. Gottfried Bohnenblust (Frauenfeld, 1914), 126 f.

Heine, Heinrich, »Byron-Übersetzungen«, in *Sämtliche Schriften,* Bd. 1, hg. v. Klaus Briegleb (München, 1968), 377–95.

George Gordon Lord Byron. Sämtliche Werke, übersetzt von Otto Gildemeister, Alexander Neidhardt, Adolf Seubert, überarbeitet von Siegried Schmitz (München, 1977/78), 3 Bd.e.

Lord Byron. Briefe und Tagebücher, übersetzt von Tommy Jacobsen (Frankfurt am Main, 1985).

Medwin's Conversations of Lord Byron, hg. v. Ernest J. Lovell (Princeton, 1966).

Byron. The Critical Heritage, hg. v Andrew Rutherford (London, 1970).

Byron. Interviews and Recollections, hg. v. Norman Page (London, 1985).

1.2. Sekundärliteratur

von Bremen, Thilo, *Lord Byron als Erfolgsautor. Leser und Literatur im frühen 19. Jahrhundert* (Wiesbaden, 1977).

Butler, Marilyn, »Byron and the Empire in the East«, in Rutherford (1990), 63–81.

Buzard, James, »The Uses of Romanticism: Byron and the Victorian Continental Tour«, *Victorian Studies* 35 (1991/92), 29–49.

Coote, Stephen, *Byron. The Making of a Myth* (London, 1988).
Crompton, Louis, *Byron and Greek Love. Homophobia in 19th-Century England* (London, 1985).
Elfenbein, Andrew, *Byron and the Victorians* (Cambridge, 1995).
Fischer, Hermann, »Byron's ›Wrong Revolutionary Poetical System‹ and Romanticism«, in Rutherford (1990), 221–39.
Franklin, Caroline, *Byron's Heroines* (Oxford, 1992).
Hentschel, Cedric, »Byron and Germany«, in Trueblood, 59–90.
Hoffmeister, Gerhart, *Byron und der europäische Byronismus* (Darmstadt, 1983).
McGann, Jerome J., *Fiery Dust: Byron's Poetic Development* (Chicago, 1968).
McGann, Jerome J., Don Juan *in Context* (Chicago, 1976).
McGann, Jerome J., »What Difference Do the Circumstances of Publication Make to the Interpretation of a Literary Work?«, in *Literary Pragmatics*, hg. v. Roger D. Sell (London, 1991), 190–207.
Manning, Peter, *Byron and His Fictions* (Detroit, 1978).
Manning, Peter, »The Hone-ing of Byron's Corsair«, in *Textual Criticism and Literary Interpretation*, hg. v. Jerome J. McGann (Chicago, 1985), 107–26.
Manning, Peter, »Childe Harold in the Marketplace: from Romaunt to Handbook«, *MLQ* 52 (1991), 170–90.
Marchand, Leslie A., *Byron. A Portrait* (London, 1987).
Rutherford, Andrew (Hg.), *Byron: Augustan and Romantic* (Houndsmill, 1990).
St Clair, William, »The Impact of Byron's Writings: An Evaluative Approach«, in Rutherford (1990), 1–25.
Trueblood, Paul Graham (Hg.), *Byron's Political and Cultural Influence in Nineteenth Century Europe. A Symposium* (London, 1981).
Watson, Nicola J., »Trans-figuring Byronic Identity«, in *At the Limits of Romanticism. Essays in Cultural, Feminist, and Materialist Criticism*, hg. v. Mary A. Favret/Nicola J. Watson (Bloomington, 1994), 185–206.
Wu, Duncan, »Appropriating Byron: Lady Caroline Lamb's *A New Canto*«, *WC* 26 (1995), 140–46.

2. *Die Shelleys*

2.1. *Ausgaben, Übersetzungen und Quellen*

Shelley. Poetical Works, hg. v. Thomas Hutchinson/korr. v. G.M. Matthews, 2. Aufl. (Oxford, 1971).
Shelley's Poetry and Prose, hg. v. Donald H. Reiman/Sharon B. Powers (New York, 1977).
The Poems of Shelley, hg. v. Geoffrey Matthews/Kelvin Everest, Bd. 1 (London, 1989) [noch nicht vollständig].
The Complete Poetical Works of Shelley, hg. v. Neville Rogers, Bd. 1 u. 2 (Oxford, 1972/75) [noch nicht vollständig].

The Letters of Percy Bysshe Shelley, hg. v. Frederick L. Jones (Oxford, 1964), 2 Bd.e.

Mary Shelley, *Frankenstein or The Modern Prometheus*, hg. v. Maurice Hindle (London, 1992).

Percy Bysshe Shelley's poetische Werke in einem Bande, aus dem englischen übertragen von Julius Seybt (Leipzig, 1844)

Shelley's ausgewählte Dichtungen, übersetzt von Adolf Strodtmann (Leipzig, [1866]).

Der entfesselte Prometheus, deutsch von Albrecht Graf Wickenburg (Halle, [1902]).

Shelley. Dichtungen, in neuer Übertragung von Alfred Wolfenstein (Berlin, 1922).

Shelley, »Zu einer indischen Weise«, in Stefan George, *Die Fibel. Auswahl erster Verse. Gesamtausgabe*, Bd.1 (Berlin, 1928), 62f.

Percy Bysshe Shelley. Gedichte, übertragen von Alexander von Bernus, Walter Schmiele, Rudolf Borchardt (Heidelberg, 1958).

Percy Bysshe Shelley. Das brennende Herz, hg. v. Wolfgang Koeppen (München, 1958).

Shelley, »Ode an den Westwind« in Georg von der Vring, *Angelsächsische Lyrik aus sechs Jahrhunderten. Englisch – Deutsch*, Übertragung und biographische Notizen von Georg von der Vring (Köln, 1962), 161–67.

Karl Heinz Berger, »Mont Blanc« in *Percy Bysshe Shelley. Ausgewählte Werke*, hg. von Horst Höhne (Leipzig, 1985), 93–101.

Shelley. The Critical Heritage, hg. v. James E. Barnes (London, 1975).

2.2. Sekundärliteratur

Alexander, Meena, »Shelley's India: Territory and Text, Some Problems of Decolonization«, in Bennett/Curran, 169–78.

Bennett T. Betty/Curran, Stuart (Hgg.), *Shelley. Poet and Legislator of the World* (Baltimore, 1996).

Bode, Christoph, »Shelley's ›Mont Blanc‹: The Aesthetic ›Aufhebung‹ of a Philosophical Antinomy«, in Höhne, *Romantic Discourses*, 286–99.

Brown, Nathaniel, *Sexuality and Feminism in Shelley* (Cambridge/Mass., 1979).

Clemen, Wolfgang, »Shelleys ›Ode to the West Wind‹«, *Anglia* 69 (1950), 335–75.

Curran, Stuart, *Shelley's* Cenci. *Scorpions Ringed with Fire* (Princeton, 1970).

Curran, Stuart, *Shelley's Annus Mirabilis. The Maturing of an Epic Vision* (San Marino, 1975).

Curran, Stuart, »The Political Prometheus«, in *Spirits of Fire. English Romantic Writers and Contemporary Historical Methods*, hg. v. G.A. Rosso/Daniel P. Watkins (Rutherford, 1990), 260–84.

Foot, Paul, *Red Shelley* (London, 1988).

Holmes, Richard, *Shelley: The Pursuit* (London, 1995).

Jack, Ian, *The Poet and his Audience* (Cambridge, 1984), 90–116.
Leighton, Angela, *Shelley and the Sublime. An interpretation of the major poems* (Cambridge, 1984).
Mellor, Ann, »Why Women Didn't Like Romanticism: The Views of Jane Austen and Mary Shelley«, in *The Romantics and Us. Essays on Literature and Culture*, hg. v. Gene W. Ruoff (New Brunswick, 1990), 274–87.
Metscher, Thomas, »Shelley und Hölderlin – Zur Kritik bürgerlicher Literaturwissenschaft«, *Gulliver* 1 (1976), 44–70.
O'Neill, Michael, *Percy Bysshe Shelley. A Literary Life* (London, 1989).
Ruge, Enno, *The Trumpet of a Prophecy? Studien zur Rezeption Percy Bysshe Shelleys im »Vormärz«* (Essen, 1996).
St Clair, William, *The Godwins and the Shelleys. The Biography of a Family* (London, 1990).
Viebrock, Helmut, *Wer ist Demogorgon ?* (Wiesbaden, 1971).
Webb, Timothy, *Shelley: A Voice Not Understood* (Manchester, 1977).
White, Newman Ivy, *Shelley* (London, 1947), 2 Bd.e.

3. Keats

3.1. Ausgaben, Übersetzungen und Quellen

The Poems of John Keats, hg. v. Miriam Allott (London, 1970).
The Poems of John Keats, hg. v. Jack Stillinger (London, 1978).
The Letters of John Keats 1814–1821, hg. v. Hyder Edward Rollins (Cambridge, 1958), 2 Bd.e.
Marie Gothein, *John Keats. Leben und Werke. II. Werke* (Halle, 1897).
John Keats. Gedichte, übertragen von Gisela Etzel (Leipzig, 1910).
Keats, »Sonett. Als er zum erstenmal Chapman's Homer-Übersetzung las«, in *Die Fähre. Englische Lyrik aus Fünf Jahrhunderten*, übersetzt von Richard Flatter (Wien, 1954), 167.
John Keats. Gedichte, übertragen von Alexander von Bernus (Heidelberg, 1958).
John Keats. Richtmaß des Schönen. Briefe, hg. v. Horst Höhne, übersetzt von Christa Schuenke (Leipzig, 1985).
John Keats. Werke und Briefe, ausgewählt und übertragen von Mirko Bonné/Christa Schuenke (Stuttgart, 1995).
John Keats: Gedichte, übertragen von H. W. Häusermann (München, 1995).
The Keats Circle. Letters and Papers 1816–1878, hg. v. Hyder Edward Rollins, 2. Aufl. (Cambridge/Mass., 1965), 2 Bd.e.
Keats. The Critical Heritage, hg. v. G. M. Matthews (London, 1971).

3.2. Sekundärliteratur

Barnard, John, *John Keats* (Cambridge, 1987).
Bate, Walter Jackson, *John Keats* (London, 1979).
Bewell, Alan, »Keats's ›Realm of Flora‹«, *SIR* 31 (1992), 71–98.

Bode, Christoph, *John Keats: Play On* (Heidelberg, 1996).
Coote, Stephen, *John Keats. A Life* (London, 1995).
Hill, John Spencer (Hg.), *Keats. The Narrative Poems. A Casebook* (London, 1983).
Hilton, Timothy, *Keats and his World* (London, 1971).
Homans, Margaret, »Keats Reading Women, Women Reading Keats«, *SIR* 29 (1990), 341–70.
Levinson, Marjorie, *Keats's Life of Allegory. The Original of A Style* (Oxford, 1988).
Lewis, Hanna B., »Hofmannsthal, Shelley, and Keats«, *GLL* 27 (1974), 220–34.
McClelland, Fleming, »Does Madeline Sleep, or Does She Wake? The Hoodwinking of Porphyro«, *Keats-Shelley Review* 10 (1996), 31–34.
Roe, Nicholas, *John Keats and the Culture of Dissent* (Oxford, 1997).
Roe, Nicholas (Hg.), *Keats and History* (Cambridge, 1995).
Sperry, Stuart M., *Keats the Poet* (Princeton, 1973).
Stillinger, Jack, »The Hoodwinking of Madeline: Scepticism in *The Eve of St. Agnes*«, in Hill, 144–64.
Wasserman, Earl R., »A Series of Concentric Circles: *The Eve of St. Agnes*«, in Hill, 119–43.
Wolfson, Susan J., »Keats enters history: autopsy, *Adonais*, and the fame of Keats«, in Roe, 17–45.

4. Allgemeines zur englischen Romantik

4.1. Primärquellen

Clairmont, Claire, *The Journals of Claire Clairmont*, hg. v. Marion Kingston Stocking, u. Mitarb. v. David Mackenzie Stocking (Cambridge/Mass., 1968).
Mary Shelley's Journals, hg. v. Frederick L. Jones (Norman, 1947).
Trelawny's Recollections of the Last Days of Shelley and Byron (London, 1906).

4.2. Anthologien

McGann, Jerome J. (Hg.), *The New Oxford Book of Romantic Period Verse* (Oxford, 1994).
Wu, Duncan, *Romanticism. An Anthology* , 2. Aufl. (Oxford, 1998).
Wu, Duncan, *Romantic Women Poets. An Anthology* (Oxford, 1997).

4.3. Überblicksdarstellungen und Sammelbände, Schriften zu Einzelfragen

Abrams, M.H., *The Mirror and the Lamp: Romantic Theory and the Critical Tradition* (New York, 1953).
Bowra, C.M., *The Romantic Imagination* (Cambridge/Mass., 1957).
Butler, Marylin, *Romantics, Rebels & Reactionaries. English Literature and its Background 1760–1830* (Oxford, 1981).

Christiansen, Rupert, *Romantic Affinities. Portraits from an Age 1780–1830* (London, 1988).

Coombs, Heather, *The Age of Keats and Shelley* (London, 1978).

Curran, Stuart (Hg.), *The Cambridge Companion to British Romanticism* (Cambridge, 1993).

Dawson, P.M.S., »Byron, Shelley, and the ›new school‹«, in *Shelley Revalued. Essays from the Gregynog Conference*, hg. v. Kelvin Everest (Leicester, 1983), 89–108.

Everest, Kelvin, *English Romantic Poetry. An introduction to the historical context and the literary scene* (Milton Keynes, 1990).

Fulford, Tim, »Coleridge, Darwin, Linnaeus: The Sexual Politics of Botany«, *WC* 28 (1997), 124–30.

Gassenmeier, Michael/Kamolz, Katrin/Gurr, Jens/Pointner, Frank-Erik (Hgg.), *The Literary Reception of British Romanticism on the European Continent* (Essen, 1996).

Höhne, Horst (Hg.), *Romantic Discourses. Papers delivered at the Symposium on the Bicentenary of the Birth of Percy Bysshe Shelley, Ahrenshoop, October 2–5, 1992* (Essen, 1994).

Hühn, Peter, *Geschichte der englischen Lyrik*, Bd. 1 (Tübingen, 1995), 233–396.

Jordan, Frank (Hg.), *The English Romantic Poets. A Review of Research and Criticism*, 4. Aufl. (New York, 1985).

Kluxen, Kurt, *Geschichte Englands. Von den Anfängen bis zur Gegenwart*, 3. Aufl. (Stuttgart, 1985), 477–560.

Korte, Barbara, *Der englische Reisebericht. Von der Pilgerfahrt bis zur Postmoderne*, 3. Aufl. (Darmstadt, 1993), 89–111.

McGann, Jerome J., *The Romantic Ideology. A Critical Investigation* (Chicago, 1983).

Mason, Eudo, *Deutsche und Englische Romantik* (Göttingen, 1959).

Mellor, Anne K., *Romanticism & Gender* (New York, 1993).

Oerlemans, Onno, »Romanticism and the Metaphysics of Species«, *WC* 28 (1997), 136–47.

Ousby, Ian, *The Englishman's England. Taste, travel and the rise of tourism* (Cambridge, 1990)

Perkins, David, »The Construction of 'The Romantic Movement' as a Literary Classification«, *Nineteenth-Century Literature* 45 (1990), 129–43.

Schabert, Ina, *Englische Literaturgeschichte aus der Sicht der Geschlechterforschung* (Stuttgart, 1997), 371–444.

Simonis, Annette, »Hofmannsthal und die englische Tradition. Rezeption und Adaptation englischsprachiger Literatur in den Schriften Hugo von Hofmannsthals«, *arcadia* 30 (1995), 286–302.

Watkins, Daniel P., *A Materialist Critique of English Romantic Drama* (Gainesville, 1993).

Wu, Duncan (Hg.), *Romanticism. A Critical Reader* (Oxford, 1995).

Aveling, Edward/Marx-Aveling, Eleanor, »Shelley als Sozialist«, *Die Neue Zeit* VI (1888), 540–50.

Brecht, Bertolt »Freiheit und Democracy«, in *Große kommentierte Berliner und Frankfurter Ausgabe. Gedichte 5*, hg. v. Werner Hecht/Jan Knopf/Werner Mittenzwei/Klaus-Detlef Müller (Berlin/Frankfurt am Main, 1993), 183–88.

Brontë, Emily, *Wuthering Heights*, hg. v. David Daiches (Harmondsworth, 1978).

Engels, Friedrich, *Die Lage der arbeitenden Klasse in England*, in Karl Marx/Friedrich Engels, *Werke*, Bd. 2 (Berlin, 1974), 225–506.

Goethe, Johann Wolfgang, »An Lord Byron«, in *Poetische Werke*, Bd. 1 (Berlin, 1965), 725 f.

Goethe, Johann Wolfgang, *Faust. Der Tragödie Zweiter Teil*, in *Poetische Werke*, Bd. 4 (Berlin, 1965), 301–545.

Heine, Heinrich, *Almansor*, in *Sämtliche Schriften*, Bd. 1, hg. v. Klaus Briegleb (München, 1968), 275–337.

Heine, Heinrich, *Säkularausgabe*, Bd. 20 (Berlin, 1970).

Herwegh, Georg, »Shelley«, in *Gedichte eines Lebendigen*, hg. v. Hermann Tardel (Leipzig, o.J.), 71.

Heym, Georg, *Dichtungen und Schriften. Gesamtausgabe*, Bd. 3, hg. v. Karl Ludwig Schneider (Hamburg, 1960).

Heym, Georg, Dokumente zu seinem Leben und Werk. Gesamtausgabe, Bd. 6, hg. v. Karl Ludwig Schneider/Gerhard Burckhardt (Hamburg, 1968).

Nye, Robert, *The Memoirs of Lord Byron. A Novel* (London, 1991).

Peacock, Thomas Love, *Nightmare Abbey*, in *The Novels of Thomas Love Peacock*, hg. v. David Garnett (London, 1948), 345–433.

Prantera, Amanda, *Conversations with Lord Byron on Perversion, 163 Years After His Lordship's Death* (London, 1988).

Hermann Fürst Pückler. Briefe eines Verstorbenen, hg. v. Heinz Ohff (Berlin, 1986).

Rilke, Rainer Maria, »Zu der Zeichnung, John Keats im Tode darstellend«, *Sämtliche Werke*, Bd. 2 (Frankfurt, 1956), 409.

Toller, Ernst, *Die Maschinenstürmer* (Leipzig, 1927).

The Artist as Critic. Critical Writings of Oscar Wilde, hg. v. Richard Ellmann (New York, 1969).

William Shakespeare im dtv

Zweisprachige Ausgabe
Neuübersetzung von
Frank Günther

Ein Sommernachtstraum
Mit einem Essay von
Sonja Fielitz
dtv 12480

Romeo und Julia
Mit einem Essay von
Kurt Tetzeli von Rosador
dtv 12481

Othello
Mit einem Essay von
Dieter Mehl
dtv 2357

Hamlet
Mit einem Essay von
Manfred Pfister
dtv 8402

Macbeth
Mit einem Essay von
Ulrich Suerbaum
dtv 12484

Der Kaufmann von Venedig
Mit einem Essay von
Wolfgang Weiß
dtv 2368

Was ihr wollt
Mit einem Essay von
Christa Jansohn
dtv 2369

Der Sturm
Mit einem Essay von
Günter Walch
dtv 2370

Wie es euch gefällt
Mit einem Essay von
Andreas Mahler
dtv 2371

König Lear
Mit einem Essay von
Sabine Schülting
dtv 2372

Julius Cäsar
Mit einem Essay von
Kurt Tetzeli von Rosador
dtv 12490

Rolf Vollmann
Who's who bei
Shakespeare
dtv 30463

Bibliothek der Erstausgaben im dtv

Herausgegeben von
Joseph Kiermeier-Debre

Biographien bei dtv

Christian Graf v. Krockow
Die preußischen Brüder
Prinz Heinrich und
Friedrich der Große
Ein Doppelportrait
dtv 30659

Maurice Lever
Marquis de Sade
Die Biographie
dtv 30645

Frederic Morton
Die Rothschilds
Ein Portrait der Dynastie
dtv 30646

Françoise Giroud
Das Leben der
Jenny Marx
Biographie
dtv 30632

Françoise Giroud
Cosima Wagner
Mit Macht und mit Liebe
Eine Biographie
dtv premium 24133

Barbara Belford
Viktorianische
Liebesspiele
Die Geschichte der Violet
Hunt und ihrer Liebhaber
und Freunde
dtv 30661

Donald A. Prater
Thomas Mann
Deutscher und Weltbürger
dtv 30660

Andrew Roberts
Churchill und seine Zeit
dtv premium 24132

Areti Georgiadou
Annemarie
Schwarzenbach – »Das
Leben zerfetzt sich mir
in tausend Stücke«
Biographie · dtv 30662

Patricia Clough
Helmut Kohl
Ein Porträt der Macht
dtv premium 24122

Literatur und Geschichte zum Nachschlagen

Literaturgeschichte im dtv

Albin Lesky
Geschichte der griechischen Literatur
dtv 4595

Michael von Albrecht
Geschichte der römischen Literatur
Von Andronicus bis Boëthius
2 Bände
dtv 30099

Bernhard Fabian (Hg.)
Die englische Literatur
Band 1: **Epochen · Formen**
dtv 4494
Band 2: **Autoren**
dtv 4495

Dieter Kartschoke
Geschichte der deutschen Literatur im frühen Mittelalter
dtv 4551

Joachim Bumke
Geschichte der deutschen Literatur im hohen Mittelalter
dtv 4552

Thomas Cramer
Geschichte der deutschen Literatur im späten Mittelalter
dtv 4553

Arno Borst
Der Turmbau von Babel
Geschichte der Meinungen über Ursprung und Vielfalt der Sprachen und Völker
4 Bände in Kassette
dtv 59028

Heinz Ludwig Arnold
Die westdeutsche Literatur 1945 bis 1990
Ein kritischer Überblick
dtv 30485